Como me livrar de Matthew

Jane Fallon

Como me livrar de Matthew

Tradução de
CELINA FALCK-COOK

EDITORA RECORD
RIO DE JANEIRO • SÃO PAULO
2008

CIP-Brasil. Catalogação-na-fonte
Sindicato Nacional dos Editores de Livros, RJ.

F185c Fallon, Jane, 1960-
   Como me livrar de Matthew / Jane Fallon; tradução
   de Celina Cavalcante Falck-Cook. – Rio de Janeiro:
   Record, 2008.

   Tradução de: Getting rid of Matthew
   ISBN 978-85-01-07768-4

   1. Romance inglês. I. Falck-Cook, Celina Cavalcante,
   1960- . II. Título.

08-0536
CDD – 823
CDU – 821.111-3

Título original inglês:
GETTING RID OF MATTHEW

Copyright © Jane Fallon, 2007

Capa: Rafael Nobre

Todos os direitos reservados. Proibida a reprodução, no todo ou em parte, através de quaisquer meios.

Direitos exclusivos de publicação em língua portuguesa somente para o Brasil adquiridos pela
EDITORA RECORD LTDA.
Rua Argentina 171 – Rio de Janeiro, RJ – 20921-380 – Tel.: 2585-2000
que se reserva a propriedade literária desta tradução

Impresso no Brasil

ISBN 978-85-01-07768-4

PEDIDOS PELO REEMBOLSO POSTAL
Caixa Postal 23.052
Rio de Janeiro, RJ – 20922-970

EDITORA AFILIADA

1

O QUARTO ESTAVA ESCURO, iluminado apenas por uma nesga de luz que vinha da luminária da parede externa do pátio e entrava pelas beiradas da persiana. Helen só conseguia distinguir o relógio que tiquetaqueava e mostrava que eram 8h15. Ela sabia que devia acordar Matthew, mas também sabia que ele ia ficar uma fera por ela ter se esquecido de pôr o alarme para despertar. E quanto mais ela esperasse, pior ficaria o humor dele. Não tinha saída. Ela o cutucou de leve nas costelas, tornou a cutucá-lo quando viu que ele não se mexia, e então ele se virou, irritado, e pegou o relógio de pulso na mesinha-de-cabeceira baixa.

— Merda, me atrasei.

Helen ficou assistindo, sonolenta, enquanto ele pulava, jogando as cobertas para o lado, alisava os cabelos grisalhos e começava a vestir as roupas — seu uniforme de trabalho, ou seja, um terno preto feito sob medida, muito elegante e bem talhado, a camisa também muito bem-feita e os sapatos pretos macios de couro de bezerro — sem sequer se preocupar em tomar uma chuveirada. Ele curvou-se para beijá-la, despedindo-se às pressas, e fechou a porta do quarto ao sair. Ela deitou-se no travesseiro, que cheirava vagamente ao Armani Black Code que ela havia lhe dado de presente de aniversário, e ficou olhando a rachadura do teto. Estava definitivamente ficando maior, e Helen se perguntou se deveria conversar com os vizinhos do andar de cima a respeito. Nem os conhecia, aliás. Nos dois anos em que morava ali, só os havia visto umas três ou quatro vezes. Um casal na casa dos 30 anos: ele, um tipo magricelo, pálido, como se jamais saísse ao ar livre; ela, com blusão felpudinho, os cabelos curtos, sem tintura. Mas a vida sexual dos dois era intensa, pois Helen os ouvia trepando cinco noites por semana e, às vezes, à tarde. Eles gritavam muito alto e eram muito melodramáticos. Vários "ui, amor" e "não pára, não pára", e batidas na cabeceira da cama. Uma vez eles treparam ao mesmo tempo que Matthew e Helen, e a coisa havia virado uma espécie de competição do tipo quem-gememais. Helen sempre tinha sido meio competitiva.

Ela ouviu o barulho da porta da frente fechando e os passos pesados de Matthew descendo as escadas até a porta da rua e pensou em se levantar. Acabou ficando na cama e puxou as cobertas para cima da cabeça, voltando a se aconchegar; depois espichou um braço para fora e sentiu o ar frio do quarto enquanto procurava o controle remoto para ligar a TV. Afinal, para que se levantar? Já estava quase na hora de dormir mesmo. Porque Matthew não estava indo trabalhar. Eram 8h15 da noite, e ele estava indo jantar em sua própria casa. Com a mulher dele. Ah, e suas duas lindas filhas. Porque Matthew era casado, e não com Helen — mas com uma mulher chamada Sophie. E tinha sido assim que Helen havia passado todas as noites de segunda-feira durante os últimos quatro anos. E a maior parte das noites de quarta e quinta também.

E toda segunda e toda quarta e toda quinta, quando Matthew ia para casa, às 8 da noite, Helen ficava sozinha, escolhendo entre duas opções emocionantes: assistir à TV na cama vazia ou se levantar e assistir à TV na sala sozinha.

Agora, sob a escuridão do edredom, ela ouvia mais uma cena de discórdia conjugal na novela *EastEnders*. O marido de uma das personagens acusava-a de traí-lo. Uma gritaria dos diabos, as cartas na mesa: ou eles ficariam juntos ou não. Assim era nas novelas, mas Helen sabia que a realidade era bem mais complicada. A realidade compensava os horrores da TV, porque nada se resolvia para valer. A realidade era a visita de um homem durante 2 horas três vezes por semana, e a volta desse homem para sua mulher, como se nada houvesse acontecido. Vezes sem conta. Durante anos a fio.

Helen jamais tinha imaginado se tornar amante de alguém. Queria três coisas na vida: um emprego muito bem remunerado na área de relações públicas, um apartamento próprio e um homem, também exclusivamente seu. Seja como for, acabara se tornando assistente pessoal, ou o que as pessoas costumam chamar de secretária. Seu salário não era o suficiente para comprar um apartamento, portanto ela alugara um quarto-e-sala na Camden High Street com um patiozinho escuro rebaixado nos fundos, uma rachadura no teto do quarto e uma imensa infiltração na parede do banheiro. E quanto ao homem... bem, ela acreditava em amor verdadeiro, em compromisso e no até que a morte nos separe, mas isso simplesmente não tinha acontecido com ela.

Helen havia crescido assistindo à dedicação extrema de seus pais um ao outro, uma frente unida tipo "nós contra o mundo", que muitas vezes a excluía, sua filha única, e tinha procurado encontrar o parceiro perfeito para si desde essa época, seu cúmplice exclusivo. Só que nunca havia imaginado que o cúmplice que encontraria já era marido de outra mulher.

Algum tempo antes, Helen tinha sido noiva de outro homem, o mais recente em uma série de namorados firmes. Olhando para trás agora, ela não conseguia se lembrar exatamente do que tinha visto em Simon. Melhor dizendo, conseguia sim: ele era jovem e bonito, tinha um emprego razoável e exatamente a dose certa de ambição, mas agora achava impossível descobrir por que tinha passado cinco anos com ele, a não ser o fato de ela ser como era. Se havia um legado de seus pais do qual ela não conseguira se livrar era a idéia de que os relacionamentos eram definitivos. Após decidir que uma relação valia a pena, ficava eternamente dependente dela, apesar dos vários sinais de alerta que lhe mostravam que devia fazer o contrário. Assim, ignorou o fato de que ela era a única que estava fazendo todos os planos para o futuro, e tentou não notar como os olhos dele ficavam vidrados quando ela falava em economizar para comprar um apartamento. Helen tinha passado anos investindo naquele homem, a relação tinha que dar certo, ela não ia admitir uma derrota, de jeito algum. Tendo posto todos os seus ovos num só cesto, não tinha a menor intenção de tirá-los de lá. Ou seja, até o próprio Simon, numa noite, jogá-los fora e pisoteá-los. Eles estavam preparando o jantar juntos, seu ritual noturno, que, Helen achava, era um indicador seguro de que seu relacionamento era sério e maduro.

— Vou ser transferido — resmungara Simon para a peneira cheia das batatas que estava descascando.

Helen abraçara-o, entusiasmada.

— Conseguiu a promoção? Gerente regional, hein? Parabéns! Vamos nos mudar para Manchester, então?

Ele continuara de cabeça baixa, aparentemente concentrado em extirpar um broto de batata particularmente teimoso.

— Ahn, não exatamente, não.

— Onde, então? — Ele estava deixando-a nervosa, ali de pé, todo rígido, enquanto ela tentava abraçá-lo. Tinha largado o descascador de batatas e virara-se para olhar para ela, inspirando profundamente, como um ator canastrão que está para representar sua mais importante cena na novela.

— *Eu* vou me mudar para Manchester. Sozinho.

Depois ele explicara que naturalmente não era culpa de Helen. Era culpa dele; tinha medo de se comprometer. Achava que era jovem demais, segundo disse, para constituir uma família. Era tudo uma questão do momento certo – se ele tivesse conhecido Helen alguns anos mais tarde, quando se sentisse pronto para dar um passo assim tão importante...

– Eu te amo demais. O problema é que eu sou um bundão. Sei que vou me arrepender disso, mas simplesmente não dá para forçar a barra – lamuriou-se, caprichando no papel de vítima. Tinha insistido que não era por causa de nenhuma outra mulher, e Helen tinha acreditado nele; aliás, tinha até sentido pena dele, devido ao sofrimento que ele estava expressando pela escolha que estava sendo obrigado a fazer.

Dois meses depois ela havia recebido, de segunda mão, a notícia de que ele ia se casar com outra.

Helen tinha 35 anos na época. Magoada e desiludida pelo fracasso do noivado, mais do que pela perda de Simon em si, tinha sofrido muito com a separação. Havia jurado a si mesma que ia passar a curtir mais a vida e aproveitar as oportunidades que surgissem sem parar o tempo todo para analisar o potencial de cada uma delas nos mínimos detalhes. E, imediatamente depois, aparecera Matthew – seu chefe, claro, um cara vinte anos mais velho que ela –, mas por que evitar um clichê tão perfeito assim se estava ali, bem na sua cara? Ele era lindo do jeito que os homens de 50 anos podem ser considerados lindos, apesar (ou talvez até por causa) dos cabelos grisalhos e da barriguinha. Alto e cheio de autoconfiança, dava a impressão de que adorava seu status de autoridade. Seus cabelos estavam ficando ralos, mas ele os deixava crescer até o colarinho e os penteava para trás, disfarçando o ponto em que estava ficando calvo com relativa eficácia. Quando chegasse a hora de raspar tudo e ser um careca assumido, ele se daria tão bem nisso quanto se dava em tudo, porque tinha aquela pose de quem é dono do mundo, a mesma certeza absoluta sobre tudo que os alunos de escolas particulares têm, a mania de desafiar as pessoas a disputar seu lugar no cume da escala social. Ele tinha a capacidade de fazer todos se sentirem o centro de seu mundo em todos os momentos. Fisicamente, seu traço mais marcante – seu único traço marcante – eram os olhos de um azul glacial, que se destacavam em um rosto relativamente comum; mas ele se portava como se fosse o homem mais atraente do pedaço e de algum modo conseguia se transformar nesse homem como num passe de mágica. Seu sucesso no trabalho também parecia funcionar como afrodisíaco para certo tipo de mulher do qual Helen era um exemplo perfeito. Mas o principal é que ele era boa companhia – engraçado, contador de casos, bom ouvinte. Era leal. Menos com a mulher dele, é claro.

Helen tinha começado a trabalhar na Global Relações Públicas aos 34 anos, um pouco tarde, depois de passar a maior parte de seus 20 anos viajando, aproveitando a vida e tentando ignorar a irritante vozinha interior que lhe dizia para começar a subir na escala profissional antes que fosse tarde demais. Desde que retornara de sua viagem ao redor do mundo, ela havia pulado de um emprego para outro: assistente de contabilidade, gerente de loja, administradora de teatros. Periodicamente, candidatava-se ao cargo de gerente de conta de uma das maiores e mais badaladas empresas de relações públicas, mas era sempre rejeitada. Finalmente, tinha decidido que um pássaro na mão era melhor que dois voando e aceitara o cargo de assistente pessoal de Matthew Shallcross, diretor-gerente da Global Relações Públicas, uma empresa de porte médio, porém próspera.

"Global" era um nome ligeiramente exagerado para uma empresa que só tinha clientes britânicos, mas sua fatia de mercado restringia-se ao tipo de público com propensão ao sucesso preferido pelos tablóides. Não era grande o suficiente para atrair os ricos e os famosos, mas com o tempo passara a fazer contatos com quem estava começando a se sobressair em seu campo e a fazer uma publicidade bombástica desses novatos nos jornais, lançando mão de malabarismos espetaculares e criativos. Isso era fácil, uma vez que esses clientes fariam qualquer coisa para serem notados nacionalmente. De vez em quando, um desses iniciantes pisava na bola – era surpreendido dirigindo bêbado, engravidando uma mulher que não era sua esposa, sendo internado em alguma clínica de reabilitação para drogados –, e os gerentes de sua conta na Global saíam apagando o incêndio e faturando alto. Esses picos de excentricidade dos clientes mais importantes, se corretamente administrados, garantiam um interesse pelo cliente, o que podia ser muito lucrativo. Na verdade, era meio mesquinho isso de incentivar os jovens e não muito inteligentes a expor totalmente suas vidas à curiosidade do público, mas Helen considerava este o lado inevitavelmente cruel da publicidade – e adorava essas coisas. E, depois de algum tempo, quando superou a irritação de corrigir os amigos toda vez que a chamavam de secretária...

— Sou assistente pessoal dele.

— Mas o que você faz?

— Cuido dos assuntos dele... marco os compromissos, organizo reuniões.

— Arquiva papéis?

— De vez em quando.

— Digita?

— Sim, e daí?

— Mas é exatamente o que eu faço, digito, arquivo documentos, marco reuniões. Você é uma secretária, vê se cai na real.

... ela havia começado a pegar carona no poder que o cargo de assistente do chefe lhe conferia. Era ela quem podia dizer sim ou não para reuniões ou telefonemas e, depois de certo tempo, para pedidos de entrevistas à imprensa. Depois que começou a confiar nela, Matthew passou a mandá-la ler e mais tarde redigir os releases de vários de seus clientes menos importantes que seriam enviados aos jornais. Ele incentivava as ambições dela de ter seus próprios clientes, e, quanto mais a incentivava, mais essas ambições aumentavam.

Helen achava que várias funcionárias da firma a invejavam por sua proximidade com o homem em geral considerado o mais poderoso dos diretores da empresa, mas tinha se concentrado em seu trabalho até um almoço fatídico mudar tudo. Se na época alguém tivesse lhe perguntado o que ela achava de quem se envolvia com homens casados, Helen teria dito que eram mulheres tristes, desesperadas, traidoras insensíveis de outras mulheres. Diria que elas ocupavam o primeiro lugar de sua lista de criminosas. Gente que se deve desprezar e ignorar...

Desde que começara a trabalhar com Matthew, Helen, claro, havia avaliado se ele era um cara atraente e concluíra que sim, Matthew era tão atraente quanto um cara mais velho podia ser, mas era só isso. Portanto, quando ele estendeu a mão sobre a mesa no Quo Vadis e pegou a dela, ela surpreendeu-se por não recolhê-la.

— Já faz tempo que ando querendo fazer isso — dissera ele, e Helen sentira o coração pular e quase sair pela boca.

Não fazia idéia de como reagir; portanto ficara parada, só escutando o que ele tinha a dizer.

E Matthew havia continuado.

— Sabe o que é, eu acho você linda. E ando tentando disfarçar esse meu sentimento há meses.

Helen enrubesceu. Não ligeiramente, como a heroína de um romance, mas corou até a raiz dos cabelos, transpirando para valer.

— Você sabe que sou casado, é claro.

Ela conseguiu murmurar um "sei".

– Minhas filhas são pequenas. Se não fosse por elas... Não vou tentar convencê-la, sabe como é, de que minha esposa não me compreende mais, mas... o fato é que nos afastamos um do outro. Cuidamos de nossas filhas juntos, mas paramos por aí. – E então ele havia rido. – Dá para entender aonde estou querendo chegar?

Helen continuava sem conseguir articular palavra. Com a mão livre, começou a esfregar a haste da taça de vinho.

– Não estou pressionando. Não quero que pense que se disser que não está interessada vou passar a perseguir você no trabalho nem nada disso. Só pense no assunto, porque, se decidir que talvez a gente possa ir em frente, já sabe a minha opinião. Só queria lhe dizer isso.

E, neste momento, ela havia percebido que queria ir para a cama com ele. Por causa da autoconfiança daquele homem, por causa da forma como seus dedos acariciaram as costas da mão dela enquanto ele falava, por causa de seu olhar firme que não se desviou quando ela gaguejou e começou a suar. Ela havia voltado para a empresa meio atarantada e mal conseguira olhar para ele durante o resto da tarde.

Naquela noite, no bar, ela havia enchido a paciência de sua melhor amiga, Rachel.

– Eu devo aceitar?

– Não – respondeu Rachel.

– Quem sabe...

– Não – insistiu Rachel.

– E se...

– Você por acaso ouviu o que eu lhe disse? – perguntou Rachel, afinal, perdendo a paciência. – Ele é casado. Não caia nessa. Não vire uma dessas mulheres que nós detestamos.

A lista de "Mulheres que nós detestamos" constituía uma grande parte do vínculo entre Rachel e Helen. As duas tinham começado a elaborar uma lista mental logo depois de se conhecerem, quando eram mochileiras em viagem pela Índia. Quando voltaram para Londres, Helen havia passado um tempo no apartamento de Rachel em West Brompton enquanto procurava seu próprio apartamento. Durante esse período elas tinham começado a passar a lista para o papel. Cada uma tinha uma cópia, e, de tempos em tempos, quando enchiam a cara e estavam no apartamento de uma ou no da outra, reliam a lista e atualizavam-na com novos verbetes. "Mulheres que roubam os maridos das outras" já estava na lista desde o início, mas, para Helen, o caso dela era diferente. Para começar, ela nunca tinha dado corda a Matthew, ele é que tinha dado em cima dela.

— Tem razão. Mas... acho que ele gosta mesmo de mim.

— Ai, caramba, é claro que gosta, você é vinte anos mais nova e está quase indo para a cama com o cara só porque ele pediu. Além disso, você digita tudo para ele, e leva xícaras de chá para o sujeito. Você é o sonho de um homem de meia-idade. Por que ele não gostaria?

— Eu sabia que não devia ter lhe contado — disse Helen, amuada. — Sabia que não ia entender.

Na manhã seguinte, ela havia esperado até Matthew estar sozinho em sua sala e então entrara e fechara a porta.

— OK — disse.

— OK, o quê? — Tirando os olhos da papelada sobre a mesa, ele sorrira para Helen, que havia corado.

— Se... você quiser... sabe como é... então, tá, a gente pode... sabe... se você quiser. Eu quero.

Matthew tinha soltado uma risada.

— Está falando em código?

Ele fingiu examinar a sala a seu redor.

— Será que instalaram algum microfone oculto aqui?

Helen ficou vermelha.

— Você sabe do que estou falando.

– Sei. E estou muito satisfeito com sua decisão. Pode ser na quarta à noite?

Helen engoliu em seco com tanta força que produziu um ruído.

– Pode.

Quando ela deu pela coisa, ele já estava em sua cama, e todo o seu juízo e ambição, bem como tudo o que ela reconhecia em si como seu, tinham ido para o espaço. E Helen ficara dizendo a si mesma, assim como seus amigos viviam lhe dizendo: "Salta fora dessa agora, enquanto pode. Isso não vai acabar bem." Ela fizera ouvidos de mercador para si e para os outros porque inevitavelmente, depois de algumas semanas, concluíra que o amava, e ele finalmente havia confessado que também estava apaixonado por ela. E, é claro, depois de alguns meses, Matthew anunciara que queria se separar da mulher, Sophie, quando chegasse o momento. E naturalmente, é claro, tinham se passado quatro anos, e ele nada de se separar da mulher, nem mesmo durante o fim de semana.

Mas aqueles primeiros meses com Matthew tinham sido realmente fantásticos. Ele era tão mais velho do que qualquer outro homem com o qual ela já tivesse estado, que era como se o mundo houvesse se transformado totalmente. Ele sabia como fazê-la se sentir especial. Apesar de eles raramente irem a qualquer lugar juntos, por medo de serem flagrados, ele havia lhe mostrado toda uma gama de experiências novas: comida, música, vinhos cuja existência ela simplesmente ignorava antes. E estando apaixonada e louca para agradar o homem, Helen havia fingido adorar todo tipo de coisas que depois, uma vez que a relação tinha se estabilizado, pôde admitir para si mesma que detestava. Como Miles Davis, foie gras e o enjoativo Château D'Yquem.

No quarto "encontro", ele havia lhe dado de presente um exemplar do livro *As flores do mal*, de Baudelaire, dizendo que ela ia achá-lo diferente de tudo o que já havia lido na vida. Helen, que tinha passado em francês e literatura com uma média sofrível, não lhe dissera isso naquele momento ideal, e sem querer que ele pensasse que o presente não a agradava, agradecera efusivamente. Ninguém jamais havia comprado um livro de poesias para ela. Mais tarde, enquanto ainda estava deitada na cama com o esperma dele escorrendo dentro de seu ventre, Matthew havia lhe pedido que ela lhe contasse a história de sua vida.

— Comece desde o início — recomendara ele, parecendo genuinamente interessado nos mínimos detalhes do seu passado. Começara a contar a parte em que saíra de casa e se mudara para Londres, ela pulara rapidamente a época da faculdade, mas ele a fizera voltar atrás.

— O que você estudou?

Helen sentiu que estava enrubescendo.

— Ahn... francês — murmurou.

Matthew apoiou-se nos cotovelos e olhou para ela, ainda deitada.

— Francês?

— É.

Ele estava começando a sorrir.

— Literatura?

— Pode-se dizer que sim.

— Pode-se dizer?

— É, foi isso, sim. Literatura. — Ela agora estava vermelha como um pimentão. Por que não tinha simplesmente dito isso quando ele lhe dera o livro?

— Então... você conhece Baudelaire, né?

— Tema da minha monografia.

Matthew deu sonoras gargalhadas.

— Por que não me disse?

— Porque não queria que você ficasse sem graça.

Ele a beijara na testa.

— Muito bem, nesse caso, pode explicar o livro para mim porque eu não entendi nada. Só gostei da capa.

Ela sabia que ele a estava tratando com condescendência e não sabia por que não se importava com isso. O fato é que ninguém jamais havia se *interessado* tanto assim por ela antes. Ser quem recebia os agrados, em vez de quem sempre tinha que ficar agradando, eliminava a pressão. Não precisar se comportar sempre como adulta propiciava-lhe uma tremenda sensação de liberdade.

Matthew também era vivido. Passara por várias coisas – não só as experiências normais de ser casado e ter filhos, mas havia nascido vinte anos antes dela. Vivera a década de 1960 e experimentara tudo o que tinha acontecido em primeira mão. Ela não sabia por que isso a impressionava – não estava nem um pouco interessada em ouvir a infindável ladainha de elogios dos representantes da geração anterior sobre os eventos da década de 1960 –, mas de certa forma isso o diferenciava, o tornava interessante como um ícone, pelo simples fato de ele já estar vivo naquela época.

No início do relacionamento deles, nos dias em que se encontrava com Matthew, Helen usava suas melhores lingeries. Corria para casa do escritório onde ambos trabalhavam, de modo a ter 10 minutos antes de ele chegar para tomar banho, mudar de roupa e vestir-se para ser despida novamente. Suas noites juntos eram só para trepar, a excitação dos dois aguçada pelo acesso restrito que tinham um ao outro e pelo tesão de passar o dia todo fingindo que não eram nada além de colegas de trabalho. Gradativamente, o sono foi se insinuando, mostrando a Helen que estavam entrando em uma fase mais madura do relacionamento: estavam se ligando um ao outro de uma forma mais profunda, parecia-lhe, sendo capazes de relaxar na companhia um do outro. Ela parou de se preocupar se estava usando Rigby and Peller ou M&S e de sentir necessidade de retocar a maquiagem cada vez que ele lhe dava as costas. Lembrava-se com carinho dessa época paradisíaca, a fase perfeita em que o desejo físico era acompanhado pelo companheirismo e pelo respeito profundo, uma fase que não durou muito. Nos últimos tempos, Matthew estava sempre exausto por causa do nível de exigência de seu dia de trabalho. E cada vez mais Helen descobria que não se importava com isso. Tinha alguma coisa de casal naquilo, algo mais real que a exaltação do início. E o que importava se a coisa toda já não era tão excitante? A empolgação não podia durar para sempre.

Depois de alguns meses, Matthew tinha passado a não se sentir bem pedindo a Helen para fazer anotações ou para pegar sua roupa na lavanderia, de modo que havia pedido que ela passasse a atender outro chefe. O Departamento de Pessoal, naturalmente, interpretou esse pedido como um sinal de que ela era uma pessoa difícil, ou incompetente, ou ambas as coisas, e, portanto, a promoção que já estava às portas, acabou não chegando, e Helen perdeu sua chance. Isso acontecera havia três anos e meio. Claro que ela podia ter saído do emprego e ter ido trabalhar em outro lugar, onde talvez a valorizassem mais, mas por algum motivo Helen não havia feito isso, e agora era oficialmente uma "mera secretária", havendo pouco motivo para alguém considerá-la competente para algo além disso. Além do mais, se ela pedisse as contas, perderia os momentos roubados com Matthew no decorrer do dia e lá, bem no fundo, ela sabia que se não estivesse bem ali, debaixo do nariz dele, uma outra provavelmente o atrairia.

Assim, Helen agora tomava notas, organizava reuniões e elaborava propostas para Laura, uma diretora da firma, de 39 anos, que também tinha começado como assistente pessoal, mas havia subido gradativamente na hierarquia ao longo dos anos. Laura era boa no que fazia, era uma chefe compreensiva, incentivava Helen e a apoiava, sempre reconhecendo seu trabalho (o que era freqüente, porque Helen era inteligente, embora parecesse ter se esquecido disso, e tinha muitas idéias boas, pelas quais Laura lhe era grata), e aturava o gênio da secretária quando ela estava de mau humor. Nunca, nem sequer por um instante, pensaria em pedir a Helen para ir pegar suas roupas na lavanderia. Helen a detestava.

No início de seu relacionamento com Matthew, Helen tinha procurado afogar a culpa tirando da cabeça todos os pensamentos sobre a esposa dele – era um caso passageiro para ajudá-la a superar Simon, um exercício de recuperação da auto-estima. Era errado, mas não duraria muito, e ninguém ficaria sabendo mesmo. Depois de algum tempo, quando ela começara a perceber que tudo tinha se complicado um pouco mais do que esperava, a culpa começara a se insinuar. A princípio, em pequenas alfinetadas; depois, em ondas imensas, tornando difícil olhar o próprio reflexo no espelho de manhã. Como se sentiria caso fosse ela quem se despedisse do marido na hora em que ele fosse trabalhar, sem fazer a menor idéia da vida dupla que ele estava levando? Era uma verdade irrefutável que se mulher alguma jamais saísse com um homem casado, não haveria nenhuma esposa tendo de suportar o sofrimento de descobrir que a vida que pensava ser autêntica era na verdade uma farsa. Sempre que uma mulher tinha coragem de fazer isso, todas as mulheres corriam risco. E, no momento, ela era essa mulher.

Portanto, sabia que deveria pedir um tempo a Matthew agora, antes que alguma coisa realmente séria ocorresse, mas, de repente, sentiu que não tinha forças para isso. Ela o amava. Sentiria falta dele. "Por que sou eu que devo renunciar a ele?", pensou um dia, "quando ele ama é a mim." Ela começou a perceber uma pontadinha de ciúmes sempre que Matthew falava na esposa. E, quase da noite para o dia, sentiu vontade de lutar para ficar com seu homem, e para isso, precisava transformar Sophie no capeta e em sua pior inimiga. Não dá para combater uma mulher pela qual se sente pena. A batalha já estaria perdida antes de começar.

2

SOPHIE SHALLCROSS ESTAVA SENTADA em sua espaçosa copa de plano elevado, no lindo sobrado de cinco quartos e duas portas de entrada em uma rua elegante de Kentish Town, vendo Matthew comer macarrão à putanesca e ouvindo com toda a calma os detalhes do dia cansativo do marido, incluindo o jogo de squash com o colega Alan, que ele, pelo jeito, tinha acabado de vencer. Ela adorava ouvir as minúcias da vida corporativa de Matthew, conhecer os personagens, as fofocas e os dramas de escritório para os quais ela mesma jamais tivera tempo, encaixando um dia inteiro de trabalho entre as 9h e as 15h para poder estar em casa a tempo de receber as crianças quando elas, barulhentas e exigentes, retornassem da escola. Sophie, com o queixo apoiado na mão e o cotovelo na mesa, riu quando ele lhe contou como Alan tinha escorregado, batido contra a parede e depois jogado a raquete do outro lado da quadra como se ela fosse a culpada. Depois que as crianças iam para a cama – 21h30, no máximo, com poucas exceções, a não ser no Natal, nos aniversários ou, ocasionalmente, quando iam ao teatro –, eles se aconchegavam lado a lado no sofá e tomavam uma taça de vinho, e este era seu momento preferido do dia.

Matthew conseguia separar mentalmente sua vida com Sophie e as filhas – Suzanne, de 12 anos, e Claudia, de 10 – de seu caso com Helen. Não se sentia culpado. Aliás, quando estava em casa, mal pensava em Helen, o que achava que fazia dele um bom pai e um bom marido. Na verdade, era praticamente incapaz de pensar em duas coisas ao mesmo tempo, como a maioria dos homens; portanto, concentrava-se no que estava ao seu alcance – se Sophie estava com ele, pensava em Sophie; se fosse Helen, pensava em Helen; se fosse um sanduíche de ovo... já deu para perceber, né? Helen podia se lembrar perfeitamente do dia em que lhe dissera que estava grávida enquanto lhe entregava um prato de frango refogado. Era como se a cabeça dele estivesse dividida ao meio; ela pôde vê-lo lutando para se concentrar – Ahhh, droga, estou perdido – como um cachorro assustado. Ela tinha abortado o bebê, claro. Afinal de contas, ela era a amante.

– Por que você sempre chega em casa tão tarde? – perguntou Suzanne, inconveniente. – Nunca está aqui a tempo de ajudar mamãe a fazer o jantar, e ela também trabalha o dia inteiro.

Suzanne havia tido aulas sobre o movimento para a igualdade das mulheres nas urnas, em história, na oitava série, e levava seus estudos muito a sério.

– Não fala merda – disse Claudia, que não ligava a mínima para esse negócio de emancipação e era perfeitamente feliz. Ela tinha acabado de aprender uns palavrões durante o recreio na escola de Kentish Town e gostava de praticar a cada oportunidade que tinha. – Mamãe é que tem que cozinhar.

– Não diga isso, Claudia – censurou-a Matthew, imediatamente.

Sophie resolveu explicar melhor a situação a Suzanne.

– Eu chego às 15h30 e seu pai só chega aqui depois das 20h, ele trabalha bem mais que eu.

– É exatamente sobre isso que eu estou falando – disse Suzanne, triunfante.

Era uma conversa bastante representativa do papo que rolava durante o jantar na casa dos Shallcross. Como a maioria das famílias, eles eram capazes de representar seus papéis em piloto automático.

Embora Sophie tivesse assumido o papel tradicional de cuidar da família, ela estava longe de ser uma esposa comum. Para começar ela havia se formado em primeiro lugar em Durham. Em matemática. Trabalhava na City, o centro financeiro de Londres, desempenhando atribuições indecifráveis e ganhava uma verdadeira fortuna – mais que Matthew, aliás. E era tão indispensável em seu emprego que podia adequar seu horário como melhor lhe conviesse. Para dizer a verdade, assumira o papel de gerenciar a família porque queria, não porque sentisse que precisava. Por mais que ralasse ou por mais alto que fosse seu cargo, Sophie sempre punha a família em primeiro lugar. Não se importava de se levantar às 6 horas, vestir um terninho, supervisionar os preparativos de Suzanne e Claudia para a escola, embrulhar a merenda das meninas, caminhar com elas até o final da rua, pegar o metrô, raramente conseguir almoçar direito, pegar o metrô de volta, ajudar as meninas a fazerem o dever de casa, preparar o jantar na hora (nada de refeições congeladas nesta casa), pôr os pratos na lavadora, separar as roupas de todos para o dia seguinte e tentar ficar acordada até Matthew chegar, para que ele pudesse conversar em paz com um adulto e compartilhar seus problemas do escritório. Sobrara pouco – ou nenhum – tempo para qualquer outra coisa além disso nos últimos 12 anos – nada de ginástica nem saídas para algum bar com as colegas. E tinha perdido uma promoção recentemente, por nunca estar no escritório quando as bolsas americanas começam a funcionar. Mas tinha uma fé absoluta no amor e na estabilidade de sua família, e para Sophie isso valia alguns sacrifícios. Fazer o quê?

A noite passou como qualquer outra. Faltavam duas semanas para o Natal, e Matthew e Sophie tinham de decidir o que dar para as meninas e ao mesmo tempo evitar as coisas que sabiam que elas mais queriam – maquiagem, sapatos de salto alto, cachorros, minissaias. Depois era preciso pensar nos parentes que viriam e onde cada um dormiria. O Natal na casa dos Shallcross, sempre incluía a família inteira: a mãe de Matthew, as irmãs, os cunhados e os sobrinhos.

– Que tal um chinchila para Claudia? – perguntou Sophie, sabendo qual seria a resposta.

– Não.

– Um hamster? Um porquinho-da-índia? Um rato?

– Não, não e não. Nada de animais de estimação, já concordamos com isso.

– Está bem. Vou pensar em outra coisa. Ah, e não se esqueça de que precisamos comprar os enfeites.

– Eu compro no fim de semana.

– E a árvore também.

– No fim de semana.

– E encomendar o peru.

Mais ou menos às 22h30, depois de uma garrafa de Sancerre, Matthew sentiu uma pontada incomum de desejo por Helen e pelo que, através do vidro colorido da terceira taça de vinho, lhe pareceu ser a natureza descomplicada de sua outra vida com ela, sem família e sem obrigações. Saiu disfarçadamente do aposento – que também servia de quarto de crianças durante as festas natalinas – e discou o número da amante. Helen, que já estava na cama, dormindo, fingiu indiferença, embora uma ligação telefônica assim tarde da noite fosse um verdadeiro acontecimento. Matthew, quando viu, já estava prometendo ir na terça em vez de na quinta, que seria o dia da peça de Natal de Claudia. Helen tentou dar a impressão de que talvez não pudesse, mas não conseguiu. Em 3 minutos, ele já tinha desligado, e todos estavam satisfeitos.

Na sala de estar decorada em um vermelho-escuro muito elegante, com arquitraves e sancas da Bartholomew Road 155, Sophie bocejou, espreguiçou-se e começou a empilhar as listas que tinha feito. Passou os braços em torno das costas largas de Matthew e beijou-lhe a nuca, seu lugar preferido, onde os pêlos finos e grisalhos se curvavam, achatados, contra a pele como os de um bebê.

– Amanda e Edwin nos convidaram para tomar uns drinques antes do Natal, na terça. Vai dar para você ir? – Amanda era a mais velha e ligeiramente mais irritante das duas irmãs de Matthew, ambas mais novas do que ele.

– Se não tiver saída... – Matthew virou-se e beijou-lhe as costas.

– Eu disse que chegaríamos às 7 horas. Dá para sair do trabalho um pouco mais cedo?

– Dá, sim, sem problemas – disse ele, esquecendo-se totalmente da promessa que tinha feito a Helen apenas 40 minutos antes. – Passo em casa antes para buscar você.

3

DEITADA NA CAMA, HELEN repassou a conversa telefônica mentalmente, procurando alguma armadilha. Ao longo dos anos, Matthew só tinha concordado em ir vê-la em dias diferentes dos normais em algumas raras ocasiões. Ela se perguntou o que teria causado aquilo. Talvez uma discussão com Sophie, pensou, esperançosa. Tentou imaginar Matthew chegando em casa, a maleta na mão depois de um dia de trabalho (e muito mais), beijando as filhas, a esposa nervosa por ele chegar tão tarde, o jantar arruinado, as recriminações culminando em um bate-boca dos piores. Mas, não sendo burra, Helen sabia que, embora jamais tivesse encontrado Sophie, ela não podia ser a baranga feia, grisalha e velha que ela gostava de imaginar nas solitárias noites de segundas, quartas e quintas, depois que Matthew voltava para casa. Por que ele teria se casado com ela se Sophie fosse assim? E por que ainda estaria casado com ela todos esses anos e voltaria para casa correndo, desesperado para que a mulher não desconfiasse que, na verdade, não estava trabalhando até mais tarde no escritório nem jogando squash com colega algum? Se ele preferisse estar com Helen, como sempre dizia que preferia, então por que não passava a noite com ela, sem se importar com o que Sophie pudesse pensar? Era esquisito... a não ser que...

25

Epa! Helen tratou de interromper esse raciocínio, já bem conhecido porém ineficaz, e arrastou-se para fora da cama, procurando pensar em outra coisa. Vestiu as calças de pijama folgadas e uma camiseta, foi até a sala e pegou o telefone para ligar para Rachel, a fim de comentar as coisas com ela, como sempre fazia. Helen tinha plena confiança em Rachel para ajudá-la a encarar a realidade com clareza — mesmo que estivesse no bar ou namorando, Rachel deixava tudo de lado para ouvir as lamúrias de Helen. Para isso serviam as amigas. Rachel não sabia, porém, que sua amizade fazia Helen sentir-se melhor sob muitos aspectos. Rachel era mais bem-sucedida que Helen, mais bonita, tinha mais dinheiro, mas — e esse era um enorme "mas" — era solteira. Não tinha um homem próprio — nem mesmo dividia um com alguém como Helen, e isso, Helen não podia deixar de pensar, a colocava em uma posição inferior na hierarquia feminina. No entanto, essa era uma idéia que Helen não considerava nem um pouco generosa e, portanto, jamais sonharia em expressá-la à amiga. Só que toda mulher precisa de uma amiga que possa sentir que é inferior a si mesma.

As conversas entre elas costumavam ser assim:

— Acha que ele ainda dorme com ela?

— Não, claro que não.

— Como pode ter tanta certeza assim?

— Faz anos que ele nem se sente atraído por ela, ele não disse a você milhares de vezes?

— Sim, mas acha que ele está falando a verdade? Por que é que ainda está com ela, então?

Aí Rachel vinha com toda a lista de respostas prontas dela:

— Talvez ela tenha ameaçado se matar caso ele a abandone. Ou então tem uma doença terminal, e ele acha que é melhor esperar que ela morra. Ou é podre de rica, e ele precisa encontrar uma maneira de ficar com o dinheiro dela antes de se separar. Ou então é psicótica, e ele tem medo da reação dela.

Elas jamais chegavam a uma conclusão. E, naturalmente, Rachel jamais dizia o que realmente pensava, que era: "Afinal de contas, qual é o seu problema? Está na cara que ele ainda a ama! Por que você está perdendo o seu tempo?", portanto Helen sempre terminava os papos com a amiga convencida de que Matthew estava mesmo preso em um casamento sem amor, só esperando o momento certo para terminar tudo e ir morar com ela.

Helen costumava tecer fantasias nas quais dava a entender a Sophie exatamente o que o marido fazia à noite. Na sua fantasia predileta, Sophie, totalmente descontrolada (e absolutamente horrenda), punha Matthew no olho da rua, sem esperança de reconciliação, mas Matthew, longe de se perturbar, ficava aliviado ao descobrir que finalmente podia levar a vida com a qual havia sonhado durante os últimos quatro anos. Essa fantasia tendia a evoluir até a parte em que ele comprava uma casa enorme e linda no campo e promovia Helen a gerente de uma pequena empresa que fazia potes de argila (nas suas fantasias, Helen sempre revelava talentos com artes que nunca tinha tentado na realidade). Convenientemente, Matthew se esquecia por completo das filhas do casamento anterior.

Helen havia se enganado ao imaginar que Sophie tinha 50 e poucos anos. Ela sabia que a mulher de Matthew trabalhava e preferia pensar que ela, como a própria Helen, amargava um emprego em vez de uma carreira. Uma coisa bem medíocre, imaginava ela. Talvez voluntária em um brechó da ONG Oxfam, selecionando as calças usadas dos outros para ganhar a vida.

Sophie, porém, tinha 45 anos. De cabelos pretos e olhos castanhos, até se parecia muito com Helen, mas cometera o pecado capital de ser um pouco mais velha. Não seria difícil imaginar uma amizade entre ambas, se não fosse por um ínfimo detalhe...

Com o passar dos anos, as verdadeiras amigas de Helen começaram a desaparecer uma a uma. Tinham substituído o barzinho por noites tranqüilas e jantares a dois e os drinques de vodca por garrafas de Pinot Grigio. Uma vez por ano, talvez, Helen dava um jantar e convidava quatro ou seis amigos (bem, duas ou três de suas amigas e seus respectivos companheiros, porque agora, gostasse ela ou não, elas só andavam de mãos dadas com alguém). Ao ouvir as conversas sobre filhos e compras de eletrodomésticos para a cozinha, tentava fingir que estava interessada ("Ele agora sabe ir ao banheiro sozinho. Mas que beleza! Já se livrou das fraldas, é? Puxa, que legal!"). Mas em geral ela quase morria de tédio num silêncio asfixiante. Procurava evitar ter de responder às perguntas sobre Matthew e Sophie e se já era hora ou não de ela parar de ser boazinha. Ultimamente, tinha começado a sentir que suas amigas já a estavam julgando e que olhavam para seus (na maioria horrivelmente repelentes) maridos se perguntando se eles não estariam pensando em arranjar uma Helen por fora.

Ela raramente recebia convites das amigas (mulheres solteiras, ao contrário de homens solteiros, causam um certo constrangimento, mesmo nas amigas). Se você convidar um casal que conheceu há pouco tempo, a esposa logo vai começar a se preocupar se ele passar a noite inteira puxando papo com uma mulher desacompanhada. Se ela descobrir que a tal mulher na verdade é amante do marido de outra, aí mesmo é que a noite estará estragada. Portanto, ultimamente, nas noites em que Helen realmente saía encontrava-se com Rachel, e elas bebiam, dançavam e falavam mal dos homens exatamente como faziam aos 20 anos. Só que ambas estavam para virar quarentonas e começavam a parecer duas despeitadas.

Agora, Helen, com uma taça de vinho em uma das mãos, ansiava por dar a boa notícia a Rachel. Pressionou o botão três, que era o atalho do telefone sem fio (o número um era o celular de Matthew;

o dois era o telefone de seus pais; o três era o número da casa de Rachel; o quatro, o celular de Rachel; o cinco, o celular da mãe; o seis, o telefone do trabalho. Mas que pobreza, meu Deus). O telefone de Rachel tocou. E tocou uma vez mais. No final, quando Helen estava para desligar, Rachel atendeu. Parecia meio avoada.

— Oi.

— Rach, sou eu. Adivinha só...

— Helen. Oi. Sabe o que é... posso ligar para você amanhã? Agora não vou poder conversar. Neil está aqui.

OK. Neil era o cara que Rachel tinha conhecido em uma boate havia algumas semanas antes. Simpático, trabalhava na área de informática. Atraente. Helen sabia que eles andavam se encontrando desde esse dia, tinha ouvido a maioria dos detalhes. Jantar uma vez. Uns drinques no bar. Sexo no terceiro encontro. Ele tinha passado a noite com ela no quarto. O padrão de sempre de Rachel. Dentro de uma semana ela se cansaria dele. Dentro de duas, ele faria parte do passado.

Desde que conhecera Rachel, tinham existido vários Neils, ou assim ela pensava. Enquanto Helen se agarrava desesperada a Simon e depois a Matthew, os casos de Rachel raramente duravam mais de duas semanas. Só nos últimos meses, ela tinha namorado Martin, um bombeiro (muito conservador), Ian, dono de uma livraria (chato), e Nick, um cabeleireiro de 23 anos que a trocou por um rapazinho de 19. Nada dava a entender que seria diferente com Neil.

Helen resolveu insistir um pouco mais.

— Rachel, ele não vai se importar se você conversar uns minutinhos.

— Não dá. Eu ligo para você amanhã, tá?

— Mas Matthew acabou de me ligar. Às 22h30. Ele quer se encontrar comigo na terça. Diga a Neil para ir embora e ponha a chaleira no fogo ou prepare um coquetel, qualquer coisa, e me ajude a deduzir o que aconteceu com ele em casa para resolver fazer isso.

— Já disse que não dá. Nós dois estamos numa boa aqui, não quero cortar o barato, sacou? Não vou deixar Neil às moscas enquanto bato papo com você. Se fosse uma questão de vida ou morte, talvez, mas não é. Dá para você esperar até de manhã. Tchau, querida.

Rachel desligou. Helen ficou sentada com o aparelho numa das mãos, a taça de vinho na outra, confusa. Em dez anos de amizade, Rachel nunca tinha deixado de ter tempo para ela. Nunca um homem tivera precedência sobre Helen em sua vida pessoal. Isso só podia significar uma coisa: Neil era especial. Neil ia ser o homem que salvaria Rachel do estigma de ser solteira. Helen não ia mais poder sentir pena da amiga por seus fracassos em casos anteriores. A única pessoa que ela podia esnobar não existia mais. Rachel era mais bonita, mais bem-sucedida, ganhava mais que Helen e agora tinha alguém só seu — só dela, porque Neil, pelo que Helen sabia, não tinha esposa nem filhos escondidos em lugar algum. Rachel tinha vencido.

Era o fim de uma era, e Helen sabia disso.

Olhando para o relógio, resolveu ir para a cama. Afinal, eram 10h45, não tinha nada que prestasse na televisão, e ela precisava estar descansada para o trabalho de manhã.

Quando Helen e Matthew se viram rapidamente no trabalho no dia seguinte, ela estava se sentindo bondosa e propensa a perdoar qualquer coisa, porque ele tinha mudado de planos para ficar com ela. Ele, por sua vez, sentia-se amoroso com ela, pois havia se esquecido do conflito de datas da semana seguinte e porque ela o estava tratando bem, pelo que lhe pareceu, sem motivo algum, o que sempre é excelente. Ambos saíram do trabalho satisfeitos, prontos para um fim de semana tranqüilo.

Helen conseguiu arrancar Rachel de perto de Neil para fazer umas comprinhas na tarde de sábado, e, apesar de ter que ouvir um relato detalhado do nascimento do verdadeiro amor, elas se divertiram, e Helen conseguiu falar um pouco sobre si mesma e seu caso, o suficiente para o encontro com a amiga valer a pena.

Ela precisou passar sozinha as noites de sábado e de domingo, mas matou o tempo procurando nas lojas e na internet o presente de Natal perfeito para um homem que tinha tudo, inclusive uma esposa que poderia se perguntar onde ele havia comprado um blusão de cashmere.

Era uma questão de habilidade encontrar alguma coisa que Matthew poderia comprar para si mesmo, mas que ela tivesse quase certeza de que ele não compraria até o Natal. Helen acabou se decidindo por uma maleta Paul Smith.

Na segunda-feira, Matthew passou o dia em reuniões, assim como Laura, de forma que Helen ficou só digitando uma coisa ou outra, lendo revistas nos intervalos ou ouvindo rádio. Pensou em ligar para Rachel para pôr as fofocas em dia, mas desistiu.

Às 18h30 em ponto, a campainha tocou. Era Matthew, como sempre. Garrafa de vinho e pote de sorvete na mão. Eles fizeram o de sempre: falaram sobre o que estava acontecendo no trabalho, beberam, foram para a cama, treparam sem muita animação e depois caíram no sono.

Às 19h55, Matthew olhou para o relógio de pulso na mesinha-de-cabeceira e começou a levantar-se.

— Até amanhã — disse ela, desligando o alarme antes de ele tocar.

Matthew inclinou-se para beijá-la, que abraçou seu pescoço, detendo-o.

— Será que daria para você sair do trabalho um pouco mais cedo amanhã à noite? Eu poderia preparar um jantar para nós. Ou vai precisar comer em casa?

Depois de fazer uma cara de espanto passageira, ele disse:

— Amanhã? – e então, aos poucos, percebeu. – ...Nós combinamos amanhã? – perguntou ele, ganhando tempo. – Amanhã não dá, surgiu um compromisso.

E foi então que o pau quebrou.

— Como assim, surgiu um compromisso?

— Só... coisas de família. Sabe como é.

— Esqueceu de mim, não é? Esqueceu que tinha prometido vir aqui e concordou em ir a alguma festinha mixuruca com sua esposa.

— O que é isso, benzinho? – perguntou ele, com aquele ar paternalista.

— O que é isso o quê? Você nunca pensa em mim, aqui sozinha, noite após noite.

— Então saia com alguém. Não vou impedir você.

— Não dá. Não tenho mais ninguém com quem sair. Ninguém mais quer ser amiga de alguém que está de caso com um homem casado.

— Ah, então agora a culpa é minha, é? Vivo tendo de mentir para poder vir me encontrar com você. Tem idéia de como isso é difícil?

— Não estou pedindo para você mentir.

— Está, sim. O tempo todo. Pede para eu vir aqui, quer almoçar comigo. Puxa, já perdi a conta das vezes que você tentou me convencer a dizer a Sophie que vou a alguma conferência, para poder levar você a algum lugar no fim de semana.

— Mas você nunca vai fazer isso, vai?

— Porque não quero que ninguém nos veja. Nós dois concordamos...

— Quero que o nosso trato vá para o inferno. Estou cansada de ficar em segundo plano, de sempre ser aquela que tem de abrir mão de alguma coisa...

— Desculpe se esqueci do nosso encontro amanhã. Desculpe mesmo. Mas você sempre soube que era preciso que fosse assim.

– Bom, não precisa mais ser – disse Helen, em tom ousado. –
Estou falando sério.

– Como é que é? Então agora você acha que preciso contar à
minha esposa e as minhas filhas que nunca venho para casa cedo
porque estou com minha amante?

– Por que não?

– Ficou maluca, é?

– Não fiquei maluca, não. É que não entendo o que haveria
assim de tão apavorante em contar a verdade à porcaria da sua
esposa tão perfeita depois de todos esses anos.

Silêncio.

Havia um assunto que Helen e Matthew evitavam sempre, a
não ser quando estavam quebrando o pau. O assunto "por que não
se separa de sua mulher e fica comigo?". E agora pronto, tinham
tocado nele, e não dava mais para voltar atrás.

– Não meta a Sophie nisso. Isso não tem nada a ver com ela.

– Por que você vive defendendo a Sophie, hein?

– Porque ela é minha esposa, e nada disso é culpa dela. E
você sabia que eu era casado quando começamos este nosso caso.

– Matthew vestiu o paletó. – Estou atrasado. Preciso ir, senão ela
vai querer saber onde eu andei.

Helen não podia recuar daquela vez.

– Então conte a ela, pelo amor de Deus. Não agüento mais,
juro. Conte para Sophie que eu existo, senão acabou. Estou falando sério dessa vez. Acabou mesmo.

– Então, tudo bem.

Matthew bateu a porta da frente ao sair.

4

SOPHIE JAMAIS TERIA admitido isso, mas sentia medo do Natal. Não conseguia se lembrar bem de como tinha começado a tradição de *todos* irem à casa deles e ela virar escrava durante alguns dias. Lembrava-se vagamente de um ano em que ela e Matthew tinham combinado de dar uma festa em casa no Natal, e que depois as duas irmãs dele se revezariam para ninguém ficar sobrecarregado com as tarefas domésticas.. Sophie e Matthew tinham se oferecido com toda a boa vontade para ser os anfitriões no primeiro ano e cuidaram da comida e dos enfeites, criaram jogos e inventaram brincadeiras. Suzanne e Claudia tinham 8 e 6 anos na época e achavam o Natal uma coisa fantástica. As irmãs de Matthew, Amanda e Louisa, soltaram suspiros fingidos diante da felicidade doméstica e da capacidade de organização de Sophie. Os maridos das irmãs de Matthew, Edwin e Jason, elogiaram bastante seu molho e suas tortinhas com crosta de laranja e Grand Marnier e reclamaram da falta de habilidade de suas mulheres na cozinha, e os filhos de Amanda, Jocasta e Benji, correram para cima e para baixo e desarrumaram tudo, sabendo que ninguém ia impedi-los, pois seus pais claramente haviam abdicado de qualquer tipo de responsabilidade paterna durante alguns dias. Sophie e Matthew providenciaram as bebidas e os petiscos, limparam a sujeira e lavaram as toalhas – ficando exaustos, mas pelo menos se sentiram aliviados por saberem que só iam precisar repetir a dose dali a três anos.

Ledo engano.

No ano seguinte, Amanda, que era a irmã da vez, anunciou que estava grávida em outubro e que não poderia organizar a festa. Louisa declarou que sua casa estava uma bagunça devido a uma reforma e, tudo ficou em suspenso até Sophie intervir e dizer que ela e Matthew podiam repetir o convite do ano anterior e até estendê-lo à mãe de Matthew, Sheila, que enviuvara recentemente. Dessa vez, porém, os pais de Sophie, Bill e Alice, também compareceram. Felizmente o irmão mais velho dela, seu único irmão, se mancava e todo ano passava o Natal na Espanha com seus filhos e, recentemente, netos. Nunca ocorreria a ele convidar Sophie e Matthew para irem passar o Natal com eles, nem a eles ir para lá se ele convidasse, pois Sophie se dava bem com o irmão, mas estavam se distanciando cada vez mais. Naquele Natal, o único problema foram os vômitos constantes de Amanda, que pareciam piorar sempre que lhe mostravam batatas que precisavam ser descascadas.

No ano seguinte, o bebezinho de Amanda e a gravidez de Louisa foram as desculpas. As expectativas eram mais exacerbadas, e os ânimos estavam mais exaltados.

No último ano, ninguém tinha se preocupado em dar desculpa alguma; só perguntaram quando deviam ir e pediram para ficar em suítes (já que banheiro no quarto é essencial quando se tem uma criancinha pequena), e quartos no térreo (vitais quando se está grávida, Amanda outra vez). Uma vez lá, viviam pedindo chá e bandejas de sanduíches, uma atrás da outra. Uma briga pelo controle remoto, e Suzanne declarou que era o pior Natal de sua vida.

No total foram cinco adultos e quatro crianças, além dos dois adultos e duas crianças que já moravam na casa, e dois convidados a mais no dia de Natal. Um vegetariano estrito, dois vegetarianos flexíveis, um que sofria de alergia a laticínios, outro, de intolerância a glúten, um alcoólico e um alcoólico em recuperação. Quinze pessoas.

Ah, e ainda o bebê de seis meses da Amanda, e aí seriam 16. Mas suspeitava-se de que o casamento de Louisa e Jason não duraria até o Natal, portanto iam acabar sendo 15 mesmo.

– E se disséssemos a eles que vamos viajar – sugerira Matthew uns dois dias antes, encolhendo-se diante da inevitabilidade de tudo aquilo: as brigas, o abuso do álcool, o choro. – Fazer alguma coisa espontânea para variar, ir para um hotel e deixar todos se virarem.

Sophie riu, desejando que pudessem fazer exatamente isso.

– Você sabe que não dá – dissera ela.

Depois da briga entre os dois, Helen e Matthew passaram a se evitar, a não ser quando se encontravam por acaso durante o trabalho. No dia seguinte, terça-feira, Matthew foi tomar alguns drinques na casa de Amanda e Edwin e conversar sobre a lei de proibição da caça (Matthew e Sophie eram a favor, Edwin e Amanda, contra) e o golfe em Portugal no fim do ano (Edwin era a favor, Matthew, Sophie e Amanda, contra). Edwin, como sempre, bebeu demais e tentou começar um bate-boca com Amanda sobre sua decisão de comprar uma bolsa Prada para Jocasta (de 9 anos). India, de 3 anos, garatujou alguma coisa com canetinha hidrográfica no paletó Ted Baker de Matthew e ficou de castigo no quarto, e Molly, a bebezinha, derrubou um copo de Merlot no sofá branco. Helen, enquanto isso, estava sozinha em casa, convencida de que Matthew ia aparecer, arrependido, com um buquê de flores na mão a qualquer segundo. Mas obviamente ele não apareceu.

Na quarta-feira, Matthew passou o dia fora, visitando um dos clientes mais importantes da Global, com o celular desligado.

Helen saiu do trabalho e foi para casa como sempre, observando o relógio passar das 19h e depois das 20h, removeu a maquiagem, vestiu o pijama e chorou até dormir.

Quinta-feira à noite era, claro, a peça de Natal da Claudia. Helen pensou em enviar um e-mail a Matthew para ver se ele tinha mudado de idéia e se viria como sempre, mas sabia que a vaca da secretária dele, Jenny, abria todas as mensagens do chefe e também atendia a todos os telefonemas, e, de qualquer forma, Helen e Matthew já tinham concordado havia muito tempo em ligar um para o outro no trabalho apenas em caso de emergência. Ela tentou esperar diante da sala de reuniões na hora que sabia que a reunião semanal de estratégia dele ia terminar, mas havia muita gente por ali, de modo que ela só conseguiu dar um sorrisinho sem graça quando ele apareceu. Naquela noite, esperou durante horas, as velas acesas, o vinho branco na geladeira, mas Matthew não apareceu. Então deduziu que ele estava lhe dando gelo e só queria que ela se sentisse mal.

Claudia estava fazendo o papel de um dos Reis Magos, usando barba, uma túnica listrada comprida e sandálias. Quando foi entregar à Virgem Maria seu presente de mirra, bateu com o dedão na manjedoura e disse "Merda!" bem alto.

Sexta era o último dia de trabalho antes das férias coletivas de fim de ano. Helen tinha se convencido de que Matthew estaria feliz por ter lhe dado uma lição e, a qualquer momento, encontraria uma desculpa para aparecer em sua sala e se reconciliar. Ela havia imaginado lhe dar a maleta na noite anterior, mas agora o presente estava embrulhado em papel prateado e fita, sob sua mesa. Ela sabia que realmente não devia se arriscar a dar a maleta a Matthew ali no escritório, mas ele não lhe deixara alternativa.

Ela foi ao almoço anual de Natal das secretárias e ficou meio bêbada e chorosa. Por uma fração de segundo, pensou em se consolar com Jamie, o único secretário da empresa, mas ele mal tinha completado 27 anos e nem sequer era bonito, portanto ela decidiu que não seria uma boa. Tentou falar em Matthew tanto quanto possível sem se comprometer, mas só conseguiu descobrir que ele tinha comprado um par de brincos da Tiffany para dar de presente de Natal a Sophie, e que uma vez tinha pedido a Jenny para comprar cuecas novas para ele quando estava para viajar para uma conferência e se esqueceu de trazer roupa de baixo (Calvin Klein, preta, grande). Soube também que Laura costumava ligar para convidá-lo para almoçar, e que às vezes ele aceitava os convites. Nada disso deixou Helen muito satisfeita.

Mais ou menos às 16 horas, ela resolveu fazer uma ligação de emergência e recebeu uma mensagem de "fora do escritório": "Matthew Shallcross estará ausente durante o período de festas de fim de ano e retornará no dia 4 de janeiro." Ela tentou o celular dele; estava desligado.

Naquela noite, Helen, Rachel e Neil foram a um bar juntos, e Helen teve de admitir que Neil era mesmo muito legal e engraçado e claramente adorava Rachel. Além disso, quando Rachel falou sobre uma banda de rock ou uma boate nova, ele não achou hilário e engraçadinho dizer: "É alguma marca nova de cereal?" Quando Rachel mencionou *break* ou saias de lambada, ele não disse: "Eu tinha uma hipoteca e um filho para sustentar nessa época, portanto, nem me liguei nessas ondas dos anos 1980." (Sophie era a segunda esposa de Matthew, aliás, e, quando a conheceu ele já tinha um filho, Leo, agora com 38 anos, da primeira esposa, Hannah. Para aumentar a confusão, Leo tinha idade para ser pai de Suzanne e Claudia, exatamente como Matthew podia ser pai de Helen, embora ela procurasse não se lembrar disso, pois podia inspirar comparações entre ele e seu próprio pai assexuado e confiável, que era só cinco anos mais velho que Matthew.)

Ainda por cima, o encontro de Rachel não ia terminar de repente, às 8 horas da noite, porque o namorado tinha de voltar correndo para a esposa.

Helen ficou acordada até altas horas e bebeu todas, chorou muito depois que voltou para casa e ficou trancada lá durante dois dias inteiros.

Nos últimos anos, Helen tinha passado o Natal sozinha em seu apartamento. Podia ter ido para a casa dos pais, mas era uma vergonha imensa que ela, com quase 40 anos na cara, ainda fosse solteira. Assim, disse-lhes que ia passar o dia com o namorado (não Matthew, seus pais podiam até deserdá-la se achassem que estava namorando um homem casado), mas um cara fictício, Carlo, do qual Helen lhes falava fazia tanto tempo que já nem se lembrava mais. Era uma coisa arriscada, mas, no final das contas, era melhor aturar o aborrecimento da mãe porque Carlo nunca tinha ido com Helen do que agüentar a pena e a decepção dela pelo fato de sua única filha ser uma solteirona. Um ano, temendo o dia horroroso que ia passar assistindo a programas péssimos na TV e comendo nuggets de peru, Helen resolvera ir até a casa dos pais, de qualquer modo, mas dizer a eles que Carlo tinha ido para a Espanha passar o Natal com os pais dele, só para variar. Ela não conseguia se lembrar por que ou quando ele havia virado espanhol, mas com o passar dos anos descobrira que tinha tendência para inventar mais detalhes para preencher os vazios de sua mentira, e agora ele não só era estrangeiro, como rico e, segundo ela se lembrava de também ter dito uma vez, famoso em seu país. Na hora do almoço, sua mãe estava fitando-a de um jeito tristonho, por ele ainda não ter ligado para desejar feliz Natal a Helen. No meio da tarde, a pergunta passou a ser: "Vocês não brigaram, brigaram?" E no início da noite, Helen tinha sido obrigada a fingir que estava conversando com alguém ao celular perto da mãe, rindo de gracejos inaudíveis e declarando seu amor a um namorado inexistente. Resolvera nunca mais repetir a dose.

O Natal para Helen sempre fora meio traumático. Ela adorava

os preparativos – as vitrines lindas e as luzes mágicas, bem como os filmes excessivamente sentimentais na TV –, mas o dia em si sempre a decepcionava. Sem ter irmãos nem irmãs, para ela o Natal costumava ser uma festa tediosa, sem os jogos, nem os risos nem a histeria que seus amigos relatavam. O dia parecia interminável, com um almoço comprido, chato e formal e sem televisão, até mamãe e papai acordarem de sua soneca da tarde e comerem sanduíches de peru enquanto assistiam a programas de auditório. À medida que ela foi crescendo, a expectativa daquele dia longo, escuro e lúgubre começou a eclipsar qualquer divertimento que ela tivesse durante os preparativos. Ela começou a temer as festas de fim de ano como um todo.

Em geral, durante esse período, Helen saía com Rachel na véspera de Natal para encher a cara e depois dormia durante a maior parte do dia seguinte. Este ano, não dava para encarar a felicidade de Rachel com Neil; portanto, ela mentiu para a amiga, dizendo que ia para uma boate com amigos também imaginários, e em vez disso passou o dia na cama, com uma garrafa de vodca.

Para consternação de Sophie, a véspera de Natal com os Shallcross estava obedecendo ao padrão tradicional. Amanda, Edwin e a família tinham chegado com a mãe de Matthew, Sheila, e trataram de criticar tudo o que podiam encontrar para criticar, desde o ano do vinho que eles lhes haviam oferecido até a marca dos copos nos quais o beberam. Louisa e Jason estavam atrasados, provavelmente engalfinhando-se em alguma briga. Louisa devia estar tomando uma taça de vodca e esfregando-a na cara do agora abstêmio Jason. Nos últimos tempos, quando ela realmente queria provocá-lo, dizia-lhe que, agora que ele não bebia mais, não tinha mais graça, o que, para alguém que certa vez acordou em uma cela da delegacia depois de esbofetear a mulher no rosto durante um bate-boca entre bêbados, era difícil de aturar.

– Lembra-se da vez em que Louisa trouxe o primeiro namorado dela, aquele tal de Wilson, para jantar lá em casa, e ele trouxe uma garrafa de *cava?* – estava dizendo Sheila agora para Amanda, que dava gargalhadas de alguma coisa que Sophie não conseguiu descobrir o que era.

– Lembro, sim, e ele disse: "Deve ser bom, porque custou seis libras." – Amanda enxugou os olhos, sem conseguir se controlar.

Sophie resolveu esconder as seis garrafas de Cava que tinha comprado no Oddbins entre seus estoques atrás do caixote de Laurent Perrier na cozinha. Desde que se casara com Matthew, nunca tinha conseguido adivinhar no que a mãe ou as irmãs dele iriam meter o pau da próxima vez.

Ela não tinha ilusões. Sabia que tanto Amanda quanto a mãe pensavam que Matthew se vendera por muito pouco ao se casar com ela, e a achavam muito classe média para se comparar ao seu status de ricaços de meia-tigela. Amanda gostava de se considerar extremamente parecida com a princesa Michael de Kent, uma réplica da refinada nobre – aliás, parecia mesmo com ela –, e para fazer jus a isso, falava com um sotaque que, de tão cortante, seria capaz de fatiar um pão. Sheila, que se parecia demais com Margaret Thatcher, usava luvas brancas na igreja aos domingos e era a única pessoa que Sophie tinha conhecido na vida que realmente lia *Horse and Hound*, muito embora detestasse animais de todos os tipos. Eram mulheres ridículas, das quais Sophie costumava sentir pena, apesar de sua hostilidade às vezes aberta. Pensando bem, Louisa também não tinha dado a entender que adorava Sophie, mas no seu caso era porque mulher alguma jamais seria boa o suficiente para se casar com seu irmão mais velho. Sophie costumava achar incrível que alguém tão encantador, descontraído e engraçado como Matthew pudesse ser parente de três pessoas tão desagradáveis.

Por volta das 9h da noite, Louisa e Jason tinham aparecido, e todos estavam em seus lugares. Sophie já estava exausta de servir bebidas, oferecer aperitivos e pãezinhos recheados de lingüiça e lavar copos. Louisa e Jason procuravam mostrar de toda forma que não estavam se falando, e ela fazia o possível para deixar tanto ele quanto Amanda loucos flertando com Edwin, que parecia corresponder à sua atenção, enquanto saboreava o uísque puro malte de 25 anos de Matthew. Sheila já tinha dito a Sophie que achava que ela havia engordado, e agora estava na lavanderia tentando explicar-lhe por que não se devia confiar em cozinheiras filipinas. Suzanne continuava emburrada em seu quarto porque não podia assistir à TV. Benji e India estavam disputando um Gameboy. O bebê chorava, embora ninguém se dispusesse a consolá-lo. Claudia finalmente tinha conseguido derramar Coca na blusa Juicy Couture de Jocasta depois de várias tentativas frustradas, de modo que pelo menos ela parecia satisfeita. Matthew sentiu uma forte pontada de saudade do apartamento silencioso e organizado de Helen. Por uma fração de segundo pensou em ligar para ela, mas serviu-se de outro drinque e tratou de tirar a idéia da cabeça.

Por volta das 11h, Louisa estava sentada no sofá com Edwin, ouvindo com toda a atenção todas as suas palavras, e "acidentalmente" roçando a perna na mão dele sempre que achava que Jason podia estar olhando para o seu lado. Edwin, depois de tomar meia garrafa, tinha começado a arrastar a fala de um jeito que teria sido cômico se toda a cena não fosse tão grotesca. Ele pôs a mão no joelho de Louisa e começou a afagá-lo, como se ela fosse um labrador bem comportado. Ela soltava risadinhas juvenis como uma adolescente e ficava olhando para o marido, para ver se ele estava prestando atenção.

— Edwin, francamente, você não devia fazer isso — disse ela num sussurro audível, sem demonstrar o menor esforço para detê-lo. — Jason vai ficar com ciúmes. — Na verdade, a perna de Louisa já estava doendo um pouco por causa de toda aquela esfregação. Ela sentia que, sob suas calças de lã cinza, um pedaço da pele começava a ficar dormente. Desejou que ele fizesse alguma coisa um pouco mais... ousada. Então decidiu forçar a barra. – Não sabia que você era um cara tão charmoso assim, Edwin – ronronou ela, pondo a mão sobre a dele, que continuava no seu joelho.

– Talvez nós devêssemos encerrar a noite agora – disse Matthew, sem fazer idéia de como acabar com aquilo. Ficou de pé.

– Não acha, Jason?

Os olhos de Jason não se desgrudaram da esposa e do cunhado. Matthew recostou-se outra vez sem saber o que fazer em seguida. Edwin, que ainda resolutamente bebia tudo o que achava no bar, parecia não notar a tensão em torno de si.

– Bem, crianças, hora de ir para a cama – disse Matthew, gesticulando numa tentativa de levar as meninas para a escada. Os menores já estavam lá em cima, mas Claudia, que tinha persuadido Suzanne a sair do quarto dizendo-lhe que os adultos estavam fazendo sacanagem lá embaixo, tentava decidir qual seria a melhor forma de usar a nova palavra que tinha aprendido, parecida com "roseta", e tinha esperança que Jason a usasse de novo, para que ela pudesse ter certeza de que tinha entendido bem a pronúncia e o contexto. Jocasta tinha ficado muito calada, ocasionalmente enxugando os olhos com a manga do pijama Paul Frank. Nenhuma delas se mexeu.

Vendo se ainda contava com toda a atenção do Jason, Louisa aproximou-se de Edwin e segredou-lhe ao ouvido:

– Sei que você sempre gostou de mim. – isso baixo, mas não tão baixo que fosse inaudível.

Jason, tendo resistido bravamente até aquele instante, serviu-se de uma taça de Merlot.

A paciência de Matthew finalmente se esgotou. Ele passou a mão no telefone, fechou-se no quarto estilo renascentista dele e Sophie e discou o número de Helen. Ouviu o aparelho tocar três vezes, e então a secretária eletrônica entrou, a voz de Helen vivaz, jovial e convidativa. Ele desligou sem deixar mensagem e sentiu uma pontada penetrante no coração – onde estaria ela? Apesar de Matthew ter uma esposa com a qual ainda trepava ocasionalmente, ficava com um ciúme doentio se outro homem chegasse a alguns metros de distância de Helen. Agora estava começando a imaginá-la em diversos cenários excruciantes, com improváveis homens mais jovens, tomando uma bebidinha com eles num bar aconchegante, trocando beijos na rua, já de cara cheia, na cama com eles. Não podia acreditar que tivesse sido tão idiota a ponto de não ter tentado fazer as pazes com ela antes do Natal. Quem poderia saber o que ela estaria fazendo agora – neste exato momento – para se vingar dele? Ora, nós sabemos, é claro, que ela estava desmaiada na cama, depois de uma bebedeira memorável, a boca aberta, só com um filete de baba escorrendo-lhe dos lábios e ruídos muito pouco atraentes saindo-lhe das narinas – mas, na cabeça de Matthew, ela já tinha conhecido, seduzido e se casado com alguém totalmente novo.

Ele tentou o celular dela, pronto para desligar quando a ouvisse atender. Desligado. Matthew permaneceu sentado na cama, de olhos pregados na colcha. Porcaria. Ainda estava parado ali quando Sophie entrou, já pronta para comprar briga. Seria uma briga parecida com a que tinham tido no Natal anterior e no Natal antes dele. Mais ou menos assim:

– Os seus parentes estão se matando lá embaixo; que gente mais sem educação.

– Não fui eu quem os convidou.

– Ah, fui eu, então, não fui? Foram eles que se convidaram. E o que esperava que eu dissesse? Não? Para depois eu aturar as abobrinhas que eles iam passar o ano dizendo?

– Não! Preferiria que você lhes dissesse que adoraríamos que eles ficassem e estragassem nosso Natal. Outra vez.

Matthew sempre conseguia dar um jeito de vencer o bate-boca, apesar de serem seus parentes que estavam brigando lá embaixo. Matthew e Sophie foram para a cama, viraram de costas um para o outro e tentaram conciliar o sono. Era o fim perfeito para um dia perfeito. Feliz Natal.

No dia de Natal, Helen matou o tempo fazendo uma lista de tudo o que detestava em Matthew:

A falta de comprometimento
A falta de hombridade
Aquele negócio de dizer "Atchim" ao espirrar
Os pêlos do nariz
A pele enrugada da barriga
A campainha de seu celular
O ursinho que ele comprou para ela de presente de aniversário
O gosto musical dele
O gosto dele para cinema
O gosto dele, ponto final
A assistente dele, Jenny
As orelhas (não havia nada de feio nas orelhas dele, mas ela estava embalada)
Os sapatos Prada, que ela estava convencida de que a esposa tinha comprado (certo)
O relógio Tag, que estava convencida de que a esposa tinha comprado (errado)
A esposa dele

Quando terminou, a surpreendente lista tinha duas páginas. Ela ligou para os pais para desejar "Feliz Natal" e depois se deitou no sofá para assistir à TV e esperar a ressaca passar.

★

O som do antiácido chiando na água tinha sido a trilha sonora durante a manhã inteira na casa de Matthew e Sofia, onde as coisas tinham ido de mal a pior. As crianças tinham aberto os presentes, e, depois de tudo terminado, os adultos, liberados da obrigação de fingir que eram felizes, voltaram às suas brigas de costume. Sophie e Matthew tinham preparado o almoço em um silêncio tenso, rejeitando ofertas de ajuda da parte de Bill e Alice, que estavam tentando de toda forma melhorar o clima repetindo sua versão predileta das histórias de "quando Sophia era pequena" para uma platéia desinteressada. Edwin estava evitando olhar para Louisa, que, por sua vez, evitava olhar para Amanda.

Lá pela metade do primeiro prato de coquetel de camarão retrô e super na moda, Matthew pediu licença, saiu da mesa, foi para o quintal e telefonou para o celular de Helen, achando que ela estava na casa dos pais, pois Helen nunca havia lhe contado sobre suas tristes refeições natalinas solitárias.

Reconhecendo o número, Helen respondeu com uma indiferença estudada.

— Só liguei para lhe desejar feliz Natal.

— Hum-hum.

— E me perdoe por eu ter sido tão babaca. Eu sei que é difícil para você, e sabe... bem, só queria mesmo era lhe pedir desculpas.

— Tá. — Ela estava se adorando por conseguir desempenhar o papel de desinteressada assim tão bem.

— Estou desculpado, Helly?

— Claro.

Matthew agora estava suando; não era a reconciliação melosa que ele esperava.

— Você está bem?

— Estou.

— Se divertindo?

— Bastante.

Silêncio. E depois:

— Aonde foi ontem à noite?

Ela tinha vencido.

— Sabe, Matthew, eu preciso desligar. Mamãe precisa de ajuda. Até mais.

E desligou enquanto Matthew ainda estava criando coragem para pronunciar as palavras "Eu te amo".

Normalmente, Helen estaria fora de si de contente não só por ter conseguido vencer, mas principalmente, e acima de tudo, por ele ter ligado para ela, mas naquele dia estava se sentindo estranhamente indiferente. Olhando para sua lista, acrescentou: "Esse negócio de ele me chamar de Helly."

Matthew desligou, o coração batendo acelerado. Tinha alguma coisa errada. Em geral, no Natal, ela pulava para atender o telefone depois de o aparelho tocar uma vez só, como se estivesse esperando o dia inteiro para ter notícias dele, o que, aliás, era verdade mesmo. Ele era sempre o primeiro que desligava, porque as filhas estavam chamando, ou a refeição estava na mesa, ou estavam todos sendo convocados para brincar de adivinhação. Ela ficava chorosa e manhosa e perguntava quando ele ligaria de novo. Diria que estava superinfeliz, e que sentia saudade dele. Hoje, porém Helen mal podia esperar para encerrar a ligação. Pela primeira vez na vida ele sentia que não estava por cima.

Por volta das 22h, todos na Bartholomew Road tinham caído na cama, depois de uma noite estressante tentando responder com educação às perguntas que Sophie tinha preparado. Matthew e Sophie ficaram a sós, para ter a briga que Matthew estava esperando o dia inteiro, pois desde que conversara com Helen sentia-se irracionalmente zangado com Sophie por... ora, ele não sabia muito bem por quê.

Ela começou, como ele já esperava.

— O que houve com você durante o almoço?

E por algum motivo – Sophie não fazia a menor idéia do porquê – isso os levou à maior briga que eles haviam tido em anos.

Sophie procurou entender as acusações que Matthew estava lhe jogando na cara, que pareciam incluir tudo, desde o fato de ela não entender a tensão pela qual ele passava no trabalho até a vida social dos dois ter se reduzido a quase nenhuma e a mãe dela ter lhe perguntado como ele podia agüentar ficar trabalhando até tarde com tanta freqüência.

– Ela estava adorando – arengou ele – ter a oportunidade de insinuar que não trabalho tanto assim coisa alguma, ou que não passo tempo suficiente com minhas filhas ou coisa que o valha.

– Não estava, não – quase gritou Sophie em resposta. – Estava tentando puxar conversa, só que ela não é muito boa nisso, me desculpe.

No meio de tudo isso entrou a vida sexual cada vez mais inexistente dos dois, a pressão para ele ser bem-sucedido, e estranhamente, o gosto dela em matéria de roupas para o trabalho.

– Cafona – berrou ele.

– O que é que você tem que se meter no que eu visto para ir para o trabalho, hein? – retrucou ela, aos berros. – Você mesmo está longe de parecer um modelo de capa da *GQ.*

Sophie só o havia visto assim uma vez antes – quando lhe dissera que estava grávida de Suzanne, pouco menos de 13 anos antes. Convenientemente se esquecendo de que ele era responsável, Matthew havia gaguejado e protestado, dizendo que não queria nunca mais ter de assumir a responsabilidade de ser pai. Ele havia ficado, assumido a coisa, encarado a parada e dado com os burros n'água. Como ela ousara ficar grávida sem consultá-lo? E como ele ousara engravidá-la sem consultá-la?, respondera ela. Ele tinha lhe dito que estava se sentindo colocado contra a parede, sufocado, que tinha acabado de sair de um relacionamento que o fazia se sentir assim e não estava nada feliz de descobrir que estava em outro do mesmo tipo. Tinha dito a ela que não queria se sentir de pés e mãos atados por filhos, obrigações, fraldas e reuniões de pais na escola. O ponto alto do episódio foi quando ele disse a ela que não queria passar nove meses vendo a mulher que amava inchar como um balão e ver varizes e estrias marcando-lhe a barriga do tamanho de uma bola e as pernas. Ele adorava o seu corpo, tinha dito (como se isso fosse emocioná-la) e não queria vê-lo se desintegrar.

– Então por que se casou comigo? – perguntara Sophie.

– Porque eu te amo – dissera ele, de um jeito tão ridículo, egocêntrico, que Sophie o detestara naquele momento. Ela tinha passado a noite em claro, planejando abandoná-lo e criar seu filho sozinha. De manhã, já tinha um plano completo de creches, novas casas e trabalho em meio expediente, mas Matthew tinha pedido desculpas como sempre fazia, depois desse dia, quando sabia que tinha exagerado na expressão de seu ponto de vista, e, portanto, ela lhe dera uma nova chance. Na verdade, estava cansada, afetada pelos hormônios, amedrontada e não podia enfrentar os oito meses seguintes sozinha. Algumas semanas depois, de uma hora para outra, ele havia começado a se dedicar à gravidez (meio demais, aliás, às vezes até a deixando irritada por debater o que estava acontecendo dentro dela com qualquer um que estivesse escutando). Ele a havia ajudado a planejar o nascimento ("Não, Matthew, eu não quero ficar deitada nua em uma piscina com você e a parteira ali, de roupa de banho. Quero ir para um hospital e receber anestesia, muita anestesia."), e ele tinha segurado sua mão o tempo todo e respirado com ela, cronometrado as contrações e até atrapalhado um pouco, para dizer a verdade. Dois anos depois, quando ela lhe dissera que estava novamente esperando um filho, Matthew havia pulado de alegria e soltado gritos de felicidade. Agarrara-a pela cintura e saíra girando-a pela cozinha.

Desta vez, porém, não houve xícara de chá e pedido de desculpas pela manhã. Só um silêncio, que permaneceu intacto apesar dos melhores esforços de Sophie para quebrá-lo, e os olhares estranhos e perturbadores que ele lhe lançava quando achava que ela não estava olhando.

Helen passou os dias seguintes ignorando o telefone (chamadas de Matthew que não respondeu: oito; mensagens deixadas: três) e fazendo mais listas. "Motivos para largar Matthew" passou a ter três páginas e meia. "Motivos para ficar com Matthew" era uma lista ridiculamente curta, contendo, como continha, apenas três motivos:

> Ele diz que me ama
> Ele às vezes é engraçado
> Com quem mais eu vou sair?

Depois de ter escrito o motivo número três, ela desatara a chorar, porque era mesmo uma das coisas mais patéticas que ela já tinha visto.

Ela saiu outra noite com Rachel e Neil e surpreendeu-se ao notar que estava se divertindo a valer. O amigo de Neil, James, puxou conversa com ela, que correspondeu ao flerte, muito embora não tivesse sentido a mínima atração pelo cara. Mas isso a deixou lisonjeada e ambos riram muito. Ele era solteiro, da idade dela e não tinha o pé defeituoso nem acne, o que em si já foi para ela uma revelação. A noite passou num piscar de olhos, e ela não pensou em Matthew nem ao menos uma vez. A secretária eletrônica estava piscando quando ela chegou, mostrando que tinha duas mensagens. Ela sequer sentiu vontade de ouvi-las.

Na noite seguinte, quando outro amigo de Neil, Chris (recém-divorciado, pai de três filhos), lhe perguntou se ela era solteira, ela respondeu que sim. Ele lhe perguntou se ela estaria interessada em tomar um drinque com ele, e, embora ela recusasse – qualquer uma poderia deduzir, a quilômetros de distância, a bagagem que ele trazia consigo –, aquilo a fez pensar. Ela voltou para casa. Duas mensagens. Ela as escutou: era Matthew, dizendo: "Estou louco de saudades da sua voz, me liga". Ela não ligou. Helen foi para a cama e acordou com os vizinhos do andar de cima fazendo um barulho danado enquanto trepavam. A mulher (Helen nem mesmo sabia o seu nome, pois moravam em Londres, afinal de contas) estava sendo especialmente exuberante. Hoje ninguém estava falando muito, só soltando "uuus" e "aaahhhs", como uma platéia admirada diante de uma pantomima. "Assim ele vai ficar para trás!" Helen sentiu vontade de gritar. Ficou deitada ali durante um bom tempo, tentando avaliar se tudo aquilo era mesmo verdade ou não, e acabou deduzindo que não, porque se sentiria deprimida demais se fosse. Arrastou-se para fora da cama e decidiu ir até a banca pegar um jornal.

Camden sempre era chocante de manhã, por causa do barulho insuportável, da impetuosidade e do nível obsceno de atividade – e era disso que ela gostava ali naquele lugar, de sua inexorabilidade, de sua recusa de desistir e se acalmar. Ela abriu caminho entre as pessoas que andavam pelo mercado da Inverness Street e foi arrastando-se até a esquina, que dobrou evitando olhar para os outros consumidores. Quando estava para abrir a porta da frente do seu apartamento, passando de uma para a outra mão o jornal, um litro de leite e um pacote de macarrão instantâneo, a porta do andar superior foi aberta, e ela os viu, o casal do apartamento de cima. Eles deram um sorriso meio sem graça para ela, e a mulher disse "Oi" bem baixinho. Usava um casaco felpudo largo e as calças baggy de costume. Helen olhou-os da cabeça aos pés para ver se havia neles algum sinal de que estavam trepando como dois animais menos de 15 minutos antes mas, como sempre, eles exsudavam uma timidez lúgubre e sombria. Eram o tipo de gente que acabaria com a alegria de qualquer festa, mas claramente, quando estavam a sós, mudavam da água para o vinho.

— Feliz Natal — cumprimentou-a o homenzinho com cara de fuinha quando o casal passou por ela.

— Obrigada — disse Helen, entrando depressa no apartamento, desesperada para evitar que o papo se prolongasse. — Para vocês também. — Ela não sabia por que a vida dupla dos dois a incomodava, mas sentia-se mal. Aquilo causava-lhe mal-estar, como se ambos conhecessem um segredo que ela jamais conheceria.

Na noite seguinte, Helen ficou em casa, uma taça grande de vinho nas mãos, analisando sua situação. Nunca tinha passado tanto tempo assim sem falar com Matthew durante todo o relacionamento deles, e por causa desse distanciamento, tudo estava começando a parecer um pouco com uma farsa. Anos de horários rígidos, que ela procurava cumprir religiosamente de acordo com as possibilidades dele, ele cancelando, ela concordando, ele entrando em pânico, ela recuando.

Na segunda taça, ela já estava pensando em James e em Chris e no fato de que, apesar de não estar interessada em nenhum dos dois, eles eram uma prova incontestável de que existiam homens disponíveis da sua idade que não eram de se jogar fora. Além disso, não havia como negar que passar o tempo com homens que ainda não eram adultos na época em que os Beatles já tinham deixado de fazer sucesso era divertido. Tentou se lembrar do que costumava lamentar na vida de solteira de Rachel, mas teve dificuldade para isso.

Ao servir-se de vinho pela terceira vez, ela já estava fazendo um balanço dos últimos quatro anos e pouco de sua vida. Há quatro anos ela tinha 35 anos — era relativamente jovem, agora percebia — e poderia ter achado alguém, ter se casado e ter dois filhos agora, se não tivesse se omitido. (Não que quisesse filhos, embora eles, de certa forma, sempre se insinuassem em sua fantasia de vida perfeita com Matthew, mais como uma forma de garantir sua total atenção e dedicação do que como qualquer outra coisa. Nessa fantasia definitivamente havia uma babá de tempo integral — velha, fatigada e, de jeito algum, ameaçadora, é claro – por perto, para ela não ter nem que ver os filhos, quanto mais cuidar deles.) Agora via que aqueles quatro anos só haviam lhe rendido uns fios de cabelos brancos, que ela precisava esconder retocando as raízes a cada seis semanas, e algumas rugas em torno de seus olhos e boca. Ah, e a perda de sua carreira, de sua independência e de sua auto-estima. Quer saber, que se dane, pensou ela, voltando a encher a taça. Que vá tudo para o inferno, inclusive ele.

A campainha tocou.

Helen olhou-se no espelho de relance enquanto ia atender à porta. Não estava maquiada, seus cabelos estavam oleosos e ela estava de pijama. Abriu a porta, e ali, na sua soleira, viu Matthew. Levou 1 minuto para notar as duas malas enormes aos seus pés, porque continuava fitando os olhos dele, vermelhos e inchados demais, como se tivesse chorado.

– Oi – cumprimentou ela.

Ele abriu os braços.

– Pronto. Tomei uma decisão. Me separei de Sophie. Contei tudo a ela e trouxe tudo o que era meu. Quero dizer, não tudo, né? Só o essencial. Tem mais no carro, mas vou precisar voltar e pegar o resto depois que ela se acalmar um pouco. Desculpa, estou divagando. O que estou tentando dizer é que resolvi morar com você.

5

ENQUANTO MATTHEW, CHOROSO, CONTAVA a Helen que havia passado toda a noite e o dia anterior pensando nela e se perguntando o que realmente queria, ela se viu pensando na lasanha congelada que tinha deixado no forno e no quanto desejava comê-la, o que não era bom sinal. Estava consciente do esforço que fazia para prestar atenção no monólogo que ele desfiava, só conseguindo entender alguns trechos aqui e ali.

— ... Depois que eles todos saíram, ela me disse para me sentar e falar... tentou fingir que estava tudo bem... me perguntou na bucha se eu estava apaixonado por outra... eu disse a ela que eu te amo... blablablá, etc. e tal...

Hã?

— O que foi que você disse? — Ela obrigou a cabeça a concentrar-se.

— Eu disse que ela não desconfiava de nada. Ela nunca havia desconfiado de nada durante todos esses anos.

— Oh.

Vamos, pensou ela, concentre-se, a coisa é séria. Mas enquanto olhava para Matthew ali soluçando como um bezerro desmamado no sofá, ela se viu lutando para equacionar aquele homem acabado de cabelos grisalhos que dali a apenas alguns anos ia poder andar de ônibus de graça com o homem que ela desejara e pelo qual sofrera e sentira o maior tesão durante os últimos quatro anos.

— Abri mão de tudo. Quinze anos de casamento. Minha casa. Ai, meu Deus, talvez até minhas filhas — estava dizendo Matthew.

— Eu a tratei supermal, disse coisas que jamais deveria ter dito. Mas valeu a pena por você; agora entendo. Fiz o que devia, não fiz? Porque não tem mais volta.

Ela empurrou-o e ficou de pé.

— Só preciso desligar o forno.

Na cozinha, Helen encostou a cabeça no metal frio da porta da geladeira e tentou entender o que estava acontecendo. Aquilo era tudo o que ela vinha lhe pedindo para fazer, era uma afirmação assombrosa da força de seus sentimentos por ela, mas ela mesma sentia-se desligada de tudo. Devia estar se jogando nos braços dele, chorando de felicidade e gratidão, rindo diante do futuro que iam compartilhar, portanto, por que não estava? Por que não era capaz de dar a ele a afirmação de que ele tão obviamente necessitava? E por que isso estava acontecendo agora? Por que não tinha acontecido em nenhum outro momento nos últimos quatro anos, quando ela vivia pedindo a ele para que largasse a mulher, usando subterfúgios e, às vezes, suplicando sem a menor vergonha? Por que ele não tinha batido à sua porta antes e dito: "Vou me separar da Sophie. Só estou verificando se você ainda está a fim de mim, certo?" Ah, sim, pensou Helen, porque ela não tinha atendido aos telefonemas dele — por isso. Helen fechou a porta da cozinha e ligou para Rachel, deixando a torneira da pia jorrando água para Matthew não escutar a conversa.

— Matthew largou Sophie. Disse tudo a ela e saiu de casa, deixando até as filhas. Está aqui.

— O quê? Não consigo entender o que você está dizendo.

— Ah, quer saber, que se dane — disse Helen, fechando a torneira. Repetiu o mais baixo que pôde o que tinha acabado de dizer à amiga.

— Mas que maravilha! – disse Rachel numa sonolência do tipo que ocorre depois de uma trepada.

— Não sei se é uma maravilha. É? – disse Helen, irritada. – Você não escutou nada que eu tentei falar durante as últimas duas semanas? As coisas mudaram. Eu mudei. Não sei mais o que eu quero.

Na verdade, Rachel tinha passado tantos anos ouvindo Helen falar sem parar nas complicações de seu caso que ultimamente só ouvia a amiga por delicadeza, sem prestar atenção nos detalhes.

— Ah, droga, é mesmo. Que droga, hein? Bem, mas não tem jeito; vá e diga a ele para se mandar, ora.

— Rachel, você está me ouvindo? Ele contou a Sophie e às filhas. Não posso simplesmente dizer a ele: "Sabe o que é, benzinho, sei que venho lhe pedindo para fazer isso durante os últimos quatro anos, mas e se esta não for a decisão correta?" Não dá para eu dizer apenas: "Sei que você fez o que eu sempre lhe pedi para fazer, que eu meio que lhe dei um ultimato cerca de duas semanas atrás, mas talvez você devesse pensar bem se não seria melhor voltar para sua esposa iludida e suas duas filhas desesperadas e dizer-lhes que tudo aquilo, toda aquela cena foi só porque você estava nervoso, que tal?".

— Por que não?

— Porque ele só fez isso por minha causa. É tudo culpa minha. O que eu faço, porra?

— Sei lá, diga a ele que precisa de algum tempo para pensar. Diga que está com uma doença terminal e vai morrer logo, de modo que é melhor ele voltar para a família.

Helen viu que Rachel obviamente não estava a fim de levar aquele papo naquele momento, e ouviu Neil dizendo alguma coisa ao fundo, procurando convencê-la a voltar para a cama.

— Ah, deixa pra lá.

E desligou. OK, pensou ela, a verdade é a seguinte: acabei com a vida de três pessoas: a de Sophie e das duas meninas. Percebeu, sentindo uma onda de culpa inundar-lhe o corpo, que só conseguia se lembrar do nome de uma das filhas de Matthew: Claudia. O que não posso fazer é acrescentar Matthew àquela lista. Preciso me certificar de que isso é o que realmente queríamos. Nós dois.

Ela estampou um sorriso no rosto e obrigou-se a voltar para a sala de estar. Matthew estava olhando para ela como um cachorrinho abandonado escondido atrás de uma caçamba de lixo em um comercial de um desses abrigos que recolhem animais de rua. Ela notou que ele estava com um pulôver bastante confortável, o tipo de agasalho que seu pai gostaria de usar, e percebeu que nunca tinha visto Matthew usando nada que não fosse o uniforme que vestia no escritório, ou seja, vários ternos bem talhados e camisas feitas à mão. Ou nu. Nu ou de terno, as duas faces de Matthew Shallcross — qualquer outra coisa parecia ligeiramente ridícula. Ele estava de jeans — jeans, o uniforme dos jovens, que o deixava uns dez anos mais velho, e, cara, que sapatos eram aqueles? Tênis? Seus cabelos, em geral imaculadamente penteados, estavam meio arrepiados em alguns lugares, como as penas de um filhote de passarinho no ninho, e ela conseguia ver a calva dele, rosada e vulnerável, como um espaço na área craniana há muito esquecido, através dos fios. Era uma visão lamentável. Ela se sentou ao lado dele no sofá e o abraçou.

Na manhã seguinte, Helen levantou-se cedo, porque havia um estranho em sua cama — ou assim lhe pareceu. Tinha passado a maior parte da noite tentando descobrir como havia chegado ao ponto de não considerar a noite anterior a mais feliz de sua vida e por que, afinal de contas, sentia vontade de chorar agora, enquanto Matthew dormia como um bebê. Bem, um bebê com as fossas nasais congestionadas, porque Helen havia descoberto que ele roncava, um fato que até ali ela felizmente nunca tinha notado, por nunca ter tido o prazer de sua companhia durante uma noite inteira. A visão de sua salinha de estar atravancada de caixas e malas deixou-a ainda mais deprimida. Para um homem que tinha saído às pressas, ele tinha conseguido trazer um bocado de bagagem. Ela viu coisas que lhe lembravam esquis, e cruz-credo, até uma guitarra. Depois de revirar um pouco aquela bagunça, achou um estojo para limpar sapato. Naturalmente que não devia ser isso, certo? Que tipo de homem com um estojo para limpar sapatos, convenhamos, se lembraria de incluí-lo em sua bagagem em meio da maior crise de sua vida? Revirou mais um pouco e descobriu um álbum de fotos pequeno — coisa que nunca se deve fazer. Fotos de uma família feliz e sorridente a esperavam. Claramente, na pressa de encontrar as escovas de sapatos fundamentais, Matthew não tinha tido tempo de tirar do álbum as fotos de Sophie, e ali estava ela — bem, Helen só podia presumir que fosse ela, embora a verdadeira Sophie nem chegasse perto das imagens que Helen havia feito dela em sua cabeça. Helen não sabia se estava mais assustada por Sophie ser muito mais jovem do que ela havia pensado, muito mais bonita, aparentemente muito mais feliz ou se simplesmente pelo fato de ela realmente existir. Afundando em uma poltrona, começou a folhear o álbum desde o início.

Antes, Helen teria olhado essas fotos com a precisão de um laser, procurando detalhes para se torturar. Depois do susto que levara ao constatar como Sophie era na verdade, teria passado a analisar as poses de Matthew, procurando sinais que denunciassem afeto. Hoje, ela só conseguia ver duas crianças que claramente amavam o pai e uma mulher que parecia sincera, amistosa e confiante e que, era óbvio, não tinha a menor idéia de que seu mundo estava para cair. Uma mulher surpreendida em um momento feliz e perfeito, os braços em torno das filhas, encostada no marido. Quem tinha tirado aquela foto?, perguntou-se Helen. Quem mais estaria presente em um momento tão íntimo e descomplicado? Será que era assim que Matthew e Sophie sempre ficavam quando estavam juntos. Ela precisava falar com ele. Se não era isso o que Helen verdadeiramente queria, ela não tinha o direito de tirá-lo de sua família.

Ela entrou no quarto de mansinho e olhou para ele, ferrado no sono, tentando racionalizar o que sentia. A energia nervosa que antes sentia quando estava perto dele, parecia ter desaparecido totalmente e ter sido substituída... pelo quê?

Pena?

Vergonha?

Matthew meteu um dedo em uma narina durante o sono e revolveu um pouco o nariz.

Nojo?

Ele pareceu não saber onde estava quando ela o acordou. Em seguida fez uma cara ligeiramente assustada. Foi então que ela decidiu entrar de sola, e sentou-se na cama ao lado dele, acariciando-lhe o ombro.

— Ainda dá para você voltar para casa, sabe? Se achar que não tomou a decisão certa. Eu vou entender. Diga a Sophie que estava de porre e que inventou tudo... ou coisa parecida.

— Não diga isso. Por que está dizendo isso agora? Fiz isso por você. Nunca mais vou poder voltar, não depois do que fiz a elas nos últimos dois dias.

— Estou apenas lhe dizendo que se você acha que cometeu um erro, não tem problema. Vou apoiá-lo seja qual for a decisão que tome. Quero dizer, talvez nós tenhamos ido meio longe demais, entende?

— Longe demais? Você vem me dizendo que era isso que queria durante anos. Fiz isso por você — disse ele pela primeira vez mas, pode acreditar, não pela última vez. – Diga-me que eu tomei a decisão certa.

E foi então que ele disse a frase mais triste que a humanidade conhece:

– Você não me quer mais?

Ela não podia ir mais longe. Ele estava tão desesperado, tão patético, que ela precisava consolá-lo.

– Meu Deus... Matthew... você sabe que eu o quero. Foi o que eu sempre quis. Só quero que tenha certeza de que é isso que você quer, também, e que não está fazendo isso porque eu pressionei.

– Quero que sejamos um casal de verdade – disse ele. – Quero morar com você. Quero conhecer seus amigos e quero que você conheça os meus. Quero acordar ao seu lado toda manhã e ir dormir com você toda noite.

Helen podia jurar que sentiu as paredes de seu minúsculo apartamento se aproximando dela por todos os lados para esmagá-la.

– Eu também.

Ele se aproximou para beijá-la, e eles treparam, meio sem empolgação, medindo cada gesto. Ela notou que o mau hálito dele de manhã era meio brochante.

6

NA BARTHOLOMEW ROAD, Sophie estava procurando entender o que havia se passado durante as últimas 24 horas. Estava esperando que Matthew passasse pela porta da frente e lhe dissesse que tudo tinha sido uma brincadeira. Depois do bate-boca entre os dois, ela havia compreendido que alguma coisa séria acontecera com ele, mas imaginara que fosse o trabalho. Matthew tinha mania de descarregar em quem estava por perto quando estava magoado, e ela achou que ele tinha pisado na bola em alguma campanha publicitária, ou havia sido eliminado da diretoria ou recebido uma carta pedindo para se aposentar antes do tempo. Talvez ele andasse se metendo com jogos de azar e tivesse torrado as economias do casal, ou estivesse apenas sentindo o peso da idade e procurando negar isso como costumava fazer. Ela sabia que ele não gostava de pensar na velhice, como se isso fosse uma coisa que acontecesse só com ele. Mas não havia nada que tivesse ocorrido nos últimos 15 anos que a preparasse para a verdade. Ela sabia que quando ele finalmente entregara os pontos e lhe contara o que andava acontecendo, a reação natural dela teria sido berrar, chorar e até jogar coisas em cima dele, mas ela havia se sentado muda, imóvel e insensível. Simplesmente não parecia real. Tinha passado pela sua cabeça que eles iam superar aquilo.

Talvez levasse anos e desse um trabalho danado... talvez até precisassem de terapia. Ninguém precisava saber: eles apresentariam uma fachada de casal feliz enquanto consertavam o casamento de dentro para fora, e um dia tudo seria esquecido. Ela até ouvira algumas pessoas dizerem que acabaram tendo uma relação melhor depois de passar por uma coisa dessas, embora, no momento, fosse difícil entender como. Mas então ela o ouvira tentando combinar os dias de visita às meninas e dizendo que voltaria para pegar o resto das suas coisas, e percebera que ele estava indo embora. Era o fim. Depois de todos aqueles anos, tudo tinha terminado em uma simples escolha entre ela e a outra, e a outra tinha vencido. A história deles dois juntos não tinha a menor importância.

Ela sabia que precisava se fazer de forte por causa das filhas, mas também sabia que elas tinham presenciado, sem nada dizer, o bate-boca da noite anterior, embora estivessem fingindo que não tinham ouvido nada. Apesar de Sophie ter feito de tudo para que isso não acontecesse, Claudia a pegou chorando no banheiro.

— Cadê o papai?

— Não sei, filha. Ele saiu de casa por uns tempos.

— Ele vai voltar?

— Ele vai voltar para visitar você e a Suzanne, claro, vai sim — disse Sophie, abraçando a filha. — Ele nunca deixaria de querer falar com vocês.

Suzanne entrou batendo os pés, irritada por ser deixada de fora.

— O que está havendo, hein?

— Parece que o papai está sendo meio escroto — disse Claudia, que andava praticando e sentiu que dava para dizer uma coisa dessas naquela hora. — Não está, mamãe?

Sophie riu, apesar de estar se sentindo mal.

— É, sim, meu amor, está. E não use essa palavra, viu?

*

Ainda havia um dia inteiro pela frente antes de ser hora de voltar para o trabalho. Matthew tratou de esvaziar as malas e as caixas, principalmente para empilhar tudo no chão da sala, embora Helen tivesse conseguido esvaziar uma das gavetas do quarto. Entre outras coisas, ele parecia ter trazido uma pilha de roupas para lavar, notou ela, que acabou se oferecendo para pôr tudo na máquina.

— Não, não — protestou ele. — Deixe que eu faço isso.

Eles estavam procurando se tratar com toda a educação e se comportando muito bem um com o outro, como se fossem dois estranhos que tinham se encontrado por meio de um anúncio de "procura-se companheiro de quarto" no jornal. Helen percebeu que não conseguia lembrar como eles costumavam se divertir juntos antes, se é que algum dia haviam se divertido.

O celular de Matthew tocou. Ele atendeu no quarto, e Helen ouviu a conversa em voz baixa, em tom culpado. Quando ele saiu, parecia abatido, e ela sentiu pena dele de verdade, porque adivinhou que ele tinha acabado de levar um sermão da irmã. Droga, pensou Helen, como é que eu vou explicar isso ao papai e à mamãe? Quando o telefone começou a tocar de novo, mais ou menos às 6 horas da tarde, Matthew brincou, dizendo que ia jogar o celular pela janela, mas empalideceu ao olhar o número de quem estava ligando.

— É Suzanne.

Helen sabia que ele esperava alguma reação dela, mas estava lutando para se lembrar de quem exatamente era Suzanne, na família imensa de Matthew, de modo que procurou fazer cara de "É mesmo! Que interessante", mas, na verdade, deu a impressão de que ela não tinha sacado nada.

— Minha filha.

Ele pareceu ficar magoado por ter de lembrar isso a ela.

— Eu sei! Atenda.

Ele arrastou os pés até o quarto outra vez, falou novamente aos cochichos. Apesar de tentar resistir à tentação, Helen acabou indo até a porta, procurando escutar o papo. Ouviu Matthew consolando e tranqüilizando Suzanne, que obviamente estava arrasada. Ele estava tentando convencê-la de que nada mudaria entre eles.

— Você e a Claudia podem vir aqui sempre que quiserem. Podem conhecer a Helen e ficar conosco nos fins de semana.

Sem tomar conhecimento do fato ligeiramente perturbador de que Matthew tinha acabado de usar a palavra "ficar", Helen passou direto para a amedrontadora concepção que se encontrava no âmago do que tinha acabado de escutar. Nunca, em nenhuma das fantasias que fizera de sua vida com Matthew depois de Sophie, ela incluíra as filhas dele, e agora elas estavam para começar a vir sempre que quisessem. Não me entenda mal — ela sentia-se mal por elas de um jeito que jamais poderia ter imaginado que pudesse se sentir. Não queria que as meninas perdessem o contato com o pai, mas ele não podia ir visitá-las de vez em quando e levá-las para algum lugar? Ao zoológico e depois ao McDonald's para almoçar, como fazem os pais de tempo parcial nos filmes?

Ou voltar a morar com elas e fingir que nada tinha acontecido?

Helen nunca tinha precisado decidir que não teria filhos; ela sempre soubera disso. Era responsabilidade demais, e o potencial para o fracasso, imenso. Além disso, queria curtir a vida, ser ambiciosa, não ter responsabilidade, ser espontânea — tudo o que seus pais não eram. Já tinha ocorrido a Helen que talvez fosse esse um dos motivos pelos quais ela havia se permitido cair nessa de ter um caso com um homem casado — porque a última coisa que ele ia fazer era pressioná-la para ter um filho.

Era estranho, portanto, que na única vez na vida em que ficara grávida, bem no início de seu caso com Matthew, quando ambos ainda eram capazes de se deixar levar pelo tesão a ponto de assumir riscos, que ela tivesse pensado com tanto cuidado antes de abortar. Durante os poucos dias de gravidez, antes de contar a ele, havia se permitido criar um fantasia na qual a perspectiva de ter um filho era tudo o que Matthew precisava para sair de casa e juntar os trapinhos com ela e o bebê perfeito de ambos. Com os hormônios a todo vapor, Helen fizera listas dos prós e contras:

Prós

Matthew vai ter de contar a Sophie
Matthew e eu = felizes para sempre
Seis meses de licença-maternidade

Contras

Estrias
Nunca mais poder usar biquíni

Ela sabia que havia mais contras, mas simplesmente não conseguia se obrigar a pensar neles, e quando olhou para as duas listas, ficou chocada ao perceber o quão egocêntrica e superficial elas a faziam parecer em relação à vidinha minúscula que agora crescia dentro dela, e acabou chorando ao notar o lado profundamente espiritual de tudo o que estava ocorrendo. Convenceu-se de que Matthew se comoveria tanto e ficaria tão encantado e maravilhado quanto ela.

Quando finalmente disse a ele que *era* verdade, que os dois logo iriam ser pais, ele se descontrolou totalmente. Zangou-se — como ela tinha tido coragem, por que não tinha usado anticoncepcionais (sem mencionar o fato de que ele também não tinha usado nada). Assustou-se – ai, meu Deus, Sophie, minhas pobres filhinhas. Acusou-a – tem certeza de que é meu mesmo? Berrou, pediu e por fim implorou a Helen que se livrasse do bebê... e acabou dizendo-lhe que não a veria mais, nem ao filho, se ela insistisse em tê-lo. Finalmente, derrotada pela insistência incessante dele e por suas ameaças, ela havia concordado com o aborto. Matthew pagara o procedimento, é claro, à maneira tradicional dos canalhas, mas não acompanhara Helen à clínica particular – a tarefa acabara nas mãos de Rachel, que também acabara convencida de que Helen estava fazendo a coisa certa, mas por motivos diferentes (por que ela iria querer ter um filho com um safado daqueles, que enganava a própria esposa?). Durante mais ou menos três semanas, depois do aborto, Helen chorara o tempo inteiro. Sabia que eram só os hormônios a todo vapor, mas estava convencida de que nunca mais pararia de chorar. Disse a Matthew que o odiava e depois se apavorou com a idéia de que ele pudesse levar isso a sério, e ficou ligando para ele para pedir perdão. Tirou uns dias de licença no trabalho e passou o tempo todo deitada no apartamento, de roupão, assistindo à TV e comendo.

E então, de repente, em uma certa manhã, seu estado de ânimo havia mudado tão rápido como quando ficara grávida. Abriu os olhos e pensou: "Porra, essa foi por pouco." Ficou horrorizada por seu corpo quase tê-la convencido a fazer uma coisa que ela absolutamente não queria. Até agradeceu a Matthew sua abordagem bombástica para que ela tomasse a decisão correta. Pegou suas listas e as revisou como referência para o futuro, caso quase perdesse a cabeça outra vez. Agora elas diziam:

Prós

Seis meses de licença-maternidade

Contras

Estrias

Nunca mais usar biquíni

A carreira já era (isso acontecera numa época anterior ao momento em que ficou claro que sua carreira já era de qualquer maneira)

Matthew vai me abandonar

Mãe solteira

Minha vida já era porque vou precisar tomar conta de um filho e nunca mais vou poder sair de novo, nenhum outro homem vai me querer, e meu corpo vai despencar.

Ela sublinhou esse último contra várias vezes.

A filha caçula de Matthew, Claudia, devia ter uns 6 anos na época, e se a fantasia original de Helen tivesse se realizado, teria passado a maior parte da vida sem pai.

7

EM SEU PRIMEIRO DIA de trabalho, Helen foi se encontrar com Rachel na Berwick Street para almoçarem juntas, tendo conseguido ficar longe de Matthew tanto quanto possível durante a manhã inteira. Na noite anterior, eles tinham decidido que não seria bom revelar seu segredinho no escritório naquela fase, uma coisa com a qual Helen ficara aliviada – como ela ia explicar aos colegas que já estava de caso com o chefe fazia sabe Deus quantos anos, mas tinha se esquecido de mencionar? Eles foram para o trabalho cada um em seu meio de transporte: Matthew em seu carrão nada prático, e Helen no metrô superlotado, e só haviam passado um pelo outro no corredor uma vez até aquele momento, quando conseguiram trocar um "Alô" amistoso, porém profissional e bem convincente.

– Sinto-me culpada pelo sofrimento pelo qual a família dele está passando.

Rachel conteve uma risada.

– Desde quando? Você odeia Sophie.

Sophie já constava da lista de "Mulheres que a gente odeia" havia alguns anos, muito embora Rachel tivesse protestado, dizendo que não gostava nem desgostava dela. Helen contra-argumentara, afirmando que ela também não odiava mulheres que tinham feito terapia, mas permitira que Rachel as mantivesse na lista durante todo esse tempo.

— Não conheço Sophie — respondeu ela desta vez.

— Eu nunca a proibi de odiá-la.

— E é por isso que me sinto culpada. Pare de me fazer me sentir pior.

— Ora, então manda o homem de volta para a dona dele.

Aí Helen explicou que tinha tentado tocar no assunto, mencionou o quão grudento Matthew havia se tornado e disse o quanto precisava se esforçar para que tudo desse certo, já que ele havia se colocado num beco sem saída por causa dela.

Rachel não se deixou convencer.

— Ah, mas que maravilha! Um homem querer passar o resto da vida dele com você porque acha que a ex-esposa não vai querê-lo de volta se você o botar para fora.

— Não é assim. — Helen sabia muito bem que era assim mesmo.

— Mas parece.

Elas ficaram caladas, emburradas durante 1 ou 2 minutos, até que Helen abrandou.

— Acho que ele me ama mesmo. E como você disse, foi isso que eu sempre quis. Só preciso me acostumar com a idéia de morar com ele; só isso.

O que Helen mais adorou em Rachel foi que ela não disse, sequer uma vez. "Eu avisei a você que isso não ia acabar bem."

Em 48 horas, Sophie tinha chorado, sentido raiva, descrença, ódio e terminado chorando de novo. Havia atendido inúmeras ligações da interminável família de Matthew, todos querendo dizer que ele tinha se comportado muitíssimo mal, mas, sem exceção, deixando-a sentir como se a culpa, não sabia por que, fosse dela. Até Suzanne tinha deixado mais ou menos claro que achava isso. Claudia, de modo ligeiramente mais comovente, ti-

69

nha se colocado do lado da mãe – embora Sophie não tivesse obrigado nenhuma das duas a escolher um lado – e declarado que nunca mais ia falar com o pai.

O que as meninas sabiam era que papai tinha se mudado, tinha uma nova amiga e ia morar com ela agora. Sophie estava tentando esconder delas os detalhes mais violentos enquanto procurava analisá-los ela própria para procurar entender melhor o que tinha acontecido.

Verdade seja dita, Sophie não deveria ter se surpreendido pelo que havia lhe acontecido, já que ela própria havia tirado Matthew da primeira Sra. Shallcross anos antes, sob circunstâncias muito parecidas. Porque, ah, sim, Sophie também tinha sido amante dele um dia, antes de se casar, de ter as meninas e de o tempo ter apagado esse fato da memória dos outros – e até dela mesma, às vezes, pois ela havia se esforçado para esquecê-lo ao longo dos anos. Sophie tinha 30 anos, Matthew, 45, a mesma idade de sua primeira esposa. E Sophie não deixara de notar que a primeira Sra. Shallcross era exatamente da mesma idade que ela agora quando Matthew resolvera mudar de mulher de novo.

Matthew dissera-lhe que seu casamento com Hannah tinha acabado havia algum tempo. Ele tinha ficado com ela, dissera, a princípio até o filho Leo sair de casa, para agir corretamente, e a partir daí, por mero hábito. Hannah sabia que a relação entre os dois tinha terminado, acrescentara ele, e até queria a separação tanto quanto ele. Não aparecera ninguém na vida dele até aquele momento, mas também ele nunca havia conhecido uma mulher como Sophie. Não podia deixar de aproveitar aquela chance de felicidade só porque – no papel – tinha uma esposa. Hannah seria a primeira a dizer isso. Ele havia feito tudo parecer absolutamente plausível.

Desde aquela época Sophie havia se perguntado com certa freqüência o que tinha feito com que ela se entregasse a ele. Havia alguma coisa no fato de ele ser casado, o que tornava a relação menos real, menos assustadora. Ela sempre soubera que não poderia tê-lo por inteiro, e portanto, esse assunto não era abordado. Ela não havia tido expectativas de que ele acabaria se tornando o amor de sua vida, de modo que não o pressionara para provar que era. Quando Matthew a pediu em casamento, seis meses depois, ela já estava apaixonada. Hannah, tinha dito ele, compreendeu e ficou feliz por ele.

Foi só depois de ter levado suas coisas para o apartamento de dois quartos dela em Muswell Hill e de os planos para o casamento já estarem adiantados que ela percebeu que aquilo era um certo exagero. Aliás, era uma mentira deslavada. Hannah não tinha ficado feliz por ele nem tinha entendido coisa nenhuma. Aliás, quando Sophie abriu a porta da frente um dia e deu de cara com uma mulher de meia-idade histérica, agressiva e chorosa, percebeu que Hannah só soubera de tudo alguns dias antes, quando Matthew saíra de casa. Ela tentara persuadir Hannah a pelo menos entrar e conversar com calma, mas, compreensivelmente, Hannah preferira ficar na soleira da porta, chamando-a de puta e safada diante de todos os vizinhos. Matthew estava convenientemente ausente naquela hora, jogando golfe com um amigo, e nem ligara para o tumulto que tinha causado.

Por algum motivo – que ela já não se lembrava mais qual era – Sophie o perdoara. Havia demorado um pouco, mas ele acabara provando que estava falando sério ao pedir o divórcio e dedicando-se de corpo e alma à sua nova vida – daquele jeito que Matthew tinha de fazer com que tudo em que estivesse empenhado parecesse a coisa mais empolgante do mundo no momento. O casamento precisou ser adiado, é claro, até ele ficar oficialmente solteiro de novo, mas quando o divórcio saiu, tudo foi comovente, lindo e exatamente do jeito que ela sempre sonhara. Ela se obrigara a esquecer que ele tinha sido um mulherengo inveterado e que Hannah quase tinha se suicidado à sua porta. E havia conseguido. Agora era ela que presenciava o adeus de Matthew.

Matthew não quisera lhe dizer qual era a idade exata de Helen. Quando Sophie lhe perguntou, como qualquer mulher perguntaria: "Ela é mais jovem que eu?", ele havia tido um acesso de cólera e não respondera de forma direta. Aliás, os únicos detalhes que ela conseguira arrancar dele foram os seguintes:

O nome dela é Helen
Ele a conhecera no trabalho
Ela morava num apartamento alugado em Londres
Não era casada
Eles nunca treparam na casa de Matthew e Sophie (isso lhe parecera de suma importância, não sabia por quê)
Ela era mais jovem que Sophie – ele tinha se entregado na hora em que perdera a calma
Já fazia um "tempo" que eles eram amantes, embora, quando pressionado, ele não tivesse explicado quanto "tempo".

O namoro de Matthew e Sophie tinha sido tempestuoso. Ela era contadora no escritório em que ele trabalhava – claramente, Matthew só procurava amantes dentro de uma área de dez metros ao seu redor. Foram seis meses de encontros clandestinos na sala de reuniões, depois um pedido de casamento. Olhando para trás, ela agora via que ele estava em plena crise da meia-idade. Seu único filho tinha – finalmente – saído de casa, e ele ficara só com a esposa para encarar a velhice, só os dois, provavelmente durante mais quarenta anos, e entrara em pânico. Ele olhou para a mulher, casada com ele havia 24 anos, e viu uma senhora com rugas em torno dos olhos, fios grisalhos na cabeça, e partes antes firmes agora flácidas, e entendeu que ela estava envelhecendo. O que significava que ele também estava. Era muito melhor olhar para um rosto jovem toda manhã do que para alguém que é um lembrete vivo de sua própria senilidade. Com uma percepção que só ocorre depois do evento, muito parecida com a de Helen, Sophie agora percebia que tinha sido uma fase de sua vida, tanto quanto qualquer outra coisa, o motivo que fizera Matthew escolhê-la. Sophie nunca acreditara em carma nem em destino. Era sensata demais para adotar um ponto de vista assim tão Nova Era. Mas até mesmo ela teve de admitir que havia uma certa justiça irônica no que tinha acabado de acontecer. Estava pagando pelo que tinha feito a Hannah. Perguntava-se o que Hannah iria pensar quando ouvisse a notícia; se, depois de todos esses anos, isso ainda lhe pareceria uma pequena vitória. Se ela própria não se importaria quando Matthew – inevitavelmente – fizesse a mesma coisa com Helen.

8

TODOS OS DIAS, HELEN descobria coisas sobre Matthew de que nunca tinha desconfiado antes, e a maioria não era nada boa.

Ele tingia os cabelos. Para dizer a verdade, ela já desconfiava disso, mas ver o frasco de Just For Men no armário do banheiro significava que ele tinha deixado de lado todo o fingimento – pelo menos para ela.

Ele usava pantufas. Não chinelos, nem um par de sapatos velhos. Pantufas. Com forro de pele sintética.

Ele emitia um barulho parecido com um rugido ao bocejar. Como é que ela não tinha notado aquilo antes? Ele nunca havia bocejado na frente dela em mais de quatro anos ou simplesmente havia procurado abafar o som, sabendo como era absolutamente irritante?

Antes de ir para a cama à noite, ele tirava do armário e separava as roupas que ia usar para trabalhar no dia seguinte. Helen não sabia por que isso lhe parecia tão irritante. Aliás, provavelmente era muito sensato, mas aquilo lhe parecia tão... confortável... como alguma coisa que sua esposa costumava fazer para ele ou que lhe haviam ensinado no internato. Helen precisava se conter para não amarrotá-las nem trocá-las por outras diferentes para confundi-lo. Uma vez que tivesse escolhido o traje, Matthew usava aquele, acontecesse o que acontecesse, de forma que, se fosse para a cama em uma noite gelada mas o dia seguinte nascesse ensolarado, ele ainda assim usaria o suéter que havia reservado para ser usado de manhã.

O carro dele tinha um nome. É isso mesmo. Um nome. Tinha mesmo. O carro dele tinha um NOME. Helen sabia que provavelmente tinham sido as crianças que o haviam batizado, o tipo de gracinha que as famílias faziam, mas quando um dia ele esqueceu onde estava e disse a ela: "Vamos na Délia", ela ficou olhando pasma para ele durante tanto tempo que ele pensou que talvez ela estivesse sofrendo um derrame. Finalmente Helen conseguiu voltar a si e pedir a ele para não antropomorfizar objetos inanimados na sua frente de novo. Nunca mais. Nunquinha mais mesmo.

— Perdão, Helly — disse ele, meio encabulado.

— E não me chame de Helly. Detesto esse apelido que você inventou para mim.

— Mas eu sempre chamei você de Helly — respondeu ele, petulante.

— Justamente por isso.

As pessoas não deixariam de perceber que Matthew estava meio distraído no trabalho. Suas camisas pareciam meio, bem, meio amarrotadas, para início de conversa. E na reunião matinal das quartas-feiras, ele fizera cara de pânico quando percebera que tinha esquecido a estratégia de um cliente, que tinha bolado durante a semana do Natal, em cima do computador em casa.

— Vou ligar para a Sophie e pedir que ela mande por e-mail — ofereceu-se Jenny, toda atenciosa.

— NÃO! Não... ela não está. Não tem ninguém em casa agora. Eu me lembro dos pontos principais.

Devido aos seus anos de experiência, ele conseguiu passar para o cliente uma estratégia inventada na hora, sem deixá-lo perceber nada. Mas sabia que Jenny tinha percebido que alguma coisa fora do comum estava acontecendo, e a força que ele fez para compensar – procurando ser supereducado com ela durante o resto do dia – só a convenceu de que estava certa.

Naquela noite, Helen olhou para a bagunça que antes era sua sala de estar.

– Esqueceu seu laptop?

Ela revirou a caixa mais próxima.

– Você se lembrou de trazer... um carrinho de brinquedo... mas esqueceu seu computador?

– É antigo. De colecionador.

Ela revirou a caixa um pouco mais.

– Tem centenas deles aqui. Você tem 8 anos, por acaso?

– Valem uma fortuna.

– O que vai fazer, abrir uma loja? Francamente, Matthew.

Ele fez cara de magoado, e ela se sentiu mal, mas não conseguiu controlar a irritação que sentia e girou nos calcanhares, saindo da sala. Tomou um banho bem demorado e quando voltou para a sala, as coisas de Matthew estavam todas arrumadinhas em um canto, e ele estava na cozinha mexendo alguma coisa nojenta em uma frigideira chinesa. Quando a viu entrar, ele acenou com uma espátula para ela, orgulhoso, como se dissesse: "Olha como sou prendado."

– Está quase pronto. Um prato chinês, que tal?

– Fantástico.

Ele só estava morando com ela havia alguns dias, mas Helen estava louca para ficar sozinha, em paz, jantando comida de microondas. Queria ficar à vontade, de pijama, sem maquiagem, comendo e assistindo à TV. Queria tomar taças de vinho no seu próprio ritmo, e não passar pelas formalidades de ter de ouvir "Quer outra taça?", "Não sei, você quer?", "Eu quero se você quiser". Os pais dela costumavam desperdiçar noites inteiras assim. A educação... o grande substituto da paixão.

Ela sentou-se para comer. Nada de começarem a conversar. Sobre o que mesmo, eles costumavam falar, porra? Helen limitou-se a produzir ruídos elogiosos sobre a comida (horrível) enquanto Matthew tentava corajosamente preencher o silêncio com o tipo de papo sobre o trabalho que eles sempre tinham conseguido evitar. Helen sentiu que não dava mais para agüentar.

– Vamos assistir à TV?

– Enquanto comemos? – disse ele, como se ela tivesse acabado de proferir uma blasfêmia.

– Só para ajudar a descontrair um pouco. Alguma coisa bem boba, para podermos esquecer o trabalho. Mas que não seja por obrigação, é claro.

– Não, se você quiser, tudo bem. Pode ligar.

– Não, deixa, prá lá, tudo bem. Se você não quiser, não precisa. – Ai, que merda, pensou ela, tudo de novo. Você primeiro. Não, você. Não, você. Não, faço questão, você primeiro. Durante os próximos quarenta anos.

– Tem razão – disse ele. – Por que não se pode ligar a TV? É que Sophie e eu jamais deixávamos que as meninas assistissem... – E aí sua voz sumiu, como se tivesse falado demais. Ele se levantou e ligou a TV no canto da sala. Eles terminaram a refeição assistindo à interminável novela *Emmerdale*, em silêncio. Helen não teve coragem de dizer: "Vira a TV de cabeça para baixo! Tem coisa melhor passando do outro lado."

Durante os dias seguintes, Helen percebeu que, por mais incomodada que se sentisse, Matthew simplesmente ia se recusar a admitir que tinha tomado a decisão errada. A única maneira que ele tinha de conseguir lidar com a gravidade do que havia feito, para não mencionar a culpa, era acreditar totalmente que tudo fora feito em nome de um amor maior, que ele não poderia ignorar.

E, assim, quando ela serviu um frango meio cru com batatas queimadas para o jantar, ele sorriu e comentou: "Vou ensinar você a cozinhar", como se ela tivesse 8 anos.

Quando ela lhe disse que tinha um fraco pelo rapazinho de 18 anos que os serviu na delicatessen da sua rua, ele riu tanto que ela ficou com medo de ter de aplicar respiração boca a boca nele. Quando ela raspou as pernas no banheiro e deixou os pelinhos colados na borda da privada, pegou-o assobiando enquanto os limpava.

E quanto mais ele fazia para mostrar o quanto a amava, mais ela se pegava perversamente tentando decepcioná-lo. Talvez fosse um teste – como uma adolescente que força os limites até quase ultrapassá-los, querendo ser rejeitada para poder provar o que já desconfiava fazia tempo: que seus pais sempre a detestaram – talvez ela estivesse inconscientemente tentando se tornar tão pouco atraente quanto possível para testar os limites da dedicação do amante. Ou talvez, ponderou ela, só estivesse tentando se distanciar dele porque não o queria mais. Era uma idéia radical demais para aceitar, e ela já se considerava uma tremenda cobra – isso a deixaria mal até consigo mesma: tirar um homem de sua família carinhosa e depois colocá-lo no olho da rua, como se o importante fosse apenas, não vencer. Você gosta mais de mim, eu venci, agora vai se catar.

Portanto, ela tentava bancar a boazinha, mas a criança teimosa dentro dela não queria saber daquilo.

Ela parou totalmente de raspar as axilas. E também a virilha.

Disse a ele que tinha pegado clamídia de um homem cujo nome nunca havia perguntado.

Disse a ele que tinha um buço que era obrigada a tirar com cera a cada seis semanas.

Dizia que não estava a fim de trepar, e ele só respondia: "Tudo bem."

Procurava criticar a maneira de ele se vestir.

Parou de escovar os dentes.

E de pentear os cabelos.

E também de tirar o pelinho que crescia em seu queixo. Trouxe do supermercado um pacote de absorventes femininos para incontinência urinária, deixando-o no banheiro para ele ver. E durante todo esse tempo Matthew só ficou repetindo que a amava, e dizendo: "Não é maravilhoso finalmente estarmos juntos?", bem "Enfim, estamos juntos para sempre, para sempre mesmo", e outras frases melosas desses romances baratos de banca de jornal.

9

ERA MANHÃ DE SEXTA-FEIRA, e Helen estava digitando um comunicado à imprensa para Laura e tentando parar de alterar palavras aqui e ali quando achava que devia melhorar um pouco o texto, que tratava do boato de que a última estrela da novela *Northampton Park* (que tinha acabado de ser demitida e precisava desesperadamente chamar a atenção do público de alguma forma), Jennifer Spearman, tinha ficado noiva do cantor de reality show Paulo (gay e morto de medo de perder suas fãs de 11 anos de idade). Naturalmente, não havia boato nenhum, mas esse comunicado, negando veementemente o noivado, junto com algumas fotos estrategicamente "não-autorizadas" do casal aparentemente sendo surpreendido em várias situações íntimas, tinha sido bolado para garantir que logo as fofocas começassem a circular.

Como assistente pessoal, Helen não podia ter uma sala própria — ela dividia um escritório amplo com dois outros assistentes: Jenny, morena de lábios finos, e Jamie, que não fazia mal a uma mosca, mas se deixava influenciar com extrema facilidade. Ser assistente pessoal era o equivalente moderno das secretárias e datilógrafas de antigamente, embora, como no caso das modelos e supermodelos, ninguém mais fosse chamada de secretária ou secretário e só existissem assistentes administrativos, que quando chegavam ao auge da carreira, passavam a assistentes executivos.

Jenny era uma verdadeira víbora. Com apenas 26 anos, considerava-se a mais experiente de todos os assistentes porque cuidava dos assuntos de Matthew. Falava com uma vozinha tatibitate – fininha, como um personagem de desenho animado ou como se estivesse em uma atmosfera saturada de gás hélio, pronunciando os "erres" como se fossem "eles" –, o que disfarçava sua terrível sede de poder. Ela lutava com unhas e dentes para garantir que seu nome fosse o primeiro em qualquer memorando distribuído a toda a empresa, para que o preço de sua cadeira fosse cinco libras mais alto que o da cadeira de Helen ou de Jamie, e para controlar o catálogo de material de escritório. Segundo os boatos, ela já fora surpreendida medindo as escrivaninhas para ter certeza de que a dela era a maior. Tinha uma mentalidade agressiva, e como Jamie era fraco e Helen não queria comprar briga, reinava absoluta no escritório, uma monarca autocoroada.

A sala aberta e dividida em baias levava diretamente para fora do saguão principal da empresa, e por volta das 11 horas, exatamente quando Helen começava a se perguntar como ia preencher as intermináveis horas antes do almoço, ela olhou para a mesa de Annie, a recepcionista, onde uma mulher esperava até que ela desligasse o telefone. A mulher segurava uma coisa que parecia muito uma maleta de computador. Helen permitiu que seu olhar subisse até o rosto da moça, e seu coração quase parou. Era Sophie.

Helen abaixou-se, escondendo-se atrás do monitor; depois espiou por cima dele outra vez, como um detetive particular faz com um jornal. Que diabo ela estaria fazendo ali? O pânico a deixou meio atarantada, e ela se convenceu de que Sophie tinha ido tirar satisfação com ela, chamá-la de piranha destruidora de lares, o que na verdade era mesmo. Desenrolou-se em sua cabeça uma cena do programa de entrevistas da Trisha: o escritório inteiro assistindo, enquanto a esposa traída berrava, chorava e ameaçava a amante, talvez até a espancando, e Helen, não tendo como se defender, nem moral nem fisicamente, tentava virar a situação de forma que roubar um homem de sua esposa e suas filhas parecesse aceitável. Matthew ia aparecer, ver a esposa e a amante se engalfinhando como adolescentes. Suas colegas alternariam uma boca aberta de espanto e sorrisos maldosamente escondidos atrás de mãos que cobriam a boca. Vergonha, constrangimento, ridículo. Ela já estava prevendo o momento em que pedia demissão do emprego sem esperança de receber uma carta de referência, quando olhou de novo para a maleta que Sophie trazia a tiracolo. O computador, é claro – ela tinha trazido o computador para Matthew. Mais calma agora, já que sua cabeça lhe permitira lembrar que Matthew dissera que não tinha contado a Sophie quem era a mulher pela qual a estava abandonando, Helen voltou a respirar. Nada ia lhe acontecer. Por enquanto.

Depois de perder o medo, a curiosidade a dominou. Pegou uma pasta na mesa e andou até um arquivo perto da recepção exatamente quando Annie desligou o telefone e cumprimentou Sophie. Fingindo estar procurando algum papel, entreouviu quando Annie disse a Matthew que Sophie estava lá. Sophie tratou de corrigi-la:

– Não precisa chamá-lo. Estou com pressa. Só vim deixar o computador aqui na recepção mesmo.

Tinha uma voz agradável. Amistosa. Helen lançou-lhe um olhar de relance. Sophie parecia-se com sua foto, o que não era surpresa, mas estava mais magra, com um corpo até bonito. Helen esperou os sentimentos há muito contidos de ódio a dominarem. Ali estava ela, em carne e osso, a inimiga, o foco de tanta energia negativa durante os últimos quatro anos, que se podiam até acender lâmpadas nela. Helen tinha sonhado com esse momento e tecera fantasias em torno dele – ver Sophie em pessoa, dar uma boa olhada nela –, mas agora estava decepcionada por ver que Shophie não passava de uma mulher. Uma mulher ligeiramente trêmula pela tensão de estar se contendo. Era óbvio que ela tinha se arrumado para ir lá, para o caso de dar de cara com o marido, mas não havia maquiagem que pudesse disfarçar as olheiras sob seus olhos. Por onde andava Matthew, afinal?, perguntou-se Helen. Pensou em ligar para ele para avisá-lo de que devia evitar a recepção, mas Sophie já se virara para sair, trocando algumas amabilidades com a recepcionista. Ela estava quase passando pela porta, quando Matthew saiu da sala de reuniões em frente a passos largos e por pouco não deu um encontrão nela.

Houve um momento de constrangimento que provavelmente só durou dez segundos, mas pareceu 1 minuto, durante o qual nenhum dos dois disse nada, seguido de um "oi" meio gaguejado. Embora Sophie tentasse fingir que não estava acontecendo nada, uma lágrima brotou do canto de seu olho e escorreu-lhe pela face. Annie, que tinha tino para identificar uma fonte potencial de fofocas, nem sequer tentou fingir que não estava escutando a conversa.

Sophie entregou o laptop a Matthew.

– Achei que podia precisar.

Ele baixou a voz, mas não o bastante para Annie não entreouvi-lo.

– Como estão as meninas?

Mas que merda, Matthew, pensou Helen, leve a mulher para a sua sala. Não a faça responder a uma pergunta dessas assim em público.

A voz de Sophie saiu trêmula e quase inaudível.

– Naturalmente sentem saudade de você.

– Diga-lhes que também sinto muita saudade delas – respondeu ele, e Helen praticamente enrubesceu diante da humilhação que Sophie devia estar sentindo.

— Ligue para elas e diga-lhes isso você mesmo.

E depois dessa, Sophie saiu, com a dignidade (quase) intacta, deixando-o parado ali.

Todos já estavam sabendo de tudo em questão de minutos. Helen manteve a cabeça baixa diante do computador, mas era quase capaz de sentir uma onda de comentários sendo trocados aos cochichos pela sala inteira.

Por fim, Jenny veio sentar-se à sua mesa.

— Já ouviu a novidade?

Por um instante, Helen pensou em se levantar e gritar: "Já, e é tudo por minha causa. É por minha causa que a mulher dele estava chorando e também é por minha causa que ele não usa mais camisa passada e que as filhas dele vão crescer sem pai." Mas optou por responder:

— Que novidade?

— Matthew se separou da mulher. Mudou-se da casa deles. Ninguém sabe para onde.

Jenny fez uma pausa para ver qual seria sua reação. Helen fez uma careta, que esperava que parecesse de surpresa.

— Que triste, não?

— Eu sabia que alguma coisa andava errada com ele. Ai, caramba! — O cochicho alto de Jenny saiu mais estridente. — Você não acha que ele está saindo com outra, acha?

— Como é que vou saber? — respondeu Helen, meio na defensiva demais.

— Imagine só. Mas que nojo. É que ele é tão... velho. Ei — gritou ela para a recepcionista. — E se o Matthew arranjou uma amante?

Annie estremeceu de repulsa.

— Ih, eu acho que tudo dele já deve estar... meio murcho, sei lá.

— E os pentelhinhos todos grisalhos — acrescentou outra moça, Liza, que Helen sempre tinha detestado, enquanto atravessava a recepção a caminho do departamento de informática –, sem falar nas maminhas, que também devem estar caídas.

Excelente, pensou Helen, que por algum motivo sempre tinha acreditado que suas colegas achavam Matthew bastante atraente. Absolutamente maravilhoso.

– Elas não podem descobrir que sou eu jamais.

Helen e Matthew estavam jantando na cozinha de novo. Dessa vez, ela havia cozinhado – peixe empanado, batatas ao forno e ervilhas congeladas, uma refeição que secretamente torcia que o fizesse suspirar pelos jantares de Sophie.

– Estou falando sério, Matthew; não podemos contar a ninguém lá no escritório.

Ele voltou a lançar aquele seu olhar de cachorrinho abandonado que fazia Helen sentir vontade de lhe dar um chute.

– Sente vergonha de mim?

– Claro que não. Só que não acho que vai ajudar em nada.

– Mas eu quero exibir você. Quero que todos saibam como nos amamos.

Ela sentiu ânsias de vômito.

– Já sei. Por que não esperamos um pouco e então dizemos a eles que começamos a namorar depois que você se separou de Sophie? Vai parecer melhor desse jeito. Do contrário, todos vão pensar que eu sou uma verdadeira piranha.

– Tudo bem – concordou ele, relutante. – Acho que podemos esperar um mês.

– Melhor dois. – Ela pôs a mão sobre a dele e sorriu, pensando: "Ótimo, tenho dois meses para planejar o que fazer."

Já haviam se passado quase duas semanas desde que Matthew tinha saído de casa, e o único contato de Sophie com ele tinha sido aquele momento excruciante do encontro no escritório. Conhecendo bem Annie, ela deduziu que a notícia agora devia ter se espalhado pela Global inteira, se é que já não tinha se espalhado antes, e seu estômago ficou virado quando ela imaginou a pseudo-solidariedade e a preocupação fingida com ela que os colegas de Matthew deviam estar demonstrando nas conversas. Shopie estava em uma fase de revolta – como ele ousava permitir que ela fosse humilhada daquele jeito e, pior ainda por que ela havia se incomodado em lhe devolver o computador, agora que isso não era mais problema dela –, portanto, quando ele ligou para dizer que precisava pegar mais coisas suas, ela pensou em lhe dizer onde enfiar tudo. Mas não era do seu feitio. Como sempre, ela o trataria bem e tentaria tornar as coisas menos sofridas e tão fáceis quanto possíveis para todos que não fossem ela mesma. Ele perguntou se podia vir quando as meninas estivessem em casa, e Sophie marcou com ele um horário no domingo à tarde, quando podia sair para ir ao supermercado e eles só precisassem trocar algumas palavras absolutamente indispensáveis. Não ia dar para encarar um bate-boca nem uma tentativa de puxar papo.

Ele chegou às 14 horas em ponto e hesitou à porta, sem saber se devia tocar a campainha ou entrar com a sua chave. Sophie o viu pelas venezianas da janela da cozinha, as mãos nos bolsos do casaco, as costas meio curvas, como ficava quando estava se sentindo constrangido. Parecia cansado. Ela chamou Suzanne para abrir a porta para o pai e levá-lo à sala de estar e depois saiu de casa, sem dar na vista. Nem quis dizer alô.

Para Helen parecia que, durante algumas horas, havia conseguido voltar a viver como antes. Deitou-se no sofá, lendo um livro e curtindo o silêncio. Sabia que devia estar tentando abrir espaço para as outras coisas que Matthew ia trazer, mas não sentia vontade de fazer nada disso. Perguntou-se como ele estaria se saindo, depois deixou de lado essa idéia tão rápido quanto ela lhe ocorreu.

Por volta das 17 horas, ouviu o carro dele estacionando e começou a se levantar de má vontade para abrir a porta da frente. Parou ao ouvir a voz de Matthew falando com... quem? Ela afastou a cortina um pouquinho e tornou a fechá-la quando o viu trazendo duas menininhas pré-adolescentes, cada qual com uma caixa na mão. Merda! Ele trouxera a Claudia e a outra... qual era mesmo o nome? Helen correu para o espelho e começou a ajeitar os cabelos crespos de domingo à tarde e a remover o rímel borrado do dia anterior, ressecado sob os olhos.

Como é que ele pôde fazer isso comigo?, pensou. Sem nem ao menos me telefonar? Será que ele não sabia que as adolescentes valorizavam as aparências acima de qualquer outra coisa? Ela já havia planejado o que ia usar na primeira vez que se encontrassem: jeans FCUK, botas altas marrons da Aldo e o blusão com capuz azul-bebê da Paul Frank que, segundo sabia, gente de sua idade não usava, mas que estava torcendo para fazê-la parecer "descolada". Marcas que as adolescentes tinham ouvido falar e iriam admirar. Ela tinha decidido que ia tentar tratá-las como se fosse uma irmã mais velha. Uma irmã mais velha meio assustadora, admitia — era meio *O que terá acontecido a Baby Jane*, mas o que fazer?. Agora, a única roupa lavada que tinha para vestir era um vestido cinza-claro tubinho sem mangas, para usar com blusa por baixo e apropriado para a sua idade, que ela usava para o trabalho. Mas ia ter de se virar com ele mesmo. Estava vestindo a blusa limpa quando ouviu a chave dele virando na porta da frente. Fazendo uma cara que esperava que fosse de total indiferença sofisticada, conseguiu chegar ao corredor de entrada aparentemente impecável, no momento em que ele entrava com as meninas.

Matthew estava procurando compensar a situação comportando-se como pai afetuoso:

— Olhe quem eu trouxe para conhecer você.

– Mas que surpresa agradável – disse Helen, de um jeito quase convincente.

– Já faz tempo que elas estão loucas para conhecer você, não faz, meninas? – Pela cara das garotas, qualquer idiota podia ver que era mentira. – Essa é a Suzanne – ele apontou para a mais alta e ligeiramente menos emburrada. – E essa é a Claudia.

Claudia olhou Helen da cabeça os pés, como se estivesse medindo uma rival.

Helen sorriu de um jeito jovial e camarada.

– Mas que ótimo conhecê-las. Seu pai fala em vocês o tempo inteiro, de modo que me sinto como se já as conhecesse. E estou torcendo para ficarmos superamigas.

As meninas olharam para ela inexpressivamente.

– Sabia que seu vestido está do avesso? – disse Claudia, e imediatamente se virou para o pai. – A gente pode voltar para casa agora?

– Não, Claudia. Não seja mal-educada; cumprimente a Helen, vamos.

Suzanne resmungou um alô quase inaudível, enquanto Claudia lançava a Helen um olhar apático.

– Eu vou lhes dar um pouco mais de tempo para se acostumarem com você – disse Matthew, como quem se desculpa. – Vamos para a sala agora, meninas, e podem bater um papinho com a Helen enquanto eu pego alguma coisa para vocês beberem.

– Que barraco isso aqui, hein? – Helen achou que Claudia tinha comentado enquanto ele as conduzia pelo apartamento.

Quando Sophie levou Suzanne do hospital para casa, Matthew lhe disse que via isso como sua segunda chance de provar que era um bom pai. Sua relação com o filho, naquela época com 26 anos, sempre havia sido relativamente formal – Matthew não tinha assumido a paternidade com facilidade da primeira vez e sempre tinha sentido um pouco de medo do olhar crítico de seu filho mais velho –, mas praticamente terminara depois que Matthew abandonou a mãe de Leo. O esquisito era que Leo sempre tinha se dado bem com Sophie, que via – e agora se confirmava que estava certo – como outra vítima potencial do egoísmo paterno. Ele pôs a culpa pelo rompimento da relação com o pai totalmente nos ombros de Matthew e, embora ele nunca tivesse mencionado isso, esse rompimento permanecia entre eles como uma divisória de vidro, evitando que chegassem perto um do outro. Portanto, a maior parte do contato de Matthew com seu filho mais velho era feito por meio de sua segunda esposa, uma situação que ele sabia que era incômoda, em qualquer ocasião, mas que agora estava para se tornar impossível.

Suzanne, portanto, desde sempre havia visto Matthew como um pai dedicado, coruja e protetor. Obrigada a assumir o papel de "inteligente" pela chegada de uma irmã bem mais bonitinha, fazia força para corresponder a esta reputação desde essa época, mas a quantidade de elogios e a atenção que recebia de Matthew quando se dava bem em algum teste faziam valer a pena as horas secretas de estudos às quais se dedicava para dar a impressão de que não havia nenhum empenho para tirar boas notas. Ela era uma menina calma, aparentemente simpática, mas por trás dessa imagem havia uma terrível ansiedade.

Claudia, por outro lado, fervia de indignação com o lugar de "bonitinha", que ocupava, pois achava, com toda a razão, que ela era a mais inteligente. Sabia tudo sobre as horas de estudo secretas de Suzanne, mas nunca revelou nada, e quanto mais Suzanne se aplicava, mais Claudia assumia a pose de quem não estava nem aí para o estudo. Seu mau comportamento, descrito pelos professores de forma otimista como uma "fase", era uma reação tão clara ao tédio que sentia numa sala de aula cheia de alunos aos quais ela já ultrapassara academicamente uns dois anos que qualquer psicólogo amador teria percebido isso, mas infelizmente nunca existe um psicólogo amador por perto quando se precisa de um. Para quem queria acertar dessa vez, Matthew tinha conseguido criar duas filhas bem mal-resolvidas.

Enquanto ele estava na cozinha pegando chá e Cocas diet, Helen decidiu tentar conversar com a menos assustadora das duas, Suzanne.

— Deve estar sendo muito difícil para vocês. Sinto muito.

Claudia fez um barulho que era uma mistura de riso abafado com suspiro, e revirou os olhos, tudo ao mesmo tempo, o que, segundo achava Helen, devia exigir uma certa prática. Suzanne estava com os olhos cheios de lágrimas. Girava as pontas do cabelo louro-escuro em torno dos dedos sem parar, e Helen podia sentir a força que estava fazendo para não chorar.

— Quero que ele volte para casa.

— Eu sei. Quem sabe ele volta... — Helen riu, com o que julgou que fosse modéstia, na intenção de apaziguar os ânimos. — Depois que se cansar de mim. — Ai, pronto, pensou ela, agora estou soltando piadas de mau gosto. E piadas de mau gosto que insinuam que o pai delas é um mulherengo desprezível e indigno de confiança. — O que eu queria dizer era que quando ele perceber que sente muita saudade de vocês, pode ser que volte.

— Está mesmo falando sério? — aquele jeitinho ingênuo de Suzanne, enrolando os cachos no dedo, fazia Helen se sentir ainda mais como a mosca que pousou no cocô do cavalo do bandido, se é que isso era possível, mas antes que ela pudesse responder alguma coisa igualmente consoladora, Claudia intrometeu-se na conversa, toda espevitada.

— Deixa de ser burra. É claro que ela não está falando sério. E de qualquer maneira, não quero mais que ele volte para casa.

Foi então que Suzanne começou a chorar de verdade, exatamente quando Matthew, com aquele sorrisão bobo de pai estampado no rosto, entrou com as bebidas. Sua expressão mudou na hora, e ele olhou acusadoramente para Helen, como se ela tivesse começado a dar bolos nas meninas com uma régua no minuto em que ele tinha saído da sala. Ela deu de ombros.

— Dá para a gente ir embora agora, pai? — perguntou Claudia.

— Dá, sim — disse Matthew. — Acho que é melhor.

Helen poderia jurar que Claudia jogou um "vadia" para ela, bem baixinho, quando saíram.

10

NO FIM DE SEMANA SEGUINTE, Matthew quis convidar Suzanne e Claudia para irem ao apartamento outra vez. Mas Helen não quis saber daquilo. Tinha percebido que tentar ser amiga das filhas dele não ia ser fácil, e, no momento, isso parecia demais para ela. Assim, convenceu-o de que era muito cedo para as meninas, mas não conseguiu fazê-lo sair com elas e deixá-la no apartamento curtindo alegremente a sua solidão.

— O caso é que eu quero que elas sintam que têm um segundo lar aqui — lamentou-se ele. — Não que têm um pai em meio expediente que precisa levá-las a outros lugares aos quais não querem ir toda vez que ele vai visitá-las. — Eles concordaram que a visita seria no domingo seguinte, e durante uns dois ou três dias não discutiram mais o assunto.

Às 16 horas do sábado, soou a campainha. Helen abriu a porta e viu uma senhora idosa e toda arrumadinha, que lhe pareceu vagamente familiar, parada à soleira da porta.

— Matthew está? — perguntou ela.

— Não. Ele só volta daqui a uma hora.

Tentando ser útil, Matthew fora ao supermercado para fazer as compras da semana, algo que nunca tinha feito na vida. Nesse momento, estava paralisado de medo diante do balcão dos legumes, tentando entender qual era a diferença entre um tomate-cereja e um tomate comum e se isso importava ou não.

— Excelente. Eu vim visitar você. Sou Sheila. — Ela tinha uma voz áspera como um ralador de queijo, e Helen tomou a decisão instantânea de odiá-la, pois mulheres metidas assim tinham sido uma das primeiras categorias incluídas na lista de "Mulheres que a gente odeia" que ela havia feito com a Rachel.

A mulher passou por Helen, entrou no vestíbulo e atravessou a sala de estar. Usando um conjunto de agasalho de malha e camiseta que bem podia ser um pijama, Helen estava incrivelmente malvestida para um domingo. Sheila, por outro lado, exibia uma blusa branca impecável sob o suéter de cashmere azul-claro, calças marrom-claras e saltos altos. Mulheres assim tinham a capacidade de fazer Helen se sentir como se pertencesse à Família Buscapé, e Sheila não era exceção. Ela até cheirava a perfume caro. Seus sapatos estalaram pelo piso de madeira, e, jogando para um lado os cabelos alisados a escova até quase caírem, ela olhou em torno de si, vendo os pratos sujos e cheios de cascas de pão, os montes de revistas e jornais sobre todas as superfícies e as caixas de Matthew ainda no canto da sala. Helen vasculhou a memória, procurando o nome "Sheila". Não seria a primeira esposa dele, seria?, perguntou-se, quando Sheila resolveu aliviá-la e se apresentar.

— Sou a mãe de Matthew.

Mas claro. Ele podia ser velho, mas nunca teria sido casado com uma mulher que agora tinha 80 anos.

— Ah, sim. Prazer em conhecê-la — disse Helen, sem a menor convicção. — Gostaria de tomar um chá?

— É totalmente imperdoável o que você fez: destruir uma família, deixando aquelas meninas sem pai. Espero que esteja envergonhada.

— Com leite e açúcar? — perguntou Helen, fugindo para a cozinha para tentar se controlar. Mas não deu, porque Sheila foi atrás dela.

— Então foi por dinheiro, não foi?

Helen inspirou profundamente.

— Sei lá. Ele tem dinheiro?

Sheila fingiu que não tinha ouvido.

— Aposto que nunca pensou na família dele, pensou?

Helen resistiu à tentação de dizer: "O quê? E a Sophie, que tirou Matthew da primeira esposa?", e em vez disso, respondeu:

— Eu disse a ele que devia voltar, se é o que deseja saber.

— Mas é tarde demais para isso, não é? Sophie é capaz de nem o aceitar de volta.

— Então, por que veio aqui? — perguntou Helen, deixando de lado o fingimento de fazer chá.

— Minhas filhas e eu estamos muito preocupadas com o efeito de tudo isso sobre as meninas.

— Está falando da filha que estava dando em cima do marido da outra no Natal? Ou daquela que se casou com o alcoólatra? Ou esta é a mesma? Nunca consigo me lembrar — disse Helen, que tinha resolvido abandonar os escrúpulos.

Sheila voltou a fingir que não tinha ouvido.

— Se vai se tornar parte desta família, e não vejo o que posso fazer para evitar que isso ocorra, então gostaríamos de saber se pretende levar suas responsabilidades de madrasta a sério.

— Senão o quê? — Helen estava pouco a pouco voltando aos seus 14 anos de idade.

— Senão eu lhe pediria que parasse de tentar participar da vida delas. Ambas ficaram muito transtornadas depois da visita que fizeram aqui no fim de semana.

Ah, vá à merda, pensou Helen, mas o que disse foi:

— A senhora sabe o caminho da saída?

*

– Ela é uma megera burra e intrometida – berrou Helen para Matthew mais à tardinha.

– Mas é minha mãe.

– Acontece que é uma tremenda de uma tapada que gosta de se meter na vida dos filhos. E diga-lhe para não voltar mais aqui.

A noite de domingo estava chegando. Em um momento em que se sentia particularmente deprimida, Helen tinha concordado, sem saber por quê, em sair à noite para apresentar o namorado à sua melhor amiga. Naquele momento – tinha sido há mais de uma semana –, parecera-lhe que tinha todo o tempo do mundo para mudar de idéia. Agora, ela já estava a um dia da data marcada e precisava tomar providências urgentes. Ligou para Rachel.

– OK. Então só vou dizer a ele que você cancelou. Vou dizer que você está trabalhando.

– Mas de jeito nenhum, ora! Você vive reclamando desse homem há quatro anos. Não vou perder a chance de dar uma olhada nele.

– Vou dizer que estou me sentindo mal, e aí vamos ter de ficar em casa. Você pode ficar no bar a noite inteira nos esperando, se quiser, mas não vamos aparecer.

– Se você não aparecer, eu vou ao seu apartamento – disse Rachel, rindo. – Não tem como escapar.

Matthew estava tão nervoso que chegava a ser irritante enquanto se arrumava. Trocou de roupa duas vezes – numa disputa entre o terno e o jeans com a camiseta; o jeans venceu, para horror de Helen – e desfilou em frente ao espelho feito uma cocotinha. Parecia mais abatido ultimamente, pensou Helen, mais velho. Era como se ele deixasse seu lado autoconfiante e poderoso no chão do quarto toda noite junto com o terno e vestisse uma fantasia meio decadente de paizão. Até mesmo seu andar ficava diferente

– mais tímido, menos autoritário. Helen resistiu à tentação de lhe dizer para aparar os pelinhos do nariz e encolher a barriga.

Mas quando entraram no táxi, ela praticamente já podia sentir o cheiro do nervosismo dele, e isso a fez exibir suas piores e mais egocêntricas qualidades.

– Por favor, veja se não diz nada que me faça passar vergonha, hein? – disse ela.

No bar, Rachel recebeu Matthew com grande amabilidade e o apresentou a Neil, mas Helen sabia que o que ela sentia mesmo era vontade de dizer: "Cara, você é velho mesmo, hein!" Eles passaram um tempo pendurando os casacos e pedindo bebidas, depois procuraram um jeito de começar a conversa. Rachel foi a primeira:

– E aí, Matthew, você tem mais alguma esposa sobre a qual a gente deva saber, ou foram só essas duas anteriores?

Matthew começou a gaguejar, tentando responder. Helen o deteve.

– Ela está só brincando, Matthew. – E lançou um olhar furioso para Rachel. – É que ela gosta de fazer essas piadinhas de mau gosto.

– Eu sabia – disse ele, de um jeito autodepreciativo até charmoso.

– Na verdade, eu só estava curiosa – persistiu Rachel. – Você ainda estava casado com a sua primeira mulher quando começou a sair com Sophie? Quero dizer, você sempre age dessa forma?

– Rachel! – dessa vez foi Neil que salvou Matthew. – Desculpa, hein, Matthew.

– Não, tudo bem. Rachel, posso entender a sua preocupação com Helen. Você não seria uma boa amiga se não quisesse confirmar se as decisões dela são corretas. E, sim, infelizmente eu ainda era casado com Hannah quando conheci Sophie, e não, não sinto orgulho disso. Mas quero tranqüilizá-la, dizendo que amo Helen de verdade e pretendo fazê-la feliz pelo resto da vida.

Ele estava se esforçando ao máximo, mas parecia um padre pregando um sermão. Helen ficou horrorizada.

— Dá para a gente falar de outra coisa?

Mas Rachel não largou o osso:

— Você tem filhas, não? Deve estar sentindo uma saudade louca delas.

— Estou, sim — disse Matthew, enquanto tentava prever de onde viria o próximo dardo envenenado.

— Deve ser mesmo horrível para elas, perder o pai tão novinhas assim. Quem sabe quais podem ser os efeitos psicológicos...

Neil ficou de pé, interrompendo-a.

— Quer jogar uma sinuquinha, Matthew? Não sou lá essas coisas, mas é melhor que ficar aqui sendo interrogado.

Helen tocou-lhe o braço para incentivá-lo a aceitar.

— Excelente idéia. Vão jogar. Rachel e eu temos que botar as fofocas em dia.

— Mas que porra de interrogatório é esse? — perguntou Helen a Rachel entre dentes, assim que Matthew e Neil saíram de perto e não podiam mais ouvi-la.

— Estou tentando ajudar você. Achei que mesmo que ele ainda pense que ama você, vai decidir que não dá para suportar o papo da sua melhor amiga pelo resto da vida.

— Pois pode parar aí mesmo. Ele me ama. Eu obviamente sou irresistível.

— Mas ele é um velho, Helen. É claro que vai achar irresistível o fato de você ainda ter a boca cheia de dentes naturais.

— Vai dar certo — disse Helen sem muita convicção —, e portanto é melhor ir se acostumando com essa idéia.

— É mesmo, tem razão, porque ele nunca mais vai embora, pelo menos não até encontrar outro lugar para ir. Já saquei qual é a dele, é um desses que faz revezamento, nunca termina uma relação sem ter outra já engatada. Tem horror de ficar sozinho.

Rachel tinha várias teorias sobre casos amorosos, o que, considerando-se que nenhum de seus casos anteriores jamais durara mais de umas semanas, era meio ridículo. Os homens, segundo ela, dividiam-se em:

Monogamistas em série
Substituidores de múmias
Compromissófobos
Atores
Bonzinhos
Novos (possivelmente os mais detestáveis)
Lesmas lerdas
Puladores de cerca
Normais, maduros, bem equilibrados (poucos e difíceis de encontrar)
Revezadores

Com as mulheres, ela tendia a ser menos generosa, classificando-as em três categorias:

Mulheres como eu (ou seja, legais, leais, fiéis e confiáveis)
Ladras de marido
Perseguidoras vingativas

Até agora ela tinha classificado Matthew como um pulador de cerca, um cara que tem mulher mas tem outras por fora, sem intenção de levar nada adiante porque sua família é boa demais. Helen, é claro, tinha deixado de ser "mulher como eu" e se tornara "ladra de marido" havia muitos anos.

— Preciso fazer força para dar certo — estava dizendo Helen, que começava a parecer uma cantora de rap repetindo um refrão.

— Bem, acho que é melhor mesmo, porque tenho certeza de que ele vai ficar até o fim, a menos que encontre outra que queira aceitá-lo — voltou a insistir Rachel.

— Tudo bem, mas tente tratá-lo melhor quando eles voltarem — suplicou Helen.

Portanto, quando Matthew e Neil voltaram do jogo, Rachel fez a maior força para ser amável, o que deixou Matthew com medo de ela ser esquizofrênica.

— Gostei dele — disse Neil a Rachel no caminho de casa.

— Mas vê se não fica muito amigo dele, tá? — aconselhou Rachel.

Sem saber que seu marido estava sendo alvo de tamanha especulação, Sophie estava redecorando o quarto dos dois, numa tentativa de remover qualquer vestígio dele. Havia um espaço entre a casa dela e a do vizinho que ela estava enchendo de tacos de golfe, caixas de livros e raquetes de tênis, coisas que ela presumiu que ele voltaria para pegar algum dia. Olhando pela janela, viu alguns rapazes que moravam na pensão estudantil rua acima revirando e pegando tudo, e sorriu pela primeira vez naquele dia. As roupas dele ela havia doado para uma instituição de caridade, porque gostou de imaginar um morador de rua dormindo em frente à porta de alguém usando o terno Armani predileto de Matthew.

Quando Suzanne e Claudia voltaram da visita à nova casa de Matthew, Sophie precisara cumprir a promessa que havia feito a si mesma e não lhes perguntou nada a fim de sondá-las, mas durante a semana seguinte e mais alguns dias depois, as meninas deixaram escapar algumas coisas, e ela agora sabia que:

Helen morava em um apartamento abaixo do nível da rua
Ficava mais ou menos a 10 minutos de carro dali (mas ela não
  sabia em que direção)
Tinha piso de madeira
Helen era morena, de cabelos compridos
Era muito bonita

Essa última revelação foi de Suzanne, depois de encostada na parede por Sophie, cuja curiosidade finalmente a derrotara. Suzanne tentou amenizar o golpe acrescentando: "Mas está longe de ser bonita como você, mamãe", só que o estrago já estava feito.

— A beleza não importa, como você já sabe — tinha dito Sophie, sem conseguir parecer nem mesmo meio convincente.

Saber que Helen era "muito bonita", é claro, fez Sophie se sentir pior, embora fosse um motivo para pensar que devia se sentir melhor. Se seu marido sai de casa para ficar com alguém que parece uma górgone de tão feia, aí, sim, você pode ficar deprimida, porque obviamente significa que ele agora está tão desapaixonado por você que parece que nem mesmo sua beleza o impressiona mais. Que sua nova paixão é tão esdrúxula, comparada à anterior, que ele até está disposto a esquecer o fato de que ela é uma baranga. Que está preparado para trepar com ela com as luzes apagadas pelo resto da vida porque pelo menos vai trepar com alguém que não é você. Agora, se ele se separar de você por alguém mais bonita, ao menos você pode dizer a si mesma que ele só está passando por uma crise de meia-idade — ou, no caso de Matthew, por outra crise de meia-idade.

Conclusão: desde aquela conversa, Sophie tinha tentado evitar falar de Helen com as meninas, para não ouvir algo ainda mais deprimente. E começou a freqüentar a academia de ginástica e a fazer as unhas, e fez luzes no cabelo, com medo de que as amigas falassem dela pelas costas quando — inevitavelmente —

conhecessem Helen, dizendo coisas como: "Era só uma questão de tempo... a Sophie é linda, mas a Helen é mesmo... deslumbrante".

Ela pensou em perguntar a Suzanne quantos anos ela daria para Helen, mas sabendo como as crianças julgam os adultos, temia que a resposta fosse entre 17 e 60 e que continuaria sem nenhuma noção da idade da outra mesmo, portanto, tratou de se conter. Perguntou-se se pediria o divórcio ou se até deveria fazer isso, e procurou não se esquecer de contratar um advogado.

Encontrou uma foto dos dois no dia do casamento, desenhou óculos, bigode e uma verruga imensa e cabeluda em Matthew, depois se arrependeu e tentou apagar tudo, mas não conseguiu. Esvaziou a gaveta da escrivaninha do escritório dele e encontrou um desenho que Claudia tinha feito para ele quando tinha 4 anos. Era de uma família: mãe, pai, duas menininhas e um cachorro que eles nunca tinham tido. As figuras estavam enfileiradas ao lado de uma árvore e o sol brilhava sorrindo acima deles. Embaixo de cada personagem ela escreveu os respectivos nomes e sublinhou a palavra "Papai" três vezes, como se quisesse mostrar que ele era realmente importante. Matthew tinha guardado aquele desenho apesar de terem se mudado quatro vezes e trocado pelo menos três vezes de escrivaninha. Sophie fez força para não chorar outra vez. Alisou a folha de papel e voltou a guardá-la na gaveta.

11

QUASE TODOS OS DIAS, Helen se pegava folheando o álbum de fotografias que Matthew tinha guardado às pressas no meio de seus protetores de perna para críquete e seu cantil de aço Homer Simpson quando se mudou para o apartamento dela. As fotos, descobrira, tinham anotações no verso escritas à mão em uma caligrafia que desconhecia, que só podia ser de Sophie. "Matt e as meninas. Braunton, 2003", dizia a legenda da foto que mostrava os três em uma praia num dia chuvoso, todos descabelados devido à ventania. Será que Sophie o chamava de Matt? Isso não lhe parecia correto – ele era um Matthew da cabeça aos pés. Será que ele a chamava de "Soph"?, ponderou Helen. Em outra foto, via-se um casal sorridente com os braços em torno um do outro, a cabeleira negra de Sophie esparramada no ombro de Matthew. A legenda dizia: "Segunda Lua-de-Mel!!!" Será que eles tinham viajado para uma segunda lua-de-mel? Quando? Ela virou a foto de novo, procurando pistas. Os olhos castanho-escuros de Sophie estavam semicerrados para proteger-se do sol. Seus cabelos estavam mais longos do que atualmente, caindo-lhe encaracolados abaixo dos ombros, os óculos escuros prendendo-os para trás para que não lhe cobrissem o rosto, as sardas ainda visíveis sob o bronzeado. O braço de Matthew estava em torno dos ombros dela, um sinal de possessividade. Helen sabia que eles costumavam viajar todo ano, em geral para a Itália – uma mansão na Toscana, aliás, em uma demonstração de grande originalidade entre a classe média alta inglesa. Mas em que ano eles haviam considerado essas férias uma "segunda lua-de-mel", repleta de paixão, tesão, trepadas gostosas e redescobertas, implicando um novo comprometimento? Ela escondeu o álbum na caixa de novo, antes que Matthew a surpreendesse ali bisbilhotando.

Claudia e Suzanne iam chegar às 3 horas. Para conseguir pelo menos ter uma relação civilizada com elas, Helen tinha comprado bolo e pãezinhos de lingüiça e feito sanduíches. Matthew, comovido por ela estar fazendo tamanho esforço para se dar bem com suas filhas, abraçou-a com lágrimas nos olhos.

– Sou vegetariana.

Claudia torceu o nariz para a mesa cheia de comida e jogou-se na poltrona.

– Desde quando? – perguntou Matthew, tentando esconder a exasperação que transpareceu em sua voz.

– Eu sou, e pronto.

Suzanne estava procurando fazer tudo para agradar o pai. Tinha enchido o prato de várias guloseimas e estava pouco a pouco consumindo tudo, enquanto Helen a olhava preocupada.

– Não coma demais, hein? – recomendou o pai. – Vai ficar com dor de barriga.

– E aí, como vão na escola? – perguntou Helen, assombrada pela própria falta de imaginação.

– Bem – respondeu Suzanne. Claudia nada respondeu. Então era assim.

– Conte para a Helen o que estava me dizendo no carro no caminho para cá – disse Matthew para Claudia. – Sobre a peça.

– Não – Claudia virou o rosto e ficou olhando pela janela para o quintalzinho.

– Claudia vai interpretar o papel principal – apressou-se em informar Suzanne. – Vai ser uma princesa.

Helen resolveu perder a chance para dizer: "Então é melhor ela ser mesmo uma excelente atriz". Pelo menos uma das duas está falando comigo, pensou. Vou me concentrar só nela.

– E você? – disse a Suzanne. – Também é atriz?

– Não, eu sou ruim – disse Suzanne, traindo mais do que um pouquinho de inveja, e Helen sentiu pena dela por um instante. Como devia ser horrível ser a irmã mais velha, mais feia e menos talentosa e saber, sem a menor sombra de dúvida, que era isso que você era e pronto.

– Bem, todo mundo é bom em alguma coisa, e um talento é diferente do outro. Seu pai me disse que você se saiu muito bem em suas provas no último ano – por favor, tomara que seja a irmã certa. Na verdade, ela não conseguia se lembrar de qual das duas Matthew vivia falando o tempo todo porque não tinha prestado atenção.

– Ah, ele disse isso? – Suzanne mudou da água para o vinho na hora e sorriu radiante para o pai.

– Disse, sim – confirmou Matthew, todo carinhoso. – Ela teve um desempenho excelente. Aliás, elas duas, não é, meninas?

Puxa, Matthew, parabéns mesmo, pensou Helen, muito generoso de sua parte acabar com o momento de triunfo da Suzanne.

Às 16 horas, Helen já estava exausta e desesperada para que as meninas voltassem para casa, entediada com a conversa empacada que parecia só partir dela. Matthew, percebendo que o clima estava ficando pesado, levou Claudia para o quintal para plantarem umas tulipas no patiozinho minúsculo e escuro que fazia às vezes de jardim. Uma vez longe do olhar desaprovador da irmã, Suzanne começou a falar bastante, e, não sendo maliciosa, não desconfiou quando a curiosidade de Helen a dominou e ela se viu disparando uma série de perguntas sobre Sophie. Agora Helen sabia que Sophie:

Trabalhava na City
Ia de casa para o trabalho e voltava de metrô
Usava o nome de solteira, Marcombe, no trabalho
Às vezes ia à academia malhar na hora do almoço
Nunca saía à noite (nunca?)
Não parecia ter amigas, pelo menos nenhuma cujo nome Suzanne soubesse
Atualmente passava muito tempo chorando

Porra, pensou Helen, mas que vidinha a dessa mulher.

Uma vez em segurança, em sua mesa de trabalho na manhã de segunda-feira, Helen procurou Sophie Marcombe no Yahoo e encontrou o que estava procurando. Sophie era diretora de contas na financeira May and Co, que ficava na Finsbury Square. Curiosa, procurou-a no site Friends Reunited e encontrou três Sophies Marcombes de idades diferentes. Uma delas, em uma escola em Iver em Buckinghamshire, dizia: "Sou casada com Matthew e tenho duas filhas. Trabalho na City." Ela verificou o ano; Sophie teria 45 ou 46 anos, dependendo de quando fosse o seu aniversário. Ela procurou no *A to Z* a Finsbury Square, a Iver Heath Junior School, a May and Co. e a Bartholomew Road, a rua onde ela sabia que ficava a casa de Sophie e de Matthew, na lista comercial UpMyStreet. Consultou o relógio.

Helen, na verdade, não só sabia onde Sophie morava, como também tinha visto a casa. Uma vez, no início de seu caso com Matthew, vencida pela curiosidade acerca de sua rival, ela procurara a ficha pessoal de Matthew — favor prestado por uma amiga que trabalhava no Recursos Humanos – e encontrara o endereço dele. Depois do trabalho, numa noite em que Matthew não iria para a casa dela, havia tomado o metrô até a estação de Kentish Town em vez de Camden e dobrado a esquina da Bartholomew Road, uma rua com casas majestosas, em sua maioria divididas em apartamentos, mas que gradativamente voltava a ser uma zona residencial com casas para famílias ricas. Ela percorrera a rua, que descrevia uma curva fechada em forma de U, e encontrara o número 155, um casarão de quatro andares de tijolos vermelhos, com porão, jardinzinho pequeno e bem cuidado na frente, com algumas roseiras e vagas para dois carros. O carro de Matthew não estava na garagem – ela obviamente tinha chegado antes dele –, mas um outro, um Peugeot pequeno, presumivelmente o de Sophie, estava estacionado em sua vaga.

Era inverno, e as luzes estavam acesas no térreo e nos primeiros andares, mas de seu ponto de observação do outro lado da rua, ligeiramente mais alto, havia pouca coisa interessante para se ver. Ela havia andado de um lado para o outro, sentindo-se ridícula. Tinha pensado em tocar a campainha – "Olá, madame, eu só estou fazendo uma pesquisa" –, mas sabia que Matthew podia chegar a qualquer instante e, de toda forma, será que ela teria coragem de fazer aquilo mesmo? E mesmo se tivesse, para quê? Tinha resolvido parar por ali e talvez voltar no fim de semana, quando talvez tivesse chance de ver Sophie entrando ou saindo do carro ou dobrando a esquina para fazer compras, e já estava retornando para o metrô quando um carro familiar passou por ela, depois parou e deu ré, e Matthew saiu e começou a berrar. Estava transtornado de ódio e, segundo ela percebeu, pânico. O que ela pretendia? E se Sophie a tivesse visto ali? Como ela ousava brincar com a vida dele assim? Helen se sentira constrangida, estúpida e furiosa, tudo ao mesmo tempo, mas principalmente tinha sentido medo de perdê-lo, de que não tivesse mais confiança nela, de que achasse que não ia conseguir disfarçar o caso. Passaram-se dias até que ele se acalmasse, e ela tivera de fazer súplicas das mais humilhantes, de modo que nunca mais havia tentado repetir a dose.

Agora, anos depois, a mesma compulsão a dominara mais uma vez. Hoje, felizmente, Laura tinha um almoço prolongado com um cliente, de forma que, estando ausente, não ia poder notar que Helen tinha saído disfarçadamente às 12h30. Por volta das 12h50, ela estava sentada em um banco na praça diante da portaria da May and Co., observando as pessoas saírem para ir aos restaurantes e lanchonetes próximos. Não sabia por quê, mas só queria dar outra olhada em Sophie, em um lugar familiar e descontraído dessa vez, onde ela não estivesse de sobreaviso. Sentia-se como Steve Irwin, o Caçador de Crocodilos, aguardando um jacaré sair da água no seu hábitat natural. Só queria estudar o seu assunto em seu próprio ambiente.

Toda mulher sabe que esse é um impulso conhecido – o olhar anônimo, a necessidade de ir dar uma checada na ex, ou na rival ou na moça do departamento de informática que ele acabou de mencionar durante a conversa como se não fosse ninguém importante. É fácil pegar um desvio no caminho para casa a fim de passar pelo escritório dela. Só mais um passinho para passar pela casa dela no caminho para o comércio. Então, por que não ir até o fim de uma vez e ficar no carro durante quatro horas inteiras na esperança de ver – o quê? Uma mulher que você já viu antes entrar ou sair, talvez vê-la em companhia do namorado atual, ou da mãe, ou da irmã, ou do cachorro. Ou até do cachorro da irmã. Não havia como negar – um réptil de quatro metros de comprimento com dentes enormes é um réptil de quatro metros com dentes enormes onde quer que seja visto –, mas é muito mais satisfatório vê-lo nadando em um lago do que em um zoológico.

Helen já estava de saco cheio, e começando a ficar congelada quando, às 13h04, viu Sophie saindo pela porta da frente da May and Co. Casaco branco, botas marrons, guarda-chuva. Helen ficou de pé, depois voltou a se sentar, depois novamente de pé e então a seguiu de longe. Viu que Sophie tinha entrado no Eat, de modo que também entrou, e ficou fingindo que estava procurando alguma coisa na seção de sanduíches. Sophie já estava no balcão pedindo sopa, então Helen pegou um sanduíche de frango no pão árabe e entrou na fila atrás dela. De repente viu como devia ser a vida dos homens, que a sociedade exige que tomem a iniciativa com as mulheres. Sentiu uma vontade enorme de falar com Sophie e tentou pensar no que dizer para começar o papo.

"Dia bonito." Banal demais.

"A sopa daqui é boa?" Só precisava de uma resposta simples, e, de qualquer maneira, que tipo de maluca nunca tinha experimentado a sopa do Eat?

"Você trabalha aqui perto?" Epa, essa era muito suspeita; a mulher ia pensar que ela era uma lésbica querendo lhe passar uma cantada.

"Sabe onde fica a estação do metrô?" Perfeito. Não dava para iniciar um papo, mas teria de servir.

Sophie estava pegando o troco e virando-se para sair.

— Com licença, será que você sabe onde fica a estação de metrô mais próxima daqui? — começou a dizer Helen, mas Sophie já havia se afastado a ponto de não poder mais ouvir e já estava chegando à rua. Helen pensou em correr atrás dela e bater no seu ombro, mas o homem atrás do balcão tinha começado a responder à sua pergunta, e ela foi obrigada a ficar e ouvir informações que não precisava para não dar uma de grossa. Quando finalmente conseguiu sair, não viu mais Sophie.

Graças a Deus.

Será que ela estava ficando maluca? Agora que o momento tinha passado, ela empalideceu só de pensar no que poderia ter acontecido. "Onde fica a estação do metrô?", e depois o quê? "Ah, e por falar nisso, pensei em lhe contar, aproveitando a oportunidade, que sou a mulher pela qual seu marido a deixou. Estou com pressa. Prazer em conhecê-la. Tchau." O que poderia ter acontecido na melhor das hipóteses? Sophie lhe dar informações que ela não queria? Ela voltou para o escritório arrasada, tentando entender o que estava se passando em sua cabeça. Estava procurando decidir se ligava para Rachel e confessava aquela sua perseguição tão esquisita, quando foi interceptada por Annie.

— Menina, você nem imagina — estava dizendo ela, os olhos faiscando daquela empolgação de ter uma fofoca saborosíssima para contar. — A Amélia dos Recursos Humanos falou com a esposa do Matthew hoje de manhã e ela disse que ele saiu mesmo de casa para ir morar com outra, e não só isso... é alguém que Matthew conheceu no trabalho. E tem mais... — Fez-se uma enorme pausa teatral, enquanto Helen prendia a respiração e esperava o pior: — O nome dela é Helen.

Annie era daquelas que vivia de contar histórias. Não porque era uma pessoa inteligente, que gostava de entreter os outros. Não havia arte em sua narrativa, ela só queria ser o centro das atenções, e adorava sua posição de oráculo verbal da Global. Era um milagre ela nunca ter percebido o caso entre Helen e Matthew, mas ela era uma dessas louras peitudas que — apesar de terem o rosto que parecia de massinha, um rostinho de bebê que provavelmente devia ser uma gracinha aos 20 anos, mas que agora vivia inchado — achava que possuía as duas únicas qualidades que interessavam a um homem. Jamais havia lhe ocorrido que qualquer pessoa podia achar uma morena ou uma ruiva atraentes, principalmente se usassem sutiã abaixo do tamanho 44. Era um mecanismo de defesa, é claro. Quando se olhava no espelho à noite, devia ir às lágrimas pela perda de sua beleza rechonchuda da juventude, mas achava que se gritasse bem alto e com bastante freqüência sobre a coitadinha da fulana que era uma tábua e como sentia pena de sua irmã, que não tinha herdado os cabelos cor de mel da mãe como ela, então todos começariam a concordar com ela. Annie sabia que Helen era linda – muito mais bonita agora, mesmo perto dos 40 anos, do que ela mesma jamais tinha sido –, mas consolava-se com o fato de ser uma beleza que homem algum acharia atraente. Ela simplesmente se recusava a considerar Helen uma mulher gostosa.

Helen decidiu que a melhor defesa era soltar uma gargalhada, como se fosse "uma coincidência ridícula". Só que Annie ainda tinha mais alguma coisa a dizer.

– Bem, todos sabemos que não é você. Não é, é? – disse ela, rindo. – Você não está tão desesperada assim. E tem o Carlo. – Ah, sim, o fictício Carlo, também existia na história de sua vida que Helen tinha inventado para os colegas de trabalho. – Portanto, sobra a Helen da Tesouraria, mas acho que ela é casada... não que isso elimine a possibilidade, claro... e é uma baranga. Mas ele é velho e, assim, deve se sentir grato por qualquer coisa que possa encontrar... Também tem a Helen do Simpson's, foi Matthew quem cuidou dessa conta, lembra? E passou muito tempo trabalhando nela. Além disso, ela é loura. Jenny diz que se lembra de ter visto os dois trabalhando juntos até tarde várias vezes. Tem uma Helen que trabalha na Barker and Co., que saiu com ele para jantar uma vez quando conseguimos a conta. Ah, e ainda tem a mulher da agência de turismo que organiza todas as viagens dele, ela se chama Helen, ou Helena, ou coisa assim. Meu Deus, quem é que podia imaginar que existissem tantas Helens?

Para nossa Helen, o alívio de ainda não ter sido descoberta foi ligeiramente reduzido por sua irritação de ver que seus colegas não conseguiam sequer imaginá-la como concorrente a amante de Matthew. Ficou com um pouco de vontade de dizer: "Por que é tão óbvio que não sou eu?" Mas resolveu se conter enquanto estava por cima. É melhor atacar antes de ser atacado.

— Aposto que é a Helen da Tesouraria — disse Helen quase sem sentir. — Ela vive reclamando do marido e foi àquele seminário da empresa do qual Matthew participou, lembra? Além disso, eu me lembro de uma vez tê-la ouvido dizer que gostava dele. Ai, meu pai, pensou ela. Quando eu morrer, vou para o inferno.

Ela nem sentiu o resto do dia passar, mas o boato da Helen-da-Tesouraria tinha pegado, com uma ajuda considerável de Annie, e lá pelo fim da tarde já era considerado verdade incontestável. Helen ligou para Rachel pouco antes de sair do trabalho.

— Precisa me convidar para tomar um drinque com você. Agora. E não leve o Neil.

Em seguida, deixou uma mensagem no celular de Matthew dizendo que precisava pôr as fofocas em dia com a amiga e que o veria mais tarde em casa.

No caminho para o elevador, esbarrou em Jenny, que voltava do cafezinho.

— Já ouviu essa do Matthew com a Helen-da-Tesouraria? — Jenny estava com os olhos faiscando, como quem está louca para contar uma fofoca quente.

— Ouvi, sim — gritou Helen, olhando para trás. — Pouca vergonha, não?

Rachel mal conseguiu conter o riso, muito embora Helen estivesse claramente angustiada e precisando de um pouco de apoio moral.

— Então me diga, como é essa tal Helen-da-Tesouraria?

— Cara de fuinha, casada, provavelmente ama o marido. Certamente não merece que todos estejam falando dela pelas costas.

— Mas é genial. E alguma vez ela disse mesmo que sentia atração por Matthew?

— Não, claro que não. Eu é que inventei essa história.

— Boa idéia.

— Eu só adiei o inevitável. E até piorei o problema para o meu lado quando eles descobrirem.

— Eu nem ligaria para isso — disse Rachel, conformada. — Sua vida vai acabar mesmo, depois que eles perceberem.

Em casa, Helen pensou em contar para Matthew a história da Helen-da-Tesouraria, mas resolveu não dizer nada. Ele ficaria preocupado, pensando que todos no escritório estavam falando dele e observando cada gesto seu. Além do mais, ele talvez se sentisse na obrigação de negar tudo no trabalho para proteger a outra Helen, e era muito conveniente para sua Helen que os outros acreditassem que a fofoca era verdade.

Na terça-feira, apesar de seu sexto sentido alertá-la a todo volume para ficar no escritório e comer um sanduíche em sua mesa, Helen voltou ao seu posto da hora do almoço, depois de dizer a Laura que precisava de um tempo extra para ir ao dentista. Era um dia de janeiro lindo e ensolarado, e a praça estava coalhada de gente arriscando-se a sair pela primeira vez naquele ano, todos com o rosto voltado para o céu como pingüins olhando um avião passar, as mangas arregaçadas, desafiando o frio, embora estivessem tremendo. Uma vez mais, Helen seguiu Sophie até o Eat, ficou na fila atrás dela, seguiu-a de novo até a porta da May and Co. e depois passou por ela, quando Sophie prosseguiu e foi para a praça. Sentada em um banco ao sol frio de inverno, Sophie tirou um jornal da bolsa e começou a ler enquanto comia o sanduíche (lagostim com rúcula — tinha ficado indecisa entre esse e o de presunto, queijo brie e molho de mostarda com mel, enquanto Helen a observava e se perguntava o que fazia ali, fingindo parecer interessada no que estava escrito na lateral da embalagem de um sanduíche de baguete de atum com pepino).

Helen não sabia o que fazer, então se sentou no banco ao lado e ficou de olho em sua presa. Com que objetivo, ela não fazia a menor idéia, mas sentiu que seria derrotismo dar as costas e voltar para o trabalho. Sophie estava folheando o jornal *Metro*, e Helen aproveitou a oportunidade para dar uma boa olhada nela ao passar, tentando imaginar que essa mulher era a mesma pela qual ela ficara obcecada durante anos, a mulher sobre a qual tinha feito inúmeras perguntas a Matthew tantas vezes. Parecialhe esquisitíssimo que ela tivesse vida própria, uma forma totalmente independente de ser que existia fora da cabeça de Helen. Era quase como ver Harry Potter andando pela Camden High Street ou Shrek na loja da esquina comprando saquinhos de chá. Ela parece pálida, pensou Helen, esquecendo que era janeiro e que todos pareciam pálidos. Ela sabia que não devia ficar de olhos pregados em Sophie, para não ser pega desprevenida caso Sophie olhasse para cima de relance, mas não conseguia tirar os olhos da mulher. Conseqüentemente, não notou a raiz de árvore saliente na calçada bem em seu caminho nem o fato de seu pé esquerdo estar quase tropeçando nela.

— Aaai!

Helen se esparramou no chão congelado, segurando o tornozelo, que começou a latejar e a inchar, tudo ao mesmo tempo. Depois, ao se lembrar do ocorrido, parecia-lhe que havia se comportado como uma verdadeira Kate Winslet em *Razão e sensibilidade*, mas, na realidade, ficou com o rosto em brasa de tão vermelho, fungando muito e choramingando, tanto de vergonha quanto de dor. Estava tentando ver se podia se levantar sem chamar mais atenção quando notou que Sophie tinha abaixado o jornal e olhava para o seu lado, demonstrando preocupação.

— Você se machucou?

113

Ai, meu Deus, ela está falando comigo.

— Meu tornozelo. Acho que o torci. Ai, ai, ai.

— Olhe, eu vou ajudar. Veja se consegue andar. — Sophie ajudou-a a ficar de pé, e Helen estremeceu ao apoiar o corpo no pé.

— Não... está doendo. Me perdoe, tenho certeza de que tem outras coisas para fazer. Eu vou me virar. Só preciso descansar um pouco, acho.

— Bem, não dá para descansar aqui fora — disse a bondosa Sophie. — Meu escritório é aqui pertinho. Você pode ficar sentada um pouco e depois, se não melhorar, podemos chamar um táxi para levar você até a emergência de um hospital.

Ai, meu Deus, ai, meu Deus, ai, meu Deus.

Todos os instintos de Helen instavam para que ela fugisse, que aquilo certamente não podia resultar em nada bom, mas ela tinha mesmo torcido o tornozelo, realmente não podia andar, e seria uma besteira ficar ali sentada no frio, esperando-o ficar bom. Além disso, como ela podia resistir a dar uma olhada no escritório de Sophie?

— Ui — disse ela, mancando em direção à fachada de reboco vermelho da May and Co. Sophie deu-lhe o braço, e Helen procurou apoiar-se nele para se equilibrar.

12

HELEN, DEITADA NO SOFÁ no escritório de Sophie, analisava tudo ao seu redor, tintim por tintim. A sala era desconcertantemente arrumada e bem organizada, com pilhas perfeitas de papéis em bandejas com etiquetas e livros arrumados de acordo com a altura nas prateleiras de madeira escura.

Não havia *personalidade* naquela sala, pensou Helen, nem quadros nas paredes, nem fotos na mesa – mas Helen também não gostava daquelas mulheres que revestiam suas salas com fotos dos filhos, como se estivessem anunciando-os para vender. Só que devia existir alguma coisa, nem que fosse só um batom, sobre o tampo da mesa.

– Ah, você notou. Tenho mania de arrumação. – Sophie tinha percebido que Helen estava observando a sala. – É a única maneira de eu conseguir administrar tudo. Não posso me permitir ter tempo para me distrair. Além do mais, trabalho com finanças; portanto, provavelmente sou autista.

A assistente de Sophie havia feito uma caneca de chá para Helen, que tinha apoiado o pé sobre uma almofada. Ela deu uma espiada disfarçadamente no relógio, 13h28. Precisava ir embora naquele instante para poder estar na empresa às 14 horas.

— Meu nome é Sophie, aliás. — Sophie estendeu a mão para ela apertar.

— Helen... ahn... Eleanor... — gaguejou Helen.

— Você trabalha aqui perto?

Ai, meu Deus do céu. Pensa, mulher.

— Sou publicitária. Autônoma. Trabalho em casa. Moro ali na esquina. Em... hã... — hesitou, porque mal sabia onde estava, muito menos o nome das ruas próximas. — Bem ali na esquina.

— Meu marido também é publicitário. Quer dizer, meu ex-marido, suponho. Futuro ex-marido, aliás.

— Ah, puxa, sinto muito.

— Não sinta. Acabei percebendo que ele era mesmo um canalha.

— OK.

Então fez-se um silêncio constrangedor, no qual Helen, momentaneamente atrapalhada por essa menção a Matthew sem que ela a tivesse provocado, não conseguiu pensar em mais nada para dizer, e Sophie se deixou absorver pelos papéis que estava manuseando, tirando-os e colocando-os na bandeja. Felizmente, o silêncio foi interrompido pelo telefone.

— Com licença — Sophie lançou-lhe um olhar de relance. — Você se importa que eu atenda?

Helen fez um gesto de vá em frente, não se incomode comigo. Ouviu enquanto Sophie atendia à ligação na esperança de achar mais uma peça que ajudasse a obter informações sobre sua vida interior, mas a conversa era a respeito de impostos sobre ganhos de capital e outras coisas financeiras igualmente entediantes, só que bem mais complexas. Helen ficou observando Sophie pelo canto do olho enquanto ela conversava, sem prestar atenção em mais nada ao seu redor. Notou como ela enrolava o fio do telefone ao redor da mão livre enquanto falava. Eu também faço isso, pensou Helen. Aliás, ocorreu-lhe, enquanto observava o rosto de Sophie, que, fisicamente, elas poderiam ser irmãs, embora a pele de Helen fosse amarelada perto da pele alva de Sophie, que até parecia porcelana. Ela imaginou como seria Hannah. Matthew obviamente só gostava de um tipo de mulher, e uma vez que elas chegavam aos 45 anos, ele passava para uma versão mais jovem da mesma mulher. Mas que coisa mais lisonjeira, pensou. Se eu tivesse exatamente a mesma personalidade, mas tivesse cabelos louros, ele provavelmente não se interessaria. Resolveu procurar fotos da primeira esposa de Matthew para ver se sua teoria se confirmava. Quando Sophie terminou a ligação, estava claro que ela precisava retomar seu trabalho, e Helen também estava consciente que devia voltar para seu escritório, de modo que tentou equilibrar-se em seu tornozelo outra vez, com todo o cuidado, e, embora doesse demais, declarou que estava bem e que podia voltar para casa a pé. Mas ela relutou em encerrar aquele momento, frustrada por não ter aproveitado para saber mais sobre Sophie. Ah, dane-se, pensou. O que tenho a perder? Bem, na verdade, muita coisa, estava lhe dizendo seu alter ego, mas ela não deu bola para a voz da razão – e não pela primeira vez. Era agora ou nunca; portanto, resolveu arriscar sua melhor cartada.

– Tem alguma academia boa por aqui? Não faz muito tempo que me mudei, e ainda não tive chance de dar uma olhada por aí.

Sophie caiu no conto dela.

– Acabei de me matricular na Fit for Life, na City Road. Até que é boa. Mas fica meio lotada na hora do almoço.

– Excelente. Vou até lá para dar uma olhada.

– Sabe o que mais, eles me dão muitos convites para atrair novos clientes. Você pode vir comigo um dia, se quiser, depois que seu tornozelo melhorar.

Aleluia. Helen teve a impressão de ter ouvido um estádio inteiro comemorando.

– Seria o máximo.

Assim, elas trocaram números de telefone, e Helen agradeceu

a Sophie por cuidar dela e prometeu ligar. Sophie tirou uma pasta da mesa e se concentrou em lê-la, e dentro de alguns minutos tinha meio que esquecido completamente aquele encontro casual na hora do almoço.

— E aí, conta, como ela é?

Helen havia contado a Rachel uma versão censurada da história, na qual ela estava na Finsbury Square, fazendo alguma coisa para a empresa, e esbarrara com Sophie por uma coincidência do tipo uma em um milhão. Ela não tinha certeza se Rachel havia acreditado nela.

— Ela... até que é legal... É... normal, sabe como é — disse Helen, sem querer se comprometer.

— Pelo amor de Deus, você passou anos obcecada por essa mulher. Deve ter formado uma opinião sobre ela, bem mais definida do que isso. Ela é só "legal"? Ah, dá um tempo...

— Bacana, assim, sabe, sei lá...

— Maternal?

— Não, para dizer a verdade, não.

— Tipo matrona?

— Não.

— Engraçada? Inteligente? Sua nova melhor amiga em potencial?

— Não. Claro que não. Ela é só... comum. Meio sem graça, sabe.

— Algum defeito? Cicatrizes? Falta algum pedaço nela?

— Não que eu tenha visto.

— Ai que decepção, hein?

O ibope de Helen-da-Tesouraria nunca tinha sido tão alto. As pessoas praticamente faziam fila para almoçar com ela e estavam demonstrando um genuíno interesse por ela como pessoa, perguntando tudo sobre sua vida familiar e sobre seu marido. Ela não fazia idéia do que tinha ocasionado essa súbita melhoria em seu status, mas sentia-se aliviada por isso, pois até então almoçava sozinha, sentada à sua mesa, lendo uma revista. Hoje, porém, estava no Prêt com Annie e Jenny, comendo uma salada de abacate com mussarela e respondendo às suas perguntas sobre de quem gostava e de quem não gostava na Global.

— E o Matthew, hein? — perguntou Annie. — O que acha dele? Helen-da-Tesouraria sempre tinha achado Matthew charmoso, simpático, educado, paciente, quando suas despesas não eram pagas a tempo.

— Ah, eu gosto dele — disse ela, sem entender a armadilha na qual estava se permitindo cair.

Jenny produziu um barulhinho baixo e abafado que se transformou em uma tosse.

— E o Anthony? — perguntou Helen-da-Tesouraria, mencionando um dos outros diretores. — Não sei o que pensar dele.

— Ah, ele é legal — disse Jenny —, mas você acha que o Matthew é bonito?

— Acho que ele é atraente — disse a Helen-da-Tesouraria, e então quase se pôde ouvir seu corpo batendo com um estrondo no fundo da sepultura que ela própria cavou para si. E para piorar ainda mais as coisas, ela corou, pois não estava acostumada com esse tipo de papo de mulher, e a empolgação de fazer novas amizades estava deixando-a toda vermelha.

Matthew e Helen estavam cumprindo a rotina noturna de costume. Jantar assistindo *Emmerdale* (que agora ambos acompanhavam), algumas taças de vinho no sofá, os pés para cima até a hora de dormir. Quase nunca saíam, a não ser para comer em um restaurante do bairro onde sabiam que nunca encontrariam alguém que os reconhecesse. Ainda não tinham repetido a noite lamentável com Rachel e Neil, e Helen tinha decidido evitar que Matthew se encontrasse com qualquer outra amiga sua. Todos os amigos dele, pelo que ela percebia, eram do tipo casado com filhos, e nenhum deles parecia ter vontade de ser amigo de Helen a essa altura, o que para ela era ótimo. Helen tinha se acostumado a ver Matthew andando pelo apartamento de calça de pijama e camiseta e parara de se esforçar para se arrumar enquanto estava em casa. A conversa entre eles era agradável e reconfortante, e trepavam com bem menos freqüência do que quando se viam só algumas horas por semana. Helen não podia acreditar que Matthew era feliz, mas ele vivia dizendo que sim, portanto, quem era ela para discordar? Ela naturalmente não estava feliz, mas disso nós já sabemos.

Esta noite, porém, Matthew tinha voltado para casa com um enorme buquê de lírios, que havia colocado em um vaso de vidro verde sobre a mesa de centro na sala de estar. Helen nunca tinha gostado de flores – não as detestava, também; até que apreciava um pouco de verde e perfume em casa, mas não gostava de receber flores de homens. Eram como chocolates ou perfume, presentes que não exigiam criatividade, não era preciso conhecer bem a pessoa que ia ser presenteada para comprá-los. Presentes de homem autista: "Ela mulher, devo dar flores." Parecia-lhe que não havia nada mais insultante do que receber um buquê ou uma caixa de Ferrero Rocher de presente de aniversário de alguém que dizia conhecer seu íntimo melhor que qualquer outro. Mas a natureza aleatória do presente de Matthew – não era um dia especial, as flores não eram para pedir desculpas por faltar a um encontro nem por uma briga que haviam tido quando estavam de porre –, o fato de ele estar apenas tentando lhe trazer algo bonito a comoveu, e, embora as flores agora estivessem bloqueando uma parte da tela da TV, ela se aconchegou junto a ele, afetuosamente, a cabeça sobre seu peito, e ele lhe afagou os cabelos, satisfeito. Ela desejou estar apaixonada por ele como antes – ou pelo menos como acreditava que estivesse.

– Você e Sophie tiveram uma segunda lua-de-mel? – indagou ela, querendo realmente ouvir a resposta.

Matthew fez cara de encurralado, como se ela tivesse lhe mostrado um filme da TV estatal da República Popular da China no qual ele aparecia com a mão na foice.

– Ahn... Não, não... claro que não – gaguejou ele, protestando um pouco demais.

– Tem muitos casais que têm, sabe, depois de passarem algum tempo juntos.

– Você sabe como foi a nossa relação durante os últimos anos. Eu mal podia suportar estar ao lado dela.

Helen sentiu-se culpada por estar obrigando-o a assumir uma posição na qual ele sentia que não tinha permissão para admitir nem mesmo o mínimo sinal de afeição pela esposa.

– Pode me contar, sabe. Não me importo.

Mas é claro que Matthew não ia cair nessa de novo. Ele já havia caído uma vez, quando Helen tinha conseguido fazê-lo admitir que ele e Sophie ainda trepavam de vez em quando, quando então ela havia se esquecido que tinha prometido não se importar, tinha se enfurecido e perdido a cabeça. Ele não cairia nessa de novo.

– Já lhe disse que não – afirmou ele, levantando-se. – Não quero falar de Sophie.

Mais tarde, naquela mesma noite, o celular de Matthew tocou, e ele passou para outro cômodo para não incomodar Helen, que estava assistindo à TV. Voltou meio nervoso.

– Era Louisa. Jason saiu de casa e foi morar com outra. Pelo jeito, já estava se encontrando com ela desde antes do Natal.

– Mas que zorra é essa sua família, hein?!

– Louisa quer saber se pode vir ficar aqui alguns dias enquanto ele tira as coisas dele da casa.

— Não, Matthew, não. Este apartamento já é pequeno para nós dois. Imagine ainda ter de arranjar lugar para uma das suas irmãs.

— E o bebê.

— E o bebê. Ai, caramba. Ligue para ela e diga que sentimos muitíssimo, mas nada feito. Eu realmente estou morrendo de pena dela, estou mesmo, mas ela vai ter de ficar com a Amanda, ou algo assim.

— Eu já disse que sim. Ela está vindo para cá agora; vai estar aqui em mais ou menos uma hora.

— Mas que merda, Matthew. Quero dizer... mas que merda. Este apartamento é meu. Você não pode convidar qualquer um para vir se hospedar aqui.

— Obrigado por me lembrar que este não é meu lar. Mas abandonei minha esposa e minha casa maravilhosa para vir morar com você, lembra? — (ai, tudo de novo) — E acho que o mínimo que você pode fazer é me deixar hospedar um parente que está passando por uma crise.

— Até parece que eu posso dar palpite no assunto. Se você já lhe disse que podia vir!

Eles passaram a hora seguinte pisando duro para lá e para cá, arrumando tudo em silêncio e fazendo a cama para a irmã de Matthew no sofá. Helen não sabia se já tinha visto um bebê de 2 anos antes e queria perguntar a Matthew onde a criança iria dormir — mas para isso precisava falar com ele, portanto, deixou para lá. Às 21 horas, a campainha tocou, e uma mulher aos prantos entrou com uma criança chorosa. Helen nunca tinha visto tanta meleca nem tantas lágrimas. O nariz da Louisa — que sobressaía até quando ela estava arrumada — brilhava de tão vermelho e lustroso, e seus cabelos finos e castanhos encaracolavam-se achatados sobre a cabeça. Helen viu que as irmãs de Matthew eram bem mais jovens que ele — produto da volta do pai para a família depois de passar algum tempo com a secretária — e adivinhou que Louisa, sendo a caçula, devia ter uns 46 anos, mas era o tipo de mulher cuja idade era impossível calcular, de tão convencional, desde a estola estampada até as luvas, os sapatos e a bolsa iguais. O bebê – estava de vestido, portanto devia ser menina, embora, fora isso, não visse mais nada que indicasse o sexo – foi posto no chão, por onde saiu cambaleando, metendo os dedinhos sujos-sabe-se-lá-de-que nas coisas de Helen.

Helen foi pegar vinho, enquanto Louisa chorava no ombro de Matthew e lhe dizia o que tinha acontecido em uma série de frases incoerentes e entrecortadas por soluços. Louisa sequer tomou conhecimento da existência de Helen, a não ser por um rápido olhar de avaliação quando entrou. Agora estava tão concentrada em sua própria desgraça que nem ligava para as tentativas da sujismundinha de eletrocutar-se enfiando os dedos na parte de trás do aparelho de TV; portanto, Helen precisou interceder.

– Hã... com licença, mas não é perigoso ela fazer isso?

Louisa deu uma olhada muito de passagem no bebê.

– Jemima.

Jemima? Que nome mais pernóstico era aquele?

Jemima, é claro, tendo 2 anos, nem ligou para a mãe, e Louisa já estava voltando a chorar as mágoas para o irmão mais velho, portanto, não restou a Helen outra alternativa senão passar a mão na criancinha e afastá-la da TV ela mesma. Evitando contato com a menina, segurou-a com os braços estendidos e colocou-a perto da mãe. Não vou servir de babá nem que a vaca tussa, pensou.

– Vou para a cama – anunciou para quem quisesse ouvir. – Louisa, sua cama já está feita no sofá. A Jemima vai ter de dormir com você, infelizmente. Se precisar de alguma coisa, vá pegando, não faça cerimônia. Matthew vai lhe mostrar onde tudo está guardado.

Louisa nem mesmo olhou para ela, limitando-se a continuar chorando.

– Bem, então, boa-noite. – E Helen saiu da sala.

*

Entre Matthew tropeçando em uma cadeira ao ir para a cama à meia-noite, Jemima chorando e Louisa levantando-se e fazendo chá para si às 6 horas da manhã, Helen talvez tenha dormido três horas. Portanto não estava muito bem-humorada quando entrou na cozinha e encontrou Louisa sentada alimentando Jemima à mesa.

— Bom-dia. — Ela tentou falar com jeito de quem estava animada, coisa que não era seu feitio.

Louisa olhou-a com cara de poucos amigos, com os olhos vermelhos e inchados.

— Então agora você sabe que efeito seus atos devem ter causado.

Ai, só faltava essa.

— Como disse?

— Você está vendo o que acontece do outro lado. Como uma mulher se sente quando o marido a abandona por outra, a deixa sozinha com os filhos. Não é nada bonito, é?

Por que toda a família de Matthew parecia viver recitando um roteiro escrito por Barbara Cartland?

— Foi Matthew que se separou da Sophie, eu não tive culpa de nada.

— Mas se mulheres como você não estivessem por aí atraindo os homens, eles não se sentiriam tentados.

— "Mulheres como eu" significa exatamente o quê? — Helen estava se perguntando como seria dar um soco bem no meio de um daqueles olhos suínos e vermelhos da Louisa.

— Mulheres que pensam que o casamento não significa nada, que pensam que se divertir vale mais que os anos de dedicação de outras mulheres e seu investimento emocional, mulheres que pensam que é legal para os filhos crescerem sem o pai, mulheres que não têm um homem só seu.

— Ora, muito obrigada por essa avaliação sucinta e assustadoramente correta do meu caráter. Só tem uma coisa; você já parou para pensar que algumas mulheres fazem de tudo para perder seus homens? Para Jogá-los nos braços de outras enchendo o saco deles, torrando-lhes a paciência e... deixando-os mortos de tédio? Se comportando como beatas, donas da verdade e... virtuosas? E depois dessa Helen saiu pela porta da rua e foi para o trabalho sem se despedir de Matthew. Sabia que ele ia ficar furioso quando Louisa lhe contasse tudo – aliás, sabia que ela ia se odiar quando se acalmasse um tantinho –, mas Louisa tinha pedido para ouvir aquilo, droga.

Geoff Sweeney, ou Sr. Helen-da-Tesouraria, seu nome mais conhecido, tinha notado que a esposa estava usando um vestido rosa novo com capuz em vez de seu terninho azul-marinho para ir ao trabalho esta manhã. Aos 34 anos, ela havia adotado um estilo que cairia melhor em alguém com o dobro de sua idade. Saias até o joelho com meias-calças por baixo – cor da pele no verão, azul-marinho no inverno – e sapatos de salto baixo. Sob o terno feito de encomenda da M&S que já estava ficando lustroso de tão velho, ela vestia uma de suas muitas blusas abotoadas na frente. As jóias que ela usava eram sempre douradas e consistiam em uma corrente simples em torno do pescoço com a palavra "Helen" em letra cursiva no meio e uma pulseira de ouro combinando. A corrente tinha um ou dois elos a menos do que deveria, e a "Helen" ficava apertada demais no pescoço dela, subindo, virando ao contrário e depois descendo quando ela falava. Seu cabelo era curto e prático, com as pontas meio viradas para cima, pedindo, desesperado, algum produto para controlar o ligeiro ondulado que o encaracolava em dias quentes, úmidos ou estressantes demais. Ela só precisava de uma plaquinha com seu nome para completar a impressão de que tinha acabado de sair de trás do balcão do banco Nacional de Westminster.

O cabelo penteado à escova emoldurava um rosto que lembrava o de um musaranho pequenininho e tímido. Ela não era bonita nem feia, só não chamava a atenção, com uma fisionomia que as pessoas esqueciam de imediato por ser absolutamente sem sal. Se seu nariz fosse maior ou o queixo mais pronunciado, seu rosto poderia ter algo diferente que chamasse a atenção. Mas sendo como era, ela passava totalmente despercebida. Sua voz oscilava de nervosismo e quando a escutavam, as pessoas sentiam uma necessidade urgente de acelerar o papo e terminar as frases para ela. Aliás, costumavam fazer isso quase o tempo todo, de modo que ela freqüentemente se via eliminada das conversas e, em conseqüência sentia-se cada vez menos à vontade em situações sociais.

— As meninas lá da firma usam vestidos assim no trabalho — disse ela a Geoff, e ele gostou de saber que finalmente ela parecia estar fazendo algumas amizades. Deu-lhe um beijo de despedida quando ela entrou no carro.

— Eu amo você, benzinho — disse.

— Eu também amo você — respondeu Helen-da-Tesouraria, acenando para ele por cima do ombro ao partir.

— Olha só para ela. Que roupa é essa que ela inventou de usar, hein? — disse Annie, rindo, enquanto observava Helen-da-Tesouraria através da janela que dava para o departamento da outra. — Ela meio que confessou para a gente no almoço ontem, sabe? Bem disse que achava o Matthew atraente e, temos de concordar, não deve existir muita gente que teria a coragem de admitir isso.

Helen ergueu o olhar da pilha de correspondência que estava selecionando na recepção justamente quando Helen-da-Tesouraria acenou, cumprimentando alegremente Annie.

— Que pobreza — disse Helen, concordando. — Ela não tem jeito mesmo.

Tem mais coisa que eu posso acrescentar ao meu perfil pessoal, pensou ela, enquanto se encaminhava para sua mesa:

Ladra de marido
Seqüestradora de pais
Mentirosa
Perversa

Então se sentou e ligou o computador.

Quando Helen voltou para casa naquela noite, Louisa ainda estava lá, preparando o jantar para Matthew na cozinha, e a sujismundinha, que corria para cima e para baixo, olhou para Helen como se *ela* é que fosse a intrusa.

13

As meninas de Matthew agora vinham visitá-lo toda tarde de domingo. Um marco memorável foi quando Claudia falou com ela sem que ninguém insistisse e sem dizer nada ofensivo. Essa conversa histórica tinha sido assim:

Helen: "Oi, como vai?"

Claudia: "Bem."

Helen: "Você quer dar uma olhada lá fora e ver como estão suas tulipas?"

Silêncio. Um revirar de olhos, e Claudia voltou a atenção para o pai. Mas ela ter respondido antes um "Bem" voluntariamente era melhor que nada, e Helen considerou aquilo uma vitória. Não tinha conseguido fazer Suzanne contar mais nada sobre Sophie, mas descobriu uns fatos interessantes a partir de coisas que Claudia deixou escapar acusadoramente conversando com o pai:

Sophie tinha chamado um advogado para conversar sobre o pedido de divórcio

Tinha bebido quase uma garrafa de vinho inteira sozinha na noite de quarta e depois tinha vomitado no tapete da sala de estar.

Louisa tinha ligado para ela para lhe dizer que a mulher pela qual Matthew a havia abandonado era cruel e burra, e que eles não iam ficar juntos muito tempo.

Claudia sorriu para Helen pela primeira vez ao lhe contar essa última preciosidade.

— Claudia! Peça desculpas agora mesmo a Helen.

— Tudo bem, Matthew, ela só está repetindo uma coisa que outra pessoa disse. E provavelmente eu mereço. Não lhe diga para retirar o que disse.

Claudia olhou para Helen um instante, como se estivesse pensando: "Epa, ela me salvou a pele. Interessante." E aí ela descobriu que se sentia meio mal por ter contado aquela história, mas não tão mal que fosse deixar de repetir a dose.

Helen tinha um encontro. Na segunda-feira, às 12h45, na entrada da Fit for Life na City Road. Ela havia pensado em cancelá-lo durante toda a manhã, aliás, durante o fim de semana inteiro, e tinha até discado o número de Sophie umas duas ou três vezes. Mas às 12h15, levantou-se de sua mesa e foi até a estação do metrô de Tottenham Court Road como se encontrar-se com a ex-esposa do namorado para malharem juntas na academia fosse a coisa mais natural do mundo. Ela estava encarando aquilo como se fosse um primeiro encontro, pensando no que vestir, se devia carregar na maquiagem ou não, se devia se atrasar um pouco para mostrar que era moderna ou chegar cedo para bancar a educadinha. Será que Sophie preferiria uma amiga moderna e jovem ou sofisticada e madura? Ou até esportiva e meio masculinizada? Só lembre que seu nome é Eleanor, disse a si mesma assim que saiu do metrô na Old Street.

O resto da semana passara sem mais novidades. Louisa finalmente fora embora na manhã de sexta. Diante de Matthew ela agira com educação, embora meio distante, e Helen conseguira evitar ficar sozinha com ela uma segunda vez, escondendo-se no quarto de manhã até Matthew sair do banheiro e começar a conversar com a irmã. Aquele papo de Helen ser uma destruidora de lares não tinha mais se repetido, e os chiliques de Jemima para chamar a atenção da mãe haviam proporcionado uma digressão perfeita quando os assuntos das conversas se esgotavam. Toda noite, Louisa alugava o telefone para ligar para Jason ou para a namorada dele e xingá-los. Na segunda noite, quando Jason não atendeu o celular, Louisa deixou uma mensagem dizendo que Jemima estava gravemente doente e ele precisava ligar para ela com urgência. Naturalmente, ele ligou, e Louisa respondeu como uma mulher de peixeiro ensandecida, dizendo que ele nunca mais veria a porra da filha dele e que se algum dia ela ficasse mesmo doente para valer, ele só saberia quando fosse tarde demais. Helen na verdade achava que deveria estar sentindo pena de Louisa, mas não conseguia.

Antes de sair para o trabalho na sexta-feira, Helen ligara para Sophie para lhe dizer que seu tornozelo estava bem melhor e para fazerem planos. Verdade seja dita, Sophie tinha esquecido dela completamente, pois tinha coisas mais importantes nas quais pensar, como, por exemplo, o divórcio. Mas quando Helen a relembrou de que ela havia se oferecido para levá-la à academia, Sophie reagiu de forma generosa e até, pensou Helen, amistosa. Na verdade, Sophie estava irritada por precisar usar seu tempo dessa forma. Ela ia mesmo à academia na hora do almoço, porque isso agora era um hábito que fazia parte de sua nova vida, mas a idéia de ter de conversar com uma completa estranha — mesmo que fosse alguém que parecesse perfeitamente normal e amigável — deixou-a preocupada o fim de semana inteiro. Ela era uma pessoa que por natureza gostava de ficar só — um estado que tinha se solidificado por sua dedicação ao trabalho e à família, o que significava que não tinha tempo para amigos –, e sua separação de Matthew tinha feito com que se sentisse ainda mais isolada e sem jeito na presença de gente que não conhecia bem – como se estivesse usando um crachá que dizia "fracassada", "rejeitada" ou "vencida". Mesmo assim, ela tinha concordado em levar essa mulher, essa Eleanor, à academia; precisava cumprir a promessa. Só que ia fazer isso o mais depressa possível, tratá-la com a maior educação e depois dar o fora.

Sophie nunca tinha sido muito boa em fazer amizades. Na escola, era sempre a terceira menina em um grupo de três. E sabia que, depois de algum tempo, as outras duas começariam a encontrar-se sem ela à noite. Vivia correndo o risco de ser abandonada a qualquer momento. Se alguém lhe perguntasse qual era sua melhor amiga de infância, ela não seria capaz de responder. Talvez Kelly e Michelle, quando tinha 7 anos, Charlotte e Catherine, quando ela tinha 9, Ella e Nadia aos 12 e Olivia e Emma aos 15. Se alguém perguntasse a mesma coisa a essas meninas, nenhuma delas sequer se lembraria dela, sabia muito bem, muito menos a escolheria. Ela não era odiada, o problema não era esse, mas nunca tinha sido capaz de entender como funcionavam aqueles vínculos singulares, como alimentar uma intimidade com alguém que envolvesse telefonemas para essa pessoa duas ou três vezes por dia e encontrar-se com ela sempre que pudesse persuadir os pais a permitirem isso.

Foi inevitável, portanto, que depois de casada com Matthew, ela deixasse de lado todas as amizades. Ela havia posto a culpa no expediente de trabalho, só que era mais fácil relacionar-se como as mulheres casadas se relacionam, relações em tempo parcial com esposas e namoradas dos amigos de Matthew. Amistosas o suficiente, mas nada íntimo. Não havia dúvida de que elas nunca se encontravam sozinhas, longe dos maridos, e nenhuma delas fazia a menor idéia do que conversariam caso fizessem isso. Às vezes, dentro da segurança confortável de sua vida de família muito unida, Sophie sentia-se incrivelmente solitária. Mas apenas às vezes.

Helen chegou à Fit for Life 2 minutos antes da hora marcada. Era um daqueles dias cinzentos e com vento do início de fevereiro que transformava a vibrante cidade de Londres em um emaranhado horrivelmente opressivo e claustrofóbico de pedras cinzentas e gente revoltada, e Helen de repente sentiu-se esmagadoramente deprimida. O que estava fazendo ali? Por que não conseguia simplesmente aceitar o fato de que Matthew a havia escolhido e ser feliz assim? Pegou-se refletindo sobre onde tinha ido parar sua antiga vida. Tudo bem, ela não gostava muito daquela vida na época, mas agora lhe parecia idílica. Costumava viver só esperando os dias que passava com Matthew, as segundas, quartas e quintas, quando ele ia à sua casa. Agora não conseguia entender por que ela jamais curtia as outras quatro noites da semana, quando estava sozinha para fazer o que lhe desse na telha.

— Eleanor. Oi.

Helen fez uma pausa um pouco longa demais antes de perceber que era com ela e olhou para cima.

— Parece que não está se sentindo muito bem hoje.

Ela lançou a Sophie seu melhor sorriso "olha só como eu sou simpática".

— Não! Estou ótima. Louquinha para malhar.

Elas passaram por todas as formalidades necessárias para matricular Helen (Eleanor Pitt, para homenagear o Brad, cujo rosto no momento achava-se estampado na capa da revista *Heat*, na recepção) e bateram papo sobre o tempo horroroso no caminho do vestiário. Uma vez lá dentro, Helen percebeu, apavorada, que o espaço era comunitário, sem cabines; portanto, ela e Sophie teriam de trocar de roupa uma ao lado da outra.

— Já esteve numa academia antes, suponho — disse Sophie ao tirar o casaco e depois o suéter cor de creme, revelando um sutiã de rendinha branco.

Helen obrigou-se a não olhar e então se sentiu como uma tarada espionando as colegiais nos portões da escola, quando não conseguia resistir à vontade de conferir Sophie dos pés à cabeça enquanto ela tirava as calças marrons.

Corpo muito bonito, sim. Seios maiores que os meus, a pele da barriga só um pouquinho murcha, não muitas estrias, um tantinho de celulite em torno das coxas, mas, francamente, ainda dava um caldo. Nada de que Matthew pudesse reclamar, pelo menos. Ele tinha visto essa mulher, essa estranha, nua, todos os dias durante os últimos 15 anos, mas que maluquice...

— Já, mas é que eu me mudei para cá...

Eu devia ter escrito uma biografia de Eleanor, pensou, horrorizada ao lembrar que poderia escorregar a qualquer minuto e dar bandeira. Será que tinha dito a Sophie que acabara de se mudar quando tinham se encontrado no outro dia? Não conseguiu se lembrar.

Pelo jeito, tinha.

— Ah, é, e o que está achando daqui?

— É legal, bacana. Legal, sim.

Excelente, pensou Helen. Se pudesse manter o nível da conversa empolgante assim, elas seriam grandes amigas logo, logo.

Elas começaram nos aparelhos de transport, inconscientemente de olho uma na outra, para não serem superadas. Sophie procurou fazer comentários de vez em quando sobre o funcionamento do aparelho, e Helen, que tinha freqüentado academia duas vezes por semana durante os últimos cinco anos, fingiu estar interessada. Helen notou que Sophie só estava querendo encerrar a sessão. Ela não demonstrava hostilidade, mas comportava-se tipo eu-nunca-devia-ter-me-oferecido-mas-já-que-me-ofereci-melhor-ser-educada. Ela sabia exatamente como estaria se sentindo se estivesse no lugar de Sophie. Entediada e rabugenta. Tentando puxar conversa, perguntou a Sophie se tinha filhos, mas Sophie só respondeu: "Sim, duas meninas", e parou por aí. Tentou fazer-lhe perguntas sobre o trabalho, e isso rendeu 1 minuto e meio de papo, depois Sophie perguntou o que ela fazia, e ela inventou mais algumas coisas que procurou arquivar em algum lugar de sua memória onde pudesse encontrá-las da próxima vez que precisasse. Mais papo furado quando passaram para os remadores, vantagens da dieta do grupo sanguíneo sobre a dieta Atkins (Helen não estava nem um pouco interessada nisso e tinha certeza quase absoluta de que Sophie também não), *Big Brother*, comparação entre as lojas Harvey Nichols e Selfridges. Quando chegaram ao cúmulo de comentar o estado do transporte público em Londres, e Helen estava pensando seriamente em encerrar a sessão, aconteceu um milagre. Um homem caiu em uma das esteiras. E não foi qualquer um não. Foi um homem enorme de gordo com uns fios de cabelo comprido de um lado da cabeça esticados para tentar esconder a careca. E quando ele caiu, não caiu simplesmente; tropeçou primeiro, procurando qualquer coisa em que se segurar para se equilibrar, como um Fred Astaire obeso no meio do sapateado, e então se entregou ao inevitável e aterrissou de cara no chão, deslizando para trás e terminando no piso da academia.

Aquilo era o item número um da lista de coisas de que não se deve rir. Ora, aliás, uma lista de quatro:

Um gordo
Com fios de cabelo comprido esticados sobre a careca
Caindo
E se machucando

Talvez tenha sido o alívio por aquela oportunidade de interromper o papo com Sophie, mas Helen não conseguiu deixar de sorrir e sentiu que ia começar a rir. Ouviu alguém abafar uma risada, e olhou para Sophie, que estava com o rosto todo vermelho e trêmula. Isso era ridículo: duas mulheres crescidas, que realmente deveriam saber como se comportar, com vontade de rir assim da desgraça alheia. O homem agora estava se sentando, enquanto era ajudado por alguns bons samaritanos, que lançavam os esperados olhares de desaprovação para Helen e Sophie, mas seus cabelos tinham formado um topete no alto da cabeça, e ele parecia uma galinha. Helen estava começando a sentir lágrimas brotarem nos cantos dos olhos, e Sophie estava fazendo a maior força para encobrir sua falta de educação fingindo tossir. Ambas agora tinham parado totalmente de fingir que estavam remando.

— Sauna — disse Sophie, com grande esforço.

— Hum-hum — foi tudo o que Helen conseguiu responder.

Foi aí que tudo começou.

De repente, a conversa deslanchou. Helen conseguiu esquecer que Sophie era Sophie e Sophie conseguiu superar a falta de prática em fazer amizades, e as duas viram-se batendo o maior papo descontraído sobre absolutamente nada e provocando gargalhadas mútuas. Quando Helen teve de ir embora para o escritório, sentia-se satisfeita por ter conseguido entrever um pouco a verdadeira Sophie — ela agora sabia (intimamente) como ela era, como falava, o que a fazia rir. Havia transformado Sophie em uma pessoa de carne e osso. Tinha conseguido cutucar o núcleo da culpa que havia alojado dentro de si quando Matthew se mudara, fazendo-o aumentar. Tinha feito uma coisa imperdoável a uma mulher viva, concreta, verdadeira e – pior ainda – boa e inocente (embora quem mereceria isso Helen agora não pudesse imaginar). Tinha conseguido se fazer sentir tão mal quanto possível e agora precisaria conviver com isso.

Ainda era preciso resolver uma coisa antes de elas se despedirem, e então tudo se complicou.

– Aliás, eu vou me mudar de novo – disse ela, pensando melhor. – O apartamento onde estou é de uma amiga minha e, bem, é uma história comprida, mas... ela rompeu com o namorado no fim de semana e precisa voltar para lá, e não tem lugar para nós duas...

– Ah. Mas que coisa. Para onde vai?

– Uma amiga minha em Camden tem um quarto vazio. É bem melhor, portanto...

– Ah, que pena, e eu que estava louca para ter uma companheira de academia – disse Sophie, e Helen achou que ela talvez estivesse falando sério.

– Mil perdões.

– Mas a gente pode sair de vez em quando para tomar um drinque – disse Sophie, sem pensar. – O que vai fazer na quinta? Meu ex pode tomar conta das meninas. Sabe, desde que nos casamos eu nunca saí à noite e o deixei tomando conta das filhas. Vai fazer bem a ele.

– Caramba! – riu Helen. – Você está mesmo precisando dar uma virada nessa sua vida, hein, mulher? – brincou.

E antes que pudesse perceber o que estava fazendo, já havia concordado em se encontrar com Sophie no Coal Hole, na Strand, às 19 horas de quinta.

Quanto a Sophie, ela não fazia a menor idéia do que a fizera convidar sua nova amiga para irem beber juntas, fora o fato de que havia gostado muito da hora que tinha passado com ela, pensando em outra coisa que não fosse sua própria desgraça e a confusão que sua vida era agora. Sabia que não daria para passar o tempo todo só com as filhas, embora isso lhe parecesse tentador. Ela precisava de uma amiga.

De volta à firma, Helen encontrou Matthew na sala das secretárias olhando algumas pastas do arquivo com Jenny. Sentiu náusea quando viu que as outras meninas estavam fazendo biquinho pelas costas dele e fazendo gesto de positivo com os polegares para cima para Helen-da-Tesouraria através do vidro da divisória. Sentiu-se ainda pior quando Helen-da-Tesouraria finalmente resolveu participar e começou a rir e a fazer biquinho também. Isso fez as outras desatarem a rir e fez Helen-da-Tesouraria sorrir feliz, achando que estava fazendo sucesso. Helen não sabia o que estava achando pior: se eram as gracinhas ridículas da outra Helen, a burrice dela ou o seu desespero. Ou talvez fosse o fato de ser para essa mulher que todos pensavam que Matthew seria um bom par ou, pior ainda, que ela seria a única desesperada o suficiente para retribuir suas cantadas. Matthew sorriu para ela, e ela fechou a cara sem querer.

Laura chamou-a à sua sala e fechou a porta.

— Está tudo bem?

Helen gelou.

— Está, sim. Por que não estaria?

— Você só voltou do almoço agora, e sei que não é a primeira vez que demora a voltar nas últimas duas semanas.

— Precisei ir ao dentista — disse Helen, caindo na defensiva.

— Outra vez?

Helen não tirou os olhos de Laura, sem deixar a peteca cair.

— É, de novo. O que foi, não confia em mim? Acha que estou dando uma desculpa para fugir do trabalho?

– Helen, não estou acusando você. Eu só queria saber se está com algum problema, se precisar tirar uma licença ou coisa assim me conte.

– Está tudo bem comigo. – E Helen girou nos calcanhares e voltou para sua mesa, sem dizer nem mais uma palavra.

A noite chegou.

Macarrão. Sofá. Vinho. *Emmerdale*.

– Sophie me pediu para tomar conta das meninas na quinta-feira – disse Matthew, chateado, durante os comerciais.

– O que tem isso?

– Ela só está fazendo isso para me irritar.

– Matthew, são suas filhas. Como pode achar que tomar conta delas durante algumas horas é irritante?

– Não é bem isso. Acho que vai ser legal. Eu só quis dizer... que... sabe, ela nunca sai.

– Talvez tenha arrumado um namorado – disse Helen, achando a maior graça.

– O quê? – explodiu Matthew. – Claro que não. Pelo menos, eu devia torcer para isso não acontecer, quero dizer, como vão ficar as meninas se ela começar a sair com outro assim tão rápido?

– Não tão mal como quando elas descobriram que você andou esse tempo todo se encontrando comigo, acho.

Ele está com ciúmes, pensou. Ainda gosta dela. E procurou bem no fundo de si mesma, para ver se se importava mas descobriu que não estava nem aí.

– Por que ela não pode conhecer outro cara? Você achou outra mulher.

– Espero que ela encontre outro, sim. Com o tempo – disse Matthew, sem a menor convicção. – É que me surpreenderia muito se acontecesse assim tão rápido, só isso.

— Então talvez seja só por sexo. Com certeza, uma rapidinha com um estranho que acabou de conhecer na noite dá uma levantada na moral quando o marido acabou de sair de casa para morar com outra.

— Tá bom, pode parar por aí.

Ela tinha definitivamente conseguido botar pilha no homem.

— Matthew, vê se pára de tentar controlar a vida da sua ex-mulher. Se Sophie finalmente conseguiu sair depois de mais de dez anos, você não tem o direito de meter o bedelho para descobrir onde ela vai. Só veja isso como uma oportunidade de passar mais tempo com as meninas; vive dizendo que gostaria disso.

— Você vai comigo, não vai? Vai ser divertido – disse Matthew.

— Ah, me desculpe, mas não vai dar. Eu também vou sair na quinta-feira. Ia até lhe dizer isso.

— Sair com quem?

— Com a Rachel. Só vamos tomar uns drinques, não vou demorar. Pelo menos agora eu sei que você não vai ficar sentado na frente da TV me esperando.

— Eu amo você, sabia? – disse ele, todo carente.

— Sei disso – respondeu ela, beijando-o no alto da cabeça.

— E você também me ama, não?

— O que você acha? Vamos beber mais uma garrafa de vinho – convidou ela, levantando-se.

14

UMA SEMANA DEPOIS, Helen estava começando a sentir que jamais veria a luz no fim do túnel, apesar do fato de outro domingo com as meninas ter rendido essas novas palavras e frases por parte da Claudia:

Oi
Coca Diet
Por favor
Obrigada

Além de "história" em resposta a uma pergunta direta de Helen sobre sua matéria predileta na escola. Não era um discurso épico, mas Helen achou que foi um progresso e tanto. Fora isso, ela tinha começado a ver Claudia e Suzanne de modo ligeiramente diferente depois de comentários feitos por Sophie sobre a relação entre elas e o pai. Via que o desespero de Suzanne para agradá-lo agora estava virando obsessão e que aquele jeito de Claudia de quem pouco está ligando estava começando a soar falso. Helen havia se perguntado se não deveria tentar conversar com Matthew sobre o assunto, mas, pensando bem, o problema não era dela.

*

Na noite de quinta-feira, tudo começou meio sem jeito, e Helen não conseguiu lembrar exatamente o que estava fazendo ali nem por que tinha concordado em ir, mas depois de duas vodcas com tônica, começou a se descontrair e a pensar que talvez estivesse até curtindo a noite. Não posso ficar de porre, repetia para si mesma o tempo todo depois de sair de casa. Meu nome é Eleanor, trabalho em casa, não sou amante do marido dela. Ela tinha se despedido de Matthew na hora que ele saiu para bancar a babá e depois pegara o metrô até Charing Cross e andara até o bar, onde tinha combinado de se encontrar com Sophie. No caminho, tentou pensar em alguns assuntos sobre os quais não podiam conversar:

Divórcio
Adultério
Trabalho
Com quem ela morava
Qualquer coisa pessoal
Qualquer outro assunto

Merda, pensou ela. Eu vou improvisar, e pronto.

Só que já na terceira taça grande de vinho — e obviamente não acostumada a beber e nem ao tamanho das doses dos bares, o que significava que ela provavelmente tinha consumido uma garrafa inteira —, Sophie começou a falar de homens.

— Você tem namorado? — indagou ela.

Ai, Deus, pensou Helen, será que Eleanor tem namorado? Não sei. Ela pensou em vir com o Carlo de novo, mas pareceu-lhe uma invenção complicada demais para poder sustentar.

— No momento, não. E você? Quero dizer, sei que é casada e tal...

— Era — disse Sophie, com mais do que uma leve amargura na voz. — Ele saiu de casa há algumas semanas.

— Ai, meu Deus, que péssimo — Helen não conseguiu resistir a sondar. — Foi assim de repente, é?

— Não quero falar sobre isso. — Sophie parecia estar sofrendo. — Ele tem outra.

Ela tomou um gole demorado de vinho.

— Quero dizer, o que as mulheres assim pensam, hein? Dando bola para o marido de outra. Tem tanto homem por aí dando sopa, puxa vida. Sabe o que eu acho? É tipo demonstração de força. O poder de saber que elas venceram, uma espécie de competição da qual a esposa, coitada, sem desconfiar de nada, nem mesmo sabe que está participando. Ou pode ser que estejam tão desesperadas para ter um homem que nem mesmo se importam de estar roubando um. Eu devia sentir pena dela.

— E sente? — perguntou Helen, curiosa.

— Não! Eu a odeio. Nem sequer a conheço, e a odeio. Foi a isso que ele me reduziu.

— E ele? — indagou Helen. — O que acha que ele pensou?

— Ah, acho que ele ficou lisonjeado. Está na meia-idade. Na verdade, mais para o fim da meia-idade. Logo vai ser um velho. Deve ter pensado que era sua última chance. Para lhe dizer a verdade, acho que nem pensou nada. Pelo menos, não com a cabeça. E disse que foi ela que o seduziu; não que isso seja uma desculpa.

Helen abafou um grito.

— Ele disse isso, foi?

— Disse, mas não sei se acredito, e vamos ser francas, mesmo que ela tivesse feito isso, ele podia ter dito que não.

Helen não conseguiu se conter.

— Parece improvável uma mulher mais jovem, você disse que era mais jovem, não disse?, bom, seja lá como for, dar bola assim para um cara mais velho. Quero dizer, a menos que ele seja extremamente charmoso. Acha ele tão charmoso assim?

Sophie sorriu de leve.

— Não faço mais a menor idéia, para ser franca. Objetivamente, não acho, não. Acho que não é irresistível para as mulheres, se é isso que está perguntando.

— Então provavelmente ela não o seduziu.

— É, parece que não.

Helen estava tendo dificuldade de sair desse assunto específico. Mas como é que ele tinha coragem, pensou. Tudo bem ele ter tentado aliviar o sofrimento da mulher, embora de um jeito incompreensível, mas dizer que ela, Helen, com 35 anos, sem dúvida no auge de sua forma física, tinha dado bola para um cara de 55 anos, já meio velhusco, era simplesmente ridículo demais. Ele é que tinha dado em cima dela. Ela havia resistido. Ele tinha insistido. Ele é que tinha começado tudo. Tudo mesmo.

— Você está bem?

Helen então percebeu que Sophie estava olhando para ela intrigada. Respirou fundo e obrigou-se a concentrar-se no que estava fazendo.

— Estava só pensando como você deve estar se sentindo. Ainda tem saudade dele?

— Sabe do que mais? Eu não quero mesmo falar nesse assunto. Vamos tomar mais um drinque.

Helen ficou de pé, ligeiramente cambaleante.

— Deixe que eu pego.

E aí pediu uma tônica pura e outra taça grande de vinho para Sophie.

— Ela estava de porre! — disse Matthew, revoltado, quando afinal voltou para casa, depois da meia-noite.

— E daí? Você às vezes também enche a cara. — Helen tinha ido para a cama assim que entrou, para refletir sobre a saída com Sophie e, se estava sendo franca consigo mesma, evitar Matthew. Achara tudo aquilo, no mínimo, um tanto perturbador. Havia se saído muitíssimo bem com Sophie, mas era realmente estranho conversar sobre si mesma com a outra mulher sem que ela soubesse que isso a deixava desconfortável. Era como acumular decepções seguidas. E sua mãe sempre havia lhe dito que se a pessoa ouvisse conversas dos outros sem ser convidada, acabaria ouvindo alguém falar mal dela.

— Sabe quando nós saímos juntos pela primeira vez? — disse ela agora para Matthew, enquanto ele se despia para se deitar. — Achou que eu me sentia atraída por você?

— Eu me achei supersortudo. — Matthew aproximou-se, bem coladinho nela, sob a colcha. — Achei que você ia gritar e me dar um tapa na cara e depois sair correndo para o Departamento de Pessoal. Achei que tinha ganhado na loteria.

Ele começou a passar a mão no ventre de Helen, achando que aquela conversa era para dar início a um ato sexual. Helen pôs a mão sobre a dele e impediu que ele descesse ainda mais.

— Não pensou que eu estivesse me oferecendo a você, pensou? — Olhava-o bem nos olhos ligeiramente preocupados à meia-luz do abajur.

Matthew soltou uma risada.

— Também não achei que tivesse tanta sorte assim. Por que está me fazendo essas perguntas?

— Por nada — disse Helen, dando-lhe as costas. — Boa-noite.

Sophie tinha ligado para o celular de Helen na manhã seguinte.

— Só para seu governo, não costumo tomar todas feito uma menininha de 14 anos e vomitar no táxi no caminho de casa... só queria que soubesse disso.

— E não vomitou, vomitou?

— Vomitei, sim. E meu marido perdeu a cabeça porque acha que eu estou dando mau exemplo para as meninas.

— Ah, e o exemplo que ele dá é impecável, certo?

— Justamente, aí é que está.

Quando Sophie desligou, sorriu consigo mesma, feliz por ter conseguido fazer a devida ligação para a amiga "depois do bar". Eleanor era um bom papo — tinham coisas em comum, ela era engraçada, boa companhia, e conversar com ela fazia Sophie parar de pensar em... ora... em sua vida... durante algum tempo — e ela estava gostando de fazer amizade, realmente, mesmo que achasse aquilo cansativo. E assustador. Era muito mais fácil voltar para casa, para a segurança previsível porém solitária, de sua pequena família para cicatrizar as feridas do que tentar criar uma vida social do nada. Mas ela precisava sair de casa, precisava começar a se recuperar, não podia passar o resto da vida sendo apenas *mãe*.

Helen estava fazendo a revisão de um material de divulgação à imprensa para Laura, quando Sophie ligou. Entrevistas entediantes com um elenco entediante de uma nova série de TV que estava para ser lançada. Estava levando o dobro do tempo que levaria normalmente para fazer aquilo, porque estava assistindo à sessão de implicância com Helen-da-Tesouraria que acontecia na sala das secretárias todo dia. Helen-da-Tesouraria ainda não fazia a menor idéia do crime de que suspeitavam que ela fosse a culpada, que dirá das horas de divertimento que seu novo corte de cabelo curtinho e batido e sua nova cor de batom vermelho-escuro estavam proporcionando aos colegas. Ela havia comprado um caftan para alternar com o vestido com capuz rosa. Como era baixinha e meio gorducha, aquilo a fazia parecer uma caixa de correio.

Hoje, Annie, sempre a mestra-de-cerimônias do circo, estava perguntando como era o marido de Helen-da-Tesouraria. Ele era bonitão? ("Ah, sim", disse Helen-da-Tesouraria, enrubescendo.) Ele era bom de cama? ("Ah, isso não posso dizer", rubores, rubores.) Era o tipo que tinha ciúmes? ("Ah, puxa, se é. Ele me disse hoje de manhã mesmo: 'Para quem você está se emperiquitando toda, hein?'", afirmou ela, toda convencida, sem saber que estava assinando sua própria sentença de morte.)

— Ei, dá para conversar mais baixo? Estou tentando revisar esse texto aqui — gritou nossa Helen, na esperança de acabar com aquela onda toda e evitar mais humilhação para Helen-da-Tesouraria.

— Ih, eu, hein, deixa de ser estraga-prazeres — gritou Helen-da-Tesouraria para ela, olhando para Annie e Jenny como quem pede aprovação, feito uma menina de 12 anos que rouba um CD na Woolworths para mostrar às garotas mais populares da escola que sabe se integrar ao grupo.

Sempre acaba sendo pega.

Helen engoliu o nojo que sentia da outra Helen. Ela era insuportável. Mas, pensou, voltando ao seu trabalho, não merece estar nessa situação. E a culpa é toda minha.

— Ah, você me conhece — disse ela, detestando-se por estar participando daquela brincadeira ridícula de escritório. — Só penso em trabalho. É que Laura vai me matar se eu não tiver aprontado isso até o meio-dia, e sabe como ela é quando fica chateada. — Revirou os olhos para acentuar a veracidade de sua representação.

— Tá bom. — Annie levantou-se do canto da mesa onde tinha se sentado e começou a ir para a recepção na hora exata em que Matthew entrou pela porta oposta. Annie parou à saída.

— Tchau, meninas.

Helen se encolheu, torcendo para ele passar direto pela sala das secretárias e sair pelo outro lado, mas ele parou para pôr uma pasta cinza na mesa de Jenny. Ela quase sentiu o clima pesado de expectativa, aquela sensação de que o brutamontes da escola está para atacar alguém e todos sabem disso. Ela resolveu tentar distrair o público.

— Annie — gritou. — Laura está esperando uma ligação urgente do Simon da Lotus. Se ele ligar, pode passá-lo direto para cá?

Mas Annie estava mirando sua presa.

— Matthew, não acha que a Helen hoje está deslumbrante?

Matthew na hora se assustou, depois viu que Annie estava se referindo não à sua Helen, mas à feiosinha da Helen-da-Tesouraria.

Não, Matthew, Helen praticamente disse em voz alta. Não... faça... isso...

Tarde demais.

— Uau! – disse Matthew. – Você está mesmo uma gata. Esse novo corte de cabelo realmente caiu bem em você, hein?

Annie e Jenny abafaram o riso, tossindo e gaguejando. Helen-da-Tesouraria enrubesceu, é claro, e soltou risadinhas feito uma adolescente apaixonada. Matthew, adorando toda aquela atenção da mulherada e gostando de sentir-se integrado ao grupo, continuou.

— Se eu não fosse um homem casado...

Aí ouviu-se uma onda de risadas gigantesca. Helen achou que Matthew e Helen-da-Tesouraria ficaram um pouco preocupados com a histeria que os comentários dele estava causando, mas ambos estavam sorrindo e topando a brincadeira: Matthew sem dúvida pensando que ele nunca tinha perdido o velho toque mágico com as garotas. Helen se levantou.

— Pois bem, todo mundo agora vai ter de ficar quieto. Preciso terminar meu serviço. Vamos, todo mundo para os seus lugares.

Matthew ergueu uma sobrancelha para ela, enquanto percorria o corredor com ar superior, e aí ela se tocou de uma coisa horrível...

Ele acha que estou com ciúme.

Dez minutos depois, Helen já estava com o casaco e o guarda-chuva, correndo pela Oxford Street e tentando desanuviar a cabeça. Não estava dando certo. Ela sabia que agora nunca ia dar. Não havia como fugir daquilo: o que ela queria era sua vida de volta e que os últimos quatro anos e tanto não tivessem acontecido.

Certamente não era pedir muito. Tudo bem, ela aceitaria apenas um pouco de volta, as noites de terça e sexta e os fins de semana em que ela podia fazer o que quisesse, mesmo que na realidade raramente fizesse alguma coisa. Era meio como morar em Londres: nunca se ia ao museu de cera da Madame Tussaud, mas era reconfortante saber que ficava perto caso quisesse ir. Não era culpa de Matthew, mas ela estava começando a perceber que tudo tinha sido um tremendo erro. Assoou o nariz, parou no Starbucks para comprar um café expresso duplo e bebeu-o no caminho para o escritório.

Annie estava com um sorriso particularmente perverso estampado no rosto quando Helen passou pela recepção a caminho do banheiro antes de voltar para sua mesa.

— Você perdeu a melhor parte — gritou ela, mas Helen nem se incomodou de perguntar-lhe sobre o que estava falando. Depois que entrou no banheiro, parou para se olhar no espelho.

Uma fungada. Um barulho abafado saiu de trás da porta de um dos boxes. Helen tirou o elástico que prendia seus cabelos num rabo-de-cavalo e puxou os cabelos para trás, prendendo-os de novo.

Helen olhou em torno de si. Pensou em ir embora rapidinho, mas quando estava se dirigindo para a porta, ouviu um novo soluço, depois outro, e aí se preocupou em saber qual era o problema.

— Quem está aí? Está se sentindo bem?

Fungada, soluço, soluço, soluço, fungada. Parecia até código Morse. Helen nunca soubera como agir em situações como essa: nunca sabia o que dizer e sempre sentia a tentação de falar: "Pelo amor de Deus, veja se pára com isso e cuida da sua vida", o que nunca funcionava. Ela aproximou-se devagar do boxe.

— Quer que eu vá chamar alguém, hein? Ou será que devo apenas sair e deixar você em paz? — Por favor, diz que sim.

Uma frase curta, meio entrecortada pela coriza que escorria e por gorgolejos, foi o que Helen ouviu. Helen pensou ter ouvido a palavra "Annie", mas foi só.

— Ahn... desculpe, mas não entendi.

Silêncio.

— Quem está aí, afinal? Eu sou a Helen. A assistente da Laura. Que tal me dizer o que quer que eu faça?

Ela ouviu o ferrolho deslizando, e a porta se abriu, revelando Helen-da-Tesouraria, muito borrada, o rímel escorrendo pelas faces, o batom vermelho-escuro todo espalhado pelo rosto, o cabelo curtinho arrepiado. Ela soltou um uivo como o de um lobo doente e jogou-se em cima da Helen, abraçando-a. Helen equilibrou-se, muito rígida, os braços ao longo do corpo, sem saber o que fazer.

— TátodomundopensandoqueeutôtendoumcasocomMatthew!

— Soluço, fungada, uivo, fungada, soluço. Era como estar presa no banheiro com toda a seção de percussão da Orquestra Filarmônica.

— Não dá para entender o que você está dizendo — falou Helen, procurando afastar a mulher de si. — Fale mais devagar, me conte o que está havendo. — Mas, para ser franca, ela sabia o que ia ouvir, e sentiu o coração pesado.

— As meninas, a Annie e a Jenny. E o Jamie. Todos eles pensam que estou tendo um caso com Matthew.

Helen respirou fundo.

— Eu sei que pensam isso.

— Por isso andam me paparicando. Pensei que fossem meus amigos, mas só queriam me ridicularizar. Como assim, você sabe que eles pensam isso?

— Eles... me contaram.

Helen-da-Tesouraria olhou para ela de um jeito acusador.

— Você não acreditou neles, acreditou?

— Não — respondeu Helen. — Não acreditei, não.

— Eles recortaram uma foto de Matthew do manual da empresa e prenderam no meu computador com fita adesiva, e quando eu lhes perguntei por que tinham feito isso, todos começaram a rir e a fingir que me cutucavam, e aí eu entendi, entendi o que queriam dizer. E tentei dizer que não era verdade, mas não acreditaram em mim. Disseram que a esposa de Matthew contou para a Amelia do Pessoal que ele tinha ido morar comigo. Mas ela não pode ter dito isso, porque simplesmente não é verdade.

— Eu sei, eu sei — disse Helen, no que pensou que fosse uma voz tranqüila, mas com a cabeça a mil. Mas que gente mais maldosa e hipócrita.

— Sabe, eu não sou disso. Jamais faria isso. É só dar uma olhada naquele homem. Eu tenho o meu Geoff; por que eu daria bola para Matthew Shallcross? Ele é um cara até simpático, mas... bem, não é o tipo do cara para o qual a gente dá bola, é?

— Não — disse Helen, baixinho. — Realmente não é.

— Precisa me ajudar a convencer o pessoal de que não é verdade. Por favor, Helen. Eu me mataria se alguém pensasse que sou do tipo que dá bola para homem casado.

— Não sei o que posso fazer por você, juro. — Helen estava começando a ficar com dor de cabeça, e sentia vontade de ir para casa e esquecer toda aquela conversa, fingir mesmo que nunca tinha acontecido. Mas não dava.

— Estou falando sério. Se o Geoff descobrir que andam dizendo isso aqui ou... ai, meu Deus, e se eu perder o emprego? Tenho certeza de que podem me demitir por mau comportamento. Francamente, Helen, eu me mato; você precisa me ajudar.

E então começou a soluçar mesmo para valer, apoiando-se em Helen para não cair e deixando enormes lágrimas molharem sua roupa.

— Tá bom — disse Helen, baixinho. — Vou ver o que posso fazer.

E era por isso que ela agora estava diante de Laura lhe dizendo que ia pedir demissão.

— Mas por quê? — disse Laura. — É alguma coisa específica? Dinheiro? Conseguiu outro emprego?

— Não tem motivo algum — Helen mal conseguia olhar Laura nos olhos. — Só quero tocar minha vida para a frente, só isso. E gostaria de sair o mais rápido possível... Sei que preciso cumprir aviso prévio de um mês, então estou lhe comunicando agora...

— E não há nada que eu possa dizer para convencê-la a ficar?

— Não.

— Puxa, Helen, sinto muito, francamente sinto. Você conquistou minha confiança.

Helen conseguiu murmurar um agradecimento e depois saiu da sala de Laura o mais rápido que pôde. Quando voltou à sua mesa, Annie estava na sala das secretárias como sempre, rindo com Jenny dos fatos hilários do dia. Helen sentiu-se enjoada e meio zonza, como se estivesse para pular da beira de um abismo, o que, de certa forma, era o que ia fazer. Pigarreou antes de falar:

— Você foram longe demais, sabem, com a Helen-da-Tesouraria.

— Ah, imagina, que nada — falou Jenny. — Ela merece tudo o que está acontecendo com ela, trepando assim com um homem casado.

Annie resolveu participar também.

— Vadia idiota. E você, por que está se incomodando com isso? Não gosta dela mais que qualquer um de nós.

Helen era capaz de ouvir seu próprio coração batendo em algum lugar em torno das orelhas.

— É que... simplesmente não existe um caso entre ela e Matthew. Só isso.

— Como sabe? — a antena de Annie começou a funcionar.

— Porque... simplesmente sei.

— Ah, mas vai ter de explicar isso direitinho. Só porque ela conseguiu fazer você sentir pena dela não significa que esteja dizendo a verdade. Vamos encarar, ela deve ser uma boa mentirosa para nós não sacarmos o que estava havendo. Pronto. Era o fim do mundo. O Dia D. O Apocalipse. Ia ter de ir até a beirada do precipício e pular.

— Eu sei que ela está dizendo a verdade porque... — e aí Helen vacilou — ...porque quem está com Matthew sou eu. Ele largou a mulher dele para ficar comigo. Portanto, conforme podem ver, vocês devem desculpas a ela.

Se esse não fosse o pior momento da vida de Helen, se ela não estivesse absolutamente certa de que tudo mudaria para sempre, e para pior, teria considerado aquilo uma verdadeira piada. Annie e Jenny ficaram ali paradas, literalmente boquiabertas, como dois poodles com a cabeça do lado de fora da janela de um carro, durante o que pareceu a Helen 1 minuto inteiro. Helen apoiava o peso do corpo ora em um pé, ora no outro, só esperando as duas caírem em si. A cara de Annie se fechou.

— Meu Deus do céu! — disse ela, virando-se para sair. — Eu sempre considerei você meio megera e, no fim, eu tinha razão.

— Está brincando, não está? — disse Jenny, incrédula. — Isso é piada sua.

— Não é, não — conseguiu murmurar Helen.

— Mas você deixou a gente pensar que era a Helen-da-Tesouraria. Foi você mesma que disse que achava que era ela — acrescentou Jenny.

— Peço desculpas por isso — disse Helen, tão baixo que mal se podia ouvir.

— Você e Matthew? – Jenny ainda não tinha conseguido aceitar.

— Ai, Helen, e o Carlo? Você o andou enganando esse tempo todo?

— Vou para casa. – Helen estava vestindo o casaco. – Até segunda-feira.

Quando passou pela recepção, ouviu Annie contando a novidade a Amelia. Nenhuma das duas disse boa-noite a Helen quando ela passou.

15

NA SEGUNDA-FEIRA, Helen pensou em telefonar e dizer que tinha ficado doente. Não ia conseguir aturar os olhares e as risadas dos outros pelas suas costas e os comentários sarcásticos que tinha certeza de que sairiam da boca daquelas víboras Annie e Jenny. Matthew parecia achar que tudo estava bem – aliás, ele havia gostado de saber que tudo tinha sido posto às claras, assobiando na cozinha enquanto preparava café, naturalmente porque não fazia idéia do quanto aquelas mulheres eram agressivas e, mais precisamente, porque não ia ser alvo de suas risadas. Ele tinha conseguido atrair uma mulher bonita e mais jovem (se é que eu posso dizer isso de mim mesma, pensou ela), ao passo que Helen tinha perdido tempo com um homem para o qual nem mesmo a deplorável Helen-da-Tesouraria olharia duas vezes.

— Todos os outros diretores estão com inveja de mim – dissera ele com orgulho na noite anterior, depois que as meninas foram embora (novas palavras de Claudia, três: "Não", "seja" e "burra", ao reagir quando Helen perguntou se ela gostava do menino da banda McFly).

— Como assim? Até a Laura? – Ela não conseguiu conter o sarcasmo ao dizer isso. Ele estava tentando melhorar o humor dela, mas como podia ser positivo o fato de um bando de velhos feios e muxibentos tecerem comentários a seu respeito?

– Sabe do que estou falando.

– Não gostei de saber que todos eles sabem, Matthew. Desculpe, mas não gostei. Só me faz sentir... ordinária. Sinto-me como se todos olhassem para mim enquanto pensam que eu poderia lhes pagar um boquete se eles fossem bonzinhos comigo. E o que isso me diz deles? Todos eles são casados, ora bolas. Um bando de velhos safados.

– Está certo, está certo. Só estava tentando animá-la.

– Sinto muito, mas vai ter que inventar outra coisa, porque isso nunca vai funcionar.

Ela pegou o telefone para ligar para Rachel. Os Coelhos, como Matthew passou a chamá-los, estavam trepando a todo vapor no andar de cima, bangue, bangue, bangue na cabeceira da cama, "Ai, amor", "Aí benzinho, vai", tum, tum, tum. Helen tinha imaginado que a cama dos dois devia estar bem sobre a rachadura de seu teto, e agora parecia que ela estava colocando sua vida em suas mãos, sentada na própria cama enquanto eles pulavam na deles. Para ela, a rachadura que parecia um raio deu-lhe a impressão de estar se alargando, e ela tentou imaginar a manchete do *Camden New Journal*:

Mulher Esmagada por Amantes
Ladra de Marido Esmagada por Casal Exagerado
Megera de Meia-Idade Achatada por Casal Sem Graça e Feio que Faz Sexo Melhor do que Ela.

Ela aguardou a cena familiar desenrolar-se – "Aí, amor, vai, neném, me chama de papai" (essa era nova, nota dez para a criatividade, pensou ela, embora ligeiramente repelente), tum, bangue, gritinho, crescendo, silêncio – antes de discar.

Rachel atendeu, sonolenta, obviamente ainda na cama. Helen tinha passado boa parte do fim de semana ao telefone, esmiuçando os acontecimentos de sexta-feira com a amiga; portanto, Rachel sabia perfeitamente do que ela ia falar.

– Não dá para eu ir ao trabalho hoje. Não dá para encarar aquela ralé – Helen foi direto ao ponto.

– Deixe de babaquice. Se você não for hoje, vai ser muito pior se arrastar até lá amanhã. O que vai fazer? Tirar as próximas quatro semanas de licença?

– Boa idéia, acho que vou fazer isso mesmo.

– O que pode acontecer de pior? Elas riem na sua cara, e por trás também. Chamam você de megera destruidora de lares. E de ladra de pai de criancinha. Dizem que sempre desconfiaram que era você, não a Helen-da-Tesouraria, porque ela é boa demais para querer ficar com ele e jamais precisaria descer a esse ponto...

Helen estava rindo, sem conseguir se conter.

– Tá bem. Tá bem, pode parar agora.

– Não, é sério! – continuou Rachel. – Você detesta mesmo todas aquelas barangas. Então, por que vai se importar? O que você pensa da Jenny? Em três palavras.

– Uma cobra, tapada e vingativa.

– E da Annie?

– Uma cobra, tapada, vingativa, que fala dos outros porque não tem vida própria. Uma escrota.

– É isso aí, garota. Mete bronca.

– Eu mencionei que a Annie era escrota, não mencionei?

– Mencionou, sim. E, minha amiga, se nada funcionar, manda um soco na boca da cobra. O que eles vão fazer, demitir você?

Eles foram para o trabalho juntos pela primeira vez no carro feito-para-enfrentar-tempestade-na-selva de Matthew, o que, segundo Helen precisou admitir, era melhor que pegar o metrô

Matthew ligou o som a todo volume e abriu as janelas, muito embora fosse fevereiro e o ar estivesse gelado. Tudo bem, então a Magic FM e uma SUV andando a cinqüenta quilômetros por hora pela Hampstead Road não era exatamente o mesmo que ouvir um rap em um Chevrolet "tunado" saltitando pelo Crenshaw Boulevard, mas era divertido, e por um momento Helen sentiu um arrepio de empolgação por estar assim com o amante em público, como um casal normal. Mas o arrepio passou, e antes que ela percebesse o que estava acontecendo consigo, começou a chorar. Matthew, já no meio de sua versão alta e desafinada do refrão de "Angels", hesitou e parou no meio de uma palavra.

— O que foi? — gaguejou ele. — Está se sentindo bem?

— Estou — fungou Helen, obviamente arrasada.

— Quer conversar sobre o que está incomodando você? Sou eu?

— Não. É. Você é feliz, Matthew?

— Claro que sim. Sou — disse ele, nervoso.

— Como pode ser? Nós mal nos falamos, quase nunca trepamos, o apartamento é pequeno demais para nós dois, você nunca visita suas filhas, sua irmã me detesta...

— A gente pode trepar mais — disse ele, sem entender nada do que ela estava dizendo. — É que eu pensei que você não queria.

— Não é só o sexo. É tudo.

Ela esperou ele tentar consolá-la, dizer que entendia, talvez até dizer: "Sabe, tem razão, vamos acabar com isso de uma vez", mas em vez disso ele a olhou firme, o olhar faiscando de irritação.

— Pelo amor de Deus, Helen, veja se deixa de ser criança. Essa é a vida real. Não estamos mais fingindo, esse nosso relacionamento agora é para todo mundo ver. O que tínhamos antes era uma situação irreal, cheia de altos e baixos. Morar juntos tem todos os problemas do dia-a-dia, os detalhes, as coisas mundanas. Já fiz o maior sacrifício saindo de casa e deixando minhas filhas para poder ser feliz do jeito como são as coisas; então você pode ser feliz também, né?

— É isso o que você vive me dizendo.

Matthew quase entrou na pista reservada aos ônibus ao virar a cabeça para olhá-la outra vez.

— Como assim?

Nisso, eles chegaram ao estacionamento público em frente ao escritório. Agora não é hora para isso, pensou Helen, em 5 minutos todos os olhos vão se voltar para nós, e a última coisa que quero é que pensem que sou infeliz. Seria como mostrar a um cardume de piranhas um corte causado por uma folha de papel no dedo. Ela se olhou no espelho do quebra-sol e enxugou os olhos de leve com um lenço de papel, tentando não tirar o rímel à prova d'água, que até ali estava miraculosamente intacto.

— Nada. Estou nervosa por causa do dia de hoje, não sei como vai ser, só isso.

Matthew puxou o freio de mão e entrelaçou os dedos nos dela.

— Vai dar tudo certo.

Quando ele se aproximou dela para beijar-lhe o rosto, ela pulou, ao ouvir a melodia desafinada, vagamente reconhecível de *Emmerdale*, que agora era a campainha do celular dela. Revirou a bolsa atrás do aparelho. Era Sophie. Merda. Ela apertou o botão vermelho para desligar o celular. Matthew olhou para ela, curioso.

— É só a mamãe. Não dá para conversar com ela agora. Eu ligo depois.

— Contou a ela que estamos juntos, aliás? — Matthew devia ter perguntado isso vinte vezes no último mês.

— Não, sabe como ela é. Ou melhor, não sabe, porque não a conhece, mas pode imaginar. Ela lê Catherine Cookson, imagine. Faz bolinhos para acompanhar o chá. Por acaso você viu algum bolinho de chá por aí depois de 1974? Ela coleciona pastorinhas de porcelana. Se eu lhe contasse que dormi com qualquer um, acho que ela teria um infarto. Se quiser que eu conte a ela que juntei os trapinhos com um homem casado e pai de duas filhas, chame a ambulância antes; conselho de amiga.

Matthew riu.

— Tudo bem, tudo bem, mas ela vai ter que saber algum dia.

— Ahhhh, o Matthew e a Helen estão chegando juntos, essa agora foi surpresa — disse Annie, sorrindo sarcástica, quando eles se separaram, indo para direções opostas, na recepção. — Vocês dois parecem que não dormiram muito hoje. Não consigo imaginar por quê.

— Já chega, Annie — gritou Matthew jovialmente, olhando para trás, porque, sendo um dos chefes, podia dizer isso.

Helen sorriu de um jeito fingido.

— Vai tomar naquele lugarzinho.

Ela foi para sua mesa, procurando ignorar os olhares hostis de Jenny, e tentou ficar de cabeça baixa e ler seus e-mails, mas sabia que estava corada até a ponta das orelhas. Procurou repassar a conversa com Rachel mentalmente: "Você detesta mesmo todas essas barangas. Então, por que vai se importar?" Mas isso não a ajudou a se sentir mais corajosa. Não importava que desprezasse todas aquelas mulheres, que, em sua maioria, detestava mesmo, por serem umas fofoqueiras sem criatividade alguma e pelo papel que desempenhavam ao reforçar todos os estereótipos das mulheres que ela odiava — obcecadas por homens, sem graça, que acreditam em horóscopo e detestam esportes, cabeças-ocas que só liam revista de fofoca —, não podia mais olhá-las de cima para baixo, porque agora elas sabiam que ela era uma porra-louca. Era só uma questão de tempo para elas descobrirem há quantos anos a relação dela com Matthew já estava rolando e perceberem que, durante todo o tempo em que a haviam conhecido, ela tinha mentido para elas. Todas as histórias sobre Carlo. Ai, meu Deus, Carlo. Não ia confessar isso nunca – era vergonhoso demais para admitir. Todas as vezes em que elas tinham comentado alguma coisa sobre Matthew, boa ou ruim, sem saber que ela ia se encontrar com ele em segredo mais tarde; portanto, não dava para confiar nela como confidente. E o pior de tudo tinha sido o caso da Helen-da-Tesouraria. O fato de elas terem exagerado não importava – ela é que tinha inventado a idéia, antes de mais nada.

Não dá para eu me preocupar com isso, obrigou-se a pensar Helen. Viu Laura olhando-a do escritório e sorriu de leve. Laura meteu a cabeça pela porta.

– Helen, dá para vir aqui 1 minuto?

Helen se levantou e fechou a porta do minúsculo escritório de Laura atrás de si. Então se sentou.

– Muito bem – começou Laura. – Obviamente já ouvi as fofocas. Você sabe como é esse lugar.

Helen respondeu com um murmúrio que não confirmava nem desmentia. Deixou-se afundar na cadeira e olhou fixamente para o piso de lajota verde áspero como uma adolescente que tinha vindo falar com a diretora.

– Só queria que soubesse – continuou Laura – que se foi por isso que me deu seu aviso prévio, gostaria que reconsiderasse sua decisão. Sei que agora as coisas devem estar feias para o seu lado, mas no fim todos vão esquecer. Elas têm a memória tão curta quanto uma criancinha, essas lambisgóias; alguma outra coisa vai acontecer, e elas vão se distrair com as novidades. Você poderia tirar umas férias até essa onda passar.

– Obrigada. – Helen olhou para ela, genuinamente grata por suas palavras. Por que não gosto dessa mulher?, pensou consigo mesma de novo. Ah, sim, porque ela é mulher e é diretora, e eu sou só uma secretária, e acho que devia estar no lugar dela. Não porque possa me sair melhor que ela, mas porque sinto inveja e tomei as piores decisões e estraguei completamente a minha própria vida.

Ela conseguiu dar um sorriso.

— Agradeço do fundo do coração. Mas já é hora de eu sair desse emprego mesmo. Dentro de dois meses vou completar 40 anos, e não quero ser uma secretária de 40 anos.

— Assistente pessoal.

— É a mesma coisa. Já é hora de eu pensar na minha carreira.

— O que vai fazer?

— Não tenho a menor idéia. Não sou boa em nada e sinto-me velha demais para começar do zero, mesmo se alguém me aceitar. Mas vou encontrar alguma coisa.

— Bem, vou sentir sua falta. Juro. E vou perguntar por aí, para ver se encontro uma vaga para você em algum lugar.

— Obrigada. Peço que me desculpe por ter sido uma assistente assim tão ruim para você. Tomara que a próxima seja melhor.

— Sabe, o único motivo pelo qual quero que você fique é que tenho medo de quem vão empurrar para trabalhar comigo se você for embora.

— Ouvi dizer que a Annie queria sair da recepção.

— Se mencionar isso a ela, não vou lhe dar referência alguma, hein? — ameaçou Laura, rindo. — Veja bem, não estou brincando.

De volta à sua mesa e ao escrutínio alheio, Helen consultou o relógio. Hora do almoço. Ela tinha sobrevivido a uma manhã inteira, e parecia que o pior que as meninas tinham imaginado para fazer com ela tinha sido lhe dar um gelo e lançar uns comentários sarcásticos para o seu lado. Se era só isso que ia acontecer, ela podia enfrentar na boa.

Só que não era.

Ela estava vestindo o casaco para sair e comer um sanduíche sozinha, no banco da praça, quando Helen-da-Tesouraria, sem ba-

161

tom vermelho-escuro e com seu terninho de costume, azul-marinho, entrou na sala das secretárias. Helen sorriu para ela e estava pensando em perguntar se queria ir com ela à delicatessen quando percebeu que Helen-da-Tesouraria tinha resolvido fingir que não a via. E não foi só isso. Ela foi direto até Jenny, que a cumprimentou como se ela fosse uma parente que não via havia muito tempo e que tinha acabado de ser redescoberta depois de sobreviver ao naufrágio do Titanic. As duas murmuraram alguma coisa e soltaram risadinhas, depois olharam na direção de Helen e gargalharam. Helen esperava isso das outras, mas de Helen-da-Tesouraria era uma decepção. Logo a Helen-da-Tesouraria! Ela tinha se sacrificado para salvar aquela desgraçada daquela lambisgóia. Como ela se atrevia?! Lançou um olhar furioso na direção delas, mas ou elas não estavam percebendo, ou estavam gostando de vê-la sofrer. Ela ouviu aquela nanica feia com cabelo cortado à joãozinho dizer alguma coisa e escutou claramente a palavra "vagabunda", e então ambas olharam para ela e riram de novo. Helen sentiu-se enrubescer uma vez mais, pegou a bolsa e partiu na direção da porta, decidida. No caminho passou por Annie, de casaco, que estava entrando para apreciar a festa.

— E aí, garotas, onde vamos almoçar?

Helen ouviu os berros delas no meio de todas aquelas risadas, e, em vez de aguardar o elevador e arriscar-se a ficar ali quando todas saíssem juntas, passou pela porta que dava para as escadas de emergência e praticamente desceu correndo os cinco lances de escadas, saindo na rua.

16

— OLHA SÓ ISSO — disse Matthew, mostrando um maço de jornais que estava escondendo atrás das costas com a graciosidade de um mágico de circo que tira um coelho da cartola.

— O que é? — perguntou ela, estendendo a mão para pegar os jornais, e aí seu coração parou ao ver os cabeçalhos das páginas. Winkworths, Frank Harris, Copping Joyce. Corretores imobiliários. Ai, que merda. Bom, tudo bem, eles já estavam morando juntos, mas a *definição,* o caráter *decisivo* que a compra de uma casa para morarem juntos atribuía à coisa fez uma onda de pânico varrer seu corpo. Comprar juntos significava "pronto, decidimos, vamos ficar juntos para sempre", e ela não se sentia pronta para dizer isso, nem sabia se algum dia se sentiria, embora, se admitisse a verdade para si mesma, a possibilidade de dizer isso estivesse ficando cada vez menor. Quando procurava imaginar seu futuro ultimamente, esse quadro simplesmente não incluía Matthew. Aliás, ela estava tentando evitar imaginar sua vida futura a todo custo no momento; era deprimente demais.

— Você vive dizendo que este apartamento aqui é um ovinho. Portanto, pensei: quer saber de uma coisa, vamos nos mudar.

— Mas... — disse ela, desesperada — como vamos poder pagar? Quero dizer, você ainda está pagando sua outra casa, obviamente, e tem de dar dinheiro a Sophie para as crianças, e eu estou prestes a ficar desempregada. Provavelmente desempregável.

Ele lançou-lhe um sorrisinho sarcástico.

— Tem alguma idéia de quanto eu ganho? Praticamente podemos comprar outro imóvel pagando à vista. Não uma casa, mas um apartamento grande. Bem maior que esse, pelo menos. Onde quer morar? Highgate? Primrose Hill? Por aqui? Eu quero ficar perto das crianças, mas, fora isso, você pode deitar e rolar.

Ela resolveu deixar a irritação de lado diante dessa expressão excêntrica.

— Mas eu adoro o meu apartamento.

— Não adora, não. Você mesma disse: é minúsculo, escuro e úmido, e os Coelhos vão nos matar em nossa cama uma noite dessas. Além disso, não dá para você continuar pagando aluguel na sua idade.

— Pelo menos vamos esperar até eu encontrar outro emprego — disse ela, pensando que isso jamais aconteceria —, pois aí eu posso contribuir. Não quero me sentir uma teúda e manteúda. — Isso pareceu dar certo, e eles passaram uma meia hora agradável examinando os detalhes que ele já tinha trazido mesmo: "Só para ver o que está no mercado." — Você me trata como uma rainha — disse-lhe ela quando eles foram para a cama. — Desculpe eu estar me comportando como uma verdadeira bruxa ultimamente. Deve ser muito difícil conviver comigo.

— Você sabe que pode compensar isso — respondeu ele, aproximando-se dela para beijá-la. Eles transaram pela primeira vez depois do que parecia a Helen um bom tempo, e aquilo fez com que ela relembrasse um pouco como eram as coisas antes de tudo começar a se complicar. Ela gemeu bem alto, o que ele pareceu apreciar, embora, se ela fosse franca, tivesse de admitir que estava fazendo isso para os Coelhos notarem. Depois que ele dormiu, ela olhou para ele, que lhe pareceu muito tranqüilo, sem nenhum problema a atormentá-lo, totalmente inconsciente de como eles estavam de fato. Ela se sentiu horrivelmente culpada. Helen o beijou na testa, feliz por ter conseguido lhe proporcionar uma noite agradável, para variar, e virou-se para o seu lado para dormir.

Helen e Sophie foram ao barzinho outra vez, e Helen pressionou-a no sentido de se abrir sobre o rompimento de seu casamento. No início ela recusara, quando Sophie ligara para ela para marcar outro encontro, mas depois acabara aceitando, quando pressionada. Não entendia se era curiosidade ou algum tipo de masoquismo, mas simplesmente não podia deixar passar a oportunidade de entender as ramificações do que tinha feito do ponto de vista da outra. De remexer um pouquinho mais na ferida até ser capaz de neutralizar a dor e permitir que ela cicatrizasse. Sophie, sempre tão controlada, estava resistindo a desabafar, embora se sentisse tentada a fazer isso, tentada a diluir a enormidade da mágoa que sentia dividindo-a com alguém. Mas uma coisa ela disse à sua nova amiga: que tinha descoberto um pouco mais sobre a sua rival.

— Tendo quase certeza que ela trabalha na Global. Dá para acreditar nisso?

Helen quase engasgou enquanto tomava a vodca. Parecia que as paredes do barzinho iam desmoronar em cima dela. Olhou ao redor de si: nada tinha mudado, o mundo continuava indo em frente como sempre. Sophie ainda estava falando.

— Na verdade, eu sabia que ele a havia conhecido no trabalho, mas nunca pensei que fosse alguém com quem ele passava o dia inteiro. Ela era assistente dele, imagina!

— Como você soube disso? — Helen conseguiu perguntar.

— Pois é, as pessoas ficam morrendo de vontade de contar a novidade para você quando coisas assim acontecem. Pelo jeito, ela acabou de anunciar isso no escritório outro dia, embora a

Amelia tenha dito que ninguém se surpreendeu, ela sempre foi meio metida. Ninguém gosta dela.

Ah. Amelia dos Recursos Humanos. Mas que filha-da-mãe, pensou Helen.

Ao longo de toda a noite, Helen voltou várias vezes ao tema "Malvada Helen", como ela agora sabia que as pessoas a viam – obviamente com razão, o que não diminuía seu mal-estar por ouvir as coisas que os colegas tinham andado dizendo. Outros fatos que Sophie tinha arrancado de Amelia incluíram:

Helen era muito ruim no trabalho (não era verdade mesmo)

Flertava com todos os diretores do sexo masculino (idem)

Tinha dito a todas as moças do escritório que tinha outro namorado até pouco tempo atrás ("Será que o Matthew sabe disso?", disse Sophie)

Tinha dito a todos que Matthew estava tendo um caso com outra mulher para ninguém desconfiar dela ("Muito honesto da parte dela", avaliou Sophie.)

Tinha quase 40 anos ("Aha!", disse Sophie. "Mais jovem que eu, mas não tão jovem assim. Não vai conseguir manter o relacionamento com base na aparência por muito tempo.)

– Meu Deus, ela parece que é o fim! – disse Helen sem sentir, chegando a acreditar nisso por um momento, até se lembrar de que estava falando de si mesma. – Sua amiga acha que vai ficar muito tempo com ele?

– Ah, a Amelia não é minha amiga, não – disse Sophie. – Mas é uma das mulheres que sempre quis estar em dia com as novidades; portanto, aposto que estava louquinha para me contar. Definitivamente, não foi por se preocupar com o meu bem-estar. Para dizer a verdade, ela é insuportável.

Você tem bom gosto, pensou Helen.

– E, não – continuou Sophie. – Na Global todos acham que não vai durar. Acham que ele vai cair em si e perceber que cometeu um erro, mas duvido. Conheço o Matthew; ele nunca vai admitir que estava errado.

– Nunca se sabe – disse Helen.

– Mas esse problema é dele agora – respondeu Sophie, efetivamente encerrando o assunto.

Depois dessa, não dava mais para puxar o mesmo papo, e elas passaram a falar de um tópico menos interessante: o aniversário da Claudia, que estava às portas.

– Do que ela gosta? Quero dizer, em que tipo de coisa ela se amarra? – perguntou Helen, pensando que assim poderia obter algumas informações úteis para usar na sua luta para tornar as tardes de domingo suportáveis.

– Claudia gosta mesmo é de animais. Costumava dizer que queria ser veterinária, e acho que ainda quer, mas não consegue admitir isso porque anda passando por uma fase em que "não posso deixar ninguém notar que gosto de alguma coisa". Suzanne é quem se sai bem nos testes. Quer ser médica, ou pelo menos diz que quer, mas acho que é porque ela disse isso para o Matthew uma vez, e ele nunca mais se esqueceu. Para ser franca, acho que ela tem medo de dizer que quer fazer outra coisa, porque adora o pai e não gostaria de decepcioná-lo. É uma menina normal, bem feminina, gosta de bandas de rock jovens e coisas cor-de-rosa. Eu nunca a vi assistir a *Holby*, muito menos se interessar por ciência. Para ser franca, sinto-me grata por serem ambas razoavelmente estáveis e não curtirem drogas nem serem vadias ou ladras de loja; bom, pelo menos, pelo que eu sei, não é.

Helen riu.

– Mas elas não têm 10 e 12 anos?

– Logo vão estar com 11 e 13 anos. É que hoje em dia elas começam cedo...

— Acha que querem que o pai volte?

— Acho que dariam tudo para que isso acontecesse. Absolutamente tudo. Mas ainda são novinhas o bastante para perdoar e esquecer. Isso fica muito mais difícil à medida que a gente cresce.

— O que elas acham da Helen? — Helen não conseguia deixar de falar de si mesma.

— Ah, não a suportam. Ou pelo menos é o que me dizem. Pelo visto, ela deixou bem claro que não está interessada nas duas.

Elas racharam um táxi para voltar para a estação de metrô de Camden, onde Helen insistiu em saltar e andar o resto do caminho, e Sophie pediu ao táxi que seguisse pela Kentish Town Road. Era uma coisa tão normal, cotidiana, as amigas fazerem isso, que Helen quase esqueceu quem as duas eram e permitiu que Sophie a deixasse à sua porta, como ela estava insistindo em fazer. Matthew não estava, é claro — estava na casa da família, tomando conta das filhas — nem o carro dele estava lá, mas mesmo assim seria uma coisa ridiculamente arriscada. E se Sophie, sabendo onde ela morava, decidisse passar lá sem avisar um dia? Não... não dava para suportar a idéia de que isso pudesse ocorrer. Ela se desviou das muitas pessoas que saíam da boate Electric Ballroom e repassou mentalmente a noite com Sophie. Fora o assassinato dela durante meia hora, tinha sido uma boa noite. Estranha, mas agradável. Estranha, agradável e mais do que um tanto temerária. Ela se perguntou se não se sentia atraída pela morte.

Percebeu que estava se sentindo culpada quanto às meninas. Não era culpa delas acabarem sendo envolvidas nisso, pensou, a vodca deixando-a excepcionalmente generosa. Gosto de Matthew, gosto de Sophie, não existe motivo para eu não me esforçar para me dar bem com as filhas deles. Aliás, estava começando a sacar que estava gostando delas, em *princípio*. Quando Sophie falava delas, ela as fazia parecer interessantes — vulneráveis, complicadas, especiais, cheias de potencial ainda não despertado, ainda não desanimadas por fracassos. Era justamente isso que era difícil ver nas criaturas emburradas e monossilábicas que passavam as tardes de domingo lançando-lhe olhares furiosos por trás das franjas compridas. Quando Helen dobrou a esquina da Jamestown Road, jurou que se esforçaria mais.

— Vamos escolher um gatinho — disse Helen, já em casa, quando Matthew parou de reclamar sobre o fato de Sophie ter chegado em casa tarde e claramente bêbada outra vez.

— O quê?

— Estou falando sério. Vamos ao abrigo Battersea Dogs escolher um gatinho, um gato adulto ou um cachorro. Adotar um bicho de estimação qualquer, sei lá.

— A Rachel deixou você de porre, foi? — disse ele, rindo, mas Helen percebeu que ele tinha gostado de vê-la de bom humor.

17

OS DIAS SE ARRASTARAM durante o mês escuro e chuvoso de fevereiro, Helen obrigando-se a ir para o trabalho, sentada à sua mesa fingindo-se de surda enquanto ouvia os comentários ocasionais feitos pelas outras e sentindo um genuíno alívio quando elas voltavam a ignorá-la. Matthew insistia em aparecer para visitá-la várias vezes por dia, por mais que ela lhe dissesse que isso era pior. Sempre que ele saía de novo ("Tchau, hein, meninas!" para todos os lados), ela ficava com os olhos presos à tela do computador para não ver os sorrisinhos irônicos. Lá pela quinta-feira, ela já tinha passado a escutar seu iPod enquanto trabalhava. Na hora do almoço, saía sozinha e comia na praça da esquina, até na chuva, e foi sentada ali na sexta-feira, os cabelos molhados, os sanduíches ensopados, o jornal úmido, que Sophie a encontrou. Não só Sophie, mas também um homem extremamente atraente.

Helen os viu uma fração de segundo antes de eles passarem pelo seu banco. Ficou paralisada de susto e pensou em tentar se esgueirar e sair dali sem ser vista, mas era arriscado demais. Quando Sophie a viu, Helen tinha acabado de se recompor e tentava dar a impressão de que comer numa praça bem na esquina da Global Publicidade, debaixo de uma chuva gelada, era a coisa mais normal do mundo.

— Oi!

— Eleanor! Mas o que você está fazendo sentada aí, menina? — Estive numa reunião na Dean Street e... tenho de ir a outra ali na esquina; portanto, pensei em almoçar aqui, apreciando este tempo lindo. Felizmente, tanto Sophie quanto o Gostosão deram risada. Helen tratou de examiná-lo tintim por tintim. Cara, ele era mesmo bonitão! — alto, uma combinação ligeiramente perturbadora de cabelos pretos com olhos incrivelmente azul-claros, rugas produzidas pelos sorrisos, corpo muito bem-feito. Ela detestava homens magros. Só joelhos e cotovelos, e sempre pareciam querer se vestir para mostrar o corpo, como se estivessem mesmo muito orgulhosos dele, com jeans bem justas e colantes, que os faziam parecer aves de alagadiço. Veja bem, se alguém tivesse lhe perguntado alguns anos antes se careca e barrigudo era o seu tipo, ela teria dito: "Definitivamente, não." Fazia tanto tempo que ela não achava um homem atraente mesmo que só um pouquinho, que passou uma fração de segundo a mais do que deveria examinando o rapaz. Aí se lembrou de que era falta de educação olhar assim para as pessoas, principalmente para alguém que podia muito bem ser o namorado de sua nova amiga.

Foi só uma coisa de momento, e terminou num segundo. Ela sabia que tinha sido apenas o impulso hormonal voltando à vida, porque tinha batido os olhos em alguma coisa mais ou menos aceitável pela primeira vez em sabe-se lá quanto tempo. Mentalmente, censurou-se por até mesmo pensar nisso. Não podia se habituar a tirar homens de Sophie.

— Este é o Júnior — disse Sophie, e sem nenhuma razão, as duas riram. — Eleanor... Ah, a Eleanor é publicitária. Que graça, não? O Júnior vai abrir um restaurante na Percy Street dentro de duas semanas, e eu estava acabando de dizer para ele que ele devia ver se conseguia alguém para fazer a propaganda, e... aí está você. Dê-lhe o seu cartão.

– Eu... sabe... acabaram meus cartões, porque eu me mudei. Vou ter que providenciar novos, portanto...

– Então dê o seu celular a ele. Você não está muito ocupada, está?

Helen fez mentalmente uma lista rápida de prós e contras:

Prós

Estou quase desempregada; portanto, ganhar algum ia ser legal
Sei fazer isso até de cabeça para baixo
Seria o início de uma nova carreira

Contras

Não sou publicitária
Meu nome não é Eleanor
Não consigo me lembrar qual é meu sobrenome

Ela decidiu então, sem saber por quê, que os prós tinham vencido e viu-se dizendo:

– Não estou muito ocupada não, imagina. Seria ótimo. Ligue para mim.

E então:

– Fale-me sobre o restaurante – disse ela.

– Vai se chamar Verano. É espanhol. Serviremos *tapas*, sofisticados aperitivos espanhóis. Importamos todos os nossos ingredientes. Autêntica cozinha catalã. O chefe dos cozinheiros vem do Gaudí de Barcelona. Já ouviu falar?

– Infelizmente, não. Já fez alguma coisa no ramo antes? – Ele era tão entusiasmado, era facílimo imaginá-lo encantando a imprensa.

– Tive um bistrô em Richmond. Pequeno. Seguro. Esse agora está me deixando tão morto de medo que chego a sentir dor de barriga, para ser sincero.

— Vivo dizendo que ele é doido — falou Sophie. — Sabia que, segundo as estatísticas, nove entre dez restaurantes vão à falência no primeiro ano? Ora, ele já conseguiu não ir a falência da primeira vez; portanto, de agora em diante, acha que só pode piorar.

— Ela dá mesmo uma força danada pra gente, não é verdade? — riu Júnior, e Helen achou que os dois eram um casal que combinava muito. Ficou feliz pela amiga, embora meio sentida por Sophie não ter mencionado sua nova conquista no seu último porre juntas. Talvez ela já o estivesse encontrado antes de Matthew ir embora, pensou ela, agarrando-se a um motivo que talvez pudesse absolvê-la da culpa que sentia, mas sabendo que infidelidade não era pecado que Sophie cometesse.

Ela se despediu de Sophie, que prometeu ligar para ela depois, durante aquela semana, e de Júnior, que disse que ia ligar para ela naquela tarde. Aguardou até eles sumirem de vista antes de voltar para a Global, para sentar-se à sua mesa de sofredora.

Ai, meu Deus, o que tinha feito? Mas era mesmo uma loucura incrível. Já estava na Global havia tempo suficiente para saber que podia fazer uma campanha publicitária pequena até de olhos fechados — mas como Eleanor Sei-Lá-de-Quê? Todos os seus contatos, os incontáveis editores, vice-editores e jornalistas com os quais lidava todos os dias em nome da Laura, a conheciam como Helen Williamson. Talvez ela pudesse usar seu nome verdadeiro com eles e o falso com Júnior. Ou lhe dizer que era o equivalente de um nome artístico em publicidade. Ou seu nome de solteira, embora jamais tivesse achado ninguém que mudasse o primeiro e o segundo nomes ao se casar. Era uma idéia ridícula. Perigosa demais.

Mas... e se ela se saísse bem daquela? E se fizesse uma campanha e ele a recomendasse para os amigos, e ela pudesse começar sua própria firma e mandar todos da Global para o inferno? Não... porque se ela fizesse uma campanha fenomenal, então o que ele faria seria recomendar a Eleanor Sei-Lá-de-Quê para os amigos. Eleanor Sei-Lá-de-Quê seria capaz de começar uma firma e prosperar na vida, subindo na carreira. E ela não era Eleanor Sei-Lá-de-Quê. Ai, que coisa, meu Deus, qual tinha sido o sobrenome que ela havia dado a Sophie como sendo de Eleanor. Não fazia idéia.

Foi falar com Laura.

— Só estava imaginando se você tinha tido sorte... sabe, se ouviu falar de alguma vaga para mim.

— Ouvi, sim — disse Laura, entregando-lhe um post-it com um nome e um número escritos em tinta preta. Martin Ross, da EyeStorm. Eles já tinham sido uma grande firma no passado. — Mas acho que é só para ser secretária, infelizmente. Vivo tentando dizer às pessoas que você está no ponto para iniciar sua carreira, mas todos querem experiência. Sinto muito.

— Obrigada pelo esforço, mesmo assim — disse Helen, recuando e saindo da sala. — Vou ligar para ele — anunciou, sem a menor intenção de fazer isso.

O dia se arrastou. Helen tinha decidido que se Júnior ligasse, ela aceitaria o serviço. Ia fazer aquela campanha como Eleanor Sei-Lá-de-Quê para ele e Helen Williamson para seus contatos, e de alguma forma ia encontrar um jeito de conciliar tudo para que no fim ela tivesse a experiência de que precisava para conseguir um emprego decente — o emprego decente que ela devia ter tentado encontrar havia anos. Ficou parada olhando para o celular, torcendo para ele tocar.

Às 5 horas da tarde, o ritual chato e destituído de importância dos drinques de sexta-feira começou. A rotina eram duas garrafas de espumante serem abertas, fosse qual fosse o diretor que estivesse por perto, e aí, depois de todos tomarem uma taça rapidamente, iam para casa. Era um ritual destinado a unir os empregados. Em geral, dois ou três dos empregados mais descontrolados ficavam, bebendo o resto do espumante dos outros e procurando cerveja, antes de ir para um barzinho local para uma noitada, para acumular histórias hilariantes sobre suas vidas desenfreadas e empolgantes para contar no escritório na manhã de segunda ("Vomitei no copo de alguém!", "Trepei com uma loura em um táxi!", "Dancei em cima da mesa no Nelly Dean!"). Esta noite, felizmente, Matthew tinha saído sem tomar o espumante, mas Alan Forsyth, um sócio com reputação merecida de ser meio desmazelado, estava fazendo as honras com Laura. Os outros começaram a entrar aos poucos, Annie e Amelia entre eles. Helen ficou em sua mesa, a cabeça baixa, torcendo para Laura lhe dizer que podia sair mais cedo.

— Não vai tomar uma taça, Helen? — gritou Alan do outro lado da sala. — Está com medo de não ser capaz de resistir a mim se tomar uns dois copos?

A assembléia das bruxas soltou gargalhadas maldosas.

— Alan, deixe disso — disse Laura, mas Alan nunca conseguia deixar de aparecer diante de uma platéia. Principalmente composta de mulheres.

— Não sou jovem demais para você, sou? — Ele estava se considerando tão engraçado que seu rosto chegava a estar roxo, e Helen achou que ele parecia uma berinjela. Uma berinjela obesa, suarenta e nada apetitosa. Ela torceu para ele ter um infarto, ou pelo menos um derrame. Nada fatal, só para ele ficar no hospital umas semanas. — Quero dizer, sou só 15 anos mais velho que você!

E foi então que Helen concluiu que tinha de ser fatal.

Ele nunca ia desistir, pelo menos não enquanto estivesse fazendo a platéia gargalhar.

— Mas tenho mulher e um filho. Isso deixa você molhadinha, não deixa?

Helen pensou em usar o canhão. Aquele que achataria Alan com um único tiro. A informação de que o escritório inteiro sabia de seus e-mails pornográficos com uma mulher chamada Felicia, que, definitivamente, não era sua esposa. Não só todos sabiam, como tinham passado muitas tardes, quando Alan estava ausente do escritório, lendo as mensagens uns para os outros. Alan tinha se esquecido de que seus e-mails também iam para o computador de seu assistente, Jamie — Jamie, aliás, tinha sido contratado quando a assistente pessoal de Alan, Kristin, havia começado a reclamar que ele fizera comentários impróprios sobre ela na festa de Natal e, alguns drinques depois, tentara boliná-la no corredor. Naturalmente, não tinha havido repercussões para Alan, a não ser o fato de sua assistente pessoal ter sido considerada dispensável, e depois, uma quinzena mais tarde, Jamie fora promovido de mensageiro e assumira o lugar de Kristin. Jamie, que era muito bom amigo de Kristin e tinha passado muitas horas ouvindo suas queixas sobre as mãos bobas de Alan, não sentia absolutamente nenhuma lealdade para com seu chefe, e nunca chegara a alertá-lo de que seus e-mails para Felicia estavam longe de ser, estritamente falando, confidenciais.

Ocasionalmente, quando uma das assistentes pessoais tomava um gole a mais durante as sextas-feiras, mencionava uma ou duas frases das mensagens — mais ou menos tipo "pau grande e duro" ou "membros latejantes", porque Alan não era um cara lá muito bem-dotado em matéria de originalidade ou linguagem poética —, e Jamie prendia a respiração, na esperança de que o chefe não percebesse e viesse tomar satisfação — o que ele nunca fez. Sua suprema arrogância o fazia crer que era intocável. Helen sabia, porém, que um ataque direto denunciaria Jamie, e ele certamente terminaria perdendo o emprego, ao passo que Alan, muito provavelmente, receberia os parabéns dos outros diretores.

Ela inspirou profundamente, ficou de pé e pegou o casaco nas costas da cadeira.

— Sabe, Alan, você tem razão. Quero mesmo ir para a cama com você. Não sei se é seu cabelo crespo, sua reputação, seu talento assombroso ou sua incrível sagacidade, mas eu acho você absolutamente irresistível.

— Iiih, acho que deixei alguém toda ouriçada — disse Alan, mas sua risada parecia estar menos segura de si agora.

— Ah, cale essa boca, e não me amole.

Sem ligar para o coro de "aaai" das outras mulheres, Helen saiu batendo os pés. Mas, horrorizada, percebeu, assim que pensou que tinha escapado, que tinha esquecido sua bolsa. Por uma fração de segundo, achou melhor deixá-la no escritório, mas a bolsa continha toda a sua vida. Chaves, dinheiro, celular. Ela precisava passar pela sala outra vez, todos os olhares pregados nela, droga. Levantou bem a cabeça, tentando fazer parecer que essa segunda saída tinha sido planejada desde o início.

— Como ousa falar assim comigo? Não pense você que vou lhe dar uma carta de referência não, tá, sua vadia? — disse Alan perto dela, soltando perdigotos. Annie, Amelia e Jenny estavam roxas de tanto rir. Helen abaixou a cabeça.

— Ah, Alan, que bobagem é essa que você está dizendo? — ouviu Laura dizer. — Por que iria ela querer uma referência sua? Ela trabalha para mim. — Laura falou bem alto para ter certeza de que Helen tinha ouvido. — E, aliás, pretendo lhe dar uma carta de recomendação excelente.

Assim que Helen alcançou a portaria do prédio, ainda esperando que o rubor lhe desaparecesse das faces, seu celular tocou. Era um número desconhecido. Ela respirou fundo antes de atender.

— Alô.

— Oi, é a Eleanor?

Beleza. Ela sentiu uma certa tontura quando percebeu quem era e precisou forçar a voz a parecer calma e competente.

— Sim.

— Nós nos conhecemos hoje, lembra? Na Soho Square...

— Ah, lembro, sim, oi...

— Sabe... hã... eu estava pensando, a Sophie tem razão, se você achar que vai ter tempo para me dar uma mãozinha, podíamos nos encontrar e falar sobre o assunto.

Helen tentou dar à voz uma entonação profissional.

— Mas claro. Seria ótimo. Diga-me quando.

— Bem — disse Júnior — que tal agora mesmo? Estou no restaurante; se quiser vir até aqui e ver do que vai falar...

Helen voltou até as escadas e entrou no banheiro. Só vou ver se estou apresentável, pensou, mas então viu-se refazendo a maquiagem por completo. É importante eu causar uma boa impressão, disse meio alto, enquanto penteava os cabelos. O mais importante em publicidade é a imagem. Mas ela sabia que estava tentando se enganar; o que queria mesmo era que Júnior a considerasse atraente.

Não havia nada além disso. Ela queria esse trabalho, ou melhor, precisava dele, mas estava acontecendo uma outra coisa, e aquilo a fazia sentir-se mal. Ela precisava ligar para Sophie e descobrir exatamente o que havia entre ela e Júnior antes de se colocar em uma situação na qual talvez acabasse fazendo uma coisa de que se arrependeria. Discou o número da amiga. Secretária eletrônica.

Ah, dane-se, pensou ela. Sou adulta, vacinada, tomo minhas próprias decisões e não vou fazer nada errado. Eu só preciso arrumar trabalho.

O restaurante de Júnior estava passando pelos últimos estágios de uma reforma feita às pressas. Helen entrou e foi passando por cima dos entulhos, tentando não tropeçar nos fios. Não havia luz no momento. O pequeno recinto era iluminado por alguns abaju-res a pilha espalhados pelo salão. Apesar do frio tremendo que fazia lá fora, o calor do fogo em uma lareira a gás tornava o lugar aconchegante. Dois homens trabalhavam com afinco, a cabeça baixa, e através da camada de pó ela reconheceu um deles: Júnior. Ele trabalhava concentrado, pondo reboco em uma parede, e mesmo com aquela camiseta velha e jeans sujo de tinta, era a imagem do homem do comercial da Coca diet. Helen podia imaginar escritórios inteiros cheios de secretárias deixando de lado os bloquinhos de anotações e tirando os óculos de leitura para se agruparem e olharem para ele, embasbacadas, pela janela. Ela parou um instante, sem saber bem o que fazer, e então percebeu que estava de olhos pregados nele de novo. E o outro homem estava de olho nela, vendo que ela estava de olho em Júnior.

— Pois não? O que deseja? – indagou.

— Ah... sim... eu... sou Eleanor. – Sentia-se estranhamente nervosa. Talvez eu esteja assim porque vá fingir que sou outra pessoa, pensou, perguntando se não seria melhor apenas dar meia-volta, sair por onde havia entrado e sumir. Mas Júnior havia se virado ao ouvir a voz dela e estava se aproximando, com a mão estendida, sorrindo.

— Eleanor. Muito obrigado por ter vindo. – Ele pegou a mão dela e apertou-a com firmeza. – Este é o lugar, está vendo? O que acha?

— É... hã...

— Ainda está tudo meio bagunçado, né? – disse ele, rindo. – Mas vou terminar a tempo, mesmo que morra. Venha até os fundos que lhe mostro as plantas-baixas.

Uma hora depois, Júnior já havia convencido Helen de que o restaurante estava destinado a ser um enorme sucesso, e Helen tinha convencido Júnior de que tinha idéias fantásticas e originais para promovê-lo. Ela até se empolgou tanto com os planos para as matérias de divulgação (ela sabia, simplesmente sabia, que Lesley David, do *Mail and Sunday*, gostaria de publicar um artigo sobre especialidades da culinária catalã, e ela lhe devia um favor, porque ela – bem, Helen, não Eleanor – havia lhe conseguido uma entrevista com a famosa chef Pippa Martin quando Laura estava fora, e Pippa estava se recusando a falar com a imprensa até seu novo livro ficar pronto), as promoções e uma noite de inauguração espetacular que esqueceu sua paixão de adolescente por Júnior. Ela convidaria todos os clientes da Global que eram celebridades, que havia conhecido com o passar dos anos, para a inauguração. Sabia que personalidades que precisavam de publicidade iriam a qualquer evento em que tivessem a oportunidade de aparecer nos jornais, bem como sabia que os fotógrafos compareceriam a qualquer evento que prometesse um coquetel de candidatos a colunáveis loucos para aparecer e bebida de graça. Estava justamente se parabenizando por conseguir desatar aquele nó quando Júnior fez duas coisas que a fizeram perder totalmente a noção de tudo.

Ele a convidou para jantar.

E perguntou qual era o seu sobrenome.

E para desviar a atenção dele da segunda pergunta, ela aceitou o convite.

Ligou para Matthew do toalete iluminado a velas do restaurante do Júnior. Sem saber por quê, pegou-se mentindo para ele e dizendo-lhe que ia se encontrar com a Rachel.

– A Sophie não vai... sabe como é... se importar de nós sairmos para jantar? – perguntou a Júnior quando voltou, guardando o celular.

Júnior fez uma cara de quem não estava entendendo nada.

– Sophie? Por quê?

– Bem, só pensei que talvez você e ela... – parou quando viu que Júnior tinha caído na risada.

— Eu e a Sophie? Mas de jeito algum. Não mesmo...

— Ah, bom.

Júnior ainda estava tentando se controlar.

— Quero dizer... eu a adoro e tudo mais, mas francamente, não. Não se preocupe.

— Tudo bem. — Helen estava começando a ficar envergonhada. Perguntando-lhe aquilo, tinha deixado entrever que estava de olho nele. No entanto, ela não podia se permitir sentir-se interessada por Júnior, não antes de resolver a parada com Matthew. Por mais que tentasse, porém, não conseguiu esconder que estava aliviada por Sophie não ser namorada dele.

Júnior finalmente conseguiu falar.

— Desculpe — disse ele. — Não estou rindo de você. É só que é impossível imaginar eu e Sophie juntos... Quero dizer, ela é linda, e tudo mais, mas não tem como... Nossa, de jeito algum.

Helen interrompeu-o, rindo.

— Está bem, acredito em você. Então, vamos?

A noite foi perfeita. Bem, pelo menos teria sido, se não fosse por Matthew e por Sophie, e pelo fato de ela não ser realmente Eleanor nem uma publicitária de verdade. Júnior foi atencioso e divertido. Não tinha 60 anos, não tinha família, era descomplicado — ou pelo menos parecia ser. Helen sabia que devia estar parecendo ansiosa, com todas as mentiras que tivera de pregar e a história que inventara sobre Eleanor, mas ele estava se comportando como se estivesse gostando da companhia dela, apesar de tudo. Depois de algumas taças de vinho, ela já se mostrava perigosamente embriagada, misturando Helen com Eleanor e contradizendo-se o tempo todo, mas ele não pareceu notar. Tudo o divertia, e ele a fez se sentir como se fosse a pessoa mais divertida e espirituosa do mundo. Para Helen, foi o melhor que poderia acontecer para levantar seu moral — ela só precisava se lembrar o tempo todo de que não podia passar disso.

Às 21h30, enquanto esperavam pelo café, Júnior de repente pôs a mão sobre a dela. Helen gelou. Estava se sentindo positivamente embriagada, devido a todo o Pinot Grigio que tinha consumido. Olhou para ele, que retribuiu o olhar na hora.

Diga alguma coisa, disse a si mesma.

Júnior pigarreou.

— Eleanor...

— Não. — Ela recolheu a mão. — Desculpe, mas não dá.

— Tudo bem. — Ele pareceu ficar magoado e meio aborrecido.

— É que, sabe, eu tenho um namorado, mas, sabe como é, não mencionei isso antes porque... a situação está meio enrolada...

— Entendo.

— Não, você não entende. Acho que nosso caso terminou, mas eu ainda não disse isso a ele. Oh, Deus, isso soa mal, não é? Mas é que estou tentando encontrar uma forma de terminar que faça com que ele sofra o mínimo possível, e isso está demorando mais do que eu pensava.

— Eleanor, não tem problema algum. Gostei de você, mas nós acabamos de nos conhecer; portanto, não vou ficar magoado se me rejeitar. Bem, vou, né? mas só um pouquinho.

Ele agora estava sorrindo para ela; o que era um bom sinal.

— Provavelmente é melhor mesmo, pois vamos trabalhar juntos durante algumas semanas, e então, depois de acabarmos o trabalho, se você não tiver mais namorado, quem sabe, pode ser que eu tente outra vez, se você tiver muita, mais muita sorte mesmo. E, naturalmente, se eu não tiver conhecido ninguém melhor nesse meio-tempo.

— De jeito algum — ela riu. Estava ótimo: tinha pintado um clima, mas já tinha passado, e eles ainda podiam trabalhar juntos. Conseguiram soltar piadas durante o café, e um fez o outro rir e vice-versa, mas algo se perdera, e ambos sabiam disso. Uma ligeira formalidade começou a se insinuar de novo, e Helen notou que eles dois estavam procurando de todas as maneiras evitar qualquer troca de olhares. E a certa altura a mão dele roçou na dela quando eles dois estavam para pagar a conta, e eles estremeceram como se tivessem levado um choque elétrico.

Mas quando se despediram, ele a beijou na face e demorou-se apenas uma fração de segundo a mais. Antes de qualquer um dos dois ter percebido o que estava acontecendo – e, pensando naquilo depois, Helen realmente não foi capaz de dizer quem provocou – os rostos se aproximaram ainda mais, e rolou um amasso daqueles. Não, não foi um amasso propriamente dito, isso era coisa de adolescentes, de bêbados desesperados, fazia lembrar despedidas de solteira e Ibiza, e o vexame que era perguntar o nome das pessoas de manhã; esse não, foi um beijo adulto, cheio de sentimento, que serviu para comunicar as coisas que queriam dizer, mas não podiam. Dessa vez, porém, ele se afastou, envergonhado, pedindo desculpas.

– Puxa, me perdoe. Não sei o que me deu.

– Tudo bem, não foi nada – disse Helen, ainda nas nuvens. – Foi... gostoso.

Mas Júnior não quis saber daquilo.

– Não, não. Eu acabei de prometer que não passaria uma cantada em você até você estar preparada, e aí vou e faço isso. Não sou de roubar namorada dos outros, sabe? Nunca fiz isso mesmo.

– Eu é que tenho namorado – disse Helen. – Eu é que devia estar pedindo desculpas.

– Não vamos repetir a dose. – Júnior recuou, criando uma barreira física entre eles.

– Definitivamente não – concordou Helen.

– Bom, espero que algum dia a gente repita, sim. Só que agora não.

– Isso mesmo.

Nenhum deles sabia bem como encerrar a conversa e seguir caminho, e ficaram meio sem jeito alguns instantes, a respiração que lhes saía do nariz esbranquiçando-se no ar, as mãos metidas nos bolsos para evitar que se tocassem como dois adolescentes descontrolados. Até que Júnior voltou a beijá-la no rosto – dessa vez como se estivesse se despedindo de uma amiga.

– Boa-noite, então – disse.

– Boa-noite – disse Helen, indo para a rua chamar um táxi. Acenou para ele enquanto o carro se afastava, já se sentindo culpada por causa de Matthew. Mas ela sabia que ainda existia possibilidade de alguma coisa acontecer no futuro, e não pôde deixar de sorrir.

Matthew era um velho, pensou ela, quando voltou para casa e o encontrou de pijama Calvin Klein no sofá, louco para ouvi-la contar como tinha sido seu encontro com a amiga. Não era culpa dele, nem isso seria necessariamente motivo para ela o abandonar – muita gente tinha relacionamentos muito bem-sucedidos e felizes com parceiros bem mais velhos. Mas comparando-o a Júnior, ele de repente pareceu-lhe ridículo. Não o poderoso homem de sucesso, sempre de terno e no auge de seu vigor pelo qual ela havia se apaixonado, mas seu irmão mais velho, um tanto fora de sintonia, já ficando idoso e ligeiramente carente, que tinha uma tendência a namorar mulheres mais jovens, o que, em qualquer outro homem, ela teria considerado sinal de desmazelo. Quando ela tivesse 50 anos, ele teria 70. Era isso que ela queria? Passar o resto da vida com um cara que recebia pensão?

Se eu realmente o amasse, pensou, não estaria agindo assim, refletiu ela. Se realmente o amasse, teria dito para Júnior que não havia como, que eu era feliz com meu namorado e não podia trabalhar para ele depois do que aconteceu entre nós. Ela tinha dito para Júnior que seu caso com Matthew tinha terminado, que estava só esperando o momento certo para contar isso a ele. E, olhando para Matthew agora, Helen viu-se obrigada a reconhecer que era um pensamento que andava borbulhando em sua cabeça desde que ele tinha se mudado para sua casa, um pensamento que ela vinha tentado evitar: o de que não o amava de verdade. Pelo menos, não o bastante.

Ela só precisava decidir o que fazer quanto a isso.

18

NO SÁBADO DE MANHÃ, Matthew e Helen escolheram um gato listrado de enormes olhos verdes no abrigo de animais da cidade. Eles queriam um filhotinho, mas não havia nenhum disponível, e, de qualquer forma, o gato quase tinha suplicado que eles o escolhessem, esfregando-se na lateral da gaiola quando passaram e rolando de barriga para cima, ronronando, quando pararam para olhá-lo. Tinha 3 anos e não havia nada de trágico nem especial em seu currículo, exceto que ninguém o queria. Deram-lhe o nome de Norman. Helen sabia que Matthew estava interpretando esse ato de domesticidade como algum tipo de instinto maternal da parte dela. Ela não quis lhe dizer que Norman ia servir de isca.

Ela tinha dormido muito mal, acordando com freqüência e oscilando entre sentimentos de êxtase e culpa sobre o trabalho de publicidade, Matthew e Júnior. Antes do beijo de boa-noite e todas as complicações que ele tinha causado, Júnior tinha metido um cartão dele em sua mão, para que ela pudesse ligar para ele depois do fim de semana e dizer como iam os planos para a campanha publicitária. Agora o cartão estava escondido no bolso de trás do seu jeans, e Helen sentia-se ora encantada ora horrorizada por saber que ele estava ali. Sabia que devia contar a Matthew sobre o restaurante e sua potencial oportunidade, mas não conseguia encontrar uma forma de engendrar a teia de mentiras das quais precisaria para chegar lá, e, de qualquer maneira, ele provavelmente daria uma de moralista e insistiria em que ela dissesse a Júnior que ele havia contratado uma pessoa que estava fingindo ser outra. De qualquer forma, eles estavam evitando falar sobre trabalho desde que Helen perguntara a Matthew se ele não poderia dar boas referências sobre ela em algum lugar.

— Não ia ficar bem eu fazer isso. Seria como se eu estivesse dizendo que você é boa só porque é minha namorada.

— Mas você trabalhou comigo durante anos; é perfeitamente natural que me dê uma referência. Eu era sua assistente, ora essa.

— Talvez dentro de alguns meses, depois que as fofocas cessarem. Até lá você podia pegar um emprego temporário ou... você não disse que a EyeStorm precisava de uma pessoa?

— Precisam de uma secretária. Não quero ser secretária. Não quero mais.

— Ora — disse Matthew. — É como dizem por aí: de cavalo dado não se olha o dente.

Será que ele tinha mesmo dito isso? Helen estava furiosa.

— Você disse mesmo isso? Perdi a porcaria do meu emprego por causa de nós dois. Não se sente nem um pouco responsável?

— Ah, espere um momento, Helly, não venha com todo esse drama. Você não precisava pedir demissão. Não havia absolutamente motivo algum para você sair da Global.

— Você... é... mesmo... inacreditável... porra! E vê se não me chama de Helly.

Ela saíra pisando firme pela porta da frente, dera duas ou três voltas no quarteirão, e então percebera que não tinha para onde ir e que estava começando a chuviscar, de modo que voltara para casa. Matthew, é claro, para sua irritação, havia previsto que ela voltaria, porque preparara um bule inteiro de café.

Ele havia pedido desculpas, ela se fez de indiferente, ele se humilhara, ela capitulara. Sempre a mesma história.

A manhã de domingo estava sem graça e chuvosa. Helen e Matthew andavam pelo apartamento de chinelos sem conseguir reunir forças para descer até a loja da esquina e comprar os jornais. Helen tentou arrumar a casa, sabendo que as meninas, sempre muito críticas, notariam toda aquela bagunça mais tarde. Cada vez mais Helen sentia que seus domingos haviam se transformado nisso: um dia esperando Matthew pegar as meninas e trazê-las para o apartamento. Um dia dedicado aos outros. Ela lutou contra a tentação de sair com o celular disfarçadamente para ligar para Sophie e começar uma conversa sobre o Júnior como quem não quer nada.

E aí... como você conheceu o Júnior?

E aí, me fala... e o Júnior? Tem alguma coisa rolando que eu deveria saber? Não que eu esteja interessada nele, não me entenda mal. Tem esposa, filhos, namorada, algo assim? Alguma doença contagiosa, problemas mentais, fundamentalismo religioso?

Sabe como é, né? Estou pensando em ir para a cama com ele um dia desses. O que acha?

Ela distraiu-se fazendo listas de suas idéias para criar anúncios para o restaurante. Dançarinos de salsa — não, cafona demais; sangria de graça — idem. Maracás, touradas, tortilhas... Mas o que mais era espanhol? A única experiência de Helen tinha sido uma semana em Ibiza havia cinco anos, quando ela já era velha demais para ser outra coisa que não ridícula: as danças, as bebidas, a pele queimada de sol, as batatas fritas, o sono, tudo passara voando. A autenticidade tinha passado longe. Ai, meu Deus, pensou ela, não vai dar para eu fazer isso. O que o Matthew faria? Ou a Laura? Tudo bem, deixe a Espanha para lá, pense nos clientes desse restaurante. Profissionais liberais, uma galera jovem, antenada, avançada, empresários que vão almoçar e fãs de teatro. Ela anotou essas palavras no seu bloquinho. Acrescentou um título de coluna: "Pontos Positivos", e fez uma lista incluindo chefes de cozinha de Barcelona, receitas originais, ingredientes frescos, Júnior. Então corou como uma estudante que estivesse vivendo sua primeira paixão e fechou o bloquinho.

— Você está bem? — estava perguntando Matthew. — Parece que está com calor.

— É que aqui está abafado. Estou bem.

— Vou fazer um chá para você — disse ele, afagando-lhe os cabelos no caminho para a cozinha.

— Não quero ir. Lá é chato.

Claudia sentou-se à mesa da cozinha, o almoço intocado diante de si, o rosto parecendo o de um agente funerário.

— Não quer ver o papai? — Sophie já estava se acostumando com esse ritual de domingo, mas detestava ter de persuadir as filhas a irem passar a tarde com a mulher que tinha acabado com seu casamento. Lá bem no fundo, sabia que as filhas jamais iam considerar essa Helen sua nova mãe, mas sempre existia a possibilidade de elas passarem a gostar dela e até mesmo amá-la. Isso seria bom, tentava se convencer Sophie. O que quer que fizesse as filhas felizes com certeza era o melhor. Mas ela sabia que estava se enganando. Ainda podia se lembrar como, quando estava na escola primária e tinha mais ou menos 7 anos, os pais de sua amiga April tinham se divorciado. Mal pensando duas vezes no assunto, April, que era o xodó do papai, mudara para a casa do pai, onde ele morava com a nova namorada, e, depois de dois meses e de ela ter sido dama de honra no casamento deles, April começara a chamar a outra mulher de "minha mãezinha". Da primeira vez, Sophie havia perguntado a ela: "De quem está falando, sua mãe de verdade?", e April havia explicado: "Não, ela é a mãezinha, e Mandy é a mamãe." Assim, com a maior naturalidade, a posição da mãe de April como principal mulher na vida da filha tinha sido usurpada. Agora havia duas mães, e pareceu a Sophie que ambas tinham o mesmo status aos olhos de April. Ela tentou se recordar do que tinha feito a amiga se mudar para a casa do pai quando tinha uma mãe que obviamente a adorava, mas não conseguiu, porque na época tinha simplesmente aceitado as coisas. Era a vida de April.

Ela pôs um prato com uma fatia de bolo diante de Claudia; costumava vencer as discussões com comida.

— Não me importo em ir — disse Suzanne, sempre flexível.

— Quero ver o papai, mas não quero ver aquela mulher. — Claudia não queria ceder. — E só ficamos sentadas naquele apartamento malcheiroso, enquanto ela nos dá sanduíches horríveis para comer e tenta puxar conversa com a gente sobre a escola; é um porre.

Sophie sorriu para a filha mais moça. Adorava aquela personalidade difícil dela.

A campainha tocou. Matthew foi pontual como sempre — aliás, Sophie suspeitava que ele ficava sentado no carro lá na esquina quando chegava alguns minutos mais cedo. Estava tentando fazer tudo conforme o figurino. Em geral, mandava dizer que tinha chegado, depois voltava para aguardar as meninas, mas hoje, quando Sophie abriu a porta já se despedindo, ele estava à soleira. Ela sentiu o coração disparar e subir-lhe à cabeça, onde começou a latejar nas têmporas como se quisesse sair do corpo.

— Ah... olá — disse ela, desconfiada.

— Como vai? — perguntou Matthew, formalmente.

— Bem... acho eu, sim... e você?

— Vou bem, sim.

Meu Deus, pensou Sophie, parece que é a primeira vez que nos vemos na vida. Eles ficaram alguns momentos ali de pé, sem saber o que dizer, enquanto as meninas assistiam a tudo esperançosas, como se estivesse para ocorrer alguma espécie de milagre.

— Bom... mas como eu ia dizendo... — disse Sophie, louca para que a conversa chegasse ao fim.

— Hã... Eu queria lhe perguntar sobre a reunião de pais de Suzanne. É na semana que vem, não é? E fiquei pensando, quero dizer, gostaria de ir como sempre, se concordar.

— Ah. É claro. Nós nos encontramos lá então, não é?

— Só não queria me sentir mal, diante dos professores e tal.

— Matthew, é claro que vai ser constrangedor. Tudo agora é constrangedor. Mas as coisas são assim, portanto, precisamos enfrentar a situação de peito aberto.

— Isso. — Matthew apoiou o peso do corpo no outro pé, nervoso. — E eu estava pensando se poderia pegar meus tacos de golfe. Se você deixar, é claro.

— Infelizmente, não.

— Não?

— Eu os joguei na caçamba do lixo. Acho que o vizinho do 146 talvez tenha ficado com eles. Pode ir lá e perguntar.

— Você jogou meus tacos de golfe numa caçamba de lixo? — Ele não sabia por quê, mas estava sorrindo.

— Joguei. Sinto muito.

— E todas as suas outras coisas — disse Claudia. — E eu ajudei.

Matthew desatou a rir.

— Ora, nunca tive tempo mesmo para jogar. Vamos, meninas. Vejo você na reunião da escola — gritou por sobre o ombro enquanto entrava no carro.

— Tchau — disse Sophie, respondendo a ele.

— Que cheiro é esse? — Suzanne enrugou o nariz quando eles fecharam a porta da frente do apartamento.

Helen apareceu na entrada brandindo Norman diante de si como um escudo peludo.

191

– Esse cheiro – disse ela – é do Norman. Ou melhor, da caixa de areia dele.

– Ai-meu-Deus-da-Céu! Ai-meu-Deus-da-Céu! – Claudia começou a berrar. – Você arranjou um gato, me deixa segurar no colo.

Helen ficou fascinada com a expressão de Claudia. Seria possível que ela estivesse... sorrindo? Era difícil dizer, pois nunca tinha visto nem mesmo uma expressão tranqüila no rosto dela antes, mas, sim, ela estava mostrando os dentes, e os cantos de sua boca tinham se erguido e penetrado em território desconhecido. Aleluia!, pensou Helen. Eu venci.

– Claro que pode – disse ela, entregando-lhe o gato. – Trouxemos Norman para você, como presente de aniversário. Pode considerá-lo seu gato.

– Não gosto de gatos. – Suzanne saiu do hall de entrada do apartamento e foi para a sala de estar.

Essa não.

– Mas você gosta, não, Claudia? E... além disso, eu também trouxe um monte de amostras de maquiagem que recebemos de um dos nossos clientes lá da firma, e achei que você ia gostar de olhá-las, Suzanne, para ver se tem alguma coisa que você queira.

– Eca – disse Claudia com o nariz enterrado nas costas macias do gato.

– Legal – disse Suzanne.

– Onde foi que o encontrou? – perguntou Claudia. Helen permitiu-se direcionar um sorriso à garotinha.

– Bem, nós fomos até o abrigo Pawprints aqui mesmo na rua, e eles...

– Eles simplesmente deixaram você pegá-lo?

– Foi.

– Eles não podem fazer isso. – O sorriso de Claudia desabou. – Vocês podiam ser qualquer um. Eles precisam vir fazer uma visita antes, para checar a pessoa.

— Mas não somos qualquer um, somos, Claude? — disse Matthew, tentando diminuir a tensão.

— Só que eles não sabem disso. E se uma pessoa pavorosa entrasse lá e simplesmente dissesse: "Me dá aquele ali", e eles lhe dessem, e depois o gato ficasse jogado às traças e fosse torturado? Ai, meu saco, pensou Helen. O efeito não tinha sido lá muito duradouro.

— Tem razão. — Ela se curvou e coçou Norman atrás das orelhas. — Foi exatamente por isso que fomos lá, porque se eles iam dar o gato para qualquer um que pedisse, achamos que seria melhor que dessem para nós do que para qualquer outra pessoa. Porque sabemos que vamos tratá-lo bem. Sabemos que todos os animais da Battersea ou da Sociedade Protetora do Animais vão para bons lares, porque eles vão verificar a pessoa antes, mas quem sabe onde o pobre Norman poderia ter ido parar se não o levássemos?

— Mesmo assim, é errado. — Claudia não dava o braço a torcer com facilidade.

— Concordo. Mas ele está aqui agora, e é todo seu.

Ela ficou observando o rosto de Claudia para ver se via algum sinal de que sua expressão estava se suavizando e achou que tinha visto um leve alívio.

— E ele é lindo, não é?

Norman estava desempenhando seu papel com perfeição, uma enorme bola de pêlos ronronante nos braços de Claudia. Ela beijou-lhe o focinho.

— É — disse Claudia. — É, sim.

Duas horas e meia depois, terminou a melhor tarde de domingo que eles tinham tido até então. Suzanne estava maquiada como uma puta francesa (ai, cara, Sophie vai adorar isso, pensou Helen), e Claudia estava dando a Helen instruções detalhadas por escrito de como tomar conta do gato, enquanto Helen fingia que ainda não sabia qual era a diferença entre alimentos hidratados ou não e como era importante limpar a caixa de areia regularmente.

Em casa, Sophie esperava as meninas começarem a se queixar da visita da tarde de domingo, como era inevitável. Abriu a porta da frente quando ouviu o carro de Matthew encostar e acenou, cumprimentando-as vagamente. Claudia saiu do carro correndo feito um furacão antes mesmo que ele parasse completamente. Veio à toda pela entrada da garagem.

— Ganheiumgato. GanheiumgatolistradoeonomedeleéNormaneeleémeu.

Sophie começou a dizer:

— Você ganhou o quê? – mas ao ver a filha mais velha maquiada como Marilyn Manson, seu queixo caiu.

— Mas o que você andou fazendo, meu Deus?

— A Helen me deu montes de maquiagem. – Suzanne estava fingindo que era uma mulher sofisticada de 30 anos, apesar de ter só 12. Parecia até uma palhaça, pensou Sophie.

— Ah, bom, mas que excelente idéia a dela. Mas é só para ocasiões especiais, tá? Nada de maquiagem na escola.

Claudia estava puxando o braço da mãe.

— Mãe, ganhei um gato.

Sophie olhou para o carro, que estava saindo de ré pelo portão. Matthew acenou.

— Onde?

— Na casa do papai. A Helen o trouxe do abrigo e disse que ele é meu.

— Sabe que não dá para trazê-lo aqui para casa. Sabe que sou alérgica.

Claudia suspirou, impaciente.

— Mas aí é que está, sua burra. Ele vai morar com o papai e a Helen, mas é meu, e eu posso ir visitá-lo todo domingo.

— Ah, bom. Essa Helen até que é legal. Aposto que agora você gosta dela, não?

— Não — Claudia fechou a cara. — Ainda acho que ela é uma bruxa, mas não acho mais chato ir lá.

Sophie passou os braços em torno da filha.

— Ótimo.

Mas sabia que tinha acontecido uma mudança, e isso a deixou preocupada.

19

ÀS VEZES, QUANDO HELEN não conseguia dormir, levantava-se e perambulava pelo apartamento, ligando a TV, fazendo café, lendo. Isso tinha ficado mais difícil desde que Matthew se mudara, porque depois de algum tempo ela sempre o ouvia chamá-la para voltar para a cama, reclamando que só saber que ela tinha se levantado fazia com que ele ficasse acordado. Na noite de domingo, porém, ela tinha precisado fazer alguma coisa. Tinha acordado à 1h30 da madrugada, a cabeça imediatamente a mil, e sabia que não ia conseguir fazer outra coisa a não ser ficar de olhos pregados na rachadura do teto durante o resto da noite. Olhou para Matthew e viu que ele estava ferrado no sono. Eu poderia acordá-lo e trepar com ele, pensou, porque talvez então eu relaxasse. Tornou a olhar para ele: a boca aberta, babando um pouco. Por outro lado... Ela rolou para o lado e levantou com todo o cuidado que pôde, saiu do quarto, na ponta dos pés e fechou a porta. A sala de estar estava escura e nada acolhedora, minúsculos flocos de geada cobrindo a parte externa das janelas. Ela podia ver sua respiração no ar; portanto, aumentou o aquecimento, vestiu um blusão e acendeu o abajur do canto da sala. Dentro de seis horas ia precisar se levantar para ir para o trabalho.

Pegou seu caderno e tentou se concentrar, lendo a lista que tinha feito anteriormente. Lamentável. Talvez ela só devesse convidar gente menos importante e arranjar algumas atrações. Ficar com o que já conhecia, pensou. Permitiu-se pensar um segundo em Júnior outra vez, depois procurou se recompor. Porcaria, o que havia de errado com ela? Tá certo, o cara até que era gostoso (aliás, muito gostoso), gostosíssimo e engraçado, tinha a sua idade, ainda todos os fios de cabelo na cabeça, e se deixara encantar por ela. Tá certo, ele tinha achado que ela podia talvez ainda se interessar por ele no futuro, depois de ela ter dado um jeito em sua vida amorosa encrencada. E daí? Acontecia todos os dias, mas é claro que não, a questão era essa. E se o Júnior pudesse ser o próximo grande amor de sua vida, mas tudo se complicasse por causa do Matthew? Caramba, pensou ela, vê se cai na real, você mal conheceu o cara, não vai se deixar levar por uma atração passageira.

Ela consultou o relógio de pulso que estava na mesa e tentou calcular quantas horas se passariam até poder ligar para ele como ele tinha lhe pedido que fizesse e tentar fingir que era só para uma conversa normal. Nove e meia era cedo demais. Ia parecer que ela estava muito desesperada. Portanto, seria às 10 horas, porque ele podia pensar que ela só começava a trabalhar às 10 horas, e ela não queria que ele pensasse que era o primeiro telefonema dela naquele dia. Dez e vinte, decidiu, a esmo. Daqui a oito horas.

Às 7 horas, Helen despertou no sofá, com agulhadas de má circulação descendo pelo braço direito. Levou um instante para se lembrar por que tinha ido parar ali. Fez um chá, e, depois, vendo que a porta do quarto ainda estava fechada, pegou o celular e ligou para a Rachel.

— Mas será possível...

— Ah, me desculpe, tá, Rach? Eu sei que é cedo.

Ela ouviu Rachel cair de novo sobre o travesseiro.

— É só a Helen — ouviu Rachel dizer ao Neil. E, em seguida: — Helen, mas que saco, pensei que eu estivesse tendo um infarto. Ainda vou ter um, é melhor ser uma emergência.

— Conheci um cara. E arranjei um trabalho.

— Tá, agora me interessei. Ponha a chaleira no fogo — gritou ela para Neil por sobre o ombro.

— Só por algumas semanas, mas é de divulgação.

— Tá, mas me fala do cara primeiro. Como é isso de ter conhecido um cara? Você já tem um cara.

— Sei que é coisa de doido, mas acho que pode ser que eu esteja apaixonada por ele, e ele sabe que tenho namorado, e disse que vai esperar até eu me livrar dele, e aí quem sabe...

— Ele é gay?

— Não! Não me pareceu que fosse. Ele é só... bacana. É ótimo ele querer fazer tudo assim certinho.

— Como sabe que ele quer mesmo fazer isso?

— Não sei. Bom, quer dizer, eu sei, porque ele me beijou, mas e se ele detestou o beijo e depois só fingisse por educação, e na verdade estivesse pensando: "Ainda bem que ela já tem namorado?" Cara, que coisa mais ridícula.

— Não queria dizer isso, mas e o Matthew, como fica? Pensei que você estivesse se esforçando para dar certo.

— Não sei se vou conseguir. Ai, Rach, mas que merda. Eu ferrei com tudo.

— Você precisa tomar uma decisão. E não ficar por aí, manipulando as pessoas; isso não é legal.

Helen ouviu o barulho do aquecedor começando a funcionar quando as torneiras da banheira foram abertas.

— Ih, cara, o Matthew acordou. Preciso desligar.

Ela ainda ouviu Rachel dizer:

— Não faça nenhuma besteira — quando desligou o telefone.

Mas Helen já estava pensando em outra coisa às 10h20. O escritório estava em polvorosa. Acontece que rolou uma fofoca de que o champanhe das noites de sextas-feiras tinha ido um pouco longe demais depois que Helen deixara o escritório. A Helen-da-Tesouraria, que não estava acostumada a beber, tomara todas e ligara para Geoff, seu marido, insistindo em que ele fosse ao Crown and Two Chairmen para conhecer as meninas. Geoff havia pedido rodada após rodada, exibindo sua carteira da Burtons recheada de notas recém-tiradas do caixa eletrônico, e recusando-se a deixar qualquer um pagar as bebidas. Pouco depois das 21 horas, eles haviam começado um jogo da verdade hilariante, e embora Geoff tivesse preferido pagar prenda sempre que era sua vez — indo até um cavalheiro com cara de machão na mesa ao lado perguntando se ele queria que ele lhe batesse uma punheta rápida (não, obrigado), levando uma taça de vinho vazia de volta ao garçom e exigindo outra, porque tinha um pedaço de rolha naquela (ah, vai te catar) —, Helen-da-Tesouraria havia optado por dizer sempre a verdade. Alguns dos fatos que ela deixara escapar para as outras garotas incluíam:

O apelido que Geoff dava ao seu clitóris era amendoim
O apelido de Helen para o pênis do Geoff era sargento Sweeney ("porque está sempre em posição de sentido", gritara ela, enquanto Geoff soltava uma gargalhada)
Se ela tivesse de trepar com uma mulher, escolheria a Jenny ("porque você é linda", dissera, com voz arrastada, no que julgara ser um jeito coquete mas brincalhão, "não é, Geoff?")

Por volta das 10 horas, ao saírem do bar para voltar para casa, Helen e Geoff mal podiam se manter de pé.

— Boa-noite, viu? — Geoff abraçou Annie como se fossem velhos amigos. Quando foi abraçar Jenny, ela agarrou os braços dele, e quando Helen-da-Tesouraria viu, eles já estavam se beijando. E não só um simples beijo, mas um amasso daqueles, as mãos de Geoff deslizando pelas costas da moça e, a certa altura, Helen tinha certeza, até dos lados do corpo. Annie estava só olhando, boquiaberta, com um leve sorrisinho começando a aparecer em sua cara. Helen-da-Tesouraria agarrou o braço do marido e o puxou, literalmente arrancando-o dos braços da outra, que teatralmente passou a mão na boca como se sentisse nojo. Enquanto Helen descia a rua arrastando Geoff a reboque, escutou as duas moças começando a rir. A rir sem parar. Para completar a noite, quando Helen-da-Tesouraria dobrou a esquina como um furacão, para chegar à Soho Square, com Geoff atrás dela espantado com a mudança do clima ("O que foi? O que eu fiz?"), dois homens que eles tinham visto no bar aproximaram-se deles pelas costas e roubaram a carteira de Geoff e a bolsa cor de vinho de Helen, ameaçando espancá-los se não colaborassem. E então, para coroar tudo, Geoff vomitou, a maior parte nas suas próprias roupas. Helen tinha acabado de encontrar moedas suficientes em ambos os bolsos para pegar o ônibus, e eles se sentaram no andar de cima do veículo, sem dizer nada, com um fedor de vômito seco de cerveja vindo do colete de Geoff pairando ao redor deles.

Essa foi a história que a nossa Helen conseguiu depreender das muitas diferentes versões que estavam sendo contadas no escritório porque, naturalmente, quase ninguém estava falando com ela. Os trechos mais apimentados, ela apreendeu da briga que Helen-da-Tesouraria teve com Jenny mais ou menos a um metro e pouco de distância de sua mesa, às 10h15. Helen estava de cabeça baixa como sempre, fingindo trabalhar enquanto contava os minutos até poder pegar o cartãozinho de visita, que tinha subrepticiamente transferido esta manhã do bolso do jeans para a bolsa, e telefonar para Júnior. Pelo vidro do departamento de contabilidade, ela viu uma cadeira visivelmente vazia onde Helen-da-Tesouraria deveria estar. Ela nunca havia se atrasado antes.

Às 9h15, passou um furacão pelo escritório e parou bem ao lado da mesa de Jenny. Annie veio atrás para não perder nada do espetáculo.

– Como foi que você teve coragem? – gritou Helen-da-Tesouraria, as lágrimas já escorrendo pelos dois profundos cânions nas suas faces, que tinham aumentado durante o fim de semana.

– Bom-dia, Helen. – Jenny sorriu para ela, um sorriso fingido. – Foi uma noitada e tanto aquela da sexta, né? O Geoff se divertiu? Tive a impressão de que sim.

– Sua vadia. Sua vadia desgraçada.

E, com essa, Helen-da-Tesouraria caiu em cima da outra, os bracinhos e perninhas gorduchos se agitando. Jenny, com o braço estendido, manteve-a longe de si, rindo, enquanto Annie punha mais lenha da fogueira:

– O que há, Helen, está com ciúmes? Queria que ela tivesse beijado você em vez do seu marido? – Jenny, Annie e um grupo de outras pessoas que tinham vindo ver que confusão era aquela estavam rindo tanto que quase caíram, enquanto Helen-da-Tesouraria, um furacão feito de braços, pernas, coriza e lágrimas, continuava a tentar, com todas as forças, dar uma porrada em Jenny.

Helen sabia que devia separar a briga, mas ficou simplesmente fascinada pela cena muito à la Jerry Springer. A qualquer minuto, Geoff entraria e anunciaria que era gay e que estava dando para o vigário.

– Sabe, tenho certeza de que senti o sargento Sweeney em posição de sentido quando Geoff começou a me apalpar – disse Jenny, ainda desviando os golpes da outra com uma das mãos. Helen-da-Tesouraria desabou de repente. Ficou imóvel um instante, avaliando suas inimigas e a platéia em torno de si, alguns dos quais pelo menos agora tiveram o bom senso de começar a parecer meio sem graça, depois se virou e saiu correndo da sala, rumo ao banheiro. O grupo começou a se dispersar, e Helen ouviu vários deles murmurando que dessa vez tinha sido demais. Ela ficou ali sentada, sentindo-se culpada. Por que tinha deixado aquilo acontecer? Metade dos empregados da Global tinha medo das bruxas, não queria se arriscar a se tornar alvo de suas campanhas de hostilidade, mas o que ela tinha a temer? Ia sair da firma mesmo, devia ter ido até lá e acabado com aquilo. Sempre imaginara que seria a passageira do metrô que ia prender o assaltante; agora se sentia como se tivesse se escondendo atrás de seu jornal enquanto um crime acontecia sob o seu nariz. Annie e Jenny ainda estavam rindo tanto que nem conseguiam falar. Helen levantou-se e saiu da sala.

Pronto, aqui vou eu de novo, pensou, ao entrar no banheiro e ficar parada diante do boxe ouvindo o concerto já conhecido de soluços e fungadas atrás da porta. Inspirou profundamente.

— Helen, é a Helen. Abra essa porta.

Fungada.

— Vá embora.

— Não vou, não; só quando você estiver melhor. — Coisa mais triste, pensou, eu ser a única pessoa que tem coragem de vir aqui ver se ela está legal, e nem mesmo gosto dela. — Quer que eu vá chamar alguém? Uma de suas amigas? Quer que eu ligue para o Geoff?

Soluço, fungada, fungada.

— O Geoff está na casa da mãe dele.

— Ah, Helen, você não o expulsou de casa, expulsou? Só por causa daquilo? Ele foi uma vítima. Elas armaram para cima dele. Você tem que dar a ele o benefício da dúvida.

— O que você sabe sobre isso? Fez a mesma coisa você mesma, tirou o marido de uma mísera de uma mulher.

Helen pensou em desistir, mas havia naquela tentativa ridícula da outra Helen de ofendê-la alguma coisa que a fez sentir vontade de chorar. Ela esteve a ponto de dizer: "Pelo menos fala *fodida*, pois, ninguém mais usa a palavra *mísera*, a não ser em *EastEnders*." Sentou-se no chão ao lado da pia, para esperar a outra.

Quando voltaram para a sala das secretárias, Helen estava exausta. Eu jamais seria capaz de negociar a libertação de um refém, pensou, só ia querer lhes dizer para matar todo mundo e me deixar voltar para casa. Pode até levar o helicóptero, mas cale a porra da boca. Helen-da-Tesouraria havia voltado para sua mesa e parecia estar se recompondo, pelo menos o bastante para continuar a trabalhar. Helen não fazia idéia se ela pretendia ligar para Geoff ou não.

Ao meio-dia, Laura fez uma coisa que nunca tinha feito antes — pediu a Helen para escrever um comunicado à imprensa destinado aos críticos, com cópias de uma autobiografia que um famoso novato havia escrito. Shaun Dickinson, de 20 anos... o que ele fazia mesmo? Os jornais falavam dele a toda hora, porém não por alguma coisa que ele estivesse realmente fazendo, mas pelos lugares aos quais ele ia (e também só quando alguém da Global ligava antes para mandar a imprensa para lá), e pelas garotas, umas glamourosas com as quais saía, ambos faturando alto com narrativas pormenorizadas sobre tudo o que se passava em sua vida íntima a uma revista quinzenal. (Por que não nos casaremos nunca! Vamos nos casar! Nossa luta por um filho! Ele joga jogos de azar, ela é ninfomaníaca, ambos já foram traficantes, ela tem ovários policísticos, e, mais recentemente: nossa deslumbrante vida nova!, apresentando sua casa recém-adquirida toda decorada pelo departamento de design da revista, os novos seios tamanho 50 dela, e o bebê chinês com cara tristonha que haviam adotado.)

Era um documento bem direto, parte biografia, parte mentira pura, do tipo que Matthew a mandava escrever para ele regularmente, mas fez Helen se sentir um pouco apavorada. Ela não conseguia redigir a introdução, e escreveu a primeira frase centenas de vezes, numa linguagem cada vez mais rebuscada. E se não soubesse mais fazer aquilo? E se escrevesse um texto malfeito, e Laura precisasse refazê-lo ela mesma? Tentou se recompor — era uma coisa muito simples, uma pessoa com experiência seria capaz de redigir algo decente em 5 minutos. Se não conseguisse fazer aquilo, como iria promover o restaurante, droga? Cara, o restaurante. Já eram 12h25, ela ainda não tinha ligado para o Júnior, e tinha prometido a ele que ia ligar antes do almoço para marcar em definitivo a data da inauguração e repassar suas idéias com ele (que idéias?) para a lista de convidados. Bom, pensou ela, Shaun Dickinson e a mulher dos seios de silicone já estão convidados. Ela passou 5 minutos fazendo uma lista de 11 celebridades que achava que estavam no papo: (uma desesperada, um solteiro recente, um apresentador de TV, uma recém-separada do marido que quer ser vista em algum lugar se divertindo, outra desesperada, mais uma desesperada, outra desesperada, um com um contrato para gravar um disco recentemente cancelado, um tentando fechar um contrato para publicação de um livro, mais outra desesperada, um que perdeu sua carreira esportiva por causa das drogas). Em seguida vestiu o casaco e pegou o celular; não ia ligar da firma de jeito algum, precisava sair e se sentar no parque. Revirou a bolsa procurando a carteira e o cartão de Júnior. Metendo o dinheiro no bolso do casaco, virou o cartão várias vezes entre os dedos, olhando para ele pela primeira vez. Nem mesmo sabia o nome completo do homem, pensou, fazendo uma careta enquanto lia as letrinhas minúsculas impressas nele. Confusa, ela virou o cartão de novo, olhando para o lado em branco, depois revirou a bolsa outra vez, para ver se não havia outro cartão lá. Nada. Ela leu as palavras no cartão que tinha na mão outra vez e se sentiu como se estivesse sendo impulsionada para trás a mil por hora: ficou nauseada, desorientada e tonta. Fechou os olhos e depois tornou a olhar para o cartão, como se isso pudesse fazer alguma diferença. Não adiantou, o nome escrito ali ainda era o mesmo:

Leo Shallcross.

O filho de Matthew.

20

HELEN SE RECOSTOU em sua cadeira, virando o cartãozinho nos dedos várias vezes. Simplesmente não conseguia assimilar o que estava vendo; ela devia ter pegado o papel errado em casa, e o número de Júnior estava... onde? Ela sabia que o havia transferido do bolso da calça jeans para a bolsa disfarçadamente, para Matthew não ver e lhe perguntar o que era. Não era possível que o tivesse confundido com outro. O que só podia significar uma coisa. Júnior era Leo, e Leo era filho de Matthew com sua primeira esposa, Hannah. Aquele com quem Matthew parecia não entrar em contato nunca. Ela foi para o hall das escadas e ligou para Sophie.

— Como está indo com o Júnior? — perguntou Sophie depois de elas terem conversado um pouco. — Ele disse que achou você muito competente para ajudá-lo.

— Por que você o chama de Júnior? — perguntou Helen, procurando parecer descontraída. — No cartão dele tem o nome... Leo Shallcross. — Ela tentou dar a impressão de que estava lendo o cartão pela primeira vez.

— Ah, é — riu Sophie. — É, sim. Eu o chamo de Júnior porque ele é meu enteado. É o filho mais velho de Matthew, não falei dele ainda? Quando o conheci, era um homem feito, do qual eu de repente virei madrasta, então o chamei assim só de brincadeira, para mexer com ele, e o apelido pegou. Não consigo imaginar-me chamando-o de Leo agora. Você me desculpe, devia ter lhe contado.

Mas que merda, pensou Helen. Merda, merda, um milhão de vezes merda...

— Não sei bem — disse Helen, louca para desligar. — Talvez... eu estou com muita coisa para fazer no momento. De qualquer forma, você não disse que Matthew também trabalhava com publicidade? Faria mais sentido se ele pegasse a conta do restaurante. Sabe, desconto para a família, coisa assim.

— Que negócio é esse agora de tentar tirar o corpo fora, hein, moça...

Helen a interrompeu.

— Escute, Sophie, preciso desligar. Tenho que terminar uma coisa com a maior urgência.

— Ainda vamos sair na quarta à noite? — perguntou Sophie.

— Vamos, sim. Até lá, então. — Helen apertou o botão para desligar o aparelho antes que Sophie pudesse se despedir.

Merda, merda, merda.

Ela tentou imaginar Matthew aos 38 anos. Será que era parecido com Leo? Eles tinham os mesmos olhos azuis cintilantes, droga — como é que ela não percebera? Mas Leo tinha cabelos escuros — claro, já que os de Matthew estavam grisalhos — e além disso Leo não tinha o nariz dos Shallcross. O nariz dele era mais fino, mais reto, Paul Newman comparado com o nariz de Dustin Hoffman de Matthew. Ai, caramba, beijei o filho do meu namorado, pensou ela, esquecendo-se de que Leo estava mais próximo de sua idade que Matthew e decidindo que isso era o mesmo que molestar uma criança ou algum outro tipo de perversão. Tinha de existir um nome para um crime desses. Matthew havia trocado as fraldas dele (ora, provavelmente, não, conhecendo Matthew, mas mesmo assim), e agora ela estava praticamente tendo um caso com o cara. Não existia ninguém pior no mundo com quem trair Matthew — ora, talvez com Suzanne ou Claudia, ou talvez com a mãe dele. Mas como ela era heterossexual, e não tinha passado pela fase de tentar ser bissexual apenas por experiência, certamente o pior era Leo. O pai de Matthew, talvez, se ele tivesse pai, mas mesmo isso não teria sido tão ruim. Oh, Deus, ela era como uma dessas professoras que se vê no noticiário que terminou na cadeia grávida de um garoto de 15 anos de sua turma de inglês, seduzido durante o recreio.

Ela se sentou no degrau mais alto da escada, tentando resolver o que fazer. Na verdade, pensou ela, nem há o que pensar. Não dá para pegar esse serviço, nem me encontrar com ele outra vez, e ponto final.

Preciso ligar para ele agora e dizer que ando muito ocupada ultimamente. E pronto, acabou minha esperança de conseguir um trabalho para incluir em meu currículo. Ela voltou para sua mesa para procurar o número do rapaz, mas Laura estava por ali, procurando alguma coisa nas pilhas de papel.

— Está bom — disse ela, segurando o release semipronto.

— Ainda não terminei — respondeu Helen na defensiva.

— Eu sei, só estou dizendo que o que fez até agora está ótimo. Vou precisar dele dentro de mais ou menos 10 minutos.

— Pode deixar — disse Helen, pegando o rascunho da mão da chefe e sentando-se ao computador. Ia só terminar isso antes de telefonar.

Dez minutos depois, estava na sala da Laura, esperando-a ler a versão final do press release.

— Excelente — disse Laura. — Não vou precisar mudar nada.

— Que bom — disse Helen, virando-se para sair.

— Ah, espere aí — disse Laura —, tem outra coisa. A Sandra Hepburn quer que nós façamos uma campanha promocional... alguma coisa que garanta um bom ibope para ela no fim de semana antes de saírem as indicações do Ace Awards. Sabe como é... tipo projeção da Gail Porter pelada ao lado do Big Ben. Estou tendo uma certa dificuldade para imaginar o que fazer; portanto, se tiver alguma idéia...

— Por que está perguntando a mim? – disse Helen, desconfiada. O que tinha dado em Laura assim de repente?

— Estou perguntando a todo mundo – disse Laura na maior calma.

— Vou pensar no caso – disse Helen, recuando. Eram 13 horas: ela agora precisava ligar para Júnior de qualquer jeito. Leo. Precisava ligar para Leo.

De volta à sua mesa, viu que em sua caixa de entrada havia uma mensagem nova. Não leia, disse a si mesma. Ligue para Leo e depois leia, mas ler a mensagem era uma forma irresistivelmente potencial de evitar o telefonema durante mais 5 minutos. Vou só ver quem mandou, pensou, depois ligo. Abriu a mensagem, que tinha sido enviada por uma Helen Sweeney. Claro que era a Helen-da-Tesouraria, pois da-Tesouraria não era o verdadeiro sobrenome dela, por mais surpreendente que isso pudesse parecer. Para dizer a verdade, ela não queria nem saber o que dizia a mensagem, mas leu-a assim mesmo, para matar um pouco mais de tempo.

> *Querida Helen* (assim dizia ela)
> *Senti que precisava lhe agradecer por ter me ajudado esta manhã. Sei que nunca fomos boas amigas* (e ainda não somos, pensou Helen consigo mesma, nem precisa se iludir) *e desejo lhe pedir desculpas por ter tratado você tão mal. Andei pensando no que me disse sobre mim e Geoff e decidi que vou ligar para ele esta noite e perdoá-lo. Muito obrigada outra vez.*

Helen espiou por cima do computador e viu a outra Helen sorrindo para ela feito uma babaca. Ela retribuiu o sorriso, mostrando os dentes, depois olhou para o relógio – 13h05. Muito bem, se ela tivesse sorte, Leo estaria em algum tipo de almoço de negócios e teria desligado o telefone, e ela poderia só deixar uma mensagem: "Desculpe, surgiu um compromisso inesperado", ou "Morreu um parente" – não, drástico demais – que tal "Um dos meus clientes se meteu numa encrenca e prometi concentrar-me nele, sem pensar em mais ninguém durante alguns dias. A vida dele... não, o casamento dele depende disso?" Ótimo. Essa desculpa era perfeita. Daria uma dica de que o cliente inventado era alguém muito importante. Prometeria ligar para Leo dentro de uma semana, mais ou menos, quando já tivesse resolvido tudo, para ver como estava indo a divulgação, e então se esqueceria de que o tinha conhecido um dia. Perfeito. Era uma pena, mas era muito, muito melhor que ela se afastasse dele agora do que depois, quando sabe-se lá o que poderia ter acontecido. Ela pensou por um instante na mão dele sobre a sua na mesa do restaurante e depois tratou de tirar essa lembrança da cabeça.

De volta às escadas, discou o número dele e depois cruzou os dedos, torcendo para que a ligação caísse na caixa postal. Merda, o telefone estava tocando. Ela estava para desligar – ele receberia uma mensagem de que não tinha atendido uma chamada e saberia que ela tinha tentado entrar em contato, e então tudo o que ela precisaria fazer era manter seu telefone desligado durante o resto do dia, e à noite e amanhã – quando ele atendeu, já sem fôlego.

– Eleanor! Estava pensando em você agora mesmo. Como vai?

– Hã... bem... mas...

Ela tentou se lembrar do roteiro que tinha preparado de antemão.

– Hã...

– Na verdade – dizia Leo –, pensei em você durante o fim de

semana todo. Sei que não devia dizer isso, quero dizer, sei que não vamos falar em coisas assim até a sua situação se resolver, se é que algum dia vai se resolver, quero dizer, não estou achando que seja coisa garantida. Oh, Deus, estou divagando. Desculpe.

— Tudo bem. Ouça, Júnior, quero dizer, Leo. Devo chamá-lo de Leo agora? Bom, não interessa mesmo, porque surgiu um imprevisto.

E ela deu a desculpa que tinha inventado, embora, pensando no assunto mais tarde, tivesse explicado demais, acrescentando drogas classe A, pagamentos ilegais e rumores de homossexualidade.

Leo deu a impressão de ter ficado arrasado — tanto pelo fato de não poder mais vê-la de vez em quando quanto pelo fato de ela não cuidar mais da divulgação de seu restaurante. Ele poderia conseguir outro publicitário.

— Sinto muitíssimo mesmo, sei que fiz você perder seu tempo e tudo...

— Não, Eleanor, escute, não tem problema, eu entendo. Só fiquei decepcionado, só isso. Achei que você faria um ótimo trabalho e que nós nos veríamos mais...

— Desculpe, Leo, puxa, estou mesmo chateada. Espero que consiga alguém bom. E espero que o restaurante faça um sucesso de arrasar, como tenho certeza de que vai fazer.

— Quem sabe a gente não pode sair para tomar um drinque... um dia desses... — insistiu ele.

— Não. Infelizmente não vai dar. É que... está difícil no momento. Estou meio, sabe, ocupada. Ai, cara, preciso desligar, *News of the World* na outra linha.

— Como sabe?

— Como sei o quê?

— Como sabe que é o *News of the World* se ainda não atendeu?

— Porque eles disseram que iam me ligar e a linha está tocando, portanto só podem ser eles.

– Não estou ouvindo nada.

– Piscando, quero dizer piscando. Tocando é como a gente diz, não é? Ninguém nunca diz: "Preciso desligar, minha outra linha está piscando."

– Você não diz?

– Não, ia parecer tolice minha. "Meu telefone está piscando..."

– Se acha mesmo... Bem, então é melhor desligar. Não vai querer deixar o cara do *News of the World* esperando. Tchau, Eleanor.

Ai, merda.

– Tchau, ligo para você dentro de uma semana mais ou menos, para ver como está indo a campanha.

– Tá certo – disse Leo, sem convicção, e desligou.

Droga.

Ora, pensou Helen, ainda sentada no primeiro degrau da escada, parece que tudo terminou por aí mesmo. Mas também, já nasceu terminado, porque o Júnior não era Júnior coisa alguma, o dono de restaurante jovem sem bagagem nenhuma era Leo, filho de Matthew, seu namorado casado, e ela não era Eleanor Borra-Botas, publicitária, era Helen Williamson, secretária, namorada do pai casado de Leo. Portanto, se Leo tivesse ficado ofendido e nunca mais voltasse a falar com ela, era o melhor que podia acontecer. Ela só precisaria recordar aquilo apenas como uma levantada de moral sem importância que nunca teve chance de passar disso. Só desejava não ter gostado tanto dele. E que ele não fosse tão gostoso. Nem tão educado.

Ela voltou para sua mesa, sem almoçar, e tentou se concentrar em ter idéias para Laura. Essa porcaria dessa Laura, me mandando fazer a droga do serviço dela em seu lugar, pensou, esquecendo-se convenientemente de todas as vezes que tinha reclamado porque ninguém parecia estar interessado no que ela tinha a oferecer.

Muito bem, Sandra Hepburn. Famosa por tirar as roupas, faria qualquer coisa para ser mencionada em uma coluna social. Literalmente qualquer coisa. Mas ultimamente estava difícil pensar em qualquer coisa tão extrema que garantisse uma menção em uma coluna, porque os tablóides estavam cheios de jovens que tinham se "esquecido" de usar calcinha ao vestir a minissaia, e saíam por aí subindo escadas. Provavelmente a façanha mais ousada de Sandra seria vestir uma saia que batesse no joelho e ir à igreja. Coisas trágicas sempre vendem jornais. Se Sandra pudesse vir com um bebê abortado, ou um tumor cancerígeno, ou alguém morrendo na família, seria moleza, mas Helen tinha a sensação de que ela já tinha contado todas essas histórias "exclusivas" antes. Ela podia ter um amor ilícito. Procurou todos os clientes do sexo masculino da Global para ver se algum deles estava precisando de um golpe publicitário. Ou uma das mulheres — embora o mercado de lésbicas em tempo parcial estivesse um pouco saturado ultimamente. Vamos, disse Helen consigo mesma, você vive alegando que tem idéias excelentes, onde estão elas?

Mas não conseguiu concentrar-se em nada, a não ser na resposta de Leo, dita em tom desiludido: "Tá certo", e o estalido do telefone sendo desligado. Ela queria ligar de novo para ele, dizendo: "Não, você não me entendeu, eu gosto muito, muito, muito mesmo de você, mas, sabe, sou a mulher que roubou seu pai de sua madrasta; portanto, vai ficar meio complicado a gente se ver" ou "Vamos fugir juntos e nunca dizer a ninguém onde estamos, principalmente às nossas famílias" ou até mesmo um ridículo "Não dá para sermos amigos?" Embora isso não adiantasse, porque, naturalmente, isso eles nunca poderiam ser.

Ela pulou quando o telefone tocou. Tinha de ser ele. Talvez Leo estivesse ligando para dizer que sabia quem ela realmente era, mas que isso não importava porque ele estava louco por ela, e assim que Helen resolvesse a situação com seu pai e Sophie lhe daria uma nova vida, ou até um fim de semana prolongado. Ela procurou o telefone debaixo dos papéis sobre a sua mesa. Rachel. Helen decidiu que não dava para encarar um papo com a amiga; era melhor esperar a caixa postal gravar a mensagem dela.

— Seu telefone está tocando, você não ouviu? – disse Jenny, irritada, do outro lado da sala.

— Não – disse Helen com o celular na mão, fingindo-se de inocente. – Está?

— Fale-me sobre o Leo – disse ela a Matthew no carro, a caminho de casa. Ele fechou a cara.

— Falar o quê? – disse ele, aborrecido. – Sei que ele me despreza por ter largado a Sophie.

— Mas por quê? – Helen estava genuinamente intrigada. – Ela não é mãe dele.

— Não, mas ele se dá bem com ela. Quando eles se conheceram, ele tentou alertá-la para não ficar comigo; disse a ela que eu ia fazer com ela a mesma coisa que fiz com Hannah. E é claro que ele tinha razão. Eu mal ouvi falar dele nos últimos anos. Na verdade, só sabia notícias dele por meio da Sophie.

— Deve sentir falta dele – disse Helen, pensando: Eu sei que eu já sinto.

— De tempos em tempos ele aparece sem dar aviso e fica para o jantar.

Helen empalideceu.

— Ele sabe onde você está morando agora?

— Sabe, sim, contei a ele. Portanto, qualquer dia...

— Maravilha – disse Helen, sentindo enjôo.

Naquela noite, ela adormeceu no sofá e sonhou que Sandra Hepburn tinha tirado toda a roupa na inauguração do Verano, dando a si mesma e ao restaurante novo do Leo a publicidade tão necessária. Não é má idéia, pensou ela, ao despertar. Tenho certeza de que Sandra toparia. Pôs comida na tigela de Norman e sentou-se na cozinha ao lado do gato, coçando-lhe a testa entre as orelhas enquanto ele comia.

Sophie estava se examinando no espelho à luz feérica do banheiro de um jeito que raramente tinha feito desde que havia se casado: de costas, de perfil. Queria que Matthew pensasse que ela estava em forma. Não porque se preocupasse se ele ainda gostava dela ou não, disse a si mesma quase convincentemente, mas porque não queria sair perdendo na comparação com Helen, não queria que ele pensasse que tinha ganhado sozinho na loteria. Além disso, não queria os professores da Suzanne falando aos cochichos pelas suas costas, dizendo que não era surpresa o fato de ele sentir que precisava procurar algo melhor. Não tinha indício algum de que eles diriam isso; era só paranóia de mulher abandonada.

Leo estava vindo tomar conta de suas irmãs menores, o que significava que teria uma chance de lhe perguntar como tinha sido a reunião com Eleanor. Ele parecera meio deprimido ao telefone, e parecia que ela não ia mais cuidar da campanha publicitária do restaurante dele, o que Sophie esperava que não fosse uma coisa ruim – mentalmente, ela já havia casado seu enteado com sua nova amiga. Ela não gostava de bancar o cupido, principalmente para os parentes, porque isso inevitavelmente acabava mal, mas quando eles se conheceram, houve entre os dois uma atração inegável, e ela sempre tinha torcido para Leo terminar com alguém de quem ela fosse amiga. Era um vínculo tênue de parentesco por afinidade, esse com um ex-enteado, mas Sophie tinha considerado Leo um parente durante 15 anos e temia que ele conhecesse uma mulher que não entendesse o que isso significava para os dois. Leo não tinha saído com tantas mulheres assim desde que Sophie o conhecera, não tivera mais do que alguns encontros. Ele levava toda aquela coisa de namoro muito a sério, provavelmente em reação à completa falta de respeito de seu pai por esse tipo de relacionamento.

Suzanne e Claudia ficaram histéricas diante da perspectiva de passar a noite com seu irmão mais velho, e Suzanne enfeitou-se toda com a maquiagem que Helen havia lhe dado para parecer mais adulta. Leo fingiu que havia ficado impressionado quando a viu.

— Meu Deus do céu, quem é essa mocinha atraente? – disse ele, na sua melhor imitação de Leslie Phillips, e Suzanne soltou risadas estridentes e corou, tudo ao mesmo tempo.

— Ih, seu burro, é a Suzanne – disse Claudia, sem perceber o jogo.

— E aí – perguntou Sophie, conduzindo Leo até a sala de visitas –, como foi com a Eleanor?

— Nada.

— Conheço essa sua cara. Lembre-se, sou sua mãe, ou quase. Pode falar, o que houve?

Leo respondeu:

— Eu a beijei.

— Espera só um instante – reagiu Sophie, pasma. – Achei que ela só ia fazer a publicidade do restaurante.

— Eu a beijei, e ela disse que tinha um namorado com o qual está pensando em romper. Aí eu disse, ótimo, não vou acabar com o seu relacionamento. Vou esperar um pouco, e no final, se vocês dois se separarem mesmo, talvez possamos ficar juntos depois.

Sophie tinha se calado por completo. Leo continuou contando a história.

— Aí ela pareceu que tinha concordado, e depois, quando vi, já estava me ligando e dizendo que não ia poder fazer a divulgação do meu restaurante, e pronto, tudo acabado. O que houve? Por que está me olhando assim?

— Não sei se devia lhe dizer isso, mas acho que é melhor você saber a verdade... A Eleanor não tem namorado, não. Nós conversamos sobre essas coisas, pode confiar em mim.

Leo fez cara de quem tinha levado um soco no estômago.

— Então ela só estava dando uma desculpa? Caramba, estou me sentindo um idiota. Pensei que ela tivesse se amarrado em mim, achei que ela tinha caído de quatro como eu. Ela certamente não se afastou logo de cara. Mas que droga, por que ela não disse simplesmente: "Sinto muito, mas você não faz meu tipo?" E mais precisamente, por que toda aquela conversa de estar para se separar do namorado?

— Não sei. Mas tenho certeza de que ela teve seus motivos — disse Sophie, em dúvida.

— Grande amiga, essa sua — disse Leo, amargurado. — Ah, quer saber, deixa pra lá. Eu só preciso me concentrar na inauguração neste momento. Alguma sugestão?

— Bem, há centenas de firmas de publicidade dentre as quais podemos escolher, mas... e eu sei que vai me contradizer, mas... por que não pede ao seu pai? Sei que ele ficaria encantado em ajudá-lo.

— Por que você ainda se importa com ele?

— Porque, até onde eu posso avaliar, ele é um merda, mas ainda é pai das minhas filhas, e eu detestaria que elas perdessem o contato com ele como você perdeu. Matthew nunca vai mudar, Leo. Dentro de alguns anos vai trocar essa Helen por uma mocinha mais nova. Pelo menos espero que sim, estou sendo muito malvada? Ele vai continuar fazendo isso até quando puder, mas não devia deixar isso influenciar sua relação com ele. Você só tem um pai, e toda essa droga. Bom, o discurso acabou.

— Vou pensar no caso — disse Leo, na defensiva.

Quarenta minutos depois, Sophie corria atrasada, não tendo conseguido arranjar uma vaga no pátio da escola, que estava sendo usado como estacionamento naquela noite. Quando chegou ao auditório, estava toda vermelha e ofegante, com gotinhas de suor escorrendo-lhe pela testa. Viu Matthew guardando um lugar na fila para falar com a Sra. Mason, a professora da turma de Suzanne.

— Ainda bem que você já chegou — disse ela a Matthew, arquejante.

— Você está...

— O quê? Suada? Exausta? Roxa? O quê?

— Eu ia dizer "bonita".

— Ah, sim. Que alívio.

A Sra. Mason era uma mulher gorda de aparência pouco saudável, com óculos de aro preto e seios que descansavam pesadamente sobre sua pança. Quem inventou a expressão "saco de batatas" deve ter se inspirado nela. Sophie e Matthew avançaram pouco a pouco com a fila, ambos procurando um jeito de começar a conversa.

— Como vão as meninas? — arriscou Matthew.

— Bem, graças a Deus — respondeu Sophie, tentando, sem conseguir, encontrar um caso interessante para contar.

Eles avançaram alguns passos quando outro casal foi até as mesas onde os professores os atendiam.

— Falei com o Leo hoje.

— Foi? Ele está bem?

— Está sim, está ótimo.

Até aqui, tudo bem, pensou ela, embora, na verdade, comparados a vários casais recentemente separados, que nem conseguiam ficar na mesma sala juntos, eles não estivessem indo tão mal assim.

— Como vai a família? — indagou ela.

— Bem, obrigado.

Silêncio.

— Ah, sim... a Claudia gostou muito do gato.

– Foi. Mas não posso me atribuir o mérito da idéia, foi idéia da Helen – disse ele, e foi essa a gota d'água que encerrou aquele papo extremamente interessante entre ambos.

– Estou preocupada, pois acho ela está se esforçando em excesso – disse a Sra. Mason, debruçando-se na mesa, seus seios caídos e imensos descansando atrás dos braços como dois sacos de compras. – Ela tem só 12 anos; precisa de outras atividades além da escola. Para ser franca, ela não parece ter muitas amigas.

– Mas pelo menos as notas dela são boas, com isso a senhora concorda, não? – disse Matthew, confuso.

– Claro, o desempenho dela nos testes foi excepcional – disse a Sra. Mason. – Só que o desenvolvimento de uma criança da idade dela não pode girar apenas em torno de notas. É importante desenvolver também a parte social e a personalidade.

– Mas... – disse Matthew, sem poder se conter – ...acontece que ela é boa aluna mesmo. O que houve, agora isso é motivo para desaprovação?

Sophie sentiu sua exasperação aumentar. Por que ele não podia apenas ouvir o que a professora estava dizendo?

– Matthew, você sabe que tem expectativas irreais quanto à menina. Nunca a deixa esquecer que ela uma vez disse que queria ser médica.

– Ah, agora é tudo culpa minha. Seja lá o que for esse "tudo". Francamente, não entendo qual é o problema...

A Sra. Mason interveio.

– Ela passa o recreio estudando, nunca sai para brincar com os outros, e, para lhes dizer a verdade, não acho que isso seja saudável.

Sophie parou de fuzilar Matthew com o olhar e voltou a atenção para a professora.

– Eu não sabia disso.

Matthew pareceu derrotado.

— Por que ela está fazendo isso?

— Por que não nos contou isso antes? — Sophie estava consciente de que o casal atrás deles estava ouvindo a conversa e sentiu-se desmascarada publicamente como uma mãe incompetente. Lembrou-se de todas as vezes em que tinha soltado uma risadinha de desprezo quando via uma mãe desesperada na TV que não tinha notado que seu filho era viciado em drogas e pensou em virar-se para eles e dizer: "Podem parar de fazer cara de que são os maiorais, porque ela está para dizer a vocês que seu filho é viciado em crack." Ela sabia que Suzanne tinha muito mais dificuldade do que deixava transparecer para manter seu título de inteligente, mas não que isso era uma obsessão diária, e sentiu-se arrasada por ter sido negligente.

— Como ela andou piorando ultimamente, ia enviar-lhes um bilhete se não tivessem vindo hoje. Sei que vocês estão enfrentando problemas na família...

Ela fez uma pausa para permitir que eles respondessem e a contradissessem, mas Sophie e Matthew olharam para o piso como dois topógrafos que tivessem acabado de topar com uma sedimentação pavorosa.

— ...E pode ser que ela esteja tentando garantir que vai conseguir a atenção dos dois.

A Sra. Mason estava olhando firme para Matthew.

— A senhora é formada em psiquiatria? — disse ele, de um jeito infantil.

— Matthew... — interveio Sophie, baixinho.

— Ora, o que é isso? De repente estou num julgamento?

— Você está exagerando, não estamos falando de você. A Sra. Mason...

— Leanne.

— Leanne está com a razão. Ninguém está dizendo que a culpa é sua, mas só que a nossa situação no momento...

— Mas fui eu que saí de casa, certo? Sou o culpado porque fui eu que destruí o nosso lar feliz.

O casal atrás dos dois estava praticamente se debruçando nos ombros deles agora, tamanho o esforço que ambos faziam para não perder detalhe algum. Sophie fuzilou-os com o olhar, depois falou mais baixo:

— Você está sendo ridículo. Ambos precisamos pensar no que fazer se Suzanne pensa que só vamos notá-la se ela tirar notas boas. Já tentei lhe dizer isso antes: nós a pressionamos demais falando sempre sobre como ela é inteligente.

— Eu pressiono, é o que você quer dizer.

Sophie não conseguia acreditar que ele fosse capaz de ser tão egocêntrico. Na verdade... não, ela acreditava sim.

— Ah, sim, é *você* que pressiona. Tudo o que você diz sobre ela é: "Esta é a Suzanne, ela é a boa aluna, vai ser médica." Ela provavelmente pensa que essa é a única coisa importante que tem.

— Não me venha dizer que a culpa é minha. — Matthew voltou a falar alto. — Só porque eu saí de casa, não quer dizer que sou um mau pai.

Sophie virou-se para olhar para o homem e a mulher atrás deles, que já nem estavam mais tentando fingir que não estavam ouvindo.

— Posso ajudá-los? — indagou ela, sorrindo de um jeito ligeiramente maníaco. O casal olhou para o outro lado, envergonhado.

— Não, por favor — insistiu Sophie. — Sintam-se à vontade para participar.

— Talvez nós devêssemos marcar um dia para discutir isso mais a fundo — disse a Sra. Mason —, em particular.

— Boa idéia — disse Sophie, levantando-se e praticamente arrastando Matthew com ela. — Eu ligo amanhã para a senhora. E vocês dois, por que não nos seguem até lá fora? — disse ao casal atrás deles. — Seria uma pena vocês perderem o final do capítulo.

Eles abriram caminho na multidão e saíram para o pátio, o rosto de Sophie vermelho de tanta vergonha. Quando contornaram uma esquina que não podia mais ser vista das amplas janelas do auditório, ela virou-se para Matthew, furiosa:

— Como teve coragem de fazer aquilo?

— Ah, entendi, agora é tudo culpa minha...

— Como ousa me envergonhar assim diante de todas aquelas pessoas... mais especificamente, todas aquelas pessoas que são pais dos amigos da Suzanne? E da professora dela? E ainda mais importante, como ousa pensar que estávamos falando de você, e não de sua filha? Cresça, Matthew. O mundo não gira em volta de você, não.

— Ela estava tentando me acusar de ser um mau pai — replicou ele. — O que ela tem com isso? Aposto minha vida que é uma solteirona e mora só com dois gatos.

— Não estávamos falando de você. — Sophie percebeu que estava gritando e tratou de abaixar o volume. — Que droga, é sempre assim. Alguém estava tentando nos dizer que Suzanne talvez tenha um problema, e tudo em que consegue pensar é em si mesmo...

— Porque todos estão tentando pôr a culpa em mim...

— CALA A BOCA, CALA A BOCA, CALA A BOCA!

Matthew calou-se, assustado. Sophie continuou:

— Muito bem, então o que quer que eu diga? Sim, a culpa *é* sua. Você passou anos elogiando a menina quando ela se dá bem nas provas e dizendo a todos que ela é muito inteligente e coisa e tal, e um dia você simplesmente nos abandona sem qualquer aviso, de modo que ela agora está pensando que foi porque não se esforçou o suficiente. Não é preciso ser psicólogo para entender isso. Mas é minha culpa também, porque não vi como a situação está feia.

— Achei que elogiá-la fosse bom. Queria que ela sentisse orgulho de si mesma.

A voz dele ficou entrecortada, e Sophie percebeu, constrangida, que ele estava chorando. Passou a falar mais baixo.

— Claro, é bom, mas não seria melhor elogiar o esforço dela, não os resultados? Se ela tirar nota ruim, mas tiver se esforçado ao máximo, é tão bom quanto tirar dez. Isso é óbvio, não?

Matthew concordou, dando uma fungada. Sophie viu lágrimas nas faces dele e precisou resistir à vontade de enxugá-las. Ele às vezes parecia uma criança.

— Achei que era uma coisa que ela fizesse sem esforço.

— Agora sabemos que não é. E para ser franca, se fosse, então isso seria mais um motivo para achar alguma outra coisa para elogiar. Elogiar alguém por ser naturalmente inteligente é como elogiar alguém por ser bonito. Como elogiar alguém por ganhar na loteria.

— Ela deve me detestar. Sou um pai de merda.

— Ai, Matthew, pelo amor de Deus. Sabe muitíssimo bem que ela quer sua aprovação porque o adora. Só precisa começar a incentivá-la elogiando alguma coisa que ela não faz bem. Não fale nos testes. Tudo vai dar certo. Vou conversar com ela também. Tá?

Ela olhou para ele, e Matthew pareceu ter se recobrado um pouco, mas então seu rosto contraiu-se, e ele soltou um gemido que parecia uma sirene de patrulhinha começando a tocar.

— Sinto tanta saudade delas...

Sophie acariciou-lhe o braço, reconfortando-o, mas ao mesmo tempo ficou profundamente irritada. Aquela situação era exclusivamente culpa dele.

— Foi opção sua — disse ela, tentando fazer a voz parecer tão isenta de ânimo quanto possível. Esperou ele retrucar, mas ele não estava mais para briga.

— Elas detestam ir me visitar no fim de semana, eu sei. E a Helen também detesta. Quero dizer, ela as tolera, mas sei que preferiria que eu as levasse a algum outro lugar.

Sophie ficou mordida ao ouvir isso — como aquela mulher ousava rejeitar suas filhas? —, mas não ia deixar o Matthew escapar tão fácil.

— Você não precisava sair de casa, esse é o cerne da questão. E por mais que tentemos protegê-las disso, as meninas sempre vão achar que você preferiu ficar com Helen a ficar com elas. — E eu também, pensou, obrigando-se a não dizer isso.

— Eu estraguei tudo de novo, não foi? Sempre serei um fiasco como pai. — Agora ele estava soluçando, e os pais que estavam atravessando o pátio a caminho de seus carros olhavam para eles, tentando entender o motivo daquele drama. Sophie não queria tripudiar de Matthew quando ele estava tão para baixo, mas não deu para resistir.

— Como eu disse, a escolha foi sua. Tinha uma família que amava você, mas isso não bastou. Você não pode ter tudo ao mesmo tempo, Matthew, ninguém pode.

— Vou compensá-las por tudo isso — respondeu ele.

— Só não tente comprá-las, sim? Nada de gatos e maquiagem e sabe-se Deus mais o quê. O que elas querem é seu tempo, sua atenção e sua aprovação. E, para ser franca, Helen provavelmente tem razão, você devia levá-las a algum outro lugar, porque não pode obrigá-las a gostar dela por enquanto. É cedo demais.

Ele concordou, com um jeito de causar dó, enxugando os olhos na manga, como se fosse uma criancinha.

— Tá bom.

— Onde está seu carro? — perguntou Sophie. — Devia ir para casa.

21

— ENTÃO... SOBRE SANDRA HEPBURN — disse Laura, abrindo a reunião de troca de idéias semanal. — O que me dizem?

— Que tal umas fotos "oportunistas" dela fazendo compras com as meninas, mas sem calcinha porque se esqueceu de colocá-la? — sugeriu Alan. — Sabe, aquele negócio de sainha curta, dia de vento...

— Está se oferecendo para ser o fotógrafo? — perguntou Helen, que estava lá, tomando notas. Alan fuzilou-a com os olhos.

— Vamos ser francos — disse Laura. — Não seria uma coisa inédita. Não, acho que vamos ter de tentar mostrar um outro lado dela.

— Encontro com alguém da alta? — foi a proposta de outra pessoa. — Simon Fairbrothers vai lançar uma nova série. Talvez fosse boa publicidade.

— Ou Annabel de Souza? Lésbicas estão na moda agora.

Mas que droga, pensou Helen, essa gente ganha o triplo do que eu ganho, e as melhores idéia que eles sugerem são as que eu rejeitei logo de cara. Ela quase pulou ao perceber que Laura a chamava.

— Hein?

— Por acaso teve chance de pensar no assunto? Alguma idéia?

Helen percebeu seis pares de olhos críticos voltando-se para ela, enquanto as pessoas que se achavam as mais criativas na empresa — aliás, era para isso que eram pagas — procuravam disfarçar sua completa falta de interesse por qualquer coisa que ela tivesse a dizer. Também percebeu que tinha se esquecido totalmente de Sandra Hepburn.

— Hã...

Merda. Pense rápido, mulher.

— Não... me desculpe.

Ela ficou muito corada, mas depois entendeu que, felizmente, o refletor tinha passado dela para outra pessoa tão rápido quanto a havia focalizado, e Laura estava pedindo a todos para continuarem pensando. Porcaria, pensou ela. Droga.

Mas o pior ainda estava para vir. Passando para outro tópico, Laura anunciou a todos que tinham um novo cliente: Leo Shallcross, filho de Matthew, que estava para inaugurar um novo restaurante e precisava de uma campanha publicitária e da organização de uma inauguração. Matthew, segundo Laura explicou, achava que seria mais adequado alguma outra pessoa tratar da conta do filho, que seria de curta duração e não renderia muito (Matthew tinha insistido em que lhe fosse dado um desconto especial), mas era um daqueles favores que todos precisavam fazer de vez em quando.

— Vou pedir a Helen que consiga todas as informações e passe para vocês esta tarde. Certo, Helen?

Mas Helen estava de olhos pregados na mesa, o rosto muito pálido. Sentiu enjôo. Isso não podia estar acontecendo. O que significaria isso? Que ele viria a reuniões na empresa? Que, como assistente particular de Laura, ela precisaria organizar essas reuniões e... ah, droga, até comparecer a elas e tomar notas? E então, o que aconteceria? Era absolutamente terrível contemplar a forma como sua vida então se despedaçaria se Leo descobrisse quem ela realmente era. Ela desejou ter férias para tirar. Ou talvez fosse melhor simplesmente ir embora agora mesmo, quem sabe? O que eles poderiam fazer, a não ser suspender seu pagamento? Ou deixar de lhe dar uma carta de referência? Ela nunca seria capaz de explicar aquilo a Matthew. Tudo bem, ela só teria de ficar atenta, ligar avisando que estava doente toda vez que soubesse que ele iria lá. Sentiu-se exausta só em pensar nisso. Era demais.

— Você está bem? – perguntou-lhe Laura.

— Estou sim – disse ela, baixinho.

Depois da reunião, Laura tocou o braço de Helen, achando que ainda estava aborrecida por causa da história de Sandra Hepburn.

— Desculpe – disse ela. – Não tive a intenção de pôr você na berlinda daquele jeito.

— Não tem nada não – disse Helen, desesperada. – Eu devia ter vindo com alguma idéia já pronta.

— Por quê? Você viu as idéias dos outros... nenhum deles tinha nada de original a dizer, e essa é a função deles.

Helen foi até a cozinha minúscula da empresa para fazer torradas e esconder-se durante 5 minutos para se acalmar e encontrou Matthew lá, esperando a chaleira ferver. Ele gostava de parecer democrático, de modo que de vez em quando fazia chá para Jenny e ele, e esta manhã estava procurando dar a impressão de ser um cara positivo, porque ele e Helen tinham batido boca na noite anterior quando ele chegou em casa da reunião de pais na escola. Ele estava assobiando, uma das coisas que Helen mais detestava, e assim que ela meteu o pão na torradeira, convencida de que ele estava fazendo aquilo só para irritá-la.

Matthew tinha voltado da escola cedo, meio desconfiado. Estava calado e taciturno, e quando Helen tentara fazê-lo contar qual era o problema, ele lhe disse que não queria que ela estivesse em casa quando Suzanne e Claudia viessem no fim de semana. "Mas esse aqui é o meu apartamento", dissera ela, e aí ele tinha se zangado e gritado com ela, acusando-a de não ligar para o relacionamento dele com as filhas. Eles tinham ido para a cama, se levantado e ido para o trabalho sem conversar um com o outro, e ela ainda não tinha conseguido descobrir o que havia causado tudo aquilo. Agora estava uma fera por ele não ter mencionado Leo e o restaurante a ela, embora não conseguisse pensar, por mais que se esforçasse, em um bom motivo que o obrigasse a contar isso a ela, ou, se fosse honesta consigo mesma, o que teria feito se ele tivesse lhe dito isso.

— Dá para parar? — disse ela, os lábios contraídos, enquanto ele assobiava algo que lembrava o tema do filme *Dam Busters*. Ela decidiu voltar para sua mesa, apesar dos vários lembretes na parede avisando às pessoas que torradeiras causavam incêndios se não fossem vigiadas. Helen muitas vezes perguntara a si mesma quem fazia esses avisos, que apareciam de uma hora para outra: "Sua mãe não trabalha aqui; por favor, limpe tudo depois de terminar", "Por favor, não deixe pratos sujos na pia", e aquele do qual ela mais gostava: "Os faxineiros não são pagos para lavar seus pratos." Ela sempre havia torcido para pegar alguém no ato de pregar um deles, só para poder perguntar exatamente para que serviam os faxineiros, uma vez que eles vinham todo dia trabalhar, mas quando saíam tudo parecia continuar imundo. Helen sentou-se e mexeu em alguns papéis espalhados sobre a mesa, depois se levantou outra vez e voltou para onde estava Matthew.

— Por que não me disse que íamos pegar a conta Leo? — perguntou ela, acusadora.

Matthew fez cara de surpreso.

— Porque não estávamos falando um com o outro — disse com a maior calma. — Ele me ligou hoje de manhã. Por que está tão aborrecida com isso, posso saber?

Ela detestava quando ele agia assim, tão calmo e racional, quando ela sabia que ele só estava querendo melhorar o clima.

— Porque... eu me senti uma burra naquela reunião que tivemos para trocar idéias. Eu não sabia nada sobre o assunto, quando todo mundo já sabia... você entende... estamos juntos e tudo mais.

— Bem, não achei que tivesse importância nenhuma, dadas as circunstâncias.

— Mas acontece... que tinha — disse Helen, emburrada.

— Sua torrada está queimando — disse Matthew, só para incomodá-la, olhando por cima do ombro dela.

— Ai, quer saber, que se dane a torrada. — Helen virou-se e saiu da cozinha, pisando firme.

— Helen, deixe de ser infantil — gritou Matthew, às suas costas, alto o suficiente para qualquer um que passasse por ali ouvir.

De volta ao seu computador, ela encontrou mais um e-mail de Helen-da-Tesouraria. Leu a primeira linha, que parecia ser o início de um relato detalhado de seu telefonema para Geoff na noite anterior. Helen fechou a mensagem, sentindo-se... o quê? Cansada, preocupada, desinteressada demais para ler até o fim. Jenny e Annie estavam se achando engraçadíssimas, oferecendo uma à outra um saco de amendoins e fazendo a maior algazarra por causa disso, de modo que Helen-da-Tesouraria pudesse escutar, mesmo através da divisória de vidro.

— Quer amendoim, Annie?

— Não, obrigada. Prefiro mesmo é uma cenoura. Ha, ha, ha.

— É mesmo? Não sei por quê, mas tinha a impressão de que você era daquelas que gosta de ser torrada sem manteiga.

Elas morreram de rir de sua própria criatividade. Aquilo não era nem piada, pensou Helen. Era o mesmo que dizer: "Clitóris? Não, prefiro pênis, obrigada. É mesmo? Pensei que você gostaria de ser currada por uma gangue de jogadores de futebol." Não fazia sentido, mas Jenny e Annie se dobravam de tanto rir, e Jamie também estava com um sorriso malicioso na cara.

Vou ficar maluca neste lugar, pensou Helen. Vou descolar uma AK-47 e triturar todo mundo, rindo enquanto faço isso. Notou um monte de papéis que Laura tinha colocado em sua mesa. Sobre eles havia um bilhete dizendo: "Eis os detalhes importantes sobre o lançamento de Leo Shallcross. Por favor, organize tudo e prepare um documento para distribuir para a equipe. Além disso, poderia ligar para o Leo e agendar uma vinda dele aqui? Obrigada." Ela sabia que isso ia acontecer, mas foi a gota d'água. Era demais, aquela situação absolutamente ridícula na qual ela tinha se metido. Não tenho como administrar tudo isso, pensou; simplesmente não dá pra mim. Tentou respirar fundo para se acalmar, mas percebeu que seus lábios estavam tremendo, e antes que pudesse se levantar e fugir para o banheiro para poder se esconder, sentiu lágrimas começarem a brotar nos cantos de seus olhos. Enxugou as faces, tentando conter o choro antes que todos notassem. A última coisa que ela queria era que aquelas mulheres a vissem chorar — isso seria como um antílope dizendo a um bando de leões que estava com a perna quebrada e pedindo para os felinos assinarem o gesso. Infelizmente, porém, as lágrimas já estavam rolando, e seu nariz estava começando a escorrer. Ela nem mesmo tinha um lenço de papel atrás do qual se esconder. Não podia fazer nada, a não ser se levantar e atravessar a sala às pressas, torcendo para ninguém perceber.

— Ah, não — ouviu Jenny gritar para ela enquanto saía. — O Matthew não deixou você, deixou?

— Quem sabe ele não encontrou uma um pouquinho mais jovem? — disse Annie, e ambas desataram a rir.

Uma vez no banheiro, ela se trancou em um dos boxes, sentou-se na tampa da privada e começou a chorar. Soluços dos bons, de sacudir os ombros, que não conseguia controlar. Helen raramente chorava. Quase nunca, na verdade, e quando chorava invariavelmente era de frustração em vez de tristeza. Agora não conseguia se controlar.

Ela ouviu a porta externa se abrir com um rangido e prendeu a respiração para não fazer barulho. A última coisa que queria era alguém tentando consolá-la, e sabia, sem a menor sombra de dúvida, que Helen-da-Tesouraria era a única pessoa que se preocuparia em tentar. Efetivamente, ouviu a voz da outra Helen chamando-a. Mas que coisa mais ridícula e humilhante os papéis delas haverem se invertido dessa maneira. Ela ficou absolutamente calada. Helen-da-Tesouraria estava falando com ela exatamente do jeito que ela tinha lhe falado: "Só vou sair quando você sair." Tentando fazer o máximo para ficar quieta, ela vagarosamente ergueu os pés do chão e equilibrou-se sobre a tampa da privada, as pernas dobradas, os braços em torno dos joelhos. Ficou assim, absolutamente imóvel, até suas costas começarem a doer, e então, exatamente quando se cansou de vez, ouviu a porta externa abrir e se fechar de novo. Coitada da Helen-da-Tesouraria, pelo menos tinha tentado. Helen percebeu, aliviada, que ao concentrar todo o seu esforço em permanecer escondida, tinha parado de chorar.

Continuou sentada ali mais alguns instantes até ter certeza de que não ia começar a chorar outra vez, depois abriu a porta com o máximo cuidado e espiou para se certificar de que estava sozinha. Enquanto lavava o rosto com água fria, tentou decidir o que fazer. Podia ir para casa escondida e alegar que não estava se sentindo bem, mas isso só adiaria o inevitável. Ela então decidiu tentar apelar para o lado solidário de Laura: simplesmente explicaria que era absolutamente impossível para ela entrar em contato com Leo, pois ela era a mulher que tinha virado amante do pai dele. Digitaria tudo sobre ele e levaria as minutas às reuniões em que trocavam idéias, mas não queria encontrar-se com ele, nem comparecer a nenhum evento ao qual ele estivesse presente.

— Mas você vai ter de se encontrar com ele em algum momento — foi o que disse Laura, quando Helen terminou de expor seu problema, após retocar a maquiagem e passar pela sala das secretárias com a cabeça bem erguida, procurando fingir que não via as sobrancelhas erguidas da Jenny e o sorriso falso da Annie.

– Talvez tenha sido por isso que Matthew sugeriu que eu tratasse do assunto... para vocês dois poderem passar algum tempo juntos, quem sabe?

– Desculpe, Laura mas não é provável que ele tenha pensado dessa forma – disse Helen, nervosa. Perguntou a si mesma se devia tentar começar a chorar, mas sentiu que já tinha chorado tudo o que podia e, de qualquer forma, Laura provavelmente a respeitaria mais se ela continuasse procurando se controlar. Tentou usar outro argumento. – Sabe o que é, Laura – disse ela. – Matthew fica querendo apressar as coisas, e eu quero fazer tudo certinho, dar à família dele uma chance de me conhecer com o tempo, quando sentirem que está na hora. Francamente, acho que não é correto...

– Está certo, está certo – disse Laura, afinal. – Redija aquele documento, que eu peço a Jenny para ligar para ele.

– Obrigada, muito obrigada, mesmo. – Helen sentiu vontade de abraçar a mulher. – Estou mesmo muito grata a você.

– Talvez devesse dizer a Matthew o que sente. Isso evitaria discussões mais tarde.

– Vou dizer, sim. E muito obrigada, de novo. Desculpe-me por incomodá-la.

– Precisamos conversar – disse Helen a Matthew enquanto eles batiam as panelas na cozinha, só falando um com o outro para perguntar: "Pode me passar a frigideira?" ou "Está com a faca de pão?", depois de irem para casa sem falar nada no carro. Ela tinha passado a tarde refletindo sobre aquilo e sabia o que precisava dizer. – Matthew – chamou.

Matthew, ainda emburrado, mal tomou conhecimento dela e continuou picando legumes. Helen deixou de lado a toalha que estava segurando.

— Não está dando certo.

Ele não olhou para ela, mas ela viu que ele tinha parado, com a faca na mão, esperando o que ela ia dizer em seguida. Ela suspirou fundo. Pronto, é agora ou nunca.

— Quero me separar.

Ele ficou mudo, parado ali onde estava.

— Ouviu o que eu disse? Não quero mais morar com você. Não estou feliz, você também não está, e suas filhas estão infelizes. Sinto muito; gostaria que fosse diferente, mas isso está me deixando doida.

Ele virou-se devagar para ela. Parecia arrasado.

— O quê? Porque tivemos uma briguinha à toa, você já quer se separar? Assim, sem mais nem menos?

— Não tem nada a ver com a discussão — disse ela. — É que eu não estou conseguindo lidar com tudo isso... a desaprovação de todos, encarar essa de me sentir uma destruidora de lares.

— Está bem, me perdoe por ter dito que não queria que você ficasse aqui no domingo quando as meninas vierem. Não foi bem isso que eu quis dizer, só estava preocupado com a Suzanne...

— Acabei de dizer que não teve nada a ver com a nossa briga. É um problema muito maior do que um desentendimento. É que as coisas não estão correndo como eu imaginava. Não estou feliz.

— Ambos precisamos nos sacrificar; sempre soubemos disso. Não pode esperar que as coisas sejam perfeitas assim de cara. Precisamos nos adaptar.

Helen resistiu à tentação de dizer: "Mas eu não resolvi me adaptar; você foi que apareceu na minha porta sem avisar uma noite e eu tive que engolir o sapo." Em vez disso, falou:

— Quero minha vida como era antes.

— Sua vida? Que vida? — disse Matthew, sem ser agressivo, simplesmente curioso. — Já estamos juntos faz mais de quatro anos, eu sou a sua vida.

— OK, então quero outra vida. Uma vida sem ex-esposa, sem filhos dos outros e sem gente rindo de mim pelas costas...

— Ah, então é isso — disse ele, sem entender nada.

— Sente vergonha de mim porque sou bem mais velho que você; acha que as pessoas estão gozando você por isso...

— Não é nada disso, mas agora que mencionou, estão sim. — Helen olhou a cara de decepção dele. — Perdão. Perdão. Esqueça que eu falei isso. Como disse, não é esse o problema.

— Então qual é o problema? Você não gostar do fato de eu ter uma ex-esposa? Quem, eu diria, está sendo incrivelmente compreensivo e maduro com relação a toda essa situação e que não obrigou você a entrar em contato com ninguém, nem com as filhas, que você só vê uma vez por semana durante duas a três horas, e que, como eu disse ontem à noite, não precisa ver se não quiser? Pelo menos por algum tempo.

— Matthew, não precisamos mais brigar. Acabou. Não há mais nada entre nós.

— Você não me ama?

— Acho que não. Não amo mais você. Me perdoe.

— Mas você disse que me amava. Todas aquelas vezes. Você me suplicou para eu largar Sophie e me mudar para a sua casa. Acha mesmo que eu teria feito isso se não tivesse certeza absoluta de que você queria isso?

— Acho que não. Sinto muito, muito mesmo.

Matthew estava começando a se descontrolar.

— Helen, pelo amor de Deus, eu destruí a infância das minhas filhas para poder ficar com você porque pensei que era só isso que você queria.

— E era. Antes. Mas não é mais.

— Não pode mudar de idéia assim sem mais nem menos. Não somos crianças, essa é a vida real, uma coisa séria. Nós mexemos com a vida das pessoas. Não pode simplesmente me dizer: "Acontece que eu cometi um erro."

— Desculpe-me, mas vou ter que dizer isso sim.

— Não, Helen, não. Por favor, não faça isso comigo. Por favor.

Ela sabia, é claro, que ele reagiria assim, que cairia aos pedaços, fosse porque realmente a amava ou porque não era homem para encarar a humilhação que seria precisar admitir para todo mundo que tinha se enganado; e fincou pé, dizendo a si mesma para continuar resoluta e passar por tudo aquilo sem se deixar demover. Mas ao vê-lo suplicar assim, ao perceber que essa era muito claramente a última coisa que ele já havia esperado, com lágrimas escorrendo-lhe pelo rosto, Helen amoleceu.

— Por favor, não diga isso. Por favor — pediu ele, agarrando o braço dela. — Estou velho demais para recomeçar. Não conseguiria me reerguer. Estou lhe dizendo, eu cometeria uma loucura.

Ela precisou fazer força para reconhecer o homem poderoso e racional que sempre tinha dominado a relação deles naquele sujeito choroso e lamentável à sua frente. Caramba, pensou ela, fui eu que fiz isso com ele. Tentou evitar que ele a comovesse, enquanto ele a afagava, completamente desconcertado com o que ela havia lhe dito, mas não tinha jeito. Droga, ela não tinha forças para enfrentá-lo. Começou a acariciar lhe a cabeça, e ele, percebendo que a maré tinha virado, jogou-se sobre ela, os braços ao redor de seu pescoço.

Ela sabia que devia dizer-lhe para se afastar dela e fazer as malas. Mas não conseguiu.

— Está bem — disse, então. — No fim tudo se ajeita.

22

HELEN ESTAVA COM MEDO de se encontrar com Sophie na noite de quarta-feira. Sabia que Leo teria conversado com ela – sobre o fato de ela não poder fazer a divulgação do restaurante dele, pelo menos – e sabia que ia precisar explicar-se de alguma forma. Pensou em cancelar, mas como Rachel estava assistindo vídeos em casa com Neil e uma quentinha de comida chinesa, não ir ao encontro significaria passar outra noite no sofá com Matthew, algo que simplesmente não ia dar para ela encarar. Além disso, seu lado masoquista estava desesperado para escutar exatamente o que Leo tinha dito.

Ela havia passado o dia em uma espécie de transe. Estava vivendo um pesadelo, e o que piorava tudo era que ela mesma havia pedido para passar por isso e que nada indicava que o pesadelo estivesse perto de acabar. Helen tinha chegado bem perto mesmo de se livrar de tudo. Tinha conseguido dizer a Matthew que estava terminado, que não o amava afinal de contas. Se tivesse conseguido segurar as pontas apenas mais uns minutinhos – mas talvez o fato de não ter conseguido significasse que ela era uma pessoa melhor do que pensava. Excelente, precisou tudo isso para eu perceber que sou legal. Aleluia. Dêem-me uma medalha e deixem-me voltar a ser como era antes, durona, chutando areia na cara das criancinhas, pisando no rabo dos cachorrinhos e capaz de dispensar um namorado pelo qual não sinto mais nada. Ela até pensou em fugir de novo, mas para quê? Não ia ter onde morar, nem dinheiro, nem emprego. Laura havia avisado a ela que Leo iria ao escritório no dia seguinte para uma reunião preliminar. Meio-dia e meia. Ela havia pedido para sair cedo para o almoço, e Laura, relutante, havia concordado. Tinha meio que esperado ouvir notícias dele — não dava para imaginar por que —, mas perturbou-a o fato de ele ter aceitado não trabalhar com ela com aquela facilidade toda, muito embora sua vida fosse se tornar muito mais difícil se ele não tivesse concordado. Ah, sim, disse a si mesma, aquilo obviamente não era grande coisa para ele, não devia estar lisonjeada por ser. Mesmo assim, ficou grilada.

O escritório estava silencioso. A guerra entre Helen-da-Tesouraria e as bruxas tinha acabado ou, pelo menos, elas tinham feito uma trégua, e Helen estava se acostumando a ser mais ou menos deixada de lado pelos colegas de trabalho. De vez em quando saía um comentário meio atravessado, mas agora eles já estavam cansados do assunto. Ainda se notava uma onda de histeria toda vez que Matthew visitava a sala das secretárias, mas ele continuava sem notar nada e a cantar desajeitadamente todas as moças, interpretando suas risadas como incentivo. Só mais duas semanas e meia, e todos podiam ir para o inferno, pensou ela, olhando em torno de si e percebendo que não ia sentir saudades de ninguém ali.

Para tirar do pensamento o desastre em que havia se transformado sua vida, Helen procurou concentrar-se no problema de Sandra Hepburn. Sandra estava esperando uma indicação na categoria "Mulher mais Atraente" do Ace Awards por não ter talento algum que se notasse, mas a concorrência nesse campo era das mais acirradas. Ela precisava fazer alguma coisa para se destacar na multidão de mocinhas lindas, mas sem talento. Helen fez uma lista.

Pontos fortes da Sandra:

Seios

Ela mordeu o lápis e tentou pensar em outra coisa, mas não conseguiu. Portanto, em outra folha de papel começou a fazer uma lista com os "pontos negativos":

Não é talentosa
Não tem carreira
Ninguém gosta dela
É feia

Excelente começo, pensou. Aí riscou "feia" e trocou para "sem graça". Tentou analisar a situação, fazendo anotações enquanto isso. Achava que as principais concorrentes iam ser jovens atrizes de telenovela e uma ou outra cantora pop. Havia centenas de garotas lindas por aí. O problema de Sandra, para ser absolutamente franca, era que a mulher não era bonita nem tinha uma personalidade fascinante. Era só uma moça que tinha seios grandes, e gostava de mostrá-los junto com qualquer outra parte do corpo que convenientemente aparecia quando havia fotógrafos por perto. Se ela não fizesse isso, ninguém nem ia notá-la, porque não havia nada para notar. Seu desespero é que a tornava famosa, mas era o pior tipo de fama. Era desprezada pelas mulheres e ridicularizada pelos homens, que faziam vários comentários nas festinhas, tais como "Upa!", as alças se desamarraram ou "Ai, meu Deus, que vergonha", os seios dela à mostra de novo. Sandra gostava de se descrever como modelo, e com isso queria dizer que tinha tirado fotos de página inteira com as pernas totalmente abertas para algumas das piores revistas pornográficas do mercado, revistas que não tinham dinheiro para retoques, acompanhadas pelos Pensamentos da Rainha Hepburn: "Adoraria participar de um *ménage à trois* com outras garotas sensuais", ou "Sou de trepar quatro vezes por noite". Basicamente, era só um clichê gigantesco que vivia de quase nada.

Desde que Helen começara a trabalhar na Global, dezenas dessas meninas tinham passado pela lista de clientes. Dava para sentir a ambição delas, mas, de certa forma, elas eram o sonho de uma empresa de publicidade, porque fariam qualquer coisa no mundo para virar notícia. No entanto, tudo sempre acabava mal, e aí a próxima vinha, e o público concentrava sua atenção nela. Então se passavam meses de ligações telefônicas revoltadas ("Pra que eu estou pagando a vocês?"). Depois vinham as lágrimas ("Pelo amor de Deus, o que eu vou fazer agora, hein?"), até que finalmente elas eram dispensadas e nunca mais se ouvia falar nelas. Sandra estava chegando ao fim de seu ciclo, mas Helen ainda tinha um fraco por ela: era sempre educada, nunca perdia a cabeça, e declarava com toda a franqueza até que ponto iria para evitar um emprego de verdade. Sua ambição só consistia em ser famosa e popular. Até ali ela tinha conseguido apenas fama.

Helen percebeu, surpresa, que os últimos 15 minutos tinham voado e que ela estava até se divertindo. Sempre tinha desejado ter um emprego que a absorvesse totalmente, sempre tinha invejado gente como Matthew, que dizia que os dias passavam voando de tanto que se envolviam em seu trabalho. Começou a entrar naquele seu clima habitual de autopiedade, tipo "eu devia ser mais competitiva" mas se recuperou a tempo. Concentre-se, pensou.

Bem, Sandra nunca venceria uma indicação sem um "jeitinho". Ela se transformaria em uma piada nacional, e mesmo se alguém realmente gostasse dela, seria forçado a admitir que ela era o fim da picada por medo de alguém rir na sua cara. Portanto, a tarefa da Global, anotou Helen em seu bloco, era modificar sua imagem no mercado, fazendo dela alguém que era bacana considerar atraente. Eles tinham duas semanas para fazer as pessoas começarem a dizer: "Na verdade... quando se olha para ela de perto, até que ela não é ruim." Ela não sabia cantar, não sabia representar, não sabia nem falar direito, pelo amor de Deus. A única coisa que ela tinha era sua aparência, bem, para ser franco, do pescoço para baixo, e mesmo isso não era nada assim tão excepcional ainda que eles pudessem trabalhar no sentido de legitimar suas afirmações de que era modelo. Afinal, se os jornais dissessem com bastante freqüência que ela era modelo, as pessoas começariam a acreditar nisso, por mais improvável que fosse. Portanto, eles precisavam providenciar para ela uma sessão fotográfica de top model. Claramente, fotógrafo algum ia se interessar em tirar fotos dela de roupa, pois isso atrairia muita atenção para o seu rosto. E nenhuma das revistas de moda de nome iria querer saber dela. A menos que... espera aí um pouco...

Helen sorriu para si mesma. Ela adorava essa sensação, quando do sistematicamente se repassam os problemas e se encontra uma solução. Era como ser detetive: a pessoa examina as provas e pronto, atina com a resposta. Uma ligação telefônica depois, ela já estava prontinha para apresentar sua idéia a Laura, mas quando se levantou e se virou para afastar-se da mesa, quase deu um encontrão em Helen-da-Tesouraria, que estava uma pilha de nervos, parada atrás dela, esperando. Helen fez força para sorrir.

— Você está bem?

— Sim — respondeu Helen-da-Tesouraria, nervosa —, mas eu estava me perguntando se você gostaria de ir almoçar comigo, se estiver sem compromisso, claro.

Helen ficou passada. Seu humor, que tinha melhorado consideravelmente durante a última meia hora, piorou de novo. Tratou de revirar o cérebro em busca de uma desculpa.

– Ai, Helen, olhe, eu adoraria, mas... preciso ir falar com a Laura, é importante, e é o único horário disponível que ela tem o dia inteiro...

– Escute, se não quer ir, é só dizer – falou Helen-da-Tesouraria. – Por que a Laura saiu com o Matthew para comer um sanduíche, acabei de ver os dois.

– Ah, é? – Helen fez cara de decepcionada e tentou se recompor e parecer satisfeita, com um certo grau de sucesso.

– Ela deve ter se esquecido de me falar. Então está bem! Vou me encontrar com você lá embaixo dentro de 2 minutos. Só preciso ir ao banheiro – disse ela, louca para as outras não verem as duas, as párias da firma, saindo juntas.

– É genial – Laura sentou-se atrás da sua mesa, sorrindo para Helen. – Não, estou falando sério, é coisa de gênio, menina. E ela vai amar.

A idéia de Helen era belissimamente simples. Partia do conceito de que, se os jornais se referissem a Sandra como modelo com bastante freqüência, as pessoas começariam a acreditar nisso. Ela já tinha visto muitos e muitos comunicados da Global à imprensa falando da nova namorada de um cliente como se ela fosse "ex-modelo", quando, na realidade, ela só tinha sido fotografada para um catálogo de roupas para meninas de 15 anos ou feito um desfile da loja de departamentos local quando tinha 8. Os tablóides sempre acreditavam nessas coisas. Obviamente era tarde demais para Sandra alegar que tivera algum tipo de passado glamouroso, mas e se pudessem publicar uma declaração dizendo que ela tinha ido tirar fotos com um fotógrafo da *Vogue*? E se pudessem publicar algumas fotos como se fossem clandestinas – a uma distância discreta, claro, para evitar que os defeitos óbvios da Sandra apare cessem muito, mas claramente mostrando que eram fotos de moda e não pornográficas? Tudo bem, a *Vogue* jamais publicaria as fotos – aliás, nem sequer saberia que elas existiam. Tudo bem, o fotógrafo, Ben Demano, também não era da *Vogue*, era um cliente da Global que tinha acabado de sair de uma clínica de reabilitação de drogados e estava fazendo a maior força para que alguém apostasse nele, pois todos achavam que ele ia ter uma recaída. Tudo bem, Sandra pagaria pelo privilégio de ser fotografada por ele. Mas os dois sairiam ganhando – Sandra conseguiria sua publicidade positiva junto ao público, e Ben ia receber pelo trabalho e também apareceria nos jornais, para mostrar a seus ex-empregadores que não só estava vivo, como também trabalhando. A data de publicação das fotos ia ficar em suspenso, e quando alguém percebesse que jamais seriam publicadas em nenhuma revista de moda que se prezasse, o prêmio já teria sido concedido, e isso não importaria mais. Tudo o que Sandra só precisava fazer era concordar em pagar 3 mil libras, o preço da alma do Ben.

– Ela vai concordar na hora, aposto que vai – disse Laura. – Excelente trabalho. Francamente, muito bom mesmo.

Durante o resto do dia, o humor de Helen oscilou entre o entusiasmo por ter conseguido se sair tão bem – Laura tinha ligado para Sandra, que nem piscou ao saber quanto ia ter que pagar, embora só Deus soubesse onde ela ia conseguir a grana (provavelmente outra sessão fotográfica pornô, pensou Helen) – e o desespero pela confusão em que havia se metido. Dedicar-se ao trabalho assim fez com que ela se lembrasse de que realmente precisava começar a procurar emprego, embora ela não tivesse coragem para fazer isso. Ia pegar uns bicos por enquanto, até ver o que havia na praça.

Sophie já estava lá quando Helen chegou – uma adega perto da estação do metrô de Russell Square. Helen tinha parado de se questionar sobre por que ia se encontrar com sua ex-rival para beber e bater papo, aquilo simplesmente tinha virado parte de sua rotina. Uma coisa pela qual ela até sentia expectativa. E quando se permitia perguntar a si mesma o que, diabos, estava fazendo, tratava de empurrar o questionamento porta afora, porque a verdade era que ela não fazia idéia. Elas se cumprimentaram de um jeito agradável, mas Helen logo viu que a amiga não estava lá muito bem e, de fato, assim que pediram as bebidas, Sophie foi direto ao ponto.

— Só preciso saber uma coisa — disse ela num tom meio ameaçador. — Tenho certeza de que tem seus motivos, mas por que você disse ao Leo que tinha namorado?

Helen esperava uma conversa sobre o motivo pelo qual ela não ia mais fazer a campanha de Leo, mas não essa. Precisou pensar rápido.

— Hã... porque eu tenho, de certa forma. Bom, na verdade não, já terminou, e eu disse a ele que terminou, mas ele não quer aceitar. Eu me considero totalmente solteira, e por isso nunca lhe contei sobre ele, mas a situação está complicada demais para que eu espere que alguém mais se envolva. Certamente ninguém de quem eu goste.

O rosto de Sophie revelou alívio. Ela aceitou o que Helen estava lhe dizendo na hora, porque Sophie era assim: aceitava as pessoas de graça e sempre queria pensar o melhor daqueles de quem gostava — o que, de certa forma, era um tiro que sempre saía pela culatra.

— Eu sabia que você não estava só querendo fazer um joguinho sujo com ele. Ai, Eleanor, espero que eu não tenha piorado as coisas dizendo a ele que pensava que você fosse solteira, mas fiquei muito surpresa quando ele me contou o que você lhe dissera, e aí...

— Não esquenta — disse Helen, sentindo-se na pior. — Não faria diferença alguma mesmo. Até eu resolver minha vida, acho que devo manter o Leo a distância. Para a gente não começar a se aproximar demais, sabe?

– Então é por isso que não vai dar para fazer o trabalho dele? Ou você está mesmo muito ocupada?

– Só não acho que devamos nos colocar em uma situação potencialmente difícil. Portanto, sim, menti, sinto muito. Mas acho que foi menos complicado assim. Estou muito chateada por tê-lo deixado consternado... ou se coloquei você em uma situação meio esquisita...

– Eu realmente gosto do Leo; é esse o problema – disse Sophie.

– E adoraria vê-lo feliz em um relacionamento, principalmente com alguém de quem eu pudesse ser amiga, mas preciso parar de tentar bancar o cupido para ele. Escute, vou dizer a ele que a história do namorado é verdade, para ele não pensar mal de você...

– Obrigada. – Isso deveria ter feito Helen sentir-se melhor, mas não fez. Que diferença fazia se Leo gostava dela ou a odiava, se ela nunca ia poder ser namorada dele agora?

– E aí – começou Sophie depois –, me fala desse cara. Qual é o nome dele? Como ele é?

Ih, ferrou. E agora?

– Para dizer a verdade, detesto falar nisso – disse Helen, sem a menor convicção.

– Isso eu já percebi. Ele mora com você?

– Ah, pode-se dizer que sim. Eu gostaria que ele fosse embora.

Como é que eu passei a ser o assunto dessa conversa?, pensou Helen, procurando desesperadamente encontrar uma forma de falar de outra coisa.

– Meu Deus! – Sophie ainda estava encantada com o assunto. – Não dá para você simplesmente jogar tudo o que é dele na rua e trocar as fechaduras?

– Bem que eu queria. Mas não dá. Ele não fez nada de errado eu só não... não quero mais namorar com ele. Não é culpa dele.

243

— Você é boa demais — disse Sophie, absolutamente sem perceber a ironia de suas palavras.

— E você, o que anda fazendo? — indagou Helen, procurando mudar de assunto. Tentou se lembrar se Sophie tinha mencionado a tal reunião de pais da última vez que haviam se encontrado, mas decidiu não arriscar. Aliás, nem precisava, pois foi a primeira coisa que Sophie falou.

— O quê? Essa Helen disse mesmo que não gosta que as meninas vão lá? — Helen estava incrédula. Mas que safado. Pintando-a como uma inimiga (sim, sim, sim, ela era, sabia disso, mas mesmo assim), para poder se safar.

— Ora, foi isso que ele deu a entender. Quero dizer, tudo bem, é difícil conhecer os filhos de outra pessoa, mas mesmo assim... Para ser franca, porém, adoraria que elas não fossem visitá-la durante algum tempo. Tenho a sensação de que ela está tentando comprá-las, e isso me deixa nervosa. E se ela conseguir?

— Talvez ela não tenha muita experiência com crianças. Sabe, às vezes as pessoas não sabem bem o que é melhor fazer. Não estou defendendo a mulher, veja bem — disse Helen, sabendo que estava fazendo justamente isso.

— Bom, de qualquer forma, não sei o que vai acontecer. Ele vai precisar levá-las ao zoológico ou coisa assim.

— O quê, toda semana?

— Sei lá... ao parque, então.

— Porque não deixa que ele vá visitá-las em sua casa? — Helen agora estava entrevendo longas tardes diante da TV, paz e tranqüilidade, sem faniquitos de adolescente.

— De jeito nenhum — disse Sophie, acabando com o devaneio de Helen. — Não quero ter de sair toda tarde de domingo durante os próximos dez anos.

— Nem precisa. Escute, certamente é melhor para as meninas poderem ver vocês dois juntos, sem brigas...

— Mas nós iríamos nos sentir... quer dizer, é cedo demais...

— Você mesma disse que estavam se dando melhor... e é só uma tarde por semana. Qual a alternativa?

— Minhas filhas serem criadas no McDonald's ou por uma madrasta malvada, que as detesta — disse Sophie, relutante. — Talvez você tenha razão. Não vamos precisar fazer isso toda vez, acho. Talvez eu tente este domingo para ver como fica. Eu posso me esconder na cozinha, se ele estiver dando nos meus nervos.

— Talvez ele entenda que está fazendo falta e comece a desejar que nunca tivesse ido embora.

— Pois sim, duvido — disse Sophie. — Quer outro drinque?

Mais tarde, quando Sophie já tinha tomado mais algumas taças de vinho, ela disse:

— O Leo gosta mesmo de você, sabe? Acha que vai ligar para ele depois que se livrar do tal fulano? Qual é o nome dele?

— Hã... É Carlo — disse Helen, pensando, aí vamos nós de novo. — Sei lá, não quero pensar nisso, para ser franca. Ainda não.

— Bem, espero que pense. Espero mesmo. Aliás — continuou Sophie —, eu o convenci a deixar o Matthew fazer a campanha publicitária do restaurante. Não sei por que sinto necessidade de ajudar o Matthew em tudo. O que me importa se ele e o Leo vão reatar ou não o relacionamento pai-filho?

— Provavelmente ainda gosta dele.

— Não gosto, não!

— Deve gostar, não dá para se desligar assim sem mais aquela.

— Aquele babaca — disse Sophie com veemência.

Mais duas taças, e Sophie passou a um estado de sentimentalismo provocado pela embriaguez.

— Tem razão, ainda gosto mesmo dele. Sinto saudade dele — disse, os olhos cheios de lágrimas. — Não tanto dele, agora não, mas sinto falta da família reunida e de ter alguém com quem dividir as coisas. E sinto falta de pensar que tenho uma vida perfeita e que sou feliz. É isso que eu realmente detesto, o fato de ter me iludido todos esses anos. Pensei que fôssemos felizes, mas não éramos.

— Puxa, Sophie, sinto muito. — Helen disse isso com a voz ligeiramente pastosa, tentando ser sincera, mas cheia de culpa por ver a amiga assim por causa dela, ora... e de Matthew também. Aliás, ele era o único que devia lealdade e respeito a Sophie, mas ela era a terceira parte envolvida. Inegavelmente, Helen era a intrusa que tinha invadido a vida deles sem pedir licença e destruído seu casamento, embora, como Deus bem sabe, Matthew fosse perfeitamente capaz de ter feito isso sozinho. Helen não tinha a menor ilusão de que, se tivesse fechado a porta na cara dele, ele teria saído com a próxima mulher atraente que estivesse dando sopa. Aliás, sabia que não tinha sido a primeira a ameaçar o casamento de Matthew e Sophie. Ele havia lhe confessado, antes de morarem juntos, que quando Sophie lhe disse que estava grávida de Suzanne ele havia tido um romance passageiro com uma mulher que tinha conhecido na academia. Ao pensar no corpo de Sophie inchando até proporções irreconhecíveis, dissera ele a Helen (como se isso fosse uma explicação aceitável), que sentira vontade de dar em cima de sua personal trainer, de físico perfeito, com quem tinha marcado algumas sessões particulares de ginástica. O caso tinha durado apenas umas duas semanas, pois quando a trainer, cujo nome Helen não conseguia se lembrar, descobriu que a mulher dele estava grávida, deu o fora nele. Matthew tinha ficado preocupado com isso, segundo Helen se lembrava. Também recordava, desconfortavelmente, que na época tinha rido dessa história, porque odiava a mulher dele e adorava pensar que ele a tratava com um desrespeito daqueles. Agora lhe parecia que devia a Sophie uma explicação sobre tudo. O álcool convenceu-a de que devia fazer isso e que, uma vez que Sophie tivesse ultrapassado o choque inicial, Helen poderia expressar-lhe seu remorso, Sophie a perdoaria e tudo ficaria bem. — Puxa, sinto muito, muito mesmo... — recomeçou ela. Felizmente Sophie estava concentrada demais em seus próprios problemas para fazer uma pausa para respirar em seu monólogo.

— Pensei que ele me amasse, mas não era nada disso — disse ela, descobrindo que agora que havia começado a se abrir ficava difícil fechar as comportas. — Eu costumava olhar para nossos amigos e pensar: Sei que seu casamento não é tão bom quanto o nosso, sei que ele a irrita e que você está traindo seu marido, ou pensando em ir embora... Eu era uma convencida...

— Sinto mesmo, porém... — Helen ainda estava se esforçando.

— Quero que tudo seja como era antes — disse Sophie, fungando. — Quero que nós quatro voltemos a ser uma família. Não dá para recomeçar na minha idade, com duas filhas. Minha vida acabou, vou ficar sozinha para sempre.

— Não, não vai ser assim não... — Helen respirou fundo. — Sophie...

Sophie interrompeu-a.

— Aquela vadia intrometida. Piranha safada, sem-vergonha. Francamente, se eu a conhecer um dia, vou matá-la. Vou matá-la mesmo. Mal posso esperar. Ela para mim é uma desclassificada em gênero, número e grau. Pior que a mosca que pousou no cocô do cavalo do bandido. — Sophie fez uma pausa para respirar e notou que Helen tinha ficado calada demais. — Ai, cara, estou de porre, baixei o nível agora, não foi? Vou calar a boca. Juro. Me perdoe.

Mais tarde ainda, quando ambas estavam falando arrastado e tinham bebido quase uma garrafa e meia cada uma, Sophie disse:

— Tem outro motivo para eu querer que o Leo use a Global tanto assim, sabe? Não estava só tentando bancar a boazinha.

— Ah, é? – disse Helen, incoerente.

— Ele vai conhecer essa safada da Helen e vai poder me dizer como ela é mesmo de verdade. Já lhe pedi para dar uma boa olhada nela. Mulherzinha mais sacana.

— Sacana, sim, uma descarada – concordou Helen, bêbada demais para se preocupar.

E ainda mais tarde:

— Quero que ele volte para casa – soluçou Sophie, ao se despedirem. – Quero mesmo. Quero que ele volte para casa.

Às 3 horas da manhã, Helen acordou de ressaca, e o impacto total do que Sophie tinha dito bateu nela. "Quero que ele volte para casa." Era isso: o plano perfeito. Ela sabia que, quando sóbria, sua amiga jamais admitiria o que tinha dito quando bêbada, mas também sabia que lá bem no fundo ela devia estar falando sério. Se Matthew e Sophie se reconciliassem, ela teria sua vida de volta. Matthew não ia mais sofrer a humilhação de ser desprezado pela mulher pela qual tinha desistido de tudo – aliás, ele é que ia se sentir mal por ter decepcionado Helen –, e Sophie voltaria a ter sua família como era antes.

— Excelente – pensou Helen. – Sou mesmo uma gênia.

Ela só precisava inventar um jeito de fazer tudo acontecer sem que Sophie e Matthew descobrissem o que estava tramando.

23

HELEN ESPREITOU de sob as cobertas às 9 horas, meia hora depois de o alarme ter tocado. Matthew estava de pé aos pés da cama, com uma xícara na mão, Norman pedindo seu desjejum aos uivos.

— Trouxe um chá para você — disse Matthew.

— Obrigada — tentou responder, mas mal conseguiu emitir qualquer som compreensível. Sua cabeça doía, e ela sabia, mesmo sem olhar que tinha ido para a cama sem tirar a maquiagem. Percebeu, alarmada, que não conseguia se lembrar de ter chegado em casa na noite anterior. Sabia que tinha entrado em um táxi depois de despedir-se de Sophie, mas a partir daí, nada. Só Deus sabia o que ela tinha dito a Matthew. Ele parecia estar contente, porém, sorrindo indulgente para ela enquanto a esperava sair da cama. Ainda estava transbordando de gratidão por ela ter mudado de idéia na noite anterior, ameaçando sufocá-la com sua gratidão.

— Ressaca — disse ela com esforço.

— Vou pegar um Engov para você.

Matthew, graças a Deus, saiu do quarto, e Helen conseguiu ir tateando até a porta e entrar no banheiro como uma cega, onde estremeceu ao olhar-se no espelho e ver seu rosto todo manchado de rímel escorrido. Entrou direto no boxe, e deixou a água cair diretamente no alto de sua cabeça. Não teve força sequer para pôr xampu no cabelo. Só queria voltar para a cama e dormir o dia inteiro, mas sabia que hoje era um dia que ela não podia ligar para o trabalho dizendo que estava doente – pois era o dia da reunião de Leo, e Laura jamais acreditaria que ela tinha ficado em casa por qualquer outro motivo. O que tinha dado nela, afinal? Precisava se controlar quando estava com Sophie. E se tivesse acabado confessando todo o seu estúpido plano? Gostava da mulher, esse era o problema, de modo que se sentia à vontade no bar bebendo com ela. Percebeu que queria que ela fosse feliz. Na verdade, odiava o fato de estar investindo tanto assim em uma amizade destinada a terminar de repente dentro de algumas semanas. Adorava Rachel, mas estava gostando de ter outra amiga, uma mulher um pouco mais velha, com preocupações e responsabilidades diferentes, com a qual passar tempo. Seu isolamento no trabalho e a confiança cada vez maior de Rachel em Neil tinham-na feito sentir-se deprimida e solitária. Ela não tinha ninguém com quem conversar, pensou, cheia de autopiedade. Precisava de outra amiga, e definitivamente Sophie era uma amiga que escolheria ter, se pudesse. Sentiu uma contração no estômago e vomitou no vaso. Matthew bateu à porta.

— Tudo bem aí dentro? Quer que eu ligue para Laura e diga que você não vai poder ir?

Helen abriu o trinco da porta.

— Estou bem – conseguiu responder.

Não sabia quando tinha começado a se trancar no banheiro, mas agora isso tinha virado hábito. Não queria que Matthew entrasse durante seus momentos mais privados. Jamais tinha sido mulher de gostar de usar a privada na frente do parceiro, falando o que havia para jantar enquanto abaixava a calcinha. Era importante, segundo pensava, procurar preservar um certo mistério, mesmo quando o relacionamento estava se desintegrando de forma tão evidente. Mas o fato de fechar a porta e trancá-la era recente e envolvia claramente um simbolismo significativo. Ela estava começando a criar barreiras.

Passou a manhã contando as horas para o almoço, bebendo um copo d'água atrás do outro e indo mais duas vezes ao banheiro para vomitar. Tinha recebido uma mensagem de texto de Sophie dizendo: "Ah, não. Tudo de novo. O que está tentando fazer comigo?", o que a fez rir e de certa forma suavizou sua ressaca espiritual – era sempre um grande alívio descobrir que não tinha bancado a palhaça sozinha. Às 12h10, ela meteu a cabeça dentro da sala de divisórias de vidro de Laura para dizer-lhe que estava saindo para seu almoço prolongado.

– Nem mesmo está interessada em dar uma olhada no moço? – indagou Laura.

– Não – disse Helen com firmeza. – Volto às 14 horas.

Ela foi andando até Oxford Circus e matou meia hora perambulando pela Top Shop. Não podia gastar nada, porque estava para ficar desempregada, portanto o divertimento de ter tempo para ficar olhando as lojas era limitado. Começou a fazer o caminho de volta para o trabalho sem saber bem para onde ir, e então, antes de perceber o que estava fazendo, viu-se na Charlotte Street, a segundos do Verano. Eu podia só passar por lá, pensou. Consultou o relógio, 12h55: Leo certamente estaria na reunião agora, portanto não ia fazer mal dar uma olhada, ver como ia a reforma. Ela desceu a Percy Street do outro lado da rua, tentando não dar na vista, e olhou de relance o restaurante, como se fosse a coisa mais natural do mundo. O interior ainda parecia ter sido destruído por uma bomba, com pedaços de reboco encostados contra a parede e mesas e cadeiras empilhadas a um canto, mas o exterior estava pronto, com um pequeno pátio cercado por uma mureta de trinta centímetros de altura, onde cabiam apenas duas mesas para duas pessoas. Ao lado da janela do segundo andar que dava para a árvore na rua havia fieiras de luzinhas decorativas, e loureiros em vasos envelhecidos de terracota já se encontravam postados dos dois lados da porta de entrada. As janelas estavam com as venezianas abertas, mostrando o interior para quem quisesse vê-lo da rua, e um aquecedor montado acima delas soprava calor na tarde fria, presumivelmente para evitar que o único operário lá dentro morresse congelado. Mesmo com o lugar ainda inacabado, ela sentiu vontade de se sentar ali em uma noite quente.

Às 13h05 Helen chegou ao café onde tinha combinado se encontrar com Rachel para comer um sanduíche, os pés doendo de andar sem parar para matar o tempo. Fazia semanas que elas não se viam, percebeu Helen, não saíam para beber à noite desde... bem, ela não conseguia se lembrar. Rachel já estava sentada a uma mesa ao lado da janela da sacada, um café pela metade à sua frente.

— Nossa, você está horrível — disse ela, assim que Helen tirou o casaco. — Está se sentindo bem?

— Estou de ressaca — explicou Helen. — Saí com Sophie.

— Pode ir contando todos os detalhes. Primeiro, porém, tenho uma notícia para lhe dar... — E fez suspense. — Eu e o Neil vamos nos casar...

— Nossa, Rach... Ah, menina, que maravilha, estou tão feliz por você...

— Mas vai demorar um pouco, talvez no ano que vem. Olhe...

E balançou a mão, mostrando um anel com uma pedra preciosa muito bonita cintilando no seu dedo anular.

— Que lindo — disse Helen, e então percebeu que estava chorando. Outra vez. Rachel olhava para ela embasbacada.

— Ah, me desculpa... Meu Deus... Não devia ter lhe contado...

— Não! Gostei mesmo de saber, juro.

— Ai, que falta de delicadeza a minha, meu Deus.

252

— Não é não, Rachel. Verdade, adorei. Só que não sei o que há de errado comigo... é que a minha vida está tão... horrível. Pisei na bola legal mesmo. Ai, droga, estou virando uma dessas mulheres que chora por qualquer besteira. — Conseguiu dar uma risada. — Essas que a gente detesta. E agora estraguei o seu grande momento.

— Devia ter pensado melhor; devia saber que a notícia ia deixar você chateada por causa de tudo o que está lhe acontecendo — disse Rachel.

— Não!

Neil era um bom homem. Tinha feito Rachel feliz. Tudo bem, há alguns meses atrás Helen talvez tivesse morrido de inveja porque agora a amiga de fato estava com tudo. No momento, porém, estava tão concentrada nas burradas que tinha cometido na vida que não se incomodava de se comparar com mais ninguém. De que adianta competir com alguém se você nunca consegue vencer? Ela não estava interessada em se casar, esse impulso já havia passado fazia tempo. Não, o que queria era exatamente o contrário, queria ficar solteira, ser livre para ficar sozinha, ou sair em campo para arranjar alguém ou fazer o que quisesse. Em parte se preocupava que Rachel de repente ficasse toda maternal e, em seguida, tivesse filhos, e então Helen teria realmente perdido sua última amiga. Mas realmente não era por isso que ela estava chorando. Estava chorando porque sua própria vida tinha ficado tão enrolada agora que não podia imaginar o que teria de fazer para conseguir voltar aos trilhos. Estava chorando porque era infeliz e queria se entregar à sua tristeza, e porque Rachel era a única pessoa com quem podia falar sobre isso pois era a única que sabia de tudo. E, ao pensar nisso, Helen chorou ainda mais, porque logo, logo, até mesmo Rachel ia abandoná-la.

Helen contou a Rachel o que tinha ocorrido desde que tinham conversado da última vez, e o seu novo plano para resolver tudo, ainda se sentindo culpada por ter arruinado o grande momento da amiga. Quando chegou à parte em que precisou contar que Leo era filho de Matthew, Rachel soltou uma gargalhada.

— E daí? — disse Rachel, incrédula, alguns minutos depois, quando Helen tinha terminado de lhe contar o que havia acontecido na noite anterior. — Agora você e Sophie são realmente amigas?

Helen confirmou.

— É, pode-se dizer que sim.

— Mas você sabe que não pode ser? Você não é quem ela pensa que você é. Você acabou com a vida dela — acrescentou, falando bem devagar, bem claramente.

— Eu sei, eu sei. Caramba, tudo isso é uma loucura das grandes. Mas, de certa forma ajuda, não entende? Porque realmente quero que ela seja capaz de ter sua vida de volta. Ou pelo menos a vida que pensava que tinha.

— E você acha que é isso que *ela* quer?

— Claro. Tudo bem, ela acha o Matthew um safado agora, mas vai superar.

— Helen, cuidado para não acabar arruinando a vida dela pela segunda vez.

— Como assim?

— Não faço idéia, mas não se meta muito com ela. Só faça o que tiver de fazer e caia fora.

— Ah, é, desde quando você virou uma porra de uma sabichona, hein? — perguntou Helen, irritada.

— Acho que li essa frase que você acabou de dizer em um romance de Andy McNab — riu Rachel. — Além disso, logo vou ser uma senhora casada, portanto, cheia de sabedoria.

Helen sorriu para ela.

— Estou mesmo feliz por você. Juro.

— Então vai ter de me ajudar a planejar tudo. Conto com você, hein?

— Mas claro que sim. — E então consultou seu relógio de

pulso. – Rach, já está na hora de voltar. Eu estou bem? Quer dizer, está dando para notar que passei a maior parte da hora de almoço chorando?

– Bom, você está suja de rímel até as bochechas, mas poderia ser simplesmente uma fã do The Cure.

Helen começou a limpar a pele sob os olhos freneticamente com os dedos.

– E seus olhos estão ligeiramente vermelhos. Como... se você tivesse tido febre do feno.

– Em fevereiro? Ah, dane-se. Quer saber? Não dou a mínima para o que eles pensam de mim mesmo; vou lhes dar mais um motivo para fofoca.

Elas deixaram o dinheiro na mesa para pagar os sanduíches e o café e viraram-se para sair, no exato momento em que a porta da frente se abriu. Helen gelou ao reconhecer o homem que estava entrando: era Leo. Abaixou a cabeça, torcendo para ele não a reconhecer, mas então ouviu a voz familiar dele chamando seu nome. Ou um deles, pelo menos.

– Eleanor?

Rachel, sem ver nada, continuou tagarelando, fazendo os comentários que estava fazendo antes. Helen deu-lhe um chute no tornozelo.

– Leo! Oi.

Graças a Deus estava com Rachel, que sabia da farsa, e não com outra pessoa. Matthew? Não dava para suportar nem imaginar isso.

– O que está fazendo aqui? – conseguiu dizer.

– Acabei de vir de uma reunião lá no fim da rua, na Global, sabe, a empresa do meu pai. Está tudo bem? Você está com uma cara... horrível.

– Obrigada... Essa é a minha amiga, Rachel. Rach, esse é o Leo...

– Ah – disse Rachel, como quem sacou tudo. – Como vai?

Rachel e Leo apertaram-se as mãos, e aí todos ficaram parados um instante, sem saber o que fazer a seguir. Rachel de repente teve uma idéia.

— Bom, acho que está na hora de ir embora... Tenho certeza de que vocês têm alguma coisa... sabe, para conversar. Prazer em conhecê-lo — disse ela, quase correndo para a porta. — Ligo para você depois, tá, Hel... Eleanor.

— Também preciso ir embora — disse Helen, embora não se mexesse.

— Desculpe, não quis dizer que você está horrível, é que parece que você está com algum problema.

— Estou bem — disse Helen. — Estou mesmo. E aí, acabou falando com o seu pai sobre o restaurante?

— Pode-se dizer que sim — respondeu Leo. — Mas preferia que você estivesse fazendo a publicidade.

— Escute... Sinto muito, sabe, aquilo tudo...

— Tudo bem — interrompeu ele. — A Sophie me explicou tudo. Falou do Carlo. Eu entendo, juro. Mas ainda gostaria de ter esperança de poder sair com você para bebermos juntos um dia, depois que tudo isso passar...

— Eu também — disse Helen, com toda a sinceridade, tentando não se oferecer. Deu para sentir que tinha enrubescido, e aí se lembrou do rímel e começou a esfregar os olhos de novo, torcendo para ser sutil. Era típico dela dar de cara com o primeiro homem por quem tinha se sentido atraída em vários anos toda borrada assim. — Já sei, depois que eu resolver minha vida, prometo que ligo para você e explico tudinho, e então você vai poder decidir se ainda quer sair para tomar um drinque comigo.

— Garanto que vou querer — respondeu ele, e mais do que qualquer outra coisa no mundo, ela sentiu vontade de chegar perto dele e beijá-lo.

— Veremos — disse ela, pensativa. — Você definitivamente não vai querer, vai me detestar. — E em seguida: — Escuta, estou atrasada. Preciso voltar para o trabalho.

Leo tocou-lhe o braço quando ela passou e inclinou-se para beijá-la no rosto, depois pensou duas vezes.

— Então, tchau.

— É, tchau. Aliás, me diga, estou toda borrada mesmo?

— Está — disse ele, rindo. — Mas de um jeito legal.

De volta ao escritório, ela teve de aturar Jenny e Annie falando sem parar sobre o filho de Matthew, como era bonitão e como obviamente tinha herdado todos os genes positivos.

— A primeira esposa de Matthew devia ser muito bonita — disse Jenny, olhando para Helen para ver como ela reagia. Helen já havia se limpado no banheiro ao ir para sua mesa, e agora estava sem rímel, mas ainda de olhos vermelhos, de modo que permaneceu cabisbaixa e fingiu que não dava para escutar o que as outras diziam. Mas não ia conseguir sair daquela ilesa...

— Ele perguntou sobre você — berrou Jenny. — Queria saber quem era a descarada que tinha seduzido o pai dele.

— Claro que perguntou — disse Helen, sarcasticamente, sabendo que Leo nunca desceria a esse nível.

— Você vai ter que se encontrar na semana que vem com ele. Ele vem de novo aí finalizar os planos para a inauguração.

— Quando? — o coração de Helen quase parou.

— Você bem que gostaria de saber, não é? — disse Jenny, sorrindo sarcasticamente.

24

MATTHEW TINHA COMBINADO sair à noite com Amanda e Edwin na sexta-feira. Estava procurando integrar Helen na família. E embora ela tivesse protestado e dito que era cedo demais e que já tinha causado uma impressão negativa na mãe dele e em Louisa, ele havia insistido, e Helen não conseguira dizer o que realmente estava pensando, ou seja: "Isso tudo é pura perda de tempo, porque vamos nos separar mesmo logo, logo..."

Ela passara o dia tentando descobrir quando Leo voltaria ao escritório. Havia perguntado a Laura, que tinha respondido de um jeito vago: "Não consigo me lembrar, algum dia desses, na semana que vem, acho" — e depois voltara a sondar Jenny, que imediatamente percebera o que Helen estava querendo e rira na cara dela. Toda vez que ouvia as portas do elevador se abrirem, Helen sobressaltava-se, como se ele pudesse estar chegando a qualquer segundo. Não adiantava tentar olhar no computador de Jenny, porque ela usava a tela de senha toda vez que ia pegar uma coca diet na geladeira e mudava a senha religiosamente toda semana, para as pessoas não usarem seu computador em sua ausência. Helen muitas vezes havia se perguntado o que exatamente ela tinha a esconder. O dia marcado para Leo voltar devia estar na agenda da Laura, que Helen tentava manter em dia, mas atualmente estava no fundo da bolsa de sua chefe, em algum canto do escritório. Laura nunca conseguira entender o Microsoft Outlook, portanto elas já tinham desistido de tentar manter uma agenda eletrônica.

Vinha sendo impossível para Helen concentrar-se em qualquer coisa. Ela havia terminado de providenciar o fotógrafo para Sandra Hepburn e tinha conseguido marcar as passagens de avião – a sessão fotográfica ia ser em uma ilha grega – com um nome falso. Às 13 horas, quando tanto Laura quanto Jenny estavam fora, almoçando, ela entrou na sala de Laura, sentou-se ao seu computador, digitou um e-mail dizendo apenas: "Jenny, dá para me mandar um e-mail dizendo quando ficou decidido que seria a próxima reunião com Leo Shallcross com urgência?", e enviou. A resposta voltaria tanto para ela quanto para Laura, e então ela só teria de encontrar uma maneira de apagá-la do computador de Laura antes que ela notasse qualquer coisa. De fato, assim que Jenny voltou, apareceu a resposta – segunda, às 10h30 – e 5 minutos depois, Helen entrou na sala ainda vazia de Laura e apagou tanto a mensagem enviada quanto a resposta do computador dela. Coisa mais infantil – Jenny sabia que sua resposta para Laura também iria para Helen, mas não dava para fingir que não tinha visto um pedido de Laura, e ainda se sentiria como se tivesse vencido por nunca ter respondido à pergunta de Helen diretamente. Helen então relaxou – contanto que conseguisse saber de tudo com antecedência, ficaria tranqüila.

Às 20h30, Helen e Matthew estavam sentados à sua mesa preferida perto da janela do restaurante italiano na esquina do prédio de Helen, esperando Amanda e Edwin chegarem. Amanda era a mais velha das duas irmãs de Matthew, casada com o ultraconservador e alcoólatra Edwin. Helen tinha decidido beber só água durante o jantar, na tentativa de cair nas graças de Amanda. Não sabia por que estava querendo agradar, mas sentia que era importante para ela que pelo menos um parente de Matthew dissesse: "Ah, mas que pena, ela era uma moça tão bacana." quando todos descobrissem que Matthew a havia abandonado e voltado para a esposa. Naturalmente, isso jamais aconteceria.

Matthew tinha tentado tranqüilizá-la, dizendo-lhe que Amanda não a julgaria como Louisa havia feito, pois não simpatizava com Sophie tanto quanto Louisa, mas Helen agora conhecia a família Shallcross o suficiente para entender que todos sofriam do mesmo complexo de superioridade que sempre lhes permitia acreditar que estavam certos e todos os outros, errados. Era um mal de quem vinha de berço de ouro, achava Helen — a pessoa pensava que era melhor por direito adquirido. Eles eram ricaços de segunda classe — do tipo que colocava os filhos em escolas secundárias particulares sem consultar o extrato bancário e que tinha uma faxineira que falava tudo com a pronúncia de um locutor de noticiário, mas que não podia pagar um motorista nem ter um iate. Ela não conseguia se lembrar do que o pai deles fazia na vida — alguma coisa sem graça que não exigia criatividade alguma, talvez corretor de seguros. A mãe nunca tinha trabalhado, claro. Ambas as meninas tinham se "casado com gente bem", o que significava que tinham conseguido maridos com dinheiro suficiente para que elas fizessem vista grossa para o fato de eles serem violentos e beberrões. Também tinham posto nos filhos nomes empolados e sentimentais tirados de livros de autores infantis como Enid Blyton, tipo Jocasta e Molly, India e Jemima, que garantiriam que as crianças passariam maus bocados nas mãos dos colegas se freqüentassem a escola secundária pública local, coisa que, naturalmente, jamais aconteceria. Pensando justamente nisso, Matthew tinha feito muito bem em pôr nomes mais práticos nas filhas, como Suzanne e Claudia, o que Helen acreditava que tinha sido uma idéia louvável de Sophie. E de Leo, é claro, embora eu não esteja pensando nele, pensou Helen, pensando nele.

Seus pensamentos foram interrompidos por uma onda de perfume enjoativo que quase a fez se engasgar quando um vendaval maquiado com batom e enfeitado com acessórios da Hermès aterrissou sobre Matthew. Alguém – Amanda presumivelmente – o abraçou de um jeito teatral. Helen a avaliou. Estava na cara que Amanda tinha levado vantagem sobre Louisa na loteria dos genes – ela tinha pele clara, olhos azul-acinzentados e tez rosada, uma beleza que um certo tipo de inglês parece gostar, nada muito ameaçador, mas muito feminino, e que Helen sempre sentia que combinava com o cenário, tão perfeita era em sua insipidez. Mas pelo menos ela tinha sido poupada do nariz um tanto exagerado dos Shallcross, que em Matthew parecia masculino e distinto, mas que dava a Louisa uma cara de machado que combinava perfeitamente com sua personalidade. Não havia qualquer sinal de Edwin.

– Edwin mandou desculpas, mas não estava se sentindo bem – disse Amanda, meio sem convicção, coisa que Helen interpretou como: "Ele tomou todas e está caído por aí em alguma vala."

Matthew puxou uma cadeira para a irmã se sentar, ajudando-a a tirar o casaco de lã preta primeiro.

– Esta é a Helen – apresentou ele, acenando com o braço na direção dela como se estivesse apontando alguma vaca na exposição agropecuária. Helen estendeu a mão educadamente, e Amanda relutantemente estendeu para ela a sua mão mole, úmida como uma folha de alface. Claramente, apertar mãos era coisa muito árdua para sua sensibilidade refinada. Como Louisa, mal concedeu a Helen um olhar de relance, tratando de engatar um papo com o irmão sobre conhecidos mútuos que se destinava a excluí-la. Helen ficou desenhando coisas na toalha da mesa com o garfo e tentou não deixar transparecer sua irritação.

– O que há com a sua família, hein? – sibilou Helen para Matthew, quando a Amanda foi ao "cantinho das meninas", apelido repelente que ela usava para banheiro feminino. – Parece que estão todos destinados a ser grossos.

– Ela também era assim com a Sophie – disse Matthew, como se isso fosse algum consolo. – Não é nada pessoal.

Para seu mérito, Matthew procurou a todo custo incluir Helen na conversa, mas ela não tinha muito a dizer sobre a Countryside Alliance (pelo menos nada que não incluísse vários palavrões), e absolutamente nada a contribuir em uma conversa sobre as vantagens do Cheltenham Ladies College sobre o Roedean, de modo que se concentrou arduamente em sua costeleta de carneiro, como se estivesse fazendo um transplante de fígado complicadíssimo. Quando terminou de comer, viu que Matthew e Amanda mal tinham tocado na comida. Helen abafou um bocejo.

– Sempre achei que Sophie passava tempo demais no trabalho e não dava tanta atenção às crianças – estava dizendo Amanda. Helen esperou Matthew defender a ex-mulher, mas o silêncio reinou absoluto. Provavelmente ele não está nem ouvindo o que essa mala sem alça está dizendo, pensou Helen.

– Você me disse que Sophie sempre levava as meninas para a escola e estava presente quando elas chegavam em casa – interveio Helen, sentindo necessidade de defender a amiga e também de recordar a Matthew as qualidades positivas da esposa.

– Disse? – Ele pareceu confuso, e com razão, porque naturalmente nunca tinha dito nada positivo à Helen sobre Sophie, com medo de uma briga. Helen incentivou-o com a cabeça.

– Bom, na verdade, a Helen tem razão – disse Matthew, voltando-se para Amanda. – Sophie nunca deixou o trabalho influir na vida das meninas. Pelo menos, não negativamente.

– É que não me parece direito, só isso. As crianças precisam da atenção total da mãe, que não serve para os filhos se vive com a cabeça cheia de ações e debêntures e preocupada com o que vai vestir para ir ao trabalho na manhã seguinte.

Matthew sentou-se todo empertigado, como um coelho diante dos faróis de um carro, sem saber se tinha ou não permissão para defender a ex-mulher.

— Na verdade — voltou a intervir Helen —, acho que é muito mais saudável para os filhos que eles não sejam o centro ao redor do qual gira a vida da mãe. E você também gostava disso, não, Matthew, de ter uma esposa bem-sucedida? É atraente, não?

— Hã... — disse Matthew, morrendo de medo de se comprometer. — Hã...

— Pois eu acho que sim. Não tem nada mais sensual que uma mulher de carreira, independente, que também é maternal e uma mãe fantástica. Não é, Matthew?

Helen lançou-lhe um sorriso generoso, e ele resmungou alguma coisa que podia ser uma afirmativa, mas que não pesaria contra ele na hora da sentença. Amanda pôs a faca e o garfo lado a lado sobre o prato, ordeira e decidida.

— Bem, eu discordo — e o tom dela dizia: "Esse assunto agora está encerrado." Helen sabia que não devia mais forçar a barra tentando continuar o assunto.

— Querem sobremesa? — perguntou Matthew, e Amanda declinou com um pequeno aceno de cabeça. — Só café, por favor.

Na manhã de sábado, Helen foi andando até a loja da esquina, teoricamente para pegar os jornais, mas na prática mais para disfarçar e dar um jeito de ligar para Sophie, a fim de instruí-la sobre a visita de Matthew na tarde seguinte.

— Deixe-o ver o que está perdendo — disse ela. — Vista suas roupas mais bonitas e use maquiagem. Nada de usar calças de moletom, hein? Faça com que ele volte para casa sentindo que tomou a decisão errada. Francamente, isso vai fazer você se sentir o máximo.

— Tem certeza de que não se importa que eu vá lá? — perguntara-lhe Matthew na noite anterior quando estava a caminho de casa, voltando do restaurante.

— Por que me importaria? — respondera Helen, pensando que, se gostasse mesmo dele, ficaria louca diante da idéia de ele passar uma aconchegante tarde em família com a ex-esposa.

Matthew pareceu quase decepcionado por ela não estar demonstrando nem um pingo de ciúme.

— Quero dizer, talvez Sophie nem esteja em casa.

— Eu lhe disse, não vou nem ligar se ela estiver. — Helen já estava cansada dessa conversa. — Elas são suas filhas, afinal, precisa visitá-las. E se Sophie não quer que elas venham aqui e tenham contato comigo, eu respeito isso.

— Oh, Deus, adoro o fato de você ser assim tão racional — disse ele, beijando-a, e Helen pensou: "Droga, talvez eu esteja me ferrando mais ainda em vez de me livrar dele."

— Mas veja lá, hein? Não seja gentil demais — recomendou ela, achando que, para fazê-lo voltar para os braços de Sophie talvez devesse assumir um pouco o papel de ciumenta. — Eu vou ficar chateada, sabe, se vocês começarem a querer dar uma de família feliz.

— De jeito nenhum — disse Matthew, rindo.

No domingo ela tratou de fazer Matthew vestir as calças marrons e a camisa Paul Smith listrada que o fazia parecer mais jovem e mais esbelto.

— Quero que ela veja que morar comigo está deixando você mais bonito — disse ela, penteando os cabelos dele para cobrir a calva.

Sophie, enquanto isso, estava tentando levar o conselho de sua amiga Eleanor ao pé da letra, mas parecia errado dar tanta atenção à sua aparência para passar a tarde em casa. Era verdade que ela queria que Matthew pensasse que estava se dando bem sem ele, mas e se ele pensasse que ela tinha se esforçado porque queria que ele voltasse para ela? Ai, meu Deus, seria humilhante demais. As meninas é que acabaram resolvendo a parada, quando entraram e a viram vestindo umas calças antigas de ginástica que usava para trabalhar no jardim.

— Não vai botar isso, não — disse Suzanne, horrorizada.

— Por que não? — perguntou Sophie, sabendo qual seria a resposta.

— Porque o papai vem aí — disse Suzanne, como se estivesse declarando o óbvio.

— Seu pai não vai se preocupar com minha aparência... Ele não liga mais para isso.

— Mas esta é a questão — Suzanne estava quase chorando. — Se você aparecer toda mal-ajambrada, aí é que ele não vai notar você mesmo.

— Caramba — intrometeu-se Claudia —, você às vezes é burra de dar dó, hein, Suzanne.

— Claudia... — disse Sophie, pensando em ralhar com a filha, mas Suzanne continuava a falar.

— E aí ele vai voltar para Helen e achar que ela parece mais bonita que você. E aí... — Olhou para a irmã caçula, sabendo exatamente o que dizer — ...e aí vai ficar com a Helen para sempre, e nós vamos passar o resto da vida tendo de ir lá, e ser educadas com ela, e só falar com o papai nas tardes de domingo.

Claudia fez cara de pânico.

— Mamãe, troque essa roupa.

— Por favor, mãe, por favor. — Suzanne atirou-se na cama, fazendo drama. Claudia começou a procurar alguma coisa melhor no armário de Sophie, desesperada, jogando vestidos na direção da mãe.

— Pronto, vista esse. Ou esse.

Sophie pegava os vestidos que ela estava jogando no chão e ria. Um era um preto comprido que ela tinha usado em uma festa de Natal da empresa uma vez, quando os homens foram de smoking e ela era uns dois números mais magra, e o outro era um vermelho, decotado, que só ficaria bem à tarde, e se ela fosse manequim de vitrine de uma loja de Amsterdã.

– Não vou me vestir como se estivesse tentando seduzi-lo em uma boate. Vamos ver se encontramos uma coisa menos comprometedora...

Ela pegou uma saia estampada com flores até o joelho, que sabia que lhe caía bem, e uma camiseta vermelha justa. Não era coisa que se usasse em fevereiro, mas contanto que não saísse de dentro de casa, serviria.

– Pronto. Ficaram satisfeitas? – Ela olhou para as meninas, que aprovaram.

– Agora se pinta um pouco, vai – acrescentou Suzanne.

– Você pode me ajudar – disse Sophie, sabendo que Suzanne ia adorar isso. – Mas não exagere.

Por volta das 14h50, ela só teve tempo de remover o blush e a base grossa que Suzanne tinha passado em seu rosto e substituí-los por uma maquiagem que esperava que a fizesse parecer sadia e jovial. Suzanne notaria, é claro, mas Sophie deixaria para resolver isso depois. Tentou decidir o que deveria estar fazendo quando Matthew chegasse. Sentia-se estranhamente nervosa, como se ele estivesse vindo pegá-la para sair para namorar, e queria descobrir exatamente qual o equilíbrio certo entre ser amistosa e demonstrar uma indiferença natural. Se ela cozinhasse, pareceria muito doméstica, como a dona-de-casa de meia-idade que ele tinha decidido abandonar. Assistir à TV ia dar a impressão de que ela era muito relaxada. Ele vivia desprezando gente que passava a tarde assistindo àqueles programas idiotas. Devia ler um livro? Talvez parecesse que ela tinha apenas pegado um livro na hora em que ele chegou para dar a impressão de estar ocupada, o que, naturalmente, seria verdade. Ouvir música dava no mesmo. Ela então resolveu pintar, uma ocupação que tinha adotado e abandonado várias vezes com o passar dos anos. Correu pela casa tentando encontrar as telas e os pincéis. Encontrou uma tela semi-acabada no armário sob as escadas que até que não era ruim e passou um pouco de tinta fresca por cima dela para fazê-la parecer mais recente. Pôs jornal sobre a mesa de pinho da cozinha e fez uma sujeira criativa em cima dele, até com panos sujos de tinta e aquarela derramada – cuidadosamente escolhida, para não manchar – no piso de madeira. Depois acrescentou um filete de tinta minúsculo e, achou ela, cativante ao estilo Felicity Kendall sobre a maquiagem cuidadosamente colocada, e sentou-se para esperar Matthew chegar.

Exatamente às 15 horas, ouviu a campainha da porta tocando, e Claudia e Suzanne correrem para atender. Ela pegou um pincel e retocou um canto do quadro, procurando fingir que estava concentrada. Claudia passou pela porta como um furacão, puxando Matthew pela mão.

– Papai chegou.

Ela parou de repente ao ver Sophie cercada daquela sujeira toda.

– O que está fazendo? – ralhou a menina.

– Pintando – respondeu Sophie, como se fosse a coisa mais natural do mundo. – Oi, Matthew.

– Por quê? – indagou Claudia.

– Porque eu gosto. – Sophie estava aplicando um pouco de cor. – Costumo pintar sempre.

– Não costuma, não. Ai!

Claudia esfregou a canela, onde Suzanne havia lhe dado um chute que, ela esperava, ninguém havia notado.

– Por que fez isso, sua puta?

– Mamãe – estava dizendo Suzanne. – Ela me xingou.

– Porque você me chutou.

– Não chutei nada.

Claudia fez cara de indignada.

– Chutou, sim. Quando eu disse que a mamãe não costuma pintar, você me chutou. Ai, mãe, olha só, ela me chutou de novo.

Sophie estava vermelha feito um pimentão. Olhando para cima, viu que Matthew estava sorrindo – de um jeito malicioso, pareceu lhe –, como se soubesse que Claudia estava com a razão, que ela estava só fingindo estar concentrada na pintura para impressioná-lo.

– Bem... é que eu recomecei recentemente – disse ela, sem convencer, começando a limpar tudo e acidentalmente fazendo uma mancha ocre nos cabelos recém-penteados.

– Na verdade, sua mãe costumava pintar sempre – disse Matthew. – Mas provavelmente vocês estavam na escola, então não percebiam.

Sophie sorriu para ele de leve, grata por tê-la defendido, mas irritada por Matthew sentir claramente que ela precisava dele para melhorar sua imagem diante das próprias filhas. Sentiu-se ridícula. O que ela estava fazendo sentada ali vestindo um modelito de verão, parecendo que ia sair à noite? Sentira-se daquela mesma forma quando, aos 14 anos, Mark Richardson, o menino mais bonito e mais legal do sexto ano, por quem ela estava "apaixonada", tinha ido à casa de seus pais. Ele a notara em uma festa dada pelos pais dele da qual a mãe e o pai dela tinham-na obrigado a participar, pois ela era jovem demais para se recusar a comparecer, ao contrário do irmão, que, um ano mais velho, era considerado crescido o suficiente para ficar em casa sozinho. Acontece que eles haviam descoberto que ambos eram fãs da Patti Smith – Sophie, porque tinha passado a ler *NME* num esforço de parecer crescida e sofisticada, e a revista dizia que ela devia ser fã da cantora para isso – e Sophie mencionara que tinha pedido e ganhado o novo álbum dela, *Horses*, de presente de aniversário algumas semanas antes. Ele estava economizando para comprar o LP, dissera Mark, com seu salário como entregador de jornais aos sábados nas lojas da cadeia WH Smith. Quando ele saiu para ir ao Red Lion, perguntou a Sophie onde era exatamente que ela morava. "Vou aparecer lá amanhã mais ou menos às 7 da noite", informara ele, dando-lhe um sorriso de fazer qualquer uma desmaiar.

Ela tinha arrumado seu quarto e trocado seu pôster do Snoopy por fotos do Deep Purple e do Gênesis que tinha recortado de revistas. Queimara incenso e escondera o coelho de pelúcia, com o qual ainda dormia, em uma gaveta. Às 16 horas, havia começado a se aprontar, experimentando cinco trajes diferentes e terminando por escolher uma calça jeans desbotada com apliques de flores e uma blusa de decote redondo, bem como um par de sapatos anabela de sola de cortiça. Completou o traje com um par de brincos pendentes de contas e improvisou pulseiras enrolando fios enfiados com contas coloridas em volta dos pulsos. Estava pronta às 6 da tarde e ficou sentada em seu quarto, ouvindo músicas bacanas no aparelho de som. Deu 7 horas, depois 7h05. Sua mãe entrou e disse: "Esses meninos!", revirando os olhos. Mas às 7h11, a campainha tocou, e seu coração quase saiu pela boca. Ela desceu as escadas se equilibrando nos sapatos anabela, nervosíssima, e viu Mark sentado na cozinha com a mãe e o pai dela, que estavam fazendo o máximo que podiam para atrapalhar a vida de Sophie conversando fiado com ele. Ele pulou ao vê-la.

— Oi — disse timidamente.

— Quer tomar chá, Mark? — perguntou a mãe, e Sophie sentiu vontade de dar nela. O menino passava as noites no Red Lion, bebendo cerveja, ele lá ia querer tomar chá?

— Será que eu posso só pegar o LP? — disse ele, ainda sorrindo. — É que o Kev e o Julian estão esperando por mim no carro.

Sophie sentiu-se como se fosse desmaiar.

— O *Horses* — disse ele. — Você disse que ia me emprestar.

Ela sentiu os olhos dos pais se voltarem para ela, mas não conseguiu olhar para eles. Seu rosto fervia de tão corado, e ela sentiu lágrimas lhe escorrerem dos olhos.

— Ah, disse? — respondeu ela, baixinho. Não conseguia se lembrar se tinha dito isso ou não.

— É por isso que estou aqui. Eu disse que viria pegá-lo.

Quando ela subiu as escadas correndo, ouviu uma buzina tocando impaciente. Obviamente Kev e Julian estavam doidos para tomar umas. Ela apanhou o disco sobre o aparelho de som e o pôs na capa, sem nem mesmo preocupar-se em ver se estava sujando-o com impressões digitais. Só queria que Mark fosse embora o mais rápido possível.

— Pronto — e tentou sorrir.

— Valeu, obrigado. Vou gravar em fita e devolvo assim que terminar. — Ele já estava se dirigindo para a porta da frente. Sophie nem mesmo esperou até ouvir a porta de casa fechar. Toda vermelha e humilhada, subiu correndo as escadas e voltou para o quarto.

— Soph... — ouviu a mãe gritando.

— Não! — gritou ela, trancando-se no quarto. Trocou de roupa e removeu a maquiagem, deitando-se na cama.

Naturalmente, Mark nunca mais devolveu o disco, aliás, nem mesmo voltou a falar com ela.

Depois dessa, ela passara a abordar tudo o que parecesse uma paquera com extremo ceticismo. Se um menino lhe perguntasse se podia se encontrar com ela no fim de semana, ela perguntava: "Por quê?" ou "O que você quer?" Se conseguisse ter certeza de que ele estava mesmo interessado nela e não nas coisas que ela tinha, ainda ia recebê-lo de jeans e camiseta mais velhas possíveis, sem maquiagem, com um medo horrível de ser acusada de ter se produzido para seduzi-lo. Um lado bom do episódio do Mark, pelo menos, foi que seus pais nunca mais ficaram por ali para conhecer os meninos que ocasionalmente apareciam, apesar da total falta de incentivo. Na verdade, Sophie descobriu que, se quisesse — se fosse esse tipo de menina —, podia se trancar com seu candidato no quarto a noite inteira e fazer o que bem quisesse, sem ter medo de que a mãe aparecesse com xícaras de chá. Só que não queria isso, de jeito nenhum. Com medo de voltar a parecer de novo desesperada, ela se transformou no oposto, ou seja, uma menina com fama de difícil. Era uma reputação da qual passou a se orgulhar e que a fez continuar virgem até chegar à universidade, apesar de todas as suas amigas terem sucumbido anos antes.

Quando conheceu Matthew, estava saindo do segundo namoro sério de sua vida adulta. Estava gostando de ficar sozinha, sentindo-se inclinada pela primeira vez a "variar um pouco", como a mãe teria dito. Sabia que queria ter filhos um dia, sempre soubera disso, e sabia que, acima de tudo, queria uma relação com alguém do mesmo nível que o seu, com quem pudesse ficar tranqüila sem ter que constantemente avaliar como achava que se sentia ou se estava se permitindo ser aberta demais. O que ela certamente jamais imaginou foi que ia terminar com um cara casado com um filho já adulto.

Agora, sentada à mesa da cozinha antes conhecida como sua e de Matthew, ela sabia que parecia que estava se oferecendo de novo. Tinha desejado que ele pensasse que conseguira alguma estabilidade, que tinha superado a rejeição dele, mas acabara dando a impressão de que queria atraí-lo de volta para seus braços. Graças a Deus Matthew tinha levado as meninas para a sala de estar para um jogo no Xbox, e ela ficou livre para se afundar em sua cadeira e procurar se livrar das lágrimas de humilhação que lhe estavam brotando dos olhos. Pegou o telefone sem fio e levou-o para o quintal, apesar da chuva.

Helen estava lendo um livro, deitada no sofá da sala, quando o celular tocou.

— Oi, Sophie, o que houve?

Ela sabia que devia ter alguma coisa a ver com Matthew, que ela esperava que naquele mesmo instante estivesse percebendo que nunca quisera sair de sua bela casa e largar sua família de novo.

— Ai, foi tudo por água abaixo — disse Sophie. — Acho que ele está pensando que estou tentando impressioná-lo, porque pus uma roupa bonitinha e achei que estava sendo natural, mas exagerei, e agora ele pensa que me deixou toda alvoroçada. Deixou sim, mas não pelos motivos que imagina.

Ela estava enrolando as palavras todas.

Ih, ferrou, pensou Helen.

— Que merda, hein? — disse Eleanor. — Mas olhe, tenho certeza de que ele não está pensando isso, não. Aposto que ele também está uma pilha. Provavelmente se sente aliviado por você não estar jogando coisas em cima dele. E como ele foi vestido? Aposto que também tratou de causar boa impressão — acrescentou ela, sabendo muito bem que ela o havia obrigado a se vestir daquele jeito.

— Ele está muito bem-vestido, sim. Não veio com o que geralmente usa nos fins de semana.

— Viu? — disse Helen/Eleanor. — Imagine só se você estivesse toda desmazelada, e ele todo bem-vestido... ele ia ter uma vantagem psicológica imensa. Você agiu corretamente; não pode desistir agora. Não deixe que ele perceba que causou algum abalo, volte lá e mostre como você está calma e controlada. Você consegue.

— Tá. — Sophie parecia mais confiante agora. Exatamente nesse momento, Norman empurrou o braço de Helen com a cara e miou, impaciente. — Não sabia que você tinha um gato. — Sophie tinha escutado o bichinho.

— Ah, tenho. Eu nunca o mencionei?

Mas que droga, pensou ela, agora vou ter de me lembrar que Eleanor tem um gato.

— Como ele se chama?

— Hã... — Helen olhou em torno de si, procurando inspiração. — ...Almofada.

— Almofada?

— É. Ele é gordo e parece uma almofada grande e peluda. Sophie, por que estamos falando sobre o meu gato, quando você tem um ex-marido para o qual se exibir?

*

Sophie foi se olhar no espelho do corredor, praticou um sorriso confiante, depois apareceu fingindo-se muito segura na sala de estar.

— Alguém quer beber alguma coisa? — disse ela, sorrindo e parecendo meio maluca.

— Psiu — disse Suzanne, que pelo jeito estava vendendo uma partida de drogas.

— Mata aquela piranha ali — gritou Claudia, tentando tirar o controle das mãos dela. — Ela está tentando fugir com o seu crack. Atira nela, porra. Rápido. — Sophie pensou que se alguém lhe perguntasse, esta provavelmente estaria na lista das dez frases que ela nunca poderia imaginar que pudesse sair da boca de uma filha sua de 10 anos. Matthew revirou os olhos para Sophie, incluindo-a na situação. Seu sorriso tornou-se mais natural. Ele se levantou.

— Vou tomar um chá — disse ele, espreguiçando-se. — Se não for incômodo.

Matthew seguiu Sophie para a cozinha, pegando os saquinhos de chá enquanto ela enchia a chaleira, como duas pessoas que dividiram uma cozinha durante 15 anos, como aliás, tinham dividido mesmo.

— Acha que elas deviam estar jogando isso? — perguntou Sophie, enquanto ele revirava o armário sobre a pia procurando canecas.

— Elas vieram de um lar desfeito, estão destinadas a virar viciadas em drogas mesmo; portanto, devem aprender como fazer isso do jeito certo. Nunca se sabe quando uma prostituta vai fugir com seu estoque e você vai precisar estar pronto para resolver a parada.

Sophie começou a rir.

— Eu ia ensiná-las tudo isso eu mesma. Mas ia esperar mais uns dois ou três anos.

— Tire o jogo delas se você quiser — disse ele. — É só que elas ficaram em cima de mim durante anos para deixá-las jogar isso e, como pai em expediente parcial, agora preciso deixá-las fazer o que quiserem no domingo, inclusive as coisas que você não aprovaria, portanto, tornando sua autoridade inútil e garantindo meu lugar de preferido, certo?

— Mas veja se não faz isso toda semana, sim? Não quero que acabemos recebendo a visita de alguma assistente social.

Fez-se um silêncio incômodo enquanto eles esperavam a água da chaleira ferver, mas Matthew não pareceu ter pressa alguma para voltar para o outro aposento. Aliás, até se sentou à mesa da cozinha, aparentemente muito à vontade. Vê-lo ali fez Sophie sentir seu estômago se revirar. Podia ser um instantâneo de um casal meses antes, um casal comum, sentado, conversando, enquanto os filhos jogavam na sala ao lado. Qualquer um que os visse teria pensado como era bom que eles ainda se esforçassem para se vestir bem um para o outro e passassem um tempo sozinhos conversando sobre os acontecimentos da semana. Por um instante ela sentiu vontade de jogar-se nos braços dele e suplicar que voltasse — podia aprender a fingir que nunca tinha acontecido nada. Aí, tão rapidamente como veio, esse pensamento foi substituído pela lembrança do que ele tinha feito com ela e as meninas, e Sophie sentiu-se mal diante da constatação de que dentro de mais algumas horas ele voltaria para os braços da Helen e para a nova vida que tinha escolhido. Ela suspirou fundo, levando um certo tempo para encontrar o leite e o açucareiro, que não eram usados desde que Matthew tinha ido embora. Eleanor tinha razão: ela precisava mostrar-lhe que ele não tinha conseguido acabar com a vida dela. A única vingança eficaz que podia ter era mostrar-lhe o que ele tinha perdido na esperança de que ele em parte desejasse nunca ter abandonado seu lar. Se ele começasse a se arrepender do que tinha feito, uma parte dele talvez começasse a se sentir tão mal quanto ela quando ele foi embora, e

– talvez fosse mesquinharia sua, mas era só natureza humana –
ela se sentisse melhor assim.

Quando ela se sentou com ele à mesa, tinha recuperado a
compostura o suficiente para contar-lhe sobre o que tinha ocorrido com Suzanne após a reunião de pais. Depois que lhe disseram
que não esperavam mais que ela fosse a primeira da turma,
Suzanne parecia ter abandonado os estudos por completo e agora estava falando em ser esteticista.

– Ela já me disse – revelou Matthew. – Tomara que mude de
idéia depois.

– Vai mudar, sim. Acho que dentro de algumas semanas, ela
volta ao normal. Está só nos testando para ver se estávamos mesmo falando sério.

– Eu sabia que devíamos ter dado o nome de Shirley a ela.
Ou Kylie.

– Não vá dizer isso a ela, Matthew. Se fizer isso, vai torná-la
ainda mais revoltada.

Sophie ouviu Claudia gritando da outra sala para Matthew ir
jogar Palavras Cruzadas com elas.

– Quer jogar? – convidou ele. – As meninas iriam adorar.

Quando Matthew foi embora, pouco depois da hora em que normalmente ia, às 18 horas, Sophie sentiu que eles tinham conseguido forjar uma relação totalmente nova. Uma relação na qual
podiam ser civilizados e passar um tempo com suas filhas. Uma
relação que Helen jamais poderia entender e da qual não poderia
participar, porque ela e Matthew tinham um passado inegável
juntos. Ela notou que ele se sentiu meio relutante na hora de ir
embora e voltar para o lugar que Claudia tinha definido para a
mãe com a maior alegria como "um barraco muito fuleiro", e sentiu-se como se tivesse marcado um ponto contra Helen. Só um,
mas foi ótimo. Sua vida talvez nunca voltasse a ser como era an-

tes, mas isso seria mais suportável se ela soubesse que Matthew não estava vivendo o sonho dourado em outro lugar. Imaturidade sua, quem sabe, mas, ainda assim, verdade.

Helen estava andando de um lado para o outro quando Matthew chegou em casa. Tinha pensado em ligar para Sophie para ver como a coisa tinha sido, mas não sabia se ele já tinha ido embora, e não considerava inteligente de sua parte bancar a Eleanor com o Matthew por perto. Estava com a calça de pijama mais feia que tinha e um blusão felpudo bem largo com uma mancha de comida na frente. Tinha lavado os cabelos e deixado que secassem naturalmente, virando uma verdadeira juba. Ela sabia que Matthew ainda ia estar com a imagem de Sophie muito bem-vestida na cabeça.

— E aí, deu tudo certo? — Ela atacou assim que ouviu a porta da frente se abrindo.

— Foi bom, sim — disse ele, enigmaticamente. — Deu certo. Ah — disse, depois que passou pelo banheiro, olhando para trás. — Sophie sugeriu que a gente repetisse a dose na semana que vem, o que acha?

Aleluia, pensou Helen.

— Por mim, tudo bem, né — disse ela, tentando parecer meio amuada.

25

A INAUGURAÇÃO DO VERANO ia ser na noite da sexta-feira seguinte. Os convidados confirmariam a presença naquela manhã, segunda-feira, e 12 dos 35 artistas de terceira que tinham sido convidados pela Global já haviam respondido que iriam pelo telefone. Era um número respeitável o suficiente para atrair alguns *paparazzi*, principalmente porque Shaun Dickinson e sua ex toda reformada por cirurgias plásticas estavam levando seus novos parceiros ("Nossa separação!", "Minha foda a três!", "Meus implantes me envenenaram!", "Estou noiva de novo!" – eram algumas das manchetes que haviam surgido nas revistas nos últimos dias), e a imprensa tinha recebido a promessa de que ia ser a primeira noitada da ex-componente da banda feminina Kellie Shearling desde que ela tinha recebido alta da clínica de reabilitação de drogados onde havia feito tratamento para "depressão", aparentemente causada pelo fato de já não ganhar grana suficiente para manter seu vício bem mais secreto de cheirar coca e encher a cara.

Não ia ser uma festa realmente deslumbrante, e Helen não podia deixar de pensar que Leo não sabia bem no que estava se metendo, mas iria gerar publicidade, e isso só podia ser bom, mesmo que não fosse o tipo de publicidade que ele teria imaginado para seu restaurante lindo e de bom gosto. Eles até ali não tinham conseguido nenhuma atração especial, e Helen estava resistindo à tentação de pegar o telefone ela mesma para ligar para Lesley David do *Mail on Sunday* e pedir retribuição aos favores prestados. A inauguração não tinha mais nada a ver com ela – era muito menos complicado ela não se envolver. Leo iria ao escritório naquela manhã repassar os detalhes finais da noite de sexta, e por isso Helen estava passando o início do expediente sentada em um café na Old Compton Street, lendo os jornais.

Às 11h15, ela ligou para a Helen-da-Tesouraria.

– Helen Sweeney – cantarolou Helen-da-Tesouraria ao atender.

– É a Helen. O filho do Matthew já foi embora?

– Foi... Agora mesmo.

– Ótimo. Obrigada. Até já.

Helen desligou antes que Helen-da-Tesouraria tentasse envolvê-la numa conversa. Às 11h30 já tinha voltado para o escritório. Ligou para Sandra Hepburn para ver se ela estava pronta para sua viagem no dia seguinte.

– Estou com uma espinha horrível no queixo – anunciou Sandra. – E os joelhos ralados de esfregar no tapete.

– Não tem problema – garantiu-lhe Helen, pensando que precisava se lembrar de pedir a Ben para retocar as fotos. Leu o press release que tinha rascunhado sobre a sessão fotográfica de moda de Sandra e achou que tinha conseguido passar a idéia de que era para a *Vogue* sem dizer isso com todas as letras. Levou o rascunho para ser aprovado por Laura antes de divulgar o comunicado e encontrou a chefe meio vermelha e distraída.

– Helen. Excelente. Sente-se aí. Quero conversar com você.

Helen obedeceu.

– Você está bem?

– Fantástica. Preste atenção, pedi demissão da firma. Vou sair da Global.

Helen ficou olhando para ela, sem saber o que dizer.

— Vou abrir minha própria empresa — continuou Laura. — Já faz séculos que ando planejando isso, mas não dava para dizer nada antes de conseguir o dinheiro. Meu aviso prévio é de três meses, mas já avisei aos diretores há algum tempo, de modo que estou começando a procurar clientes. Contratualmente, não tenho permissão de abordar nenhum cliente da Global, mas, para ser sincera, não sei se iria querer isso. Já ando cheia desses oportunistas de terceira. Vou tentar um mercado mais refinado... oferecer coisas a pessoas famosas mesmo em vez de tentar criar celebridades. Patrick Fletcher e Anna Wyndham já responderam que sim — acrescentou, dando o nome de dois dos preferidos da indústria cinematográfica britânica no momento.

— Nossa — disse Helen, tentando disfarçar sua inveja. Percebeu que estava genuinamente feliz por Laura, embora isso não eliminasse a inveja monstruosa que a dominava naquele momento. — Parabéns.

— Ah — disse Laura, vendo o desânimo estampado no rosto da Helen. — Esqueci o principal. — Fez uma pausa, para dar suspense. — Quero que você venha trabalhar comigo.

Helen ergueu as sobrancelhas, tentando parecer interessada. Havia coisas piores do que continuar a ser secretária da Laura, que continuava falando, toda animada.

— Não como minha assistente, mas como gerente de conta júnior. Sei que vai aceitar.

Helen de repente sentiu-se tonta.

— Está falando sério?

— Claro — disse Laura, rindo.

— Não vai ser como aqui... quero dizer, vamos ser só nós duas, um assistente e uma pessoa para tratar da parte financeira, para começar, e você não vai ganhar mais do que ganha aqui durante algum tempo, mas, você sabe, pode ter seus próprios clientes...

— Ai, nossa.

Agora Helen estava começando a cair em si.

— É mesmo definitivo? Quero dizer... nossa mãe do céu.

— O que acha? — indagou Laura. — Está interessada?

Helen deixou escapar algo entre uma gargalhada e um gritinho histérico.

— Claro que estou interessada. Muito obrigada. Obrigada mesmo.

— Achei que você poderia começar montando o escritório assim que sair daqui. Mas depois de umas férias, claro. E aí, dentro de um mês, mais ou menos, vou para lá trabalhar com você.

Helen resistiu à tentação de abraçá-la. Não conseguia parar de sorrir.

— Obrigada, de novo. De verdade!

Helen foi direto falar com Matthew, algo que raramente tinha feito no trabalho desde que ele tinha se mudado para a casa dela.

— Sabia da novidade? — indagou ela.

— Sabia, sim — disse ele. — E você merece. Você vai se dar muitíssimo bem.

Ela se sentiu como se devesse ficar zangada com ele por esconder coisas dela, mas nada poderia acabar com seu bom humor naquela hora, e ele parecia tão genuinamente satisfeito e empolgado por ela que Helen passou os braços ao redor do pescoço dele e beijou-o bem na frente de Jenny, que tinha entrado com uma carta para ele assinar.

De volta à sua mesa, Helen estava com a cabeça a mil. Laura havia lhe pedido para não dizer nada às outras por enquanto, o que não ia ser problema, uma vez que ninguém estava mesmo falando com ela, mas Helen pegou-se sorrindo para elas sempre que chegavam perto de sua mesa, o que as deixou meio desconfiadas, e quando ela percebeu isso, sorriu mais ainda.

— Por que está tão feliz assim, hein? – indagou Annie, por fim.
— Nada, não. – Helen não pôde deixar de escancarar novamente o sorriso.
— Então pára de sorrir assim feito uma idiota.
— Infelizmente, não dá.

Quando Laura saiu para almoçar, Helen trancou-se no escritório da chefe e ligou para Rachel para contar a novidade. Rachel, que tinha sido a amiga mais chegada de Helen e sua confidente durante os últimos dez anos – e tinha ouvido a amiga reclamar de suas ambições frustradas incontáveis vezes, ficou encantada durante trinta segundos, depois passou a desfiar um longo monólogo sobre jogos de pratos, copos, talheres e tiaras. Helen fingiu interessar-se durante o maior tempo que pôde, mas depois ficou irritadíssima ao ver como a amiga era egocêntrica. Na lista de Rachel e Helen de "Mulheres que odiamos" não havia só mulheres que roubavam maridos de outras mulheres (Helen, claro, atualmente) e mulheres elegantes, mas também mulheres que punham os namorados acima de suas amigas e mulheres que enchiam o saco das outras falando sobre seu casamento e/ou seus filhos. A lista inteira na verdade era a seguinte:

Mulheres que roubam o marido das outras (Helen)
Mulheres que põem os namorados acima das amigas (Rachel)
Mulheres que enchem a paciência das outras falando sobre seu casamento e/ou filhos (Rachel)
Mulheres elegantes
Mulheres gordas que ficam dizendo o tempo todo que comem pouquíssimo
Mulheres que mostram os seios o tempo todo (com uma subdivisão para as que substituem sua personalidade por seios grandes)

Seios-no-palito (só a inveja incluiu na lista essa raça muito rara de mulheres ao mesmo tempo esguias e naturalmente bem-dotadas em matéria de seios além da idade de 25 anos, porque Helen e Rachel estavam convencidas de que todas as bem-dotadas iam ganhar gordura na bunda, que lhes seria entregue de presente junto com os cartões no dia do 26º aniversário delas).

Gordas que falam o tempo todo que têm seios fartos (na verdade, os seios em geral tomavam uma página inteira da lista, como as gordas, mas elas haviam decidido passar a régua a certa altura)

Mulheres que gostam da Dido

Mulheres que gostam de Bridget Jones

Mulheres que são iguais à Bridget Jones

Sophie

Mulheres que ficam falando sobre o quanto adoram sapatos (subdivisão: mulheres que acham *Sex and the City* muito realista)

Mulheres que são obcecadas por chocolate

Mulheres que lhe perguntam qual é o seu signo

Jennifer (nenhuma das duas conseguia se lembrar quem era Jennifer, mas tinham concordado em deixar o nome dela na lista porque deviam ter tido uma razão muito boa para adicioná-lo)

Mulheres magras que ficam zangadas por terem "engordado" e passado a usar tamanho 36

Mulheres choronas (Helen ultimamente, pelo menos)

Mulheres que usam "arrebentou", "demais" ou "antenado" (ou seja, qualquer palavra da moda)

Mulheres que falam com voz de menininha

Mulheres que lhe dizem que estão loucas (a menos que sejam desequilibradas mesmo)

Mulheres que se refiram a si próprias ou a qualquer outra como mãezinha gostosa

Mulheres frescas

Mulheres que chamam a menstruação de "aqueles dias"

Mulheres que pensam que você está interessada em seu tratamento de fertilização *in vitro*

Mulheres meditabundas

Mulheres que fizeram terapia

Mulheres que ficam querendo cumprimentos ("Hoje estou parecendo tão gorda", pausa para você ter tempo de dizer: "Não, imagina, você está muito bem")

Mulheres que chamam o namorado de "meu companheiro"

Laura (recentemente eliminada da lista por Helen)

Mulheres que usam suspensórios. Ou decotes tomara-que-caia. Ou qualquer outra coisa que tenham visto em uma das revistas masculinas dos namorados que seja considerada sensual

Mulheres esforçadas (ver acima)

Mulheres que usam flores no cabelo/lenços/sutiã preto com blusa branca/escarpins.

Mulheres que trabalham meio-expediente e esperam que o mundo inteiro gire em torno dos seus compromissos ("Ah, tenho que mudar meu horário na semana que vem, a creche do Sam vai fechar para reforma")

Mulheres que dão o seio ao bebê em público

Mulheres que ainda amamentam quando os filhos até já falam e vêm lhes pedir leite.

Está certo, então Helen podia ser culpada de um crime capital na lista, mas Rachel agora estava incluída em duas categorias – e provavelmente logo estaria emplacando mais algumas.

Helen tratou de encurtar a ligação, prometendo passar algum tempo durante os próximos fins de semana visitando lugares potencialmente bons para um casamento. Pensou em perguntar à Rachel se ela estava a fim de tomar um drinque em sua companhia no fim da semana, mas sabia que ela não aceitaria – ou se aceitasse, iria com a condição de que Neil também fosse –, não que isso fosse ruim em si, Neil até que era boa companhia, mas não era a mesma coisa. Helen não sentia que podia falar sobre Matthew com Neil dando palpite, dizendo que ele era um "cara legal", perguntando quando iam sair todos juntos outra vez. Ela sabia que Sophie, sob circunstâncias diferentes, aceitaria, mas, claro, Sophie pensava que ela já era uma publicitária bem-sucedida, de modo que não podia lhe contar as novidades. No entanto, queria ouvir os detalhes da tarde anterior; portanto, ligou para ela assim mesmo, lembrando a si mesma de não deixar escapar nada sobre sua própria situação.

— Francamente — disse Sophie quando Helen a empurrou contra a parede —, foi ótimo. As meninas adoraram, nós nos demos bem, não brigamos. Você tinha razão, sabe? Eu me senti por cima, pelo menos depois que me recuperei da mancada da pintura, e acho que por mais que ele imagine que é feliz com aquela piranha, deve ter voltado pensando que sente saudades da família. Pelo menos espero que sim.

— É só continuar fazendo a mesma coisa — disse Helen, tentando não notar a pontada de ciúme irracional que estava sentindo. Ela devia estar gostando, e estava, mas não fazia bem para o seu amor-próprio saber que ele podia voltar à sua vida antiga com tanta facilidade. — Faça-o sofrer.

— Pode deixar. Aliás, muito obrigada — disse Sophie — por seus conselhos e tudo mais. Sou mesmo muito grata a você.

Helen decidiu sair do trabalho cedo, enquanto Jamie estava lendo em voz alta a última mensagem de Alan (mencionando detalhes de um recente encontro em um hotel) para todos na sala das secretárias. Ela foi para casa, encontrou Matthew já enfeitando a sala de estar de um jeito que, para Helen, parecia um bordel no Natal. Havia estolas coloridas penduradas nos abajures — ela tinha certeza de que estava sentindo cheiro de queimado — e velas equilibravam-se precariamente nas estantes. A mesa do jantar estava posta, com uma garrafa de espumante em um balde de gelo bem no meio. Helen consultou o relógio – eram apenas 17h30. Ela ouviu Matthew cantarolando sozinho no chuveiro e viu que tinha estragado algum tipo de surpresa; portanto, nem tirou o casaco, mas, louca como estava para se desvencilhar daquela armadilha mortal em que se havia transformado seu apartamento, com aquela combinação letal não só de estolas sobre lâmpadas sem cobertura, mas também com velas e um gato curioso, deu as costas para aquilo tudo e saiu por onde tinha entrado. Aí tornou a destrancar a porta, entrou direto, pegou Norman e, apesar de seus protestos, trancou-o na cozinha.

Saiu uma segunda vez e subiu os degraus até a rua, tentando decidir como ia matar uma hora. Sentiu a tentação de ir ao cinema e voltar horas depois, fingindo inocência e horror por ter perdido o que ele tinha em mente. Oh, Senhor, ela não ia conseguir encarar um jantarzinho íntimo para dois de jeito nenhum. Era muita delicadeza dele ter pensado nisso, claro que era, mas ela só queria sentar-se no sofá e assistira à TV. Sentia-se como se eles não tivessem quase nada a dizer um para o outro nos últimos tempos e certamente não o bastante para preencher o quê, quatro horas? antes de ele vir para o seu lado todo meloso e começar a tentar levá-la para a cama. Eles tinham conseguido evitar relações sexuais durante algumas semanas, e isso estava excelente para ela. Helen sentiu nojo ao pensar em ser apalpada por ele – coisa que tinha adorado durante anos –, e não porque houvesse algo realmente errado com ele, nem porque ele não fosse bom amante, muito pelo contrário. Mas só porque era Matthew.

Ela passou pelos pedestres que voltavam para casa de metrô na hora do rush, foi para a rua principal e ficou olhando as vitrines, o que levou 10 minutos; assim, ela se sentou em um banco na frente da lanchonete da cadeia Kentucky Fried Chicken tremendo naquele seu casaco fino. Às 18h30, começou a voltar de má vontade para o apartamento, ensaiando sua reação de espanto e encanto. Quando entrou, Matthew estava no corredor, impaciente como uma anfitriã nervosa, parecendo tão ávido e empolgado com sua surpresa que ela não achou difícil agradá-lo um pouco.

— O que foi? — indagou ela. — O que está havendo?

Matthew mostrou a sala de estar com um floreio da mão.

— Ta-ram!

Helen então entrou na sala. As velas estavam queimadas até terem virado tocos, e ela viu uma das estolas coloridas jogada sobre a poltrona com um círculo preto suspeito no meio. O cheiro de queimado, que havia piorado, tinha agora um delicioso aroma de curry misturado a ele.

— Puxa, Matthew, o que é isso tudo?

— Jantar de comemoração — disse ele, orgulhoso. — Em homenagem ao seu novo emprego.

— Foi você que fez, foi?

— Comprei quentinha.

— Está tudo lindo, viu? Muito obrigada.

Era mesmo delicadeza dele ter feito aquela força toda para agradá-la. Há três ou quatro meses, ela teria ficado encantada e teria enchido a paciência de Rachel falando de todos os detalhes. Mas hoje ela mal estava conseguindo parecer grata.

— Beba uma taça de espumante.

Matthew pegou a garrafa, que agora já estava dentro de uma pocinha d'água de gelo derretido, e encheu uma taça para ela. Ela bebeu o espumante em dois goles e estendeu o copo para pedir mais.

Duas horas depois, eles finalmente tinham terminado de comer, e Helen estava tentando decidir qual seria o menos prejudicial de dois males: alegar que estava cansada e ir para a cama, sabendo que Matthew esperaria que ela retribuísse a surpresa, ou tentar ficar acordada até ele próprio estar caindo de sono e precisar aturar talvez mais três horas de conversa-fiada. Justiça seja feita, eles até que haviam conseguido passar o tempo se divertindo, reclamando do trabalho e especulando sobre a futura carreira de Helen, mas ela estava tendo de fazer força para imaginar novos assuntos sobre os quais falar depois. Talvez devesse tocar de novo no tema de Sophie e mostrar a Matthew mais alguns dos pontos positivos de sua ex.

– Ah – ouviu Matthew dizer. – Tive notícias do Leo.

O estômago de Helen quase saiu pela boca.

– Ele está louco para conhecer você na sexta-feira.

– Ele está... o quê? – Ela não sabia se tinha ouvido direito.

– Na inauguração. Eu disse a ele que gostaria de levar você, e ele respondeu que está ansioso para conhecê-la. Acho que a Sophie vai estar lá, mas tudo bem, não? Quero dizer, acho que todos estão se comportando como adultos agora; portanto, ela vai tratá-la bem.

Helen entrou em pânico na mesma hora.

– Não.

– Não o quê?

– É cedo demais. Para conhecer todos eles assim. Não dá.

– Não seja ridícula. Claro que dá.

– Não, Matthew, não dá pra mim. – Ela sentiu que ia começar a chorar.

– Já sei, vou ver a que horas Sophie vai passar por lá, e vamos depois. Não sei por que está tão preocupada assim. Ela vai se comportar perfeitamente bem; não é o tipo de mulher de armar barraco.

– Não dá para eu ir mesmo. Não posso conhecer o Leo, ainda não. – Lágrimas incontroláveis estavam agora rolando pelas suas faces. Mas que inferno! – Além disso – continuou, desesperada –, vou ter um compromisso na sexta.

– Que compromisso?

– Sair com Rachel.

– Mas vai se encontrar com ela amanhã. – Matthew, é claro, não sabia que Helen, na verdade, estava planejando passar a noite de terça com a futura ex-esposa dele.

– Ela vai se casar, Matthew – disse Helen, como se isso pudesse explicar tudo. Quando viu que ele não reagiu, ela continuou. – Vou ajudá-la a fazer planos. Sou a madrinha dela, ou seja lá o que for. Eu prometi.

– Ai, mas que saco; cancele isso. É a minha família, Helen. Sabe como é o meu relacionamento com o Leo. É um milagre ele ter me convidado. E o que vou dizer: "Desculpa, mas não dá para irmos, temos coisa melhor a fazer?"

– Claro que você tem que ir. Mas eu não vou com você. Sinto muito.

– Helen, não posso dizer ao Leo que você rejeitou sua generosa oferta de conhecer você.

– Deixe dessa babaquice toda. Leo não quer que eu vá coisa nenhuma. Ele só foi educado, e foi muita gentileza dele, mas para mim é cedo demais, tá? Chega, só diga a ele que eu tinha outros planos.

– Você está sendo ridícula... Você vai comigo... e pronto.

– Mas não vou mesmo.

– Helen, deixe de besteira. As meninas lá da firma já me disseram que você faz questão de sair sempre que ele vai lá. Pode ser que faça isso porque tem medo que ele queira brigar com você, mas agora que estou lhe dizendo que ele quer conhecê-la, que está realmente tentando encontrá-la, você não quer. Afinal, o que há?

– Nada. Só não estou preparada. Não vou, e você não pode me obrigar, tá? Você não é meu pai, Matthew. Não pode me pôr de castigo se eu não fizer o que você quer. Não vou, é melhor se conformar.

– Você está agindo como uma adolescente.

– Não, estou agindo como uma mulher de 39 anos que pode tomar suas próprias decisões, e é você que está agindo como um velho que pensa que todos deviam fazer o que manda. E sabe por quê? Porque eu sou mesmo uma mulher de 39 anos e você é mesmo um velho.

Matthew levantou-se da mesa.

— Vou para a cama.

— São 20h50.

— Mesmo assim, vou para a cama.

— Ótimo, eu vou dormir por aqui mesmo.

— Pode ficar à vontade. — Ele bateu a porta do quarto ao entrar.

— Babaca — gritou Helen, só para ter a última palavra.

Cinco minutos depois, a cabeça de Matthew surgiu à porta da sala outra vez.

— Você não está investindo nem um pouco na nossa relação! — berrou ele.

— Vai, pode falar, você desistiu de tudo por mim. Mas eu não pedi para você fazer isso.

— Pediu, sim. — A voz dele saiu tão alta que chegava a ser um grito. — Pediu, sim, porra.

E ele voltou para o quarto.

— Ah, vai se foder — gritou ela depois que ele sumiu.

Cinco segundos depois ele reapareceu.

— Uma noite. Só uma droga de uma noite para me ajudar a apoiar meu filho. É pedir demais?

— É, sim. Vai me desculpar, mas é, sim — disse Helen, deitando-se no sofá e cobrindo a cabeça com uma manta.

26

HELEN ESTAVA NA MUSEUM Tavern, defronte do Museu Britânico, mexendo um Bloody Mary roboticamente com uma espátula de plástico. Sophie estava atrasada. Não só os 10 minutos que costumava se atrasar, mas meia hora agora. Helen tinha tentado ligar para ela, mas a ligação estava caindo direto no correio de voz, e como ela sabia que Matthew ia para a casa deles ficar com as meninas, ligar para o telefone fixo de Sophie era perigoso. Ela ficou ali, mexendo o drinque, e lançou um olhar furioso para um sujeito que estava olhando para ela, com insistência de outra mesa. O cara murmurou alguma coisa para os dois amigos que estavam com ele, e todos se viraram para olhá-la. Helen pensou em gritar: "Não sou puta, estou só esperando uma amiga", mas em vez disso corou, diante do escrutínio dos homens e olhou para um descanso de prato no bar que ela fingiu ter subitamente lhe chamado a atenção. Desejou ter uma revista ou um livro — ler passava a mensagem: "Sou uma mulher respeitável e tenho um motivo legítimo para estar sentada sozinha neste bar." Só que beber sozinha aparentemente queria dizer: "Posso ser sua se me pagar uma vodca." Ela consultou o relógio de pulso: esperaria mais 5 minutos.

Helen já estava sentada sozinha ali no bar fazia mais de uma hora, até porque não tinha conseguido encarar a barra de ir para casa, sabendo que os restos de comida da refeição da noite anterior ainda estariam todos espalhados pela sala. Não achava que tivesse obrigação de limpar nada daquilo, pois tinha sido Matthew que tivera aquela idéia e, pelo que ela sabia, também tinha sido ele que começara a briga que encerrara a noite antes do tempo. E, de qualquer forma, embora ela não tivesse tido a intenção de começar briga alguma, agora que eles tinham brigado, ela achava isso perfeito para seu plano, de modo que não ia fazer o menor esforço para se reconciliar com ele.

Matthew uma vez tinha dito a ela que Sophie era passivo-agressiva.

"Ela desgasta você, pouco a pouco, e termina sempre conseguindo o que quer. Eu prefiro uma briga direta" – tinha dito ele. "Se a gente estourar de cara, desabafa tudo." A julgar por sua cara emburrada quando Helen passou por ele no escritório, ele tinha mentido. Ou talvez quisesse mesmo era dizer "prefiro uma briga, se eu vencer", pensou, amargurada. Oh, Deus, ele era mesmo um saco.

Três minutos e cinqüenta e poucos segundos depois de ela olhar pela última vez e ter aturado diversas sobrancelhas erguidas e pelo menos uma piscadela dos caras que agora percebia tratar-se de executivos holandeses, Helen voltou a consultar o relógio e resolveu ir embora. Estava pondo a bolsa a tiracolo no ombro quando o celular tocou. Finalmente. Ela viu o número de quem estava ligando antes de atender, embora soubesse muito bem que era Sophie, e descobriu que não era – era um número que ela não reconheceu.

– Alô.

Respondeu uma voz de homem. Ela não tinha certeza se foi o fato de a voz ser familiar ou de ele a chamar de Eleanor que a fez perceber quem era. Era Leo. Ela tentou – e não conseguiu – parecer indiferente ao ser pega no contrapé assim.

— Como tem passado? – indagou ele, como se fosse a coisa mais natural do mundo ele ligar.

— Muito bem. Ocupada, claro. Como foi sua inauguração? – indagou ela, mesmo sabendo que ainda não tinha acontecido.

— É por isso que estou ligando para você. É na sexta. Achei que talvez você quisesse comparecer, ver como ficou. Não é para marcar encontro nem nada disso... Quando eu digo "você", quero dizer "você e seu namorado". Ainda está com ele, não?

Ele devia estar interessado nela ainda – por que outro motivo iria ligar? Ela sentiu uma onda de... de quê? Desejo, provavelmente. Suprimiu o impulso de dizer: "Não, sou toda sua se ainda me quiser."

— Hã... sim. Estamos tentando fazer a coisa dar certo, sabe?

— Meu Deus, se ao menos ele soubesse como isso estava distante da verdade. Ela podia ter jurado que detectou uma decepção na voz dele.

— Bom, como eu disse, pode levá-lo. Honestamente, eu adoraria que fosse, porque aí vou poder dar uma de *restaurateur* dos famosos e saber que você vai estar olhando para o pobre do Carlos e desejando estar solteira. Se bem que eu, sendo agora o novo Gordon Ramsay, não tenho certeza se ainda estaria interessado em uma humilde publicitária como você.

Helen riu.

— É Carlo, não Carlos. Sinto muitíssimo, mas já tenho um compromisso na sexta à noite. – Ela estava pensando rápido. – É a noite de estréia da peça de um cliente.

Leo, pelo jeito, não acreditou.

— Não diga.

— O nome dela é... Rachel... hã... – Olhou em torno de si. Os executivos holandeses ainda estavam de olho nela, convencidos de que era alguma garota de programa.

— Ho. Rachel Ho.

— Rachel Ho?

— Ela é chinesa. Meio chinesa. O pai. Ela acabou de sair da escola de teatro e, sabe como é, precisa de todo o apoio possível. De verdade, adoraria poder ir... Ela se calou quando a porta se abriu e Sophie entrou, toda esbaforida.

— *Podemos* ser só amigos. Somos adultos — estava dizendo Leo. — Mas se não quer ir, tudo bem...

— Preciso desligar. Sophie chegou. Desculpe. E mais uma vez obrigada pelo convite... obrigada mesmo, mas realmente não dá para nós irmos. — Ela desligou antes que ele pudesse protestar. Merda, agora ele vai pensar que fui grossa, embora, na verdade, não importa o que ele pense, importa?

— Puxa, mil perdões — disse Sophie, ainda sem fôlego, antes que Helen pudesse dizer alguma coisa. Ela obviamente tinha vindo correndo pela rua. — Saí de casa tão depressa que esqueci o celular; portanto, não deu para ligar e avisar que já estava a caminho. Desculpe mesmo. Já faz tempo que está aqui?

Ela notou que Helen já estava com a bolsa no ombro.

— Ai, que fora, hein? Você já estava até saindo...

— Tudo bem — disse Helen para tranqüilizá-la. — Acalme-se. Vou pegar uma bebida para você.

— Foi o Matthew — disse Sophie, e Helen sentou-se outra vez, esquecendo-se do drinque. — Ele estava meio nervoso e queria conversar. Ele e Helen tiveram uma briga feia, pelo jeito.

Helen engoliu em seco.

— E por que, ele lhe disse?

— Helen está se recusando a ir à inauguração do restaurante do Leo. Incrível, não? Ela diz que não quer conhecer mais nenhum parente dele.

— Talvez ela sinta medo de você estar lá.

— E estarei mesmo, mas e daí? Até gostaria de dar uma olhada nela, para ser sincera. E não vou fazer cena e arruinar a noite do Leo, claro. Isso me faz lembrar, ele quer convidá-la também.

— Eu sei, ele me ligou agorinha mesmo. Mas na sexta eu não posso. — E aí se levantou. — Vinho branco?

— Bem, acho que finalmente ele está abrindo os olhos — disse Sophie, enquanto elas tomavam seus drinques.

— Por quê? — Helen estava morta de curiosidade. — O que mais ele lhe contou?

— Que o relacionamento entre eles mudou. Que ele sente que é como se ela não estivesse mais interessada nele agora que conseguiu fisgá-lo. Só Deus sabe por que ele acha que pode me pedir apoio.

— Talvez ele saiba que você vai lhe proporcionar um ombro amigo. O que é bom. Se você consegue escutá-lo falar sobre os detalhes íntimos de sua nova vida sem entrar em crise, é porque superou a separação.

— Ele me disse umas coisas muito íntimas mesmo, na verdade. Tipo, eles não fazem mais sexo. Nem de vez em quando.

— Nem de vez em quando?

— Pelo jeito não. Bem feito. Na verdade, isso é até injustiça; quando vi, estava sentindo pena dele. Como ele consegue, hein? Se comporta mal pra caramba e sempre termina arranjando alguém para consolá-lo.

Helen estava pensando em outra coisa.

— Ele disse, literalmente, que eles não fazem mais sexo nenhum?

Sophie confirmou.

— Ela não sente mais vontade, disse ele. E até que não demorou muito.

Helen pensou na trepada que tinha dado com Matthew umas três semanas antes, só para ele não ficar chateado — ou seriam quatro? Detestava trepar com ele agora, mas de vez em quando cedia, porque sentia que era injustiça dela não fazer isso. Ela até que fingia bem — ele não ia descobrir de jeito nenhum que ela estava fazendo tudo mecanicamente. Mas agora, se ele ia começar a dizer a todo mundo que não estavam trepando, ela não se incomodaria mais.

Sophie estava imersa em seus próprios pensamentos.

— Por que ela faria isso? Destruir uma família e depois dar gelo no cara? Não faz sentido algum, a menos que tudo fosse um jogo para ela, que só quisesse ter a satisfação de saber que tinha vencido. Mas que safada, veja só.

— Talvez ela estivesse mesmo apaixonada por ele, mas agora tenha mudado de idéia. — Como sempre, Helen não resistiu a defender-se. — Talvez ela tenha perdido o interesse pelo cara. Acontece.

— Mas não dá para simplesmente perder o interesse por alguém quando essa pessoa mudou toda a sua vida para ficar com você. Simplesmente não dá.

— Acho que é o tipo da coisa que não dá para controlar — disse Helen. — Tenho certeza de que ela não fez isso de propósito.

— E por que ela não quer conhecer o Leo, se isso significa tanto para o Matthew? Ela parece ser uma grande egoísta.

— Bom, isso está na cara, né? — riu Helen.

— Sophie — disse Helen 2 minutos depois, enquanto Matthew e Helen ainda eram o tema da conversa. — Naquela outra noite, você disse que achava que o queria de volta. Estava falando sério?

— Eu nunca disse isso — protestou Sophie, mas ficou vermelha o suficiente para se entregar. Helen tornou a rir.

— Você disse, sim.

— Devo ter bebido demais. Claro que não o quero de volta. — Sophie ficou mais vermelha ainda. — Vamos mudar de assunto.

Enquanto Sophie estava no bar, Helen verificou suas mensagens, procurando um pedido de desculpas de Matthew, o que, naturalmente, não encontrou.

— Helen!

Ela gelou na hora.

— Achei que era você.

Ai, mamãe. Ai, mamãe. Ai, mamãe.

Ela olhou para cima, meio de soslaio. Sophie ainda estava no outro extremo do bar, agitando uma nota de dez para o garçom com gestos extravagantes. Helen sorriu para Kristin, a ex-assistente de Alan, que estava ao seu lado.

— Kristin. Oi — disse ela, baixinho, pensando: "Por favor, vá embora."

— Como vai? — Kristin fez menção de sentar-se.

— Muito bem. Olhe, tem outra pessoa aí.

— Ah, eu sei — disse Kristin, sentando-se assim mesmo. — Vou sair quando ela voltar. Como está a Global? O Alan já levou bofetada de mais alguém?

Helen estava olhando para trás: Sophie estava batendo papo com o homem atrás do balcão do bar enquanto ele lhe servia a bebida.

— Não sei, para ser sincera com você.

— Aliás, fiquei sabendo — disse Kristin, em um tom de voz conspirador — sobre você e Matthew Shallcross. Jamie me contou. Ele fez parecer que era grande coisa, mas eu pensei, bom, se é isso que ela quer, boa sorte. Uma pena ele ter largado a esposa e os filhos e tudo, mas...

Helen viu Sophie voltando com os drinques, parecendo intrigada de ver alguém sentada em seu lugar. Podia ver a boca da Kristin ainda se abrindo e fechando, mas o zumbido em seus ouvidos afogava as palavras da outra. Sentiu vontade de dar nela com uma pá para ela parar de falar. Sentiu vontade de morrer.

— Kristin — ela deteve a outra mulher no meio da frase. — Você me desculpe. Mas a minha amiga recebeu uma notícia realmente de arrasar, sabe? Ela está com uma doença terminal. E precisa conversar comigo, antes de morrer, você sabe, sobre o que vai acontecer com os seus filhos e essas coisas...

Sophie estava a um metro delas.

– Ai, nossa, me desculpe. – Kristin levantou-se da cadeira. – Vou deixar vocês em paz. Ligue para mim de vez em quando, tá?

Sophie pôs os drinques na mesa.

– Oi – disse, sorrindo para a Kristin. – Pode ficar, vou pegar outro banquinho. Aliás, meu nome é Sophie.

Kristin olhou para a mão estendida de Sophie como se estivesse coberta de lesões de lepra. Pegou-a de leve.

– Muito prazer, Kristin... Hã... Não, estou com minhas amigas ali, preciso ir. Você está muito bem, aliás. – Olhou para Sophie com um jeito que parecia admiração. – Está mesmo.

Sophie fez cara de confusa.

– Obrigada.

Kristin olhou para Helen.

– Então tchau.

– Eu ligo.

– Quem é ela? – perguntou Sophie, assim que Kristin sumiu.

Helen estava começando a recuperar o fôlego.

– Ah... só alguém com quem trabalhei. Anos atrás, mal a conheço, sabe.

Helen chegou em casa antes de Matthew, que, ela não tinha a menor dúvida, estava enchendo a cabeça de Sophie com mais histórias de horror sobre ela antes de voltar. Pelo menos ela torcia para que estivesse. Lavou exatamente metade dos pratos sujos tão rápido quanto pôde e foi para a cama, apagando as luzes, para poder fingir que estava dormindo. Mais ou menos 10 minutos depois, ouviu a porta da frente abrindo e fechando, Matthew batendo pratos e presumivelmente terminando a tarefa que ela tinha começado. Ficou deitada ali de olhos fechados, esperando que ele viesse, mas com o tempo percebeu que ele pretendia passar a noite no sofá, como ela tinha feito na noite anterior. Não sabia por que, mas essa idéia deixou-a fula de raiva, e ela pensou em se levantar e comprar briga com ele. Voltou a deitar-se — de que adiantava, afinal? O caso deles já estava para terminar mesmo; ela só precisava esperar um pouco mais.

Na manhã seguinte, Matthew saiu para o trabalho na hora em que Helen se levantava, às 7h45. A cozinha estava limpa, com exceção de uma tigela suja de curry que ele tinha deixado de lado como um desafio. Ela resolveu fingir que não tinha visto.

27

QUANDO CHEGOU A SEXTA-FEIRA, Helen e Matthew tinham atingindo algo que se assemelhava a civilidade em suas relações. Ele ainda estava chateado por causa da ausência dela na inauguração de Leo e não tinha perdido nenhuma oportunidade de fazer o que considerava indiretas sutis sobre o assunto. Ela estava se sentindo culpada e, portanto, respondia a cada uma das indiretas com o que considerava murmúrios conciliadores, mas não comprometedores. Quando eles tinham começado a conversar como gente de novo, mais ou menos na quarta-feira, ele arriscara jogar tudo por água abaixo uma segunda vez repetindo o convite. Preparada, dessa vez, Helen tinha se recusado a ceder e mantido sua história de que ia se encontrar com Rachel. Durante algum tempo eles haviam ficado meio estremecidos, mas à luz fria do dia, nenhum dos dois estava preparado para um combate até as últimas conseqüências. Portanto, Matthew tinha aceitado sua desculpa mas não se esquecera de sua raiva por causa disso, como ficou perfeitamente claro pelos comentários que ele fazia quase sem sentir.

Helen estava nas nuvens – Sandra Hepburn tinha voltado de Kos, e algumas fotos "espontâneas" bastante promissoras tinham vazado para os jornais de domingo. Helen estava confiante de que pelo menos uma ou duas delas chegariam às colunas sociais.

Além de tudo isso, Laura tinha lhe dito que ela não precisava mais guardar segredo sobre seu novo emprego; portanto, Helen concebera uma maneira certeira de deixar as bruxas ficarem sabendo da novidade na hora dos drinques de sexta-feira, mas sem ter de falar com elas diretamente. A estratégia consistia em dar a boa notícia à Helen-da-Tesouraria, discretamente. Helen-da-Tesouraria soltou gritinhos de contentamento e disse: "Parabéns" tão alto que Jenny foi obrigada a lhe perguntar o que estava acontecendo. A cara dela, refletindo uma total falta de entusiasmo por sua boa sorte, tinha feito Helen se sentir muito bem.

Matthew tinha resolvido ir direto para o restaurante de Leo depois do trabalho, apesar de a inauguração só começar às 20 horas. Ele tinha metido na cabeça que podia ajudar Leo a preparar as coisas, o que provavelmente era uma péssima idéia, mas pelo menos Helen poderia ir direto para casa e não precisaria fingir que estava se preparando para ir a algum outro lugar. Claro que havia a possibilidade de Leo e Matthew saírem no tapa, e ele viria para casa mais cedo, e pegaria a Helen no sofá, vendo TV de pijama, mas ela decidiu que esse era um risco que ela estava preparada para assumir. Naturalmente, tinha ligado para Rachel e avisado a ela que, se Matthew perguntasse alguma coisa, elas haviam saído juntas naquele dia.

— Tudo bem — respondera Rachel, e depois, mais do que depressa: — Acha que devo escolher talheres com cabos de prata ou osso?

— Preciso desligar — dissera Helen, apressada, desligando. Cabo de osso? O que tinha acontecido com sua amiga? Ela se transformara em alguma espécie de senhora vitoriana fresca desde que tinha anunciado que ia se casar. Tinha começado a usar palavras como buquê, barbatanas e corpete. Achava guardanapos coisas fascinantes e era capaz de passar uma hora avaliando as virtudes de diferentes tipos de cartões de identificação para marcar os lugares dos convidados nas mesas. Fotos de véus eram capazes de fazê-la desmaiar de empolgação. Helen pegou o telefone e discou o número de Rachel outra vez.

— Vem cá, eles não têm de matar animais para fazer esses cabos de osso?

— Ou gente, não sei bem. Mas isso foi há anos. Ninguém vai matar ninguém para fazer talheres agora. Não precisa se preocupar.

— Fique com a prata — recomendou Helen. — Tchau.

Ela procurou a sua cópia da lista de "Mulheres que odiamos" e acrescentou: "Mulheres que mudam de personalidade quando ficam noivas." E no final da frase colocou "(Rachel)".

Sophie, Claudia e Suzanne chegaram à Percy Street às 19h50, e a primeira coisa que viram quando dobraram a esquina vindo de Rathbone Place foram as fieiras de luzinhas estendidas das janelas até o alto das árvores e o brilho avermelhado dos aquecedores do pátio frontal. O Verano estava deslumbrante. As paredes vermelho-escuras e as filas de velas bruxuleantes em potes coloridos projetavam uma luz cálida na rua e tornavam quase impossível deixar de entrar em uma noite extremamente fria de fevereiro como aquela. Lá dentro, Leo e Matthew — que pareciam se tratar com civilidade, quase com amizade — davam os toques finais: Matthew estava até de pincel na mão. Laura estava repassando a lista final de convidados com um segurança que tinham contratado para ficar à porta naquela noite. Estavam esperando cinqüenta convidados, 18 deles "famosos", embora fossem notoriamente indignos de confiança. O chefe de cozinha tinha preparado *tapas*, que os garçons distribuiriam em bandejas, e a geladeira estava cheia de espumantes de ótima qualidade (e bebidas mais baratas para abrir mais tarde, quando as papilas gustativas das pessoas já estivessem menos exigentes). Leo tinha conseguido persuadir alguns amigos e parentes a chegarem pontualmente às 20 horas para que, se algum dos colunáveis de terceira aparecesse, não desse uma olhada no lugar e fosse embora. Ele pareceu comoventemente grato quando viu sua futura exmadrasta e suas meias-irmãs ali tão cedo.

Matthew entregou uma taça de espumante a Sophie e um copo de suco de laranja para cada uma das meninas e fez um brinde para Leo e o restaurante, e todos ergueram os copos. Sophie analisou o grupo: eram uma feliz legítima família disfuncional do século XXI: um casal separado, um enteado, um meio-irmão e suas irmãs – e agora só precisavam que Hannah e Helen aparecessem para completar o quadro, mas Hannah estava ausente, mergulhando – sua mais recente de uma série de novas paixões desde que o marido a abandonara havia todos aqueles anos –, e Helen, é claro, tinha se recusado a comparecer.

Leo tinha desejado que sua mãe estivesse presente em sua grande noite e havia ficado bastante chateado quando ela anunciara que ia viajar, mas não havia como negar que isso tornava a noite menos complicada. Ele também não tinha gostado de Helen não ter vindo, mas ao mesmo tempo sentia alívio por isso.

Mais ou menos às 20h20 o restaurante já estava ficando cheio e, embora nenhuma das celebridades que haviam confirmado presença tivesse chegado, Leo mandou os garçons começarem a circular com os primeiros *tapas* – deliciosos aperitivos do menu do Verano, compostos de anchovas, frios e minúsculas rodinhas de lula frita com pimenta. Uns dois ou três *paparazzi* tinham chegado e começaram a perambular por ali, esfregando as mãos para se manterem aquecidos. Às 20h30, viu-se um súbito clarão de flashes espocando, e Shaun Dickinson surgiu com uma loura de seios fartos logo atrás de si. Por volta das 22 horas, um casal de atores de telenovela, um perdedor de um reality show, Sandra Hepburn e a ex de Shaun, acompanhada do novo namorado, um jogador de futebol, já haviam cruzado a porta de entrada. A maioria só ficou meia hora, provou a comida e declarou que estava tudo delicioso, tomou três ou quatro taças de espumante e depois saiu, para tentar ser fotografada em algum outro lugar, mas os *paparazzi* conseguiram o que queriam. Suzanne e Claudia pediram autógrafos para mostrar às amigas na segunda-feira, e Leo reservou lugares para algumas pessoas na semana seguinte.

Matthew, Sophie e as meninas tinham ficado juntos no início da noite e continuado assim o tempo todo, sentados a uma mesa no canto, vendo os acontecimentos da noite se desenrolarem e explodindo de orgulho de Leo. Sophie sabia que estava recebendo olhares curiosos dos representantes da Global, inclusive de Laura, mas decidiu que a única coisa que podia fazer era manter a dignidade e a distância e não deixar aquilo estragar sua noite. As meninas, vendo os pais sentados juntos ali, bebendo e batendo papo, estavam quase histéricas de felicidade.

— E então, como vão as coisas com Helen? — conseguiu perguntar Sophie depois de algumas taças.

— Melhor, obrigado. Pelo menos eu acho que sim, embora não tenha conseguido convencê-la a vir.

— Ótimo — intrometeu-se Claudia.

Jenny aproximou-se deles.

— Está tudo indo às mil maravilhas, não? — Ela sentou-se e virou-se para Sophie exibindo um falso sorriso inocente no rosto. — Oi, você deve ser a Sophie. Conversamos ao telefone antes. Sou Jenny, assistente de Matthew.

Sophie tentou sorrir para ela, sentindo-se humilhada pelo fato de essa mocinha com certeza saber de toda a vida particular deles.

— Ajudei Laura a organizar tudo isso — disse Jenny, maliciosamente —, porque, sabe como é, era uma atribuição da Helen, mas ela não quis saber de fazer nada. Triste, não é? Ela devia querer conhecer os parentes do Matthew. Também... — continuou em tom conspirador, abaixando o tom de voz para Matthew não ouvir – ela é uma bruxa, mas tenho certeza de que você sabe disso. Todos nós lá no escritório a odiamos pelo que ela fez.

Sophie não fazia idéia de como responder. Devia se sentir consolada por saber que sua rival era detestada, mas queria que a mocinha fosse embora e a deixasse em paz. Olhou suplicante para Matthew, que, graças a Deus, não tinha esquecido como interpretar seus sinais secretos.

– Jenny, acho que você deveria ir ajudar Laura a distrair os convidados. Não queremos que saiam muito cedo, porque não pegaria bem.

Jenny levantou-se relutante.

– Tchau, Sophie. Foi um prazer conhecê-la.

– Desculpe... ela é mesmo uma vaca – disse Matthew depois que Jenny saiu.

– Você tem muito bom gosto para escolher assistentes – conseguiu dizer Sophie, com um sorriso que ele retribuiu, agradecido.

Por volta das 23 horas a festa já estava começando a chegar ao fim. Sandra, a última das colunáveis a ir embora, já de porre por conta da bebida de graça e de braço dado com um homem com o qual não tinha chegado, mas que poderia ser um dos garçons, provocou mais uma rodada de flashes ao sair, e então os *paparazzi* se retiraram tão discretamente quanto haviam chegado, para se dirigir até o próximo evento. Laura tinha vindo até Matthew e declarado a noite um sucesso retumbante. Sophie tinha sentido que Laura procurara evitá-la, provavelmente constrangida por ter sido a assistente dela que lhe havia roubado o marido, portanto fez um esforço enorme para sorrir efusivamente em sua direção, e Laura retribuiu o gesto com uma cara de alívio, mas também, conforme Sophie interpretou, de culpa. Oh, Deus pensou, tomara que ela não seja outra conquista de Matthew. Uma nuvem passou rapidamente sobre a mesa deles, mas Leo a afastou quando, depois de levar os últimos convidados até a porta, aproximou-se triunfante com outra garrafa de espumante e começou a avaliar a noite com um tom de voz vitorioso. As meninas não se agüentavam mais de sono, mas Sophie ficou para uma última taça destinada a brindar ao sucesso de Leo, antes de pegar um táxi e levá-las para casa.

Helen ouviu Matthew tropeçar na mesa do corredor mais ou menos à 1 hora – pelo menos presumiu que era ele e não um ladrão, mas estava cansada demais para ir lá verificar. Deixe que ele roube os carros de brinquedo do Matthew – e eu com isso? Então ouviu outro estrondo e um "Porra!" e viu que definitivamente era Matthew, de cara cheia.

– E aí, como foi? – perguntou, sonolenta, quando ele entrou cambaleante no quarto e acendeu a luz, fazendo-a semicerrar os olhos.

– Fantástico! – respondeu ele, a voz arrastada. – Um triunfo. Você devia ter ido.

Ela fingiu não ter notado o sarcasmo.

– E o Leo, gostou? Ele achou que foi tudo bem? Ele se divertiu? – Epa, pare de fazer perguntas sobre o Leo. A próxima seria: "Ele estava bonito?" ou "Ele parecia estar sofrendo por alguém chamada Eleanor?" Então resolveu mudar de assunto. – Algum dos famosos compareceu?

– Um monte. Shaun, Janice, Sandra...

– A Sandra foi? – por algum motivo, Helen ficou nervosa. – Ela se comportou bem? Ficou de olho nela?

– Eu não, não era minha obrigação.

Ele conseguiu perceber a expressão de desaprovação no rosto dela.

— Não se preocupe, ela se comportou bem, sim.

Então ele caiu na cama, ainda de meias, e virou-se para o seu lado, ressonando quase de imediato, caindo no sono em segundos. Helen suspirou e saiu da cama para apagar a luz.

Na manhã de sábado, Helen levantou-se cedo e foi à banca comprar os tablóides. Estava procurando a matéria sobre a sessão de fotos de Sandra, mas também estava louca para ver se a inauguração do Leo tinha recebido algum tipo de cobertura. Sabia que ele não ia sair em nenhuma foto, se é que alguma delas ia ser publicada, mas, assim como aos 14 anos se sente vontade de passar diante da casa do menino que a gente gosta mesmo que se saiba que ele saiu de férias com a mãe e o pai, ela só queria dar uma olhadinha em qualquer coisa que estivesse ligada a ele. Começou a folhear um dos jornais impacientemente enquanto andava pela rua. Nada. Entrando no apartamento, sentou-se no sofá e começou a folhear depressa o segundo. Na página cinco havia uma foto de Sandra. Mas não era a foto que ela estava esperando. Não havia uma manchete como "Sandra é uma Modelo". A foto tinha sido tirada em frente do Verano — ela reconheceu o loureiro no vaso ao lado da porta e a mesa e as cadeiras de ferro trabalhado. Não havia menção ao nome do restaurante, nem ao do dono, porque a matéria era sobre Sandra. Sandra de braço dado com um homem desconhecido, que Helen nunca tinha visto antes; Sandra com uma mancha de gordura em seu top transparente; Sandra de perna levantada para os fotógrafos, como uma cachorrinha desesperada por publicidade, para lhes mostrar que estava sem calcinha. O jornal tinha posto uma tarja na foto para esconder a imagem explícita. A manchete dizia: "Não Mostra, Amor."

Helen começou a suar. Foi procurar nos outros dois jornais — ambos tinham publicado a mesma foto e as legendas: "Sem Tanguinha" e "Sandra Mostra Tudo". Não se mencionava o Verano em momento algum, ninguém tinha publicado as fotos de outros colunáveis chegando ou saindo, e, é claro, por que alguém usaria as fotos "espontâneas" de modelo, quando tinha aquela? Ela tentou dizer a si mesma que os jornais de domingo talvez publicassem a história da *Vogue*, mas sabia que agora não havia chance.

Matthew estremeceu quando ela jogou os jornais ao pé da cama.

— Tremendo desastre. — Ela mostrou-lhe uma matéria após a outra, erguendo-os na altura do rosto dele, ainda deitado na cama.

— Sabe, isso não teria acontecido se você tivesse ido — disse ele, sem fazer a menor questão de ser diplomático.

Ela deitou-se na cama, arrasada.

— Eu sei, eu sei.

Mas Matthew ainda tinha mais a dizer.

— Agora o Leo vai pensar que eu não tive competência para fazer essa campanha. Excelente.

— Sinto muito, viu. Mas não fui eu quem convidou a Sandra. Não sabia que ela ia.

— Tudo bem. Mas vamos encarar, Helen, se você não tivesse se recusado a tratar da festa de inauguração do Leo, poderia ter visto quem constava da lista e, se ao menos tivesse ido ontem à noite, teria ficado de olho na Sandra quando ela apareceu. Teria feito com que ela parasse de beber, teria mandado a mulher para casa.

A defensiva era a melhor opção de Helen.

— Laura estava lá. Ela devia ter cuidado da Sandra.

— Sim, mas a Laura era a encarregada de tudo. Já estava sobrecarregada. E, de qualquer forma, ela tinha passado a responsabilidade da matéria sobre a Sandra para você.

— Aquela desclassificada da Jenny é que deve ter convidado essa baranga. Ela sabia que eu estava esperando que a matéria saísse este fim de semana. Deve ter feito isso só para me frustrar.

Matthew deitou-se de novo no travesseiro.

— Deixe de fazer drama. E sabe do que mais? Não quero nem pensar em Sandra. É muito mais importante para mim o fato de termos deixado o Leo na mão. Merda, é melhor eu ligar para ele.

Leo, porém, não se importou com a falta de cobertura, porque o restaurante estava cheio de reservas e ele sabia que a propaganda boca a boca ia ser positiva. Ficou até aliviado pelo fato de o restaurante não ter sido mencionado na foto exibicionista de Sandra e não entendeu por que o pai estava se desculpando tanto.

Laura, por outro lado, estava cuspindo fogo. O telefone de Helen praticamente explodiu quando ela atendeu a ligação da chefe.

— Você viu os jornais, não viu? — A voz de Laura estava diferente da que Helen conhecia, ao mesmo tempo gélida e fervente de raiva, como se tal coisa fosse possível. Helen respirou fundo e preparou-se para o pior. — Não vamos conseguir que ela seja indicada agora. Nem que a vaca tussa, entendeu? Ai, mas que desastre, meu Deus.

Fez-se uma breve pausa, depois Helen, sentindo-se como se tivesse a obrigação de dizer alguma coisa, respondeu:

— Sinto muito mesmo.

Laura nem ouviu.

— Francamente, ficar de cara cheia já seria ruim o bastante, mas talvez a gente pudesse contornar. Mas se mostrar desse jeito? Oh, Deus!

Passou pela cabeça da Helen dizer: "Olhe, pode retirar sua oferta de emprego, eu vou entender." Mas ela só conseguiu repetir:

— Sinto muito — e depois, de novo: — Sinto muito de verdade.

Laura finalmente conseguiu recuperar o fôlego.

— Por que está pedindo desculpas? Não foi culpa sua...

— Claro que foi. Se eu não tivesse me recusado a trabalhar na divulgação do Leo. Ou se pelo menos tivesse ido ontem à noite...

Laura interrompeu-a.

— Mas você não estava trabalhando nisso, aí é que está. Talvez devesse estar, mas não estava, e eu aceitei isso. Não... — Fez uma pausa. — Foi aquela safada da Jenny. O nome de Sandra não constava da lista na última vez que a verifiquei; portanto, ela deve ter convidado aquela fulana por conta própria, sabendo que toda vez que ela vê bebida de graça enche a cara e faz bobagem. Nem mesmo percebi que Sandra estava lá até mais ou menos as 10 horas da noite, mas aí ela já estava de porre. Eu disse a Jenny para ficar de olho nela, tirá-la de lá pela porta dos fundos, colocá-la em um táxi e despachá-la para casa. Mas que inferno. Devia ter feito isso eu mesma.

— Só que a culpa continua sendo minha. Não está vendo... que ela fez isso porque me odeia? Ela queria que a Sandra fizesse merda para eu ficar mal.

— Pare de inventar tudo isso sobre si mesma. Claro que ela fez isso por sua causa, mas a Sandra é minha cliente; portanto, ela me pôs na berlinda também. Não pense ela que vai escapar dessa ilesa. Eu liguei para você reclamar sobre *ela*, não para demitir você.

O alívio que Helen sentiu foi quase tangível. Ela sentou-se à mesa da cozinha e obrigou-se a respirar normalmente.

— E aí, que vai fazer?

Laura inspirou profundamente.

— Ora, se eu descobrir que ela convidou a Sandra, vou falar com os outros diretores. Não dá para confiar numa pessoa que faz coisas assim.

Logo depois que Helen desligou, seu celular voltou a tocar. Era Sandra. Felizmente o identificador de chamadas de seu telefone avisou a Helen quem era, pois do contrário ela jamais teria adivinhado pelo uivo estridente que ouviu ao atender. Era como receber a ligação de um golfinho desesperado.

— Já viu os jornais?

Ela achou ter ouvido Sandra dizer "minha periquita" no meio daquela choramingação toda. Em parte, sentiu vontade de dizer-lhe a ela o que merecia ouvir por ser tão burra: por que ela tinha aceitado o convite, sabendo que ia haver *paparazzi* lá e que ela tinha uma matéria positiva para sair nos jornais; se tinha mesmo que ir, por que não tinha procurado evitar bebida (pergunta boba) ou pelo menos usado uma calcinha? Ela própria era sua pior inimiga, mas, no fundo, Sandra era uma mulher burra e desesperada demais para fazer qualquer outra coisa. Jenny não era.

— Sandra, fique calma.

— Iiiiihhhh — foi o barulho que Helen escutou em resposta, como se fosse o Flipper tentando alertar os salva-vidas para ajudar alguém em perigo.

— Olhe, fique deitada hoje. Não atenda ao telefone, a menos que você saiba quem é. Não saia de casa, tá? Ainda temos duas semanas até as indicações serem anunciadas; a gente vai tentar resolver isso — disse ela, sabendo que não ia ter como emendar aquela burrada.

O som que Sandra fez em seguida fez Helen acreditar que ela tinha concordado.

— Sandra, agora me diga, quem convidou você para ir ao restaurante ontem? Eu não sabia que você ia comparecer.

Tinha sido Jenny. Helen conseguiu decifrar na resposta de Sandra que Jenny tinha ligado para ela logo depois de sua volta de Kos e dito que Laura achava uma boa idéia ela aparecer na inauguração. Ainda por cima, Jenny tinha enchido o copo de Sandra diversas vezes e convencido a mulher a não ir embora quando Sandra teve um ataque de responsabilidade por volta das 9 horas da noite. Essa era a última coisa de que ela se lembrava. O garçom —

pois ele de fato acabara se revelando um dos empregados de Leo — felizmente tinha dormido no sofá e tinha sido muito atencioso na manhã seguinte, trazendo-lhe antiácido e preparando uma refeição para ela. Não tinha parecido nada ofendido quando ela lhe perguntara quem, diabos, ele era.

— Olhe, nunca se sabe... — Helen sabia que ela não parecia convincente. — Um desses jornais de domingo ainda pode publicar a matéria sobre as fotos de Kos, e aí vamos investir nisso direto. Não fique muito chateada, OK?

Helen ficou louca para correr direto para o quarto e contar a Matthew que havia sido a preciosa assistente dele que tinha estragado a festa inteira, mas sabia que ele só ia achar que era despeito de sua parte. De qualquer forma, era melhor deixar Laura dar a má notícia: os brancos que se entendessem.

28

MATTHEW ESTAVA SE sentindo totalmente à vontade, bebendo chá na ampla e acolhedora cozinha de Sophie. Isso sim é que era vida moderna, pensou. Isso sim é que era ser adulto. Sentar e conversar como uma pessoa civilizada com a ex-esposa, antes de passar a tarde com as filhas. Ele tomou um gole generoso de chá, satisfeito. Tudo bem, as coisas com Helen não estavam tão boas assim, mas era só uma dessas fases pelas quais os casais passam. Ela estava tendo dificuldade de se adaptar: precisara se acostumar a ser chamada de destruidora de lares, perdera o emprego, enfim, estava nervosa diante do novo. Aquilo ia passar.

— Quero visitar o Norman — exigiu Claudia quando ele já estava se despedindo.

— Então venha ao nosso apartamento na semana que vem. — Matthew olhou para Sophie pedindo aprovação, e ela balançou a cabeça, afirmativamente. — Tenho certeza de que a Helen vai adorar.

— Não quero falar com a Helen. Só quero visitar o Norman. Você disse que ele era meu gato, e se ele é meu, por que não posso visitá-lo?

— Não quer ir até lá agora, então? Pode brincar uns 10 minutos com ele, depois eu trago você de volta. Que tal?

— Posso, mamãe? Por favor?

– Tudo bem. Mas veja lá, só 10 minutos, hein, Matthew. E depois traga essa mocinha de volta. Ela tem escola amanhã. – Olhou para a outra filha. – Você quer ir, Suzanne?

Suzanne tinha se apegado a Helen mais do que Claudia, mas não estava com pressa de visitá-la mais do que o necessário. Porém jamais renunciaria à oportunidade de passar 10 minutos a mais com o pai. Refletiu sobre o assunto.

– Quero.

– Dez minutos – gritou Sophie para elas quando saíram.

Helen estava na banheira com uma máscara facial no rosto, pensando em sua próxima semana no trabalho. Perguntou se alguém lhe daria um presente de despedida, coisa que era improvável, pensou, sob as atuais circunstâncias. Não haveria uma festa para ela, obviamente, mas a hora dos drinques da sexta-feira seria em sua homenagem, e as poucas pessoas que ainda suportavam olhá-la nos olhos compareceriam e ficariam por lá, sem jeito, durante meia hora, mais ou menos, tomando uma taça de espumante. Naturalmente, nenhum jornal de domingo havia publicado a matéria sobre Sandra Hepburn, a Modelo, sendo que a maioria tinha reproduzido a foto de cachorrinha dela, mas depois de contar a Laura o teor de sua conversa com Sandra, Helen sabia que Jenny ia ter uma semana de cão, o que fazia com que ela se sentisse muito feliz. Meteu a cabeça debaixo d'água para lavar a máscara e então ouviu a porta da frente se abrindo. Quando emergiu, ouviu a voz inconfundível de Claudia dizendo: "Ai, meu Deus, ela não está", enquanto corria pelo apartamento, presumivelmente procurando Norman. Helen saiu da banheira com esforço, enrolou uma toalha em torno do corpo e meteu a cabeça pela porta, fingindo não ter ouvido o comentário de Claudia.

– Ah, oi, gente, eu estava me perguntando quem seria. Olá meninas, que surpresa boa.

Claudia, que estava escovando o gato furiosamente, de uma maneira que deixava implícito que ele havia sido ignorado desde sua última visita, fingiu que não ouviu. Era óbvio que, agora que passava os domingos em casa com o pai, em seu próprio território, ela não achava mais que precisava se incomodar.

— Ótimo. Bem, devo fazer chá?

— Só vamos ficar alguns minutos para a Claudia ver o gato. Eu só vou tomar uma ducha, depois volto correndo para deixar as meninas em casa.

Helen viu que Matthew estava procurando ser simpático, mas sentiu vontade de agarrar a perna dele e suplicar-lhe que não a deixasse sozinha com as meninas. Aquelas garotas a deixavam apavorada.

— Você devia ser veterinária. — Helen estava assistindo enquanto Claudia cortava as unhas de Norman com a maior destreza, embora ele fosse tão manso que provavelmente teria deixado o rottweiler do vizinho fazer isso. Claudia continuou de cabeça baixa, sem mostrar que tinha ouvido o comentário, parecendo concentrada no que fazia. Suzanne olhava para as próprias unhas, impassível como sempre. Helen sentiu uma súbita pontada de culpa: não era direito elas estarem envolvidas na confusão gerada por ela e Matthew. Ela não sabia por que tinha se surpreendido por elas a odiarem; claro que a odiavam, ela tinha destruído a família delas. Ouvia Matthew cantarolar alegremente sob o chuveiro, sem pressa alguma de sair. Ela respirou fundo.

— Escutem, meninas. Pode ser que eu não tenha outra oportunidade de dizer isso, mas quero que saibam que sinto muito. Por tudo. Pelo que fiz a vocês e à mãe de vocês. — Ela olhou para cima e viu que Suzanne estava olhando para ela e até Claudia tinha parado por um instante o que estava fazendo, embora ao perceber que Helen tinha notado, tivesse tratado de olhar de novo para o gato. —

Não sinto orgulho de mim mesma – continuou Helen, a voz bastante falha de nervosismo. Ela não sabia por que de repente era tão importante se desculpar com as crianças, mas percebeu, pelo menos, que era mais por causa delas do que por si mesma. – Nem o seu pai. Mas quero que saibam que foi mais culpa minha do que dele. Eu o obriguei a sair de casa e não devia mesmo ter feito isso. Sei que ele sente uma saudade danada de vocês. De todas vocês. Helen nunca tinha se considerado alguém que se pusesse no fogo voluntariamente, mas sentiu-se bem com isso. E daí, se estava reforçando o estereótipo das mulheres serem todas tentadoras malvadas e os homens mártires e vítimas de seus hormônios? Aquilo facilitaria a volta de Matthew para a família e, portanto, devia ser positivo.

– Para ser franca, não acho que possa competir com esse sentimento.

– Como assim? – Claudia estava olhando para ela desconfiada.

– Nada, não. Eu só queria que soubessem que seu pai ama vocês duas de verdade, e acho que no final tudo vai dar certo.

– Como? – Suzanne parecia esperançosa.

– Hã... – Agora a coisa já estava começando a sair do seu controle. Ela não podia lhes contar seus planos, obviamente, nem queria que elas começassem a perguntar ao pai o que estava havendo. Ouviu o celular de Matthew tocando no outro aposento, e ele atendendo. – O que eu quero dizer é que as coisas vão se ajeitar por si mesmas.

– Tá bem – disse Suzanne, confiante, meio sorrindo para ela.

– E não tem nada de errado em querer ser esteticista. É uma profissão honesta. Não deixe ninguém fazê-la desistir – acrescentou Helen, para finalizar, no instante em que Matthew entrou na sala segurando o celular, pálido.

– É a minha mãe – disse ele, baixinho. – Ela teve um enfarte.

*

Matthew parecia tão desorientado e devastado que Helen sentiu pena dele e abraçou-o, esfregando-lhe as costas. Não tinha dúvida de que a mãe dele era uma megera detestável e mesquinha exatamente como – na verdade por culpa dela mesma – o resto da família dela, mas, mesmo assim, era mãe dele, e ele ainda era o seu único filho homem. Dentro de minutos ele já tinha feito uma mala para passar a noite fora e ligado para a secretária eletrônica do escritório, deixando uma mensagem para Jenny na qual dizia que provavelmente faltaria durante alguns dias.

– Você vem comigo, não? – E ele olhou para ela, suplicante.

Ela ponderou rapidamente. O Verano tinha começado a funcionar de verdade na noite anterior; portanto, Leo provavelmente não poderia dar apoio moral à avó. E Sophie tinha dito que não gostava da família de Matthew (que bom gosto, pensou Helen, e depois tratou de tirar esse pensamento da cabeça). Sophie tinha as meninas, que deviam estar na escola no dia seguinte, e ela também jamais tinha gostado muito da sogra, de forma que Helen achou que dava para ir, e mesmo que estivesse com medo, sentia prazer em pensar que podia dar um certo apoio a Matthew. Talvez isso compensasse o fato de ela não ter ido à inauguração do restaurante na noite de sexta-feira e pelo menos amenizasse o clima entre eles.

– Claro que vou. – Ela afagou-lhe o braço, e ele fez uma cara de gratidão tão grande que ela pensou que ele fosse chorar.

– Só vou ter que deixar as meninas lá na casa delas antes.

Merda, Claudia e Suzanne. Claro. Mas daria tudo certo, estava escuro, ela esperaria no carro, Sophie não poderia vê-la. Matthew foi ao corredor pedir a Claudia – que ainda estava com o gato nos braços – para ela pôr o casaco. Helen enrolou uma estola larga no pescoço até o meio do rosto e pôs um chapéu apertado e felpudo na cabeça. Graças a Deus, era fevereiro.

– Você está parecendo uma espiã – provocou-a Matthew quando ela se encontrou com ele à porta da frente.

– Está frio lá fora.

A casa de Sophie – e claro, de Matthew também, na escritura – ficava, conforme Helen sabia perfeitamente bem, a apenas 10 minutos de distância. Era tão linda quanto ela se lembrava, as luzes brilhando nas janelas por trás de cortinas coloridas, dando-lhe o ar de uma casa de bonecas. Matthew indicou a seta que ia dobrar na entrada estreita da garagem, à frente dela.

– Não! Não faça isso! – gritou Helen. – Acho que não devo entrar. Estacione na rua.

Ela praticamente ouviu Claudia revirar os olhos, mas Matthew obedeceu e estacionou diante da casa, do outro lado da rua.

– Tchau, meninas – disse Helen, animadamente.

– Tchau – resmungou Claudia, a primeira vez que ela tinha se dado ao trabalho de dizer isso, pois em geral achava que o fim da visita significava que podia se esquecer de ser educada durante uma semana.

– Tchau, Helen. – Suzanne debruçou-se sobre o banco da frente e deu a Helen uma coisa que era quase um abraço. Helen afagou-lhe o braço, com carinho. Parecia uma vitória e tanto. Esqueça a guerra, ela estava feliz só por ter vencido aquela batalha minúscula. O almirante Nelson teria se ferrado se seus inimigos fossem duas adolescentes emburradas. Ela observou Matthew pegar a mão de Claudia e atravessar a rua, indo até a porta da frente para dizer a Sophie o que tinha acontecido. Helen afundou no banco, com a visão parcialmente bloqueada por uma árvore do outro lado da rua. Tudo terminou em 2 minutos. Sophie nem mesmo espiou discretamente para o seu lado, e Matthew já estava voltando para o carro.

— Helen está no carro — disse Claudia à mãe enquanto ela fechava a porta da frente.

— Ah, puxa, eu queria ver como ela é.

— Ela parece um pouco com você — gritou Claudia, enquanto subia as escadas.

Matthew e Helen chegaram a Bath em mais ou menos duas horas e foram direto para o Malmsbury Private Hospital, onde Amanda e Louisa já estavam sentadas à cabeceira do leito da mãe. Sheila estava inconsciente, conectada a um pulmão artificial e a várias máquinas que soltavam bipes a diferentes intervalos. Ai, merda, ela vai morrer, pensou Helen, olhando para a mulher idosa, pálida, cor de cera, deitada na cama, que, pensou, lembrava um velociraptor. Ela não se sentia muito bem em hospitais mesmo em ocasiões felizes, mas estar assim perto de alguém que parecia estar entre a vida e a morte deixava-a verdadeiramente apavorada. Aquilo era real, um dos principais eventos que definiam a vida adulta. Fazia os problemas de seu relacionamento parecerem sem importância, e ela sabia que tinha se envolvido excessivamente, a ponto de ser ridículo. Ela respirou fundo, querendo ser capaz de se controlar por causa de Matthew. Ele tinha caído nos braços das irmãs, choroso, e depois se sentara na cadeira mais próxima da cabeça da mãe, segurando-lhe a mão. Helen ficou à porta, sem saber o que fazer. Nem Amanda nem Louisa tomaram conhecimento de sua chegada, e Matthew estava preocupado demais com a mãe para se incomodar em deixá-la à vontade, o que era compreensível. Ela ficou parada ali durante o que lhe pareceu uma eternidade e depois decidiu procurar onde ficava a cantina e pegar umas xícaras de café.

Uma vez lá, o melhor a fazer parecia ser sentar-se a uma mesa a um canto, beber seu café e deixar a família à vontade. A cantina estava repleta de gente que, para Helen, parecia ou arrasada ou aliviada, gente cujos entes queridos estavam melhor ou pior do que tinham pensado. Ela bebeu seu café devagar, mexendo-o com a colherinha plástica para matar o tempo. Depois de 20 minutos, ela já estava cansada de enrolar; portanto, tornou a entrar na fila e comprou mais três cafés para levar lá para cima. Entrou em pânico na hora de pôr o açúcar, depois meteu seis sachês no bolso da calça jeans junto com seis caixinhas de leite minúsculas e três colherinhas.

Quando saiu do elevador no segundo andar, viu logo que alguma coisa estava errada, pois Matthew, Amanda e Louisa estavam abraçados no corredor, e os médicos entravam e saíam correndo do quarto de Sheila. Helen ficou ali segurando os cafés, sem jeito, sem saber se perguntava ou não o que estava havendo, e então um dos copos descartáveis começou a queimar-lhe a mão. Ela olhou em torno de si às pressas, procurando um lugar onde colocá-los, e então a outra mão também começou a queimar, e ela se curvou rapidamente para colocar os copos no chão, mas a dor a fez estremecer, e ela deixou os três copos caírem mais ou menos da altura de sua cintura, espalhando café quente no chão encerado.

— Merda. Porra. Desculpem.

Matthew, Amanda e Louisa viraram-se para olhá-la em silêncio. Helen estava de gatinhas agora, enxugando o café com um lenço de papel, e estava para pedir desculpas de novo quando um dos médicos saiu do quarto de Sheila, agora andando devagar, e todos voltaram a atenção para ele. O médico, muito atencioso, levou-os até mais adiante no corredor alguns passos, como dizendo: "Vamos nos afastar dessa pirada aí." A cena inteira se passou na frente de Helen como um filme mudo no qual fica clara qual é a fala dos personagens. Louisa desabou, apoiando-se no braço de Matthew. Ele passou os braços em torno da irmã e da outra também, puxando-as para perto de si. O médico afagou-lhes os braços de leve e afastou-se, para ver seu próximo paciente. Helen não sabia como agir; havia algo no pesar dos outros que os deixava tão expostos e era tão pessoal, que ela sentia que não devia estar olhando, mas também estava preocupada com Matthew. Ela pensou em ir até perto deles e fazer parte daquele abraço em grupo, mas sabia que não seria bem-vinda, e mesmo sabendo que elas estavam sofrendo, ela não conseguiria lidar com a hipocrisia de fingir que se importava com os sentimentos de Amanda e Louisa. Ela sentiria pena de qualquer pessoa que perdesse a mãe, claro que sentiria, mas isso não significava que fosse adequado consolar as irmãs de Matthew. Ou que as duas fossem permitir que ela fizesse isso. A decisão finalmente foi tomada quando o trio, sem sequer olhar de relance em sua direção, seguiu arrastando os pés até a saleta lateral para se despedir. Helen ficou parada sozinha no corredor vazio, sem opção a não ser esperar e ver o que queriam que ela fizesse.

Meia hora depois estavam se despedindo no estacionamento.

– Ligo para vocês para tratar do enterro – disse Amanda para Matthew ao beijá-lo na face.

– Tchau – gritou Helen para elas, mas não houve resposta.

Jenny estava tomando uma bronca daquelas. Helen sabia disso, mesmo que a porta de Laura estivesse fechada e ela não pudesse ouvir o que estava sendo dito. Os gestos diziam tudo. Laura estava sentada muito empertigada à escrivaninha, inclinada para frente, só balançando o dedo indicador. Jenny estava sentada de qualquer maneira em uma cadeira à sua frente. Matthew não estava presente – embora tivesse ido para o trabalho apesar de estar de luto –, e Helen adivinhou que Laura estava deixando claro para Jenny que sua punição seria severa, sem lhe dizer exatamente o que ia acontecer. Infelizmente ela não podia demitir a assistente pessoal de Matthew sem o seu consentimento.

Matthew ficara acordado até tarde da noite, chorando de vez em quando, mas durante a maior parte do tempo olhando para o vazio, e Helen ficara ao seu lado, embora soubesse que não podia fazer nada para que ele se sentisse melhor. Durante a manhã, ele tinha se comportado estoicamente outra vez e se entregado de corpo e alma ao trabalho. Helen sentiu que o enterro seria abordado em breve, mas não podia suportar a idéia de falar nisso ela mesma. Ela precisava traçar um plano.

Dez minutos depois, Jenny apareceu à porta do escritório de Laura, os olhos meio vermelhos, mas olhando para Helen de um jeito desafiador, como se dissesse: "Sei que está adorando isso, mas não vou deixar eles me pegarem." Helen sabia que era blefe: o que Jenny tinha feito era muito sério para não merecer as repercussões adequadas. Ela tinha arruinado duas campanhas publicitárias de propósito, pagas por dois clientes que tinham depositado sua confiança na Global. Tudo bem, Leo tinha recebido desconto, era filho de Matthew, e Helen sabia que só isso já seria motivo para Matthew considerar o comportamento de Jenny imperdoável. Quanto a Sandra, a coitada não tinha mais chance alguma de se recuperar aos olhos do público. Agora não havia mais como ela ser indicada, tinha passado da idade, e não tinha nada que pudesse fazer a respeito. Havia quem dissesse que a culpa era dela, que mesmo que Jenny não a tivesse convidado ela teria ido a algum outro lugar tomar um porre e se comportar como uma depravada. Mas não se tratava disso. Jenny tinha dito a ela que Laura queria sua presença, tinha embebedado a mulher de propósito, deixado de lhe proporcionar uma saída estratégica e dado corda para ela se enforcar em público. Helen lançou um sorriso malicioso para Jenny. Peguei você.

Mais tarde, Matthew trancou-se na sala de Laura, e depois chamaram Jenny. Em seguida, Jenny começou a pôr o conteúdo de sua gaveta em uma caixa de papelão, com Annie e Jamie ao seu lado feito duas carpideiras em um enterro. Helen estava louca para saber o que tinha acontecido, mas sabia que não podia perguntar. Então enviou um e-mail a Helen-da-Tesouraria: "O que está havendo?" Recebeu uma resposta quase imediata: "Ela vai para a informática, ser assistente geral. Digitar memorandos para os caras da informática. Estou morrendo de pena dela."

"Pois eu não", respondeu Helen.

Pouco antes do final do dia, Jenny parou à mesa de Helen, enquanto passava com sua terceira caixa cheia de material.

— Ele também tentou dar em cima de mim, sabia? — E sorriu maliciosa para Helen.

— "Ele" que você está querendo dizer é o Matthew?

— Faz mais ou menos uns três anos. Ele me levou para almoçar, segurou minha mão e me disse que eu era linda. Claro que eu recusei. Oh, Deus! Não dá nem para imaginar. Que nojo.

Helen refletiu. Três anos antes tinha sido a época em que ela havia ficado grávida. Ela olhou para Jenny, os longos cabelos pretos presos em um rabo-de-cavalo. Era bem possível que fosse verdade.

— Tchau, Jenny — disse ela, sorrindo de um jeito desconcertante. — Divirta-se lá no porão.

— Jenny me disse que você já deu em cima dela — comentou Helen com Matthew mais tarde, à noite, só para ver como ele reagiria.

— Ela disse *isso*, foi? Mas de jeito nenhum. É a vingança dela por ter sido rebaixada, não percebe?

— Se é isso que você diz...

Ele pegou o braço dela e virou-a de frente para si.

— Helen, eu nunca fui santo, sei que é verdade. O fato de eu ser casado quando nós começamos a sair juntos prova isso. Talvez eu tenha mesmo dado em cima dela uma vez... mas, francamente, não consigo me lembrar. E se dei, me desculpe mesmo. Mas se isso aconteceu, foi antes de eu perceber como você é importante para mim. Eu mudei. Você sabe disso.

Pronto, lá vinha aquilo outra vez. Aquela coisa que Matthew tinha – charme? ingenuidade? velhacaria? Ela não sabia o que era, mas sempre o salvava. Ele tinha o hábito de tirar aquele comportamento da manga exatamente quando a pessoa já estava cansada e sacudi-lo na cara dela. Era o fato de ele sempre crer nisso que o tornava assim tão infalível. Ela sabia que devia odiá-lo, mas simplesmente não conseguia. Ele não tinha um pingo de malícia; era só fraco. Ela sentia pena dele – deve ser horrível ser assim tão flexível, tão emocionalmente imaturo, tão relutante em admitir que se está envelhecendo. Logo ele se tornaria objeto de ridículo: um velho indecente ainda tentando atrair mulheres jovens para a cama. Por mais magoada que estivesse, ela sentiu que queria protegê-lo de si mesmo, de seus piores instintos. Sophie seria o par perfeito para ele agora. Ela tinha se fortalecido, não se deixaria mais convencer por esse papo-furado dele. Ia mantê-lo na linha, e ele provavelmente lhe agradeceria isso.

29

A PERSPECTIVA DO ENTERRO de Sheila estava fazendo Helen suar frio. Não ia poder comparecer de jeito algum. Sophie já lhe dissera ao telefone que Matthew lhe pedira para ir.

— Ah, é mesmo? – respondera Helen, intrigada.

Como se isso não bastasse, Leo também planejava comparecer, segundo Sophie. Ela não via como simplesmente declarar que não queria ir, como havia feito na inauguração do restaurante do Leo. Era o enterro da mãe de seu companheiro, em nome do Senhor! Ele tinha o direito de esperar seu apoio. A única solução seria ficar doente. Uma súbita e violenta intoxicação alimentar, de manhã, pouco antes de eles saírem, era o que poderia resolver o problema. Alguma coisa tangível e inquestionável como um mal-estar. Matthew jamais admitiria que ela faltasse por causa de uma dorzinha de cabeça qualquer, ou de uma febre; ela precisava dar-lhe algo contra o que ele não pudesse apresentar argumentos. Helen não saiba interpretar, de modo que planejou sua doença com precisão militar. Era importante que ela e Matthew comessem coisas diferentes na noite anterior: ela pediria pratos para viagem e o deixaria escolher primeiro. Depois, de manhã, ela se levantaria cedo e se maquiaria de forma tal que ficasse bem pálida, beberia um copo de água e sal e se obrigaria a vomitar violentamente no banheiro. Não seria difícil: ela meteria os dedos na garganta ou coisa semelhante. Se mesmo assim não desse certo, ela apenas imitaria o barulho e cruzaria os dedos. Mas se pudesse vomitar mesmo, deixar aquele fedor inconfundível no banheiro e ficar com uma camada de suor na testa – ele jamais pensaria que ela estava fingindo. O serviço religioso seria na tarde de quinta-feira às 14 horas, com sanduíches e bebidas na casa de Amanda e Edwin logo depois. Matthew tinha reservado um hotelzinho na mesma rua, apesar de a casa de Amanda ter quatro quartos vazios, pensando, aliás com razão, que Amanda não ia gostar de receber Helen em sua casa.

Helen tinha sugerido – sabendo que não estaria lá – que seria bom ficar no mesmo hotel que as crianças. Matthew tinha ficado desconfiado, depois nervoso, depois encantado. Uma vez que Helen o convenceu de que não tinha a intenção de esfregar seu título de vencedora na cara de Sophie, ele interpretou sua sugestão como prova de que ela já estava pronta para avançar no relacionamento entre eles. Ela disse a ele que estava com saudade das meninas, e como ele estava disposto a acreditar nela, acreditou. E assim Matthew tinha perguntado a Sophie onde elas iam se hospedar, para poder reservar um quarto ali também.

– Helen também vai – informou-lhe Sophie enquanto elas tomavam vinho no bar na terça à noite. – Finalmente vou conhecê-la.

– Como está se sentindo?

– Mal. Revoltada. Morrendo de curiosidade. Nervosa. Já estou preocupada com o que vou vestir e quando ir ao cabeleireiro. Quero dizer, isso é coisa que se pense quando se trata do enterro de sua sogra?

Helen riu. Sophie continuou.

– Ela vai ficar olhando para mim, querendo que eu seja toda desmazelada, tipo dona-de-casa mesmo, e eu não vou lhe dar a satisfação de parecer assim. Vou aparecer lá bem elegante.

— Tenho certeza de que a mãe do Matthew apreciaria esses preparativos todos.

Sophie fez uma pausa.

— Ele quer que todos fiquemos no mesmo hotel, sabia?

Helen fingiu cuspir a bebida e esforçou-se demais, fazendo as bolhas lhe subirem pelo nariz. Tossiu.

— Por quê?

— Acha que seria bom, por causa das crianças, você sabe, todos mostrarmos que nos damos bem.

— E você pode fazer isso? O que acha?

— Duvido. Eu disse a ele que ia pensar no assunto, mas para ser franca, já sei o que penso: é uma péssima idéia. Não só vou ser humilhada no enterro, como também a noite inteira. Era só o que me faltava.

— Sei lá. — Helen pareceu refletir sobre o assunto. — Não é pior para ela? Você e Matthew andam se dando muito bem ultimamente. As meninas vão ficar encantadas de a família estar lá toda junta. Ela vai se sentir uma estranha. Além disso... — e aí suspirou fundo — ...o fato de Matthew não querer ficar sozinho com ela o tempo todo me diz que ele não está gostando muito da decisão que tomou. Ela vai ficar furiosa.

— Acho que vou ter que conhecê-la um dia — suspirou Sophie.

— E é melhor ser em um momento no qual ela esteja em desvantagem. Pense só nisso, ela vai ver a família inteira dele olhando para ela desaprovadoramente o dia inteiro, e aí você vai estar presente à noite. Vai ser demais.

— Mais do que qualquer outra coisa, quero dar uma boa olhada nela de perto.

— Talvez você goste dela — disse Helen. — Imagine só se isso acontecer.

O escritório parecia bem mais calmo sem Jenny. Annie tinha menos motivo para ficar perambulando por lá, e Jamie sozinho não faria mal nem a uma mosca. Eles ainda almoçavam juntos, Jenny lançando olhares malévolos na direção de Helen sempre que ia ao andar deles, mas parecia que o poder deles tinha se reduzido. Matthew estava com uma assistente temporária – uma mulher simpática de 50 e poucos anos que passava o dia de cabeça baixa trabalhando. Helen-da-Tesouraria tinha passado a ir até a sala das assistentes na hora do almoço sem medo de gozarem da cara dela, a não ser por Helen, que fazia isso com certo carinho. Ela tinha conseguido perdoar Geoff completamente por sua indiscrição e estava tão enjoativamente apaixonada por ele quanto antes. Sempre que Helen mencionava que sexta-feira seria seu último dia na firma, Helen-da-Tesouraria fazia cara de arrasada durante alguns instantes, como uma menininha de 5 anos a quem alguém pediu que fizesse mímica no coro da escola porque não sabe cantar, e então ela se lembrava de não ser egoísta e passava a dizer a Helen como estava feliz por ela.

Na noite de quarta-feira, Helen disse a Matthew que iam comer quentinha porque não tinham nada na geladeira. Decidiram pedir comida indiana.

— Pede frango *danzak* para mim, arroz *pilau* e *peshwari naan* com *sag daal* – instruiu Matthew, sem sequer olhar o cardápio.

— Hummm... Eu acho que vou comer o pitu *balti*. – Sempre era bom comer pitu quando se queria pôr a culpa do mal-estar na refeição.

— Pensando bem – disse Matthew, já pegando o telefone –, o pitu é melhor. Vou mudar meu pedido. Vou comer a mesma coisa que você, sem arroz, dois *naan*.

Merda, pensou Helen.

— Espere aí! Faz tempo que não como frango *tikka masala*. Vou mudar meu pedido.

— Tem certeza?

— Tenho.

— Esse frango está com um gosto esquisito. — Helen fez uma careta. — Espero que esteja bom. — Serviu-se de uma nova taça de vinho quando ele olhou para o outro lado e tomou-a de um só trago.

— Não coma então. Olhe aqui — disse ele, entregando-lhe seu próprio prato, ainda meio cheio. — Coma o meu pitu, eu já estou satisfeito mesmo.

— Não, não. Tenho certeza de que está bom. — Ela empurrou o prato dele e continuou metendo generosas garfadas de frango na boca.

— Amanhã temos um dia cheio. Você não deve se arriscar a passar mal — disse ele, chateado, garantindo que ia lhe dizer "eu te avisei" quando chegasse a hora.

Eles tinham planejado acordar às 9 horas, portanto às 8h50 Helen soltou um gemido e esfregou a barriga.

— Não estou me sentindo bem — disse ela, para garantir que ele estaria acordado na hora em que ela vomitasse.

Ela apertou a barriga e fingiu cambalear até a cozinha, onde bebeu uma mistura horrorosa de água e sal, e depois foi para o banheiro, onde se apoiou na beira da privada e começou a fazer ruídos de quem estava tendo violentas ânsias de vômito. Estava se sentindo até bem enjoada devido à combinação de curry apimentado com sal e conseguiu vomitar um pouco — o suficiente para fazê-la ficar pálida e suando frio. Ela se olhou no espelho: lembrava Linda Blair em *O exorcista*. Perfeito, não precisava se maquiar. Esperou um instante para que Matthew fosse até lá bater à porta e perguntar se estava tudo bem. Nada. Abriu a porta um pouco mais e repetiu a pantomima, dessa vez se sentindo mesmo muito enjoada, de ressaca do molho de curry, sal e vinho. Aumentou o volume a ponto de nem mesmo Matthew poder continuar dormindo.

— Meu Deus, o que está havendo? – ouviu ela, entre seus gemidos. Beleza.

Matthew estava de pé à porta, preocupado. Ela limpou a boca e virou-se para olhá-lo, um suor frio lhe cobrindo a pele branca. O fedor de vômito e curry estava fazendo seus olhos lacrimejarem, de modo que o efeito devia estar sendo espetacular. Helen deitou-se dramaticamente no chão frio de lajota. Ela sabia que ia passar, mas na hora sentiu-se como se estivesse para morrer, e soube pela sua aparência que não havia como duvidar de sua sinceridade. Matthew debruçou-se sobre ela e deu a descarga, espiando de relance o vômito marrom-alaranjado.

— Eu avisei para você não comer aquela porcaria daquele frango. Ai, Helen, logo hoje, meu Deus! Tome um banho, você vai se sentir melhor depois de se limpar.

E saiu, fechando a porta atrás de si.

Helen ficou ali deitada um instante, zonza. O que tinha sido aquilo? Toma um banho, você vai se sentir melhor? Nada de "Ai, minha querida, você está bem?" ou "Vá para a cama, nem pense em ir ao enterro"? Ela ficou de pé. Precisava tomar uma providência urgente, do contrário ia começar a parecer sadia outra vez.

Matthew estava na cozinha fazendo chá e assobiando todo desafinado consigo mesmo.

— Acho que preciso voltar para a cama. – Helen apertou o estômago com a mão e fingiu uma ânsia de vômito, pondo a mão na boca.

— Temos que sair dentro de uma hora.

— Matthew, eu não estou bem. – Ela tinha certeza de que ele estava fingindo que não estava entendendo de propósito.

— Vai começar a se sentir melhor quando eliminar tudo. Sabe do que mais, vá se deitar e fique na cama durante meia hora, que vou preparar um banho de imersão para você. Pode se maquiar no carro – disse ele, magnânimo. Aquilo era o fim da picada.

— Eu vou vomitar. – Helen tornou a fazer de conta que estava tendo outra ânsia de vômito e correu para o banheiro, fechando a porta e emitindo ruídos muito altos dentro do vaso. A cabeça dela estava começando a latejar devido ao seu desempenho. Ela se levantou e tornou a olhar-se no espelho. Nossa. Pele branca e suarenta, cabelos espetados, olheiras devidas ao resíduo do rímel da véspera, que tinha lhe borrado as bochechas. Ela parecia uma mulher que havia chegado ao fundo do poço, e talvez isso fosse mesmo verdade. Esse plano tinha que funcionar, não havia outra alternativa, e ela pôde sentir o desespero que emanava de seu reflexo. Adeus, dignidade. Adeus, amor-próprio. Outra ânsia de vômito bem alta, e ela terminou. Jogou água fria no rosto antes de sair.

— Acho que não vai dar para eu ir.

— Claro que vai. Podemos parar no caminho se você achar que vai vomitar.

Não tinha outro jeito, a não ser correr para o banheiro e repetir a cena toda de novo, só mais uma vez. Quando terminou, olhou para cima e viu Matthew de pé ao seu lado.

— Está vendo — disse ele, sorrindo para ela. — Agora não tem mais nada para vomitar. Vai ter mais umas cólicas e uns alarmes falsos, mas o pior já passou.

— Matthew, estou pra morrer mesmo de tanto mal-estar. — Epa, ligeiramente inadequado, logo num dia como esse. — Verdade, posso ter parado de vomitar, mas garanto que a qualquer momento vai começar a sair pelo outro lado.

Matthew fez cara de nojo, e ela achou que tinha conseguido convencê-lo, mas não ia ser tão fácil assim.

— Tome um pouco de boldo, deite-se durante... — e consultou o relógio — ...uns 25 minutos. Podemos parar no caminho. Quando chegarmos à igreja, você já vai estar se sentindo melhor.

— Não. Não posso ir. Não sabe como estou me sentindo mal.

— Deixa de bobagem. É só uma intoxicação à toa...

— Como você pode saber como estou me sentindo? — Helen estava entrando em pânico. Não só estava fora de cogitação ela ir ao serviço e dar de cara com Sophie e Leo, como também era uma oportunidade perfeita para Matthew e Sophie passarem algum tempo juntos e ficarem mais próximos. – Estou mesmo me sentindo um lixo de tão mal, tá? – Ai, cara, ela não tinha pensado que ia ter que chegar a esse ponto. Na sua fantasia, quando Matthew a visse passando tão mal assim, ele insistiria para ela nem pensar em ir ao enterro. Ela protestaria, dizendo que queria muito ir. Ele a beijaria e diria que sabia que ela queria estar lá apoiando-o, mas que isso estava fora de cogitação. Ela jamais tinha tido a intenção de brigar com ele, principalmente hoje. Sentia uma vontade sincera de abraçá-lo e dizer-lhe que esperava que não fosse muito ruim e que ele se sentiria melhor depois que tudo terminasse, mas agora não podia se arriscar a deixá-lo pensar que ela estava cedendo. – Você me desculpe, sei que queria que eu fosse ao funeral, mas vou me deitar e ficar na cama.

– Eu disse a você para não comer o tal frango.

Ela não resistiu àquela isca e mordeu-a.

– Ah, então agora a culpa é minha? Eu deliberadamente me intoxiquei para não ir ao enterro da tua mãe?

– Acontece que é muito conveniente esse seu mal-estar, não é?

Ela podia jurar que ele tinha batido o pé de um jeito petulante.

– Sua família inteira vai estar presente, tá bom? Sinto muitíssimo mesmo, mas preciso me deitar. Venha se despedir antes de sair.

Meia hora depois, ela ouviu a porta da frente batendo.

Sophie chegou à igreja 10 minutos antes de a cerimônia religiosa começar. Chuviscava um pouco, e ela precisava decidir se ia entrar na igrejinha de pedra do século XV e arriscar-se a esbarrar em uma das irmãs de Matthew antes de ser absolutamente necessário ou se ia ficar perambulando entre as sepulturas do lado de fora, longe de todos, e arriscar-se a ficar com o cabelo desfeito por causa da chuva e do vento. Por fim, encontrou uma varanda que parecia um lugar seguro para se esconder. Ela se sentia ridículamente nervosa por estar prestes a conhecer Helen, e o nervosismo fazia com que se sentisse meio zonza. Sophie não tinha conseguido comer nada antes da viagem de duas horas, do que se arrependia agora, pois estava ligeiramente tonta e perguntava a si mesma se ia desmaiar ou se as palpitações que sentia no peito eram, na verdade, um princípio de ataque cardíaco. As meninas tinham corrido para dentro e sem dúvida estavam agora sendo afogadas de carinho pelas tias. Sophie examinara a maquiagem num pequeno espelho de bolsa, quando, pelo canto do olho, reconheceu o andar – ligeiramente parecido com um trote – de Matthew atrás de algumas árvores. Ela pulou como se tivesse sido surpreendida pela professora fumando um cigarro e fechou o espelho, metendo-o no bolso do casaco. Devia ter se distraído, pois não vira Helen passar antes dele, ou então ela ainda estava no carro, porque Matthew parecia sozinho. Cabisbaixo, as mãos nos bolsos, ele era a imagem de um cara na fossa. Bem, era o enterro da mãe dele, afinal; portanto ele não ia chegar soprando um apito e jogando confete, mas tinha uma cara de quem havia recebido um golpe e tanto. Mais velho do que ela achava que ele parecia ultimamente. Ele foi direto para o vestíbulo, e Sophie resolveu esperar mais alguns instantes, a fim de que ele exibisse Helen para todo mundo antes que ela entrasse e desse uma olhada nela. Assim, ela poderia perambular pela periferia e, com sorte, observá-la durante alguns minutos antes de a inevitável apresentação acontecer. O ideal seria que o serviço já estivesse começando e ela pudesse adiar esse encontro até depois da cerimônia. Ela desejou que as meninas estivessem com ela, pois precisava de apoio moral.

Dois minutos depois, voltou a olhar-se no espelho e decidiu que, já que ia mesmo ter de encarar tudo aquilo, era melhor ir antes que seu cabelo ficasse mais desfeito ainda e, o mais importante, é claro, antes que a cerimônia tivesse começado. Entrando na saleta externa da igreja, percebeu que todos já tinham entrado e estavam sentados, esperando o órgão começar a tocar. Quando percorreu a nave lateral da igreja, sentiu todos os olhares seguindo-a – pelo menos pareciam estar todos olhando para ela, embora, na realidade, o local estivesse lotado dos muitos amigos de Sheila da aldeia, pessoas que não faziam idéia de quem ela era – e Sophie sentiu que estava corando, à medida que era obrigada a andar cada vez mais para a frente para encontrar um lugar para sentar. Olhou em torno, procurando Suzanne e Claudia, desesperada, e viu-as chamando-a para ir sentar-se com elas. Aliviada, ela passou pelas outras pessoas sentadas no banco, e então notou Matthew ao lado de Suzanne. Um momento de puro pânico quase a fez cair, e ela firmou-se na grade de madeira, depois forçou-se a olhar de novo, e viu que ele estava na ponta do banco. Onde estava Helen? Ela olhou para a fileira de trás e só viu senhoras idosas, de chapéus, prontas para começar a chorar, e Leo distribuindo lencinhos. Ela cumprimentou-o com um sorriso. Claudia estava puxando sua manga.

– Onde você se meteu? – reclamou ela.

– Estava lá fora – Sophie sentou-se e murmurou para a filha:
– Cadê a Helen?

– Ah, ela não veio – respondeu Claudia, em voz alta, e Sophie enrubesceu, sem poder olhar Matthew nos olhos. – Teve uma intoxicação alimentar.

Sophie sentiu um alívio indescritível, decepção e constrangimento, tudo ao mesmo tempo.

– Ora, mas que pena – disse ela sem sinceridade alguma, obrigando-se a sorrir para Matthew exatamente quando, para sua sorte, os primeiros acordes de um hino religioso, totalmente desfigurado pelo organista, se fizeram ouvir. Dentro de segundos, toda a igreja já estava chorando, inclusive Sophie, que nunca tinha sido a maior fã de sua sogra.

Assim que terminou a cerimônia, um longo comboio – sem Leo, que saiu com grande estardalhaço usando a desculpa perfeita de que precisava correr para Londres para ver se o restaurante ainda estava em ordem – arrastou-se como uma cobra até a casa de Amanda e Edwin – uma construção que imitava estábulos da era Tudor – para comer uns "petiscos" e, segundo Sophie esperava, tomar umas e outras. Suzanne e Claudia, que durante toda a cerimônia estiveram inconsoláveis, tinham se alegrado consideravelmente no minuto em que soou o acorde final do último hino e suplicaram para ir no carro de Matthew, deixando Sophie sozinha. Quando ela estava afivelando o cinto de segurança, Leo veio correndo até ela e debruçou-se na janela do motorista.

– Então acha que ela existe ou não?

– Helen?

Leo confirmou, sorrindo.

– Acho que eu me sentiria ainda pior se ele tivesse que inventar uma namorada para se livrar de mim.

– Vou lhe dizer o que eu acho: ela está morrendo de medo de mostrar a cara. E, quer saber? Ela tem razão.

– Obrigada, Leo, mas a verdade é que ela só fez o que eu fiz com sua mãe. Eu e ela somos iguaizinhas. Ando pensando nisso à beça ultimamente.

– É, mas você é um amor, e ela é uma bruxa, a diferença é essa. – Ele a beijou na face, e Sophie não agüentou, teve que rir.

– Talvez ela esteja mesmo se sentindo mal.

– Talvez ela tenha outro homem além de Matthew e só queira que o papai saia e passe a noite fora. – E sorriu maliciosamente.

– Ou então ela se intoxicou mesmo.

– Ou é tão feia que não consegue suportar a idéia de todos nós a vermos.

Sophie apertou-lhe a mão.

– Tchau, Leo.

Em um ataque de pretensão extraordinário, Amanda tinha contratado um bufê para fazer canapés e enroladinhos de lingüiça para os convidados. Dois garçons uniformizados perambulavam com cara de entediados de grupo em grupo, tentando empurrar patê de fígado sobre torradinhas duras para mulheres cujos dentes já não eram naturais e criancinhas que reclamavam da falta de sanduíches de queijo e bolachas salgadas. Sophie mordeu a língua quando Amanda e depois Louisa lhe disse que estavam todos encantados com a sua presença, e que ela era muito corajosa por estar ali e, naturalmente, que ela ainda fazia parte da família, porque afinal era mãe de suas sobrinhas. Ela olhou em torno de si, desesperada, procurando alguma coisa parecida com um drinque, mas Amanda claramente havia decidido que Edwin e álcool eram duas coisas que não podiam se misturar, e os garçons pareciam estar servindo apenas café e suco de laranja. Ela consultou o relógio – 15h30 – e viu que não ia poder fazer a grosseria de sair antes das 6 horas da tarde. Resolveu passar 10 minutos passeando pelo jardim, apesar do tempo, e imediatamente Matthew apareceu ao seu lado.

– Está tentando fugir do bar às escondidas? Porque se você fugir, eu fujo também.

– Suas irmãs me perseguiriam com uma espingarda em punho. Mas acho que vale a pena arriscar.

– Felizmente eu previa isso; portanto, tenho uma garrafa de vodca no carro. Está a fim também?

– Maravilha.

Depois que Matthew reapareceu com seu litro de Absolut e ofereceu vodca aos convidados, acrescentando-a aos seus sucos de laranja, as coisas melhoraram muito. Edwin, depois de uns dois goles, decidiu que sua esposa estava sendo rígida demais e quebrou a tranca do armário debaixo das escadas onde ela tinha escondido seu estoque de bebidas. Amanda continuou impassível, enquanto ele distribuía uísque e vinho tinto, bebendo dois copos ele mesmo para cada um que servia. Por volta das 16h30, a tarde já parecia um velório digno do nome, onde os parceiros de bridge de Sheila contavam intermináveis anedotas sem graça alguma, enquanto Louisa, a certa altura, desatou a chorar, porque achava que sua mãe nunca tinha gostado muito dela (ela na verdade estava certa, e Sheila de vez em quando confirmava isso). As crianças, ligeiramente ressabiadas devido às lembranças da última reunião de família em que se serviram bebidas alcoólicas, trataram de ir para o jardim antes que as coisas ficassem piores.

Até ali, Helen tinha passado o dia flanando pelo apartamento. Era uma sensação gloriosa saber que ela tinha o apartamento só para si até o dia seguinte, sem Matthew para lhe dar nos nervos, uma noite inteira para fazer o que quisesse antes do seu derradeiro dia na Global. Ela se perguntou como ele estaria se saindo em Bath, ainda se sentindo mal por ele ter saído aborrecido com ela. Tinha tentado ligar para o celular dele à tarde só para ver se ele estava bem, mas tinha resolvido que o aborrecimento que ele estava sentindo, embora não fosse intencional, podia muito bem terminar dando a ela alguma espécie de vantagem. Ela estava sendo cruel para fazer o bem, pode-se dizer. Ele podia achar que ela era uma impiedosa agora, mas se pensar assim o impelisse mais para perto de Sophie, ele no final lhe ficaria grato. E, naturalmente, quanto mais insensível ele pensasse que ela era, mais fácil seria para ele abandoná-la; portanto, ambos sairiam ganhando. Helen permitiu a si mesma sentir-se otimista para variar – as coisas estavam mudando de rumo. Bem devagar, mais como um cargueiro do que como uma lancha, mas, ainda assim, mudando de direção.

Estava ansiosa e temerosa quanto ao dia seguinte. Sabia que não haveria festa, nada de grande alvoroço, mas haveria o constrangimento angustiante dos drinques de sexta-feira em sua homenagem. Provavelmente, ninguém iria, o que seria ótimo, até mesmo preferível. Ela poderia permanecer por lá um tempo mínimo adequado e, em seguida, pegar suas caixas e sair. Não havia motivo para ela voltar a ver Annie nem Jenny outra vez na vida.

Sentia-se mal por Sandra, a coitada – a infeliz da Sandra, cujas únicas esperanças de redenção tinham sido frustradas –, sabia que era sua única defensora e que, depois que ela e Laura tivessem ido embora, a Global provavelmente a descartaria como caso perdido. As indicações do Ace Awards seriam anunciadas no dia seguinte, e obviamente Sandra não tinha a menor chance. Helen sabia que devia ligar para ela, ver se estava bem, mas não dava para encarar essa. Ela ligou a TV e deitou-se no sofá. Felicidade total. Perguntou a si mesma se ela e Matthew disputariam Norman na justiça depois que tudo terminasse, mas então se lembrou de que Sophie era alérgica a gatos. Claudia ficaria arrasada, mas também perderia um gato e ganharia um pai; portanto, a troca devia valer a pena. Ela olhou para o relógio de pulso: 16h25. Matthew e Sophie deviam estar se dando maravilhosamente bem juntos lá em Bath. Ela percebeu que estava morrendo de tédio. Sentiu vontade de ligar para Rachel, para matar uma hora jogando conversa fora, mas não estava a fim de debater as intrincadas diferenças entre tipos de letras para os convites. Assim, adormeceu.

Sophie, Matthew e as meninas estavam jantando no hotel, depois de finalmente escaparem da casa da Amanda e de Edwin mais ou menos Às 7 horas da noite, deixando para trás uma iminente explosão de temperamentos movida a álcool. O restaurante do hotel era, na verdade, a sala de visitas de alguém, com quatro mesas aninhadas no centro de modo a propiciar uma atmosfera de intimidade. A dona do estabelecimento preparava elaboradas refeições, compostas de três pratos, e o marido dela servia as mesas. Esta noite eram apenas os quatro que estavam hospedados ali, de modo que Sophie teve a estranha impressão de que estavam passando uma noite confortável em casa. Matthew tinha levado todos de carro para lá porque depois de três copos de vodca ela não se sentia em condições de dirigir e deixara o carro na casa de

Amanda, para pegá-lo no dia seguinte. Matthew ficou aliviado depois de encerrada a cerimônia fúnebre. Nunca muito confortável em grandes reuniões de família, esta tinha sido muito pior devido às críticas dos velhos parceiros bêbados de Sheila dirigidas a ele por conta de ter destruído sua família. Era difícil discutir à altura com um velho de 80 anos, principalmente quando só se queria dizer: "Quer saber, isso não é da sua conta, sua múmia." Agora que estavam seguros, ele tinha se descontraído visivelmente e estava tomando taças inteiras de Pinot Grigio e contando histórias para as meninas rirem.

— Como Helen está passando? — perguntou Sophie quando a conversa cessou durante alguns instantes, presumindo que Matthew havia ligado para ela quando fora deixar a mala no quarto.

— Não falei mais com ela depois que saí — informou ele, e então, vendo a expressão intrigada de Sophie, acrescentou, depressa: — Não quero incomodá-la. Ela pode estar dormindo. — E Sophie achou isso interessante.

Às 21h30 Sophie havia levado Suzanne e Claudia até o quarto delas para se deitarem, apesar dos protestos das duas.

— Volte aqui para baixo para tomarmos mais um drinque — convidara Matthew, e como ela estava se divertindo, concordara, de modo que agora estava sentada ao lado da lareira, bebendo uma taça enorme de xerez. Matthew tinha mudado de humor ligeiramente enquanto tomava o último copo, de alegre para sentimental, e tinha ficado calado. Sophie olhou para ele e pegou-o olhando-a fixamente.

— Você está se sentindo bem?

— Acho que cometi um erro.

A expressão de Sophie mostrou que ela não sabia se tinha entendido bem, e ele prosseguiu.

— Com a Helen. Acho que tomei a decisão errada. — Sua voz oscilava.

Sophie suspirou.

– O que houve?

– Nunca devia ter me separado de você. Devia ter ficado. Sinto saudades de você e das meninas.

– Se não está mesmo feliz, precisa tomar uma atitude. E agora, antes de vocês dois se casarem. Senão... – e tomou coragem para dizer: – vão ter mais filhos e eles é que vão sofrer com uma nova separação.

– Você sente o mesmo, não? Gostaria que todos fôssemos uma família de novo?

– Matthew, se você quer se separar da Helen, vai ter de fazer isso, mas não faça isso porque acha que eu o aceitaria de volta.

– Mas acha que me aceitaria?

– É isso mesmo que você quer?

Ele balançou a cabeça afirmativamente, todo tristonho.

– Acho que é.

Sophie desejou não estar tão alcoolizada. Será que ele estava mesmo dizendo aquilo, que a queria de volta, que queria recomeçar? Ela não fazia idéia de como aquilo a fazia sentir-se. Encantada por ter vencido a batalha contra Helen, zangada por ele pensar que ela largaria tudo e o aceitaria de volta depois de tudo o que ele tinha feito a ela, triste por não poder mais ser como era antes, irada por ele chegar para ela e dizer aquilo sem qualquer aviso, sabendo que ambos tinham enchido a cara. Sacudiu a cabeça para tentar recuperar um pouco de lucidez.

– Não dá para falarmos disso agora. Não é justo. Primeiro fale com Helen, e depois veremos o que acontece.

– Você não está me rejeitando, está?

Ela quase riu da cara de vítima que ele estava fazendo enquanto olhava para ela.

– Não estou respondendo sim nem não. Entende?

– Entendo. – Ele pôs a mão sobre a dela, e ela, cansada e esgotada demais, não recolheu a sua.

— Matthew, posso lhe perguntar uma coisa? Quero que seja totalmente sincero comigo, está bem? Quero que me diga a verdade.

— Vou dizer.

— Há quanto tempo você e a Helen eram amantes? Eu só preciso saber isso.

Sophie não notou a breve hesitação de Matthew nem o ligeiro pânico que transpareceu de passagem em seu rosto.

— Começou uns seis meses... antes... de... sabe... eu sair de casa.

— Então, quando nós viajamos de férias para a Itália, vocês dois já estavam...

— Estávamos sim, perdão.

Ela concordou, tristemente.

— Eu gostei daquelas férias.

— Eu também... não era... sabe... não era que eu não quisesse estar com você quando ficávamos juntos. Eu não estava ali pensando: "Gostaria que fosse a Helen."

— Seis meses. É o mesmo que eu e você... com a Hannah — suspirou Sophie. — Pelo menos, não foram anos. Detestaria pensar que nosso casamento foi uma farsa durante anos.

Matthew tomou todo o seu xerez de um só gole, olhando para baixo.

— Não foram anos, não. Você vai dormir no meu quarto? — perguntou ele quando já estavam no corredor, voltando para o quarto. — Não assim, sem mais nem menos, sabe? Só se você quiser, claro. — E ergueu uma sobrancelha para ela, sorrindo. — Só gostaria de saber que você está ao meu lado.

— Não dá. Acho que quero, mas não dá. Nós nos arrependeríamos disso mesmo que não acontecesse nada. Pelo menos eu me arrependeria.

— Posso lhe dar um beijo de boa-noite?

— Não, Matthew.

— Sou seu marido! – E então tentou dar sua melhor piscadela marota de bêbado. Sophie riu.

— Boa-noite.

Apesar de tudo que tinha bebido, Sophie mal conseguiu dormir. Sua cabeça estava zunindo por causa de tudo o que tinha acontecido. Não fazia a menor idéia de que Matthew fosse dizer aquilo. Tinha pensado que eles estavam começando a encontrar o meio-termo para ter uma relação civilizada entre marido e mulher separados no século XXI, um tipo de relacionamento que garantiria que suas filhas sofressem o mínimo de trauma psicológico possível. Ela não gostava nada daquilo, mas estava se acostumando com a situação. Não sabia se podia confiar em Matthew, nem sequer sabia se ainda o queria de volta, mas quando pensava seriamente no que mais a preocupava no momento, via que era o medo de que ele acordasse no dia seguinte e se arrependesse do que tinha dito.

30

HELEN ACORDOU ÀS 6 horas com a boca seca. Procurou às apalpa-
delas um copo de água na mesa-de-cabeceira e, não encontrando,
arrastou-se para fora da cama e foi à cozinha. Bebeu um copo
cheio de água e depois se serviu de mais. No caminho de volta
para o quarto, pegou o celular e ligou-o, certa de que haveria alguma mensagem de Matthew. Ele não costumava deixar de ligar
para o apartamento para ver como ela estava, mesmo que estivesse zangado com ela. O alerta do correio de voz emitiu um bipe –
pronto, era ele –, e ela encostou o telefone no ouvido.

"Você tem sete novas mensagens", disse a voz robotizada.
Merda. Ele devia ter tentado várias vezes – e ficado cada vez mais
aborrecido por ela ter desligado o celular quando foi do sofá para
a cama. Bem, paciência. Ele devia ter ligado para o telefone fixo;
sabia muito bem onde ela estava. Apertou um botão para ouvir a
primeira mensagem. Era uma voz feminina que ela a princípio
não reconheceu porque estava arrastada, e a mulher chorava e
falava enrolado. Então percebeu que era a Sandra.

"Tudo uma merda", entendeu Helen, a muito custo. "Minha
vida está uma merda."

Ela tratou de ouvir a próxima mensagem. Sandra outra vez:
"Aonde você foi?"

A terceira, a quarta e a quinta mensagens eram a mesma coisa. "Onde você se meteu, porra, estou precisando de você!" Helen ficou nervosa. Passou para a sexta mensagem: "Não adianta. Não adianta fazer mais nada mesmo. Sou uma ridícula. Uma baranga ridícula, no fundo do poço. Dane-se o mundo." Helen então, percebeu um som do que lhe pareceu ser um frasco cheio de pílulas, enquanto Sandra chorava. Ela procurou em uma pilha de papéis sobre a mesa da sala de estar uma lista de endereços de clientes enquanto ouvia a mensagem número sete. Nada, só alguém respirando com força e um soluço fraquinho ocasional. A mensagem tinha sido deixada às 4h10. Duas horas atrás. Helen já estava num táxi a caminho de... onde era mesmo? ...ela olhou a lista de novo, Sandra morava em Shepherd's Bush... a 5 minutos dali. Ela tinha chamado uma ambulância, ligeiramente histérica, dando-lhes detalhes demais sobre as mensagens telefônicas desesperadas, quando devia estar lhes dando o endereço. Ela não conseguia entender por que Sandra havia resolvido se desabafar logo com ela, uma vez que elas mal se conheciam. Ai, caramba, ela não ia conseguir segurar aquela barra sozinha. Sabia que Matthew devia estar dormindo — e que ele estava irritado com ela —, mas não se lembrou de mais ninguém para chamar, precisava de companhia.

Matthew estava mesmo ferrado no sono e pareceu ao mesmo tempo sonolento e irritadiço quando atendeu o celular.

— Que horas são?

— É a Sandra, ela tomou uma overdose. Ela me deixou um monte de mensagens no celular. Estou indo para lá. Merda, estou uma pilha de nervos. — Helen estava balbuciando.

De repente, Matthew acordou de vez.

— Calma, Helen, me conte o que houve.

Ela conseguiu contar de maneira coerente o que tinha ocorrido até ali e mal havia terminado quando Matthew lhe disse que estava saindo do hotel imediatamente para voltar para Londres. Embora a viagem durasse duas horas e, sabe Deus, provavelmente tudo já tivesse terminado quando ele chegasse, a idéia de ele estar a caminho acalmou-a imediatamente. Ele saberia o que fazer.

— Você deu o nome verdadeiro dela para o serviço de emergência? — perguntou ele, já em ritmo de trabalho.

— Claro — respondeu ela, imediatamente percebendo que tinha feito bobagem.

— Preciso pensar como vamos lidar com isso. Nesse meio tempo, Helen, se você chegar lá antes da ambulância, espere do lado de fora. Não entre sozinha.

— Está falando sério?

— Você não pode fazer nada por ela mesmo. Ou ela está bem ou... não. Não quero que seja obrigada a passar por isso, ouviu?

— Ouvi.

— Ligue para mim quando chegar lá.

Matthew pensou em deixar um bilhete para Sophie antes de sair, mas não sabia o que dizer. Se fosse franco consigo mesmo, estava aliviado por ter uma desculpa para sair antes de ela acordar. Era capaz de se lembrar de cada palavra da conversa entre eles na noite anterior — e havia falado sério. Estava feliz por ter dito tudo e não retiraria nem uma única palavra, mas sem o álcool para lhe dar coragem, sentiu-se constrangido ante a idéia de vê-la; não sabia como agir perto dela agora que tinha posto as cartas na mesa. Deixou uma mensagem com o recepcionista para dizer à Sra. Shallcross que ele tinha recebido um chamado do trabalho. Lidaria com o caso de Sandra primeiro, depois resolveria seus problemas pessoais.

Teria sido óbvio que era o apartamento de Sandra mesmo sem a ambulância em frente, por causa das cortinas cor-de-rosa emplumadas na janela e as fieiras de luzinhas penduradas no quarto atrás delas. Helen jogou uma nota de dez libras para o motorista e subiu as escadas correndo, vendo que a porta da frente estava sendo aberta naquele momento e dois homens de uniforme de enfermeiro estavam saindo. Eles pareciam bastante animados para as circunstâncias, e Helen podia jurar que ouviu um deles levando uma foto autografada. Helen parou diante deles.

— Ela está...?

— Alarme falso — disse o homem que estava com a foto.

— Alarme falso? — disse Helen, incrédula.

— Foi você que nos chamou?

Helen assentiu.

— Da próxima vez, veja se é para valer mesmo. Ela está bem.

Helen empurrou a porta do apartamento e entrou, confusa. Sentada no sofá, de roupão rosa e pantufas felpudas, estava Sandra, em carne e osso, e segurando-lhe a mão um homem que lhe pareceu vagamente familiar. Ah, sim, era o garçom da inauguração do Verano. Aquele da foto, na hora que ela estava saindo e resolveu acabar com suas chances de ser indicada para o prêmio. Guido, ou Júlio, ou coisa parecida. Sandra piscou para ela.

— O que está fazendo aqui?

— Você ligou para mim, lembra? — Helen não acreditou no que estava ouvindo.

Sandra olhou para Guido/Júlio, que deu de ombros.

— Liguei para todo mundo. Desculpa. Estava desesperada.

Helen equilibrou-se no braço de uma poltrona.

— Mas o que houve, então? Não entendi.

— Eu estava de cara cheia, muito pra baixo, e me lembro de ter tomado as tais pílulas, sim. Quando vi, o Giovanni já estava aqui, eu passei mal, vomitei e depois me senti melhor. Desculpe, estou me sentindo uma babaca. — E piscou para Helen, seu rímel borrando-lhe o rosto como se ela fosse um panda triste.

345

Giovanni sorriu.

— Arrombei a porta. Devo ter chegado aqui logo depois que ela tomou os comprimidos, porque meti o dedo na garganta dela e todos eles saíram. Todinhos.

Helen ficou espantada pelo fato de o sotaque dele estar mais para Romford do que para Roma.

— Os enfermeiros disseram que ela não vai sofrer nenhum efeito colateral porque as pílulas não ficaram no organismo dela tempo suficiente para lhe causar mal algum. Imagina o que teria acontecido se eu não tivesse chegado aqui a tempo. — E afagou carinhosamente a mão de Sandra.

— É, não gosto nem de imaginar. Bem, Sandra, se tem certeza de que está bem, vou deixar vocês à vontade. Precisam de alguma coisa? — Helen estava recuando, para sair da sala.

— Giovanni vai cuidar de mim — disse ela, timidamente.

Quando fechou a porta da frente do apartamento de Sandra, Helen esbarrou em outra jovem que vinha subindo os degraus às pressas.

— Sandra Hepburn mora aqui? — Ela suava sem parar.

— Mora. Ela está bem.

— Está? Merda, chamei uma ambulância assim que recebi as mensagens dela.

— Entre e veja você mesma, se quiser. Tenho certeza de que ela vai gostar de vê-la.

— O quê? Não, imagine, eu mal a conheço. Fui manicure dela umas vezes, só isso. Fiquei surpresa por ela ter ligado logo para mim, aliás.

Helen ouviu as sirenes se aproximando enquanto dobrava a esquina à procura de um táxi.

Sophie foi despertada por batidas à sua porta e a voz de Claudia, gritando:

– Mamãe, mamãe, abra a porta!

Convencida de que devia haver alguma coisa seriamente errada, Sophie pulou da cama e correu para abrir a porta para suas filhas.

– O papai foi para a casa dele – disse Suzanne, arrasada. – Disse à mulher lá da recepção que tinha de voltar para o trabalho.

Sophie ficou aborrecida. As meninas estavam olhando para ela, esperançosas.

– Ah, sim. Bem, tenho certeza de que deve ter acontecido alguma coisa importante.

Então, era assim. Matthew tinha acordado, se arrependido de tudo o que havia dito a ela e, naquele seu estilo típico, tinha fugido em vez de encarar as conseqüências. Ela sentiu-se uma completa idiota por ter se deixado convencer por ele. Moral da história: ele enxergara uma oportunidade e tentara aproveitá-la. Nada tinha mudado.

Matthew já estava na rodovia M4 quando Helen ligou para dizer-lhe que não precisava mais se apavorar. Agora estava pensando em Sophie e na expressão dela quando, na noite anterior, ele lhe dissera o que sentia.

31

HELEN TINHA SAÍDO para o seu último dia de trabalho antes mesmo de Matthew chegar em casa. Parecia exausta, a irritação que estava sentindo com Sandra superando o alívio por ela estar bem. Matthew havia ligado pedindo-lhe para dizer à sua assistente temporária, Marilyn, que ele iria trabalhar, mas quando ela chegou à sala das assistentes, Annie e Jenny estavam por ali, rindo de coisas sem graça com Jamie, de modo que ela foi direto para seu computador, na esperança de que eles não a vissem, e enviou um e-mail para Marilyn em vez de falar com ela. Ela só estava ali fazia alguns minutos quando Helen-da-Tesouraria apareceu ao seu lado, segurando um presentinho.

Ai, meu Deus, pensou Helen. Agora não.

Annie virou-se.

— Ahhh, olha! Ela comprou um presente de despedida para a Helen.

Todos os olhares voltaram-se para Helen-da-Tesouraria, que ficou vermelha.

— Acham que é um pacote de amendoim? — gritou Jenny, e todas morreram de rir de sua piadinha sem graça. Helen revirou os olhos para Helen-da-Tesouraria, como se dissesse: "Mas que desgraçadas". Helen-da-Tesouraria, no entanto, já estava toda la-

348

crimosa e jogou o presente na mesa de Helen antes de correr para o banheiro.

Excelente, pensou Helen. Tudo de novo. Ela pegou o pequeno embrulho e foi atrás da outra, relutante.

— A Jenny vai ficar com ciúme se você e a Helen-da-Tesouraria ficarem indo ao banheiro juntas, hein? — gritou Annie depois que Helen saiu, e então elas simplesmente não conseguiram mais parar de rir.

Helen passou pela rotina de costume, de tentar convencer Helen-da-Tesouraria a sair do boxe.

— Você precisa aprender a não ligar para essa gente — disse ela, quando a outra finalmente abriu a porta e parou de choramingar. — Elas só fazem isso porque sabem que sua reação vai ser essa.

— Não consigo evitar. — Fungada. — Você é a única pessoa boa que trabalha aqui. — Fungada. — Fora o Matthew, é claro — acrescentou ela, depressa, para o caso de Helen, que nem se importava, se ofender. — Agora você vai embora.

Ela começou a soluçar ruidosamente outra vez, e Helen deu-lhe tapinhas amistosos no braço meio sem jeito.

— Obrigada pelo presente. — Ela começou a abrir o embrulho; qualquer coisa para distrair a outra Helen e fazê-la se calar. Dentro de uma pequena caixa havia uma correntinha de ouro com letras formando a palavra "Helen" em itálico. Era uma cópia exata da que ela mesma trazia no pescoço... e que vivia subindo e descendo enquanto ela falava. Detestável.

— Linda. Muito obrigada — conseguiu dizer Helen. — E aposto que é o único presente que vou receber hoje. É muita gentileza sua.

— Vou sentir tanto sua falta... — gemeu Helen-da-Tesouraria, e passou os braços ao redor de Helen, sua cabeça alcançando algum ponto na altura dos seios dela. Elas ficaram assim alguns momentos, Helen rígida como um cabo de vassoura, até ela sentir que podia se afastar sem melindrar a outra. Havia uma pequena mancha de suor na parte da frente de sua blusa, o que fazia com que parecesse que ela estava amamentando.

— Você vai ficar numa boa. Vai mesmo. É só não dar bola para elas.

— Você vai continuar ligando para mim?

— Vou, sim — disse Helen, incapaz de imaginar uma única situação em que fosse fazer isso. — É claro.

O dia arrastou-se interminavelmente. Matthew tinha dito muito pouco ao telefone sobre o enterro, além de contar que tinha bebido uns cálices de xerez a mais e que estava de ressaca. O telefone de Sophie ficou desligado a manhã inteira, e Helen estava começando a achar que seu plano não estava avançando, até seu celular de repente vibrar. Era Sophie.

— Por onde você andou? Liguei para você a manhã inteira. — Helen tentou não parecer muito impaciente.

— Desliguei o celular. Estava tentando evitar o Matthew; não que ele estivesse tentando me ligar, nem que ele tenha tentado, pois não deixou mensagem. Escute, preciso conversar com você. A gente pode se encontrar esta noite?

Alguma coisa deve ter acontecido.

— É claro.

— Não quero pedir ao Matthew para vir tomar conta das meninas; portanto, vai ter que vir aqui, pode? Assim você aproveita e conhece as meninas. Não que isso seja muito agradável, devo admitir.

Merda.

— Ai, droga, acabei de me lembrar que tenho um compromisso esta noite. Não dá para almoçarmos juntas? Tenho reuniões para ir no Soho, mas se você estiver por lá...

— Encontro você no Stock Pot às 13 horas.

*

– Ele me pediu para dormir com ele. – Sophie recostou-se no espaldar da cadeira, esperando para ver qual seria o impacto que sua declaração teria. – E eu quase concordei.

Helen tentou assimilar o que Sophie estava lhe dizendo. Esperava que uma noite fora aproximasse Matthew de Sophie, mas ela não tinha exatamente previsto uma coisa assim. Sua reação imediata foi de raiva. Matthew, que vivia declarando seu amor incontido por ela, tinha passado uma noite fora e pedido a exmulher para ir para a cama com ele. Porra, o que é que aquele cara tinha na cabeça? Seria incapaz de ser fiel a qualquer mulher? Quase imediatamente, porém, enquanto Sophie estava lhe fornecia os detalhes, seu humor mudou: aquilo era fantástico. Se Sophie tivesse dito sim, ela se livraria do cara e poderia ser feliz outra vez.

– Por que recusou, então?

– Eu queria mesmo dormir com ele. Na verdade, fiquei pasma de ver o quanto queria. Mas decidi que se alguma coisa vai acontecer, quero que seja direito dessa vez. Por mais que deteste a Helen, não faria com ela o que fiz com a Hannah. Agora estou até aliviada por ter recusado. Teria bancado a idiota.

Helen sentiu um nó no estômago.

– Por quê?

– Porque obviamente era só papo de bêbado. Ele saiu escondido antes de eu acordar esta manhã e deixou uma mensagem na recepção, avisando que tinha sido por causa do trabalho e coisa e tal. Mas o que podia ter sido tão importante? Francamente, às 6 horas da manhã? E se era mesmo emergência, por que ele não tentou mais me ligar?

Matthew, você é mesmo um babaca.

– Talvez ele tenha ficado ocupado a manhã inteira por conta dessa tal emergência.

– Não tinha emergência alguma.

351

— Talvez tenha sido alguma crise de consciência. Ele se sentiu mal por tudo e voltou para casa para dar o fora na Helen antes de ir adiante com você. Assim como você, quem sabe ele também queira fazer as coisas direito dessa vez.

Sophie empurrou o prato, mal tendo tocado a comida.

— É nisso que estou fazendo força para acreditar, mas simplesmente não dá. Ainda não explica por que ele não ligou.

Helen sentiu vontade de ir falar com Matthew e berrar na cara dele: "Essa é a única chance que você tem de ser feliz, e é melhor não estragá-la, porque não vai durar muito." Ele era tão imaturo, tão completamente incapaz de tomar uma decisão adulta por si mesmo...

— Então, resolveu que o quer de volta? — indagou Helen, só para se certificar.

Sophie suspirou fundo.

— É. Acho que sim. Pelo menos eu disse isso a ele ontem à noite. Não consegui dormir. Fiquei pensando nele... e no que fazer, e resolvi lhe dar uma segunda chance. Porque acho que ele está falando mesmo sério, sabe? Ou achei. Agora não sei o que pensar, mas não vou mais permitir que ele me ferre de novo, isso eu posso lhe garantir. Estou sendo burra?

— Olhe, não pensa no pior. Apenas espere e veja o que acontece antes de eliminar essa possibilidade.

Sophie fez cara de choro.

— Não vai dar para passar por todo o sofrimento que passei de novo. Não vai mesmo.

Elas pagaram a conta e foram caminhando até Charing Cross Road, Helen fingindo que tinha uma reunião na Shaftesbury Avenue e perguntando-se até onde Sophie iria acompanhá-la antes que ela precisasse entrar em um edifício qualquer e esperar lá durante 5 minutos até ousar sair de novo. Assim que atravessaram a Cambridge Circus, ela viu Jamie vindo na direção contrária e ficou olhando para o chão o tempo todo, torcendo para que ele não a visse.

— E aí, Helen — gritou ele, ao passar.

— Helen? — Sophie pareceu confusa.

— Ele sempre troca o meu nome. Isso me deixa furiosa. Quando o conheci, disse-lhe que me chamava Eleanor, e ele obviamente entendeu Helen. E vem me chamando assim desde esse dia. — Ai, meu Deus, me tire dessa, pensou. E mesmo que ela não acreditasse nele, Deus a atendeu, pois o celular de Sophie tocou, e ela o tirou do bolso, olhando para ver quem estava ligando.

— É o Matthew. Droga, o que eu faço?

— Atenda. Eu vou indo. — Helen fez um gesto vago, mostrando que precisava continuar andando. Sophie agarrou-a pelo braço.

— Não, espere. Preciso de apoio moral.

Helen arrastou os pés, sem jeito, apoiando-se ora em um, ora em outro. Situação desconfortável, essa de estar ouvindo a conversa íntima de uma amiga ao telefone, mas o fato de essa amiga estar falando com seu companheiro que estava ligando clandestinamente para discutir se ia abandoná-la ou não tornava tudo positivamente surreal. Ela tentou entender o que estava acontecendo pelas respostas não comprometedoras de Sophie.

— Hum, hum... Sei... ai, meu Deus... Não sei... Ai, meu Deus, não sei... Tá... Tá... Tá... Tá...

Tá o quê, porra?

— Tá bem, às 8 horas da noite, então... Tá bem, tchau.

— E aí? — Helen mal podia esperar para descobrir o que eles tinham conversado.

— Pelo jeito, uma das clientes dele tentou se suicidar, o que, suponho, é uma emergência mesmo. E ele andou ocupado tentando resolver essa parada a manhã inteira para não sair nos jornais.

Mas que mentiroso, pensou Helen. A história não teria sido publicada nos jornais porque Sandra não tinha ido para o hospi-

353

tal. Ela havia garantido isso pessoalmente, telefonando para os tablóides todos para ver se eles tinham ouvido falar de alguma coisa e procurando persuadir o único que tinha recebido uma dica que era só boato.

— E...?

— Ele vai lá em casa esta noite conversar sobre nós. Meu Deus, Eleanor, estou mesmo apavorada. Estou agindo corretamente?

— Mas sem a menor dúvida. Se é isso que você quer, é o correto.

— Nossa, preciso marcar hora no cabeleireiro. Tenho de correr. — E beijou o rosto de Helen. — Obrigada por tudo.

— Boa sorte — disse Helen, enquanto Sophie saía correndo para o Covent Garden. — Ligue para mim para me contar o que houve.

Ela virou-se como quem ia para o Soho, sentindo-se bem mais leve. Seu sofrimento estava para terminar. Sophie ia voltar para o marido, Matthew não ia terminar sozinho, e ela ia ficar livre. Era perfeito. Só havia uma ligeira pontinha de incômodo nela — que ela mal podia sentir e não fazia idéia por que estava presente, portanto tratou de esquecê-la. Era hora de comemorar.

Às 17 horas, Laura surgiu com uma garrafa de espumante e um bolo. Não havia quase ninguém: só Laura, Helen-da-Tesouraria, Jamie, a nova assistente de Matthew e uns dois rapazes da informática que apareciam sempre que havia bebida de graça. Annie fez questão de se sentar na recepção e se recusou a tomar uma taça que fosse com Helen. Matthew apareceu rapidamente, entre uma reunião e outra, e quando saiu, tocou o braço de Helen e disse baixinho:

— Ah, desculpe. Mas preciso trabalhar esta noite e esqueci de avisar a você. Prometi ir assistir ao espetáculo de Danny Petersen.

A estréia do Danny consistia em ser o quarto substituto no papel do John Travolta em uma temporada de *Nos tempos da brilhantina* em um teatro de subúrbio. Helen sentiu vontade de dizer: "Por que não me convida para ir com você?", só para ver Matthew entrar em pânico, mas em vez disso falou:

— Ah, que peninha de você — e sorriu toda bondosa para ele.

— Vou chegar tarde porque vou ter de tomar uns drinques com ele e também porque vou estar voltando de Guildford — acrescentou, arriscando o pescoço ao máximo.

— Nem se preocupe — disse ela, pensando: "Puxa, ele é um mentiroso muito bom mesmo."

Ele beijou-a discretamente no rosto, e ela ouviu um gritinho de nojo vindo da recepção. Ai, mas que se danem, pensou, e virou o rosto de Matthew para si, beijando-o na boca. Pelas costas dele, ela mostrou o dedo médio para Annie. Ouviu Helen-da-Tesouraria e Laura rindo. Quando soltou Matthew, ele fez cara de surpreso e... que mais? Culpado? Não era uma emoção que ele sentisse com freqüência — e ele parecia não saber como agir. Ela o empurrou para a porta.

— Divirta-se — gritou, quando ele saiu.

Às 17h15, só tinham sobrado Laura, Jamie e Helen-da-Tesouraria, pois os rapazes da informática já tinham ido para o bar, e a assistente do Matthew já tinha ido para casa, jantar com o marido. Eles tomaram seus drinques sem grande júbilo, e Helen perguntou-se quando podia se retirar dali para ir para casa sem parecer ingrata. Uns dois ou três dos outros diretores meteram a cabeça pela fresta da porta para se despedir, alegando estar ocupados demais para ficar para um drinque, e então, inesperadamente, Alan entrou, todo posudo. Fazendo o possível para evitar até mesmo olhar para Helen, ele foi direto até Jamie e entregou-lhe algumas folhas de papel.

— Preciso que digite isso para mim antes do final do expediente.

Jamie consultou o relógio de pulso ostensivamente e ergueu as sobrancelhas, e Alan deu-lhe as costas.

– Não vai ficar para tomar um drinque, Alan? – perguntou Helen, fingindo gentileza.

– Não, obrigado. – E ele continuou andando.

– Ah, espere aí – continuou ela. – Tenho uma coisinha pra você. Para lhe agradecer, por sempre me dar tanto apoio. – E estendeu-lhe um envelope branco.

Alan virou-se, desconfiado. Avançou alguns passos e tirou o envelope da mão de Helen.

– Abra logo.

Ele passou o dedo por dentro da aba do envelope, rasgando-o, e tirou uma única folha de papel A4. Enquanto a lia, seu rosto ficou vermelho-escuro, os lábios comprimidos de raiva. Amassando o papel, virou-se e saiu da sala sem dizer uma única palavra.

– Adeus, Alan – gritou Helen, satisfeita.

– Mas que diabo...? – começou a dizer Jamie. Helen interrompeu-o.

– Não é nada, não. Procurei umas mensagens bem antes da época em que você entrou aqui e imprimi direto do computador dele, não do seu, portanto, ele não vai culpar você.

De volta à sua sala, Alan alisou a folha de papel e releu o teor. Era uma mensagem de e-mail que ele tinha enviado a Felicia, uma mulher que definitivamente não era sua esposa, junto com a resposta dela. Dizia: "Não consigo parar de pensar nos seus lábios deliciosos em torno do meu pau. Acabei de vir do banheiro agora mesmo; tive que descarregar, o tesão foi demais. Beijos."

E ela havia respondido: "Não vamos demorar a nos encontrar, garotão. Vejo você lá no hotel às 4 horas da tarde para duas horas de paixão. Beijos."

Alan sentou-se à sua mesa, o suor brotando-lhe na testa. Aquela safada da Kristin; ela devia ter mostrado a todo mundo seus e-mails pessoais. Pelo menos Jamie era homem – ele entenderia, dava para confiar nele.

Na sala das assistentes, Jamie tinha acabado de prometer repassar quaisquer e-mails trocados entre Alan e Felicia para o novo computador de Helen, e como Laura e Helen-da-Tesouraria tinham acabado de descobrir a tendência de Alan para praticar sexo virtual, ele havia concordado em mandar isso tudo para elas também.

A tarde estava terminando. Helen viu Annie rondando por ali, querendo entrar e pegar o casaco para poder ir para casa, mas sem querer se obrigar a dizer adeus. Helen se sentiu tentada a abrir mais uma garrafa só para impedir que Annie entrasse mas em vez disso, começou a pôr seus últimos pertences em uma caixa, indicando para os outros que era hora de partir. Quando ela ergueu o olhar da caixa, o rosto gorducho de Helen-da-Tesouraria tinha ficado todo rosado de novo e havia lágrimas se formando no canto de seus olhos. A boca da mulher parecia a de um bebê. Ela tentou sorrir para Helen, mas não conseguiu.

Oh, Deus!

Uma vez mais, Helen precisou resistir à vontade de lhe dar um soco na cara.

– Só preciso me despedir de Laura antes de ela sair.

Laura tinha entrado em sua sala para pegar seu casaco e sua bolsa. Helen seguiu-a e fechou a porta.

– Sabe quando você disse que seríamos apenas você, eu, uma secretária e um contador?

Laura olhou para ela, intrigada.

– Bem, você já sabe quem vai ser esse contador? Porque a Helen jamais vai conseguir sobreviver aqui, vai?

– Não se preocupe, já pensei nisso. Vou convidá-la na semana que vem.

— Tem como fazer isso agora? Porque ela está dando no meu saco.

Laura riu.

— Está certo.

Cinco minutos depois, enquanto Helen estava vestindo seu casaco, ouviu um gritinho de porco no abatedouro vindo do escritório de Laura e sorriu consigo mesma. Merda, pensou ela, é melhor eu sair antes de ela vir me agradecer. Ela passou praticamente voando pela recepção, agarrando sua caixa. Annie e Jenny estavam cochichando na mesa da recepção. Elas desviaram o olhar teatralmente quando Helen passou.

— Tchau, suas vadias — berrou Helen, alegremente, quando as portas do elevador se fecharam. Quando o elevador chegou ao térreo, ela apertou o botão para subir para o segundo andar de novo. — O que eu estava querendo dizer mesmo era: "Tchau, divirtam-se aí nessa sua vida de escravas, suas enxeridas retardadas e insuportáveis." — Acenou quando as portas se fecharam pela segunda vez, deixando Annie e Jenny olhando-a espantadas e boquiabertas, cada qual tentando pensar em uma resposta à altura.

32

SOPHIE ESTAVA TOMANDO Coca Diet, e embora tivesse oferecido uma taça de vinho ao Matthew, ele tinha escolhido café. Nenhum dos dois ia se arriscar dessa vez. Eles haviam se sentado um diante do outro, mas cada um de um lado da mesa da cozinha, como se precisassem de uma barreira física entre eles, algo sólido para evitar que cometessem alguma bobagem. A certa altura, o tornozelo de Sophie roçou a perna da mesa, e ela pulou, pensando que tinha tocado Matthew, depois riu ao entender como devia ter feito papel de boba. Matthew procurou prender seu olhar, mas ela ficava o tempo todo abaixando os olhos para a mesa. Um silêncio sem jeito pesou no ar. Então...

— Eu quero voltar.

Sophie tinha adivinhado — torcido e temido, alternadamente — que isso ia acontecer. Tinha ensaiado o que diria em resposta, planejado se o obrigaria a suar a camisa ou se ela se jogaria nos braços dele, se o aceitaria de graça ou se o rejeitaria de cara. O que não tinha conseguido fazer era resolver qual opção escolheria quando chegasse a hora. Agora que ele tinha dito isso, ela ficou parada, olhando para o copo na mesa diante de si, a cabeça a mil. Ela desejava uma família perfeita outra vez e, apesar dos muitos defeitos dele, sentia falta de sua companhia e da história compartilhada por ambos. Ninguém jamais seria capaz (nem iria querer) de entender o amor que ela sentia pelas filhas nem amá-las do mesmo jeito. Ninguém mais poderia (ou quereria) recordar com ela os mínimos detalhes da infância das meninas. Mas isso seria suficiente para fudamentar um relacionamento? O passado? Lá no fundo, será que ela não sentia apenas medo de ficar sozinha? Não, decidiu, tinha superado esse medo. Sabia que podia se virar sozinha agora. Não se obrigaria nem obrigaria as filhas a passar pelo trauma de serem rejeitadas de novo. Se ia aceitá-lo de volta, as coisas teriam de ser diferentes: ele tinha que agir diferente dessa vez. Ela obrigou-se a olhar para cima e encará-lo.

— Como vou ter certeza de que tudo vai ser melhor agora?

— Eu mudei. Vou provar a você.

— Mas você tentou me levar para a cama, e ainda mora com a Helen. Isso para você é mudar?

Matthew pegou a mão dela sobre a mesa.

— Estava de porre. Estava desesperado. Quero muito voltar a viver com você. Mas quero fazer tudo direito dessa vez. E vou dizer a ela... que terminou.

Sophie sabia que devia ser mais firme com ele, insistir em que terminasse com Helen independente de ela concordar ou não em aceitá-lo de volta. Obrigá-lo a fazer isso primeiro antes de até mesmo discutir o assunto com ele, para provar que estava falando mesmo sério, mas tinha medo de perder o momento, medo de ele mudar de idéia se ela bancasse a difícil.

— Matthew, não posso passar por tudo o que passamos de novo. Nunca mais. Não faça isso comigo, se não estiver falando sério.

— Estou falando sério, Sophie, estou mesmo. — Matthew estava à beira das lágrimas. — Jamais esperaria que você me recebesse de volta depois do que eu fiz, mas se receber... Meu Deus, nunca mais farei nada de errado de novo, eu lhe prometo.

– Vai ter que ser sincero comigo. Muito, mais muito sincero mesmo.

– Eu vou ser sim.

– Nada mais de trabalhar até tarde, nem de jogos de squash, nem nada, porque vai levar um bom tempo até eu voltar a confiar em você.

Ela tinha usado o futuro – vai levar um bom tempo –, não o condicional "levaria um bom tempo" como se fosse especulativo, como se talvez não viesse a acontecer jamais, mas como se já tivesse resolvido. Aquilo ficou suspenso no ar entre ambos.

– Por mim, tudo bem.

– Não me sinto muito à vontade, pois todos sabem na Global e... ela ainda está lá, trabalhando com você.

– Ela foi embora. A Helen. Vai trabalhar com a Laura.

Ah, pensou Sophie, então foi por isso que Laura mal conseguiu me olhar nos olhos na inauguração do restaurante.

– Mas pensei no caso de qualquer forma. Posso me estabelecer por conta própria, fazer meu próprio horário, trabalhar menos, num expediente mais curto. Talvez trabalhar em casa dois dias por semana.

Sophie pôs a outra mão sobre a dele.

– Você me enganou durante seis meses, Matthew. *Seis meses*. É muito tempo. Preciso ter certeza de que não voltará a me enganar e que nunca mais vai fazer uma coisa dessas.

– Prometo – respondeu ele, e uma lágrima rolou pela sua face e caiu-lhe sobre a mão.

Eles ficaram sentados na cozinha ampla, conversando e tomando chá e Coca diet até depois da meia-noite. As meninas entraram para dizer boa-noite, deixando o Xbox relutantemente para trás meia hora depois de seu horário de dormir normal porque Sophie e Matthew simplesmente se esqueceram delas.

361

— O que vocês estão fazendo? — perguntara Claudia, fechando a cara. — Você está segurando a mão da mamãe.

Sophie ficou grata por ter acabado de dizer a Matthew que eles não deviam contar às meninas e deixá-las esperançosas até tudo ter sido consumado, porque sabia que estava louca para pular e abraçá-las e declarar oficialmente que Matthew voltaria a morar ali e todos seriam felizes para sempre. Alguma coisa bem lá no fundo lhe dizia que era preciso ter cuidado redobrado. Não anunciaria nada por enquanto. É natural, é autopreservação, pensou. Não há nada de errado nisso, só preciso me proteger.

— Claro que estamos segurando as mãos um do outro, gostamos um do outro. — Matthew, como Sophie percebeu, parecia ligeiramente descontrolado diante da emoção daquele momento.

— E você parece que andou chorando. Que coisa horrível.

Na hora em que Matthew saiu para voltar para casa, eles haviam decidido que ele daria a notícia do rompimento a Helen no dia seguinte, e que depois disso passaria uma semana em um hotel, para o que Sophie descreveu como "um período de transição", antes de voltar para casa. Matthew tinha procurado convencê-la a voltar imediatamente para lá, mas Sophie fora irredutível.

— Quero ter certeza de que sua relação anterior terminou mesmo antes de retomar nossa relação. Só para variar um pouco.

Ele concordou, relutante, sabendo que precisava fazer o jogo dela durante algum tempo. Quando saiu para voltar para Camden, eles se abraçaram, mas concordaram em não se beijar.

— Não é justo com a Helen — disse Sophie, perguntando a si mesma quando tinha se tornado tão razoável.

Helen tinha passado a noite em casa sozinha, morrendo de tédio de estar sem companhia. Não havia ninguém — literalmente ninguém — que pudesse convidar para ir tomar um drinque. Com exceção de Sophie, e obviamente isso estava fora de cogitação esta noite. Rachel tinha sido possuída pelos invasores de corpos da alegria doméstica, e muito embora Helen pensasse em ligar para ela para ver o que estava fazendo, rapidamente decidiu que não adiantava. Além disso, Rachel não telefonava desde sua conversa ligeiramente sarcástica sobre os talheres, e Helen não via por que deveria ser ela a dar o primeiro passo. Afinal, não tinha sido ela que tinha mudado. Havia dez anos que eram grandes amigas, conversavam várias vezes por dia, e então, da noite para o dia, tinham passado a não ter mais nada em comum. Se ela não tivesse Sophie... e esse pensamento se tornou quase insuportável.

Mas, naturalmente, sabia que em breve Sophie ia deixar de ser sua amiga também, porque tinha certeza que Matthew ia voltar para a família e, assim que isso acontecesse, ela deixaria de falar com Sophie também. Teria que dizer que ia se mudar para outra cidade, ou coisa assim, e nunca mais atender aos telefonemas dela. Deixá-los consertar o casamento deles e retomar sua vida de solteira. Ela tinha um novo emprego — aliás, agora tinha uma carreira —, e logo teria sua liberdade de volta. Só precisaria passar algum tempo sem amigos. Sua liberdade custaria caro, mas era um preço que ela tinha decidido que valia a pena pagar, embora, quando pensasse nas noites intermináveis sem fazer nada e em ficar sem ninguém para trocar idéias, sentisse vontade de chorar. Dane-se, ela não queria ter passado a gostar de Sophie. Fazer amizade com ela tinha sido um acidente, um erro, uma reviravolta ridícula de farsa francesa.

Tentou esperar acordada por Matthew, mas as horas estavam custando a passar, e quando o relógio passou da meia-noite, ela resolveu desistir e ir para a cama, sabendo que tudo devia estar indo muito bem — ou ele já teria voltado. Quando ele finalmente chegou pouco antes de 1 hora da madrugada, ela estava ferrada no sono, e ele entrou no quarto pé ante pé, para não acordá-la. Sentia-se nas nuvens. Ia receber uma segunda chance da mulher que o amava. Sua família o perdoaria, seus amigos pouco a pouco retornariam, ele poderia retomar sua vida normal, confortável, e tentaria – tentaria mesmo – fazer tudo dar certo dessa vez. Mas quando olhou para Helen ali placidamente adormecida, a cabeça caída sobre o travesseiro e um braço estendido sobre a cama de casal enorme, sentiu uma culpa imensa de novo. Não fazia idéia de como sua vida tinha se complicado tanto. Simplesmente teria que contar a ela logo de manhã, acabar logo com o sofrimento dela de uma vez. Tentou ensaiar algumas formas de contar-lhe que a fizessem sofrer menos:

Cometi um erro.

Não foi você, fui eu.

Voltei a me apaixonar pela minha ex-esposa (talvez não).

É para o seu bem. Quando você tiver a minha idade, vou ter 80 anos. Que tipo de futuro vai ser esse, hein? Sim, pensou ele, ao adormecer. Essa era uma excelente desculpa.

– Tá.
– Tá?
– Tá.
– Eu lhe digo que quero me separar, e você só diz "tá"?
– O que quer que eu diga? "Ótimo"? "Eu também"?

Matthew estava aturdido. Tinha acordado às 7 horas e passa do duas horas e meia se preparando para esse momento, que tinha tentado amenizar trazendo chá para Helen na cama.

– Não quer saber por quê?

– Vamos ver, a interpretação de Danny Petersen em *Nos tempos da brilhantina* o emocionou tanto que você descobriu que é gay.

– Deixe de brincadeira.

Helen se espreguiçou.

– Aliás, como foi a interpretação de Danny?

— Ótima. Boa. Dá para a gente falar do assunto que me interessa? O caso é, Helen, que andei pensando. Sou vinte anos mais velho que você...

Ele parou quando Helen pousou a mão no braço dele.

— Escute, ambos sabemos que nosso caso não andava bem. Eu mesma tentei romper antes, mas você não quis. Agora não precisa me dar uma explicação complicada sobre como mudou de idéia. Está tudo bem; finalmente concordamos. É a decisão certa, Matthew. Não se sinta culpado.

Ele sabia que devia estar aliviado por ela ter recebido a notícia assim tão bem, mas ficou irritado por ela não estar ligando a mínima para o rompimento.

— Matthew, não faça essa cara de raiva. O que foi? Preferiria que eu estivesse toda chorosa? Gostaria que eu ficasse aqui lhe dizendo que acabou com a minha vida?

Lá em cima os Coelhos começaram a sua sinfonia: "Ai, amor. Vai, amor. Vai, vai, vai..." A cabeceira da cama começou a bater contra a parede.

— Simplesmente não consigo acreditar que o fim do nosso relacionamento não signifique nada para você. Que você encare assim com tamanha indiferença a hora do nosso rompimento, só isso.

— Ai, meu Deus! Preste atenção no que você está dizendo. Olhe, você quer se separar. E eu também. Portanto, nós dois ficamos felizes. Sophie, Claudia e Suzanne vão ficar satisfeitas.

— Isso não tem nada a ver com Sophie e as meninas — disse ele, na defensiva.

— Eu não disse que tinha. — Helen não conseguiu esconder o sorriso. — Só disse que elas iam ficar satisfeitas. Você já contou a elas?

Ela notou que ele não conseguia olhá-la nos olhos.

— Claro que não. Nós é que estamos falando no assunto.

Os Coelhos estavam chegando ao auge. Todas as antigas expressões preferidas estavam sendo utilizadas, inclusive o "Me chama de paizinho", que tinha se tornado comum. Então, exatamente quando a Coelha estava soltando mais um "Ai, ai", outra voz, inconfundivelmente feminina, se fez ouvir, com um gritinho orgásmico de "Ai, papai, me fode, papai". Helen olhou para Matthew:

— Não acredito. Ele está com duas mulheres lá em cima.

Matthew revirou os olhos.

— Deixe esses caras pra lá. Nossa conversa é muito importante.

— Mas como ele consegue? Quer dizer, não são feromônios nem nada, porque ele não é bonito nem tem personalidade fora do comum...

— Helen...

— Isso não incomoda você? Não está curioso para saber?

— Helen, mas que porra! Está ouvindo o que estou lhe dizendo?

— Você quer se separar de mim. Não tem nada a ver com a Sophie.

Matthew suspirou e levantou-se da cama.

— Isso para você é alguma piada, é?

Helen fez força para voltar a atenção para Matthew.

— Espero que você seja feliz. Seja lá qual for a decisão que tome. — Ela percebeu que ele estava olhando para ela ceticamente. — Estou falando sério.

Então, terminou. Quatro anos de sua vida, quatro anos lutando pelo seu homem e desperdiçando oportunidades, permitindo que amizades a abandonassem e sua auto-estima também. E tudo tinha terminado como? Com uma sensação de alívio por tudo ter finalmente acabado e uma onda de arrependimento por ela ter jogado fora tanto tempo e energia no que tinha sido — o tempo todo, pelo visto — uma causa perdida. Ela se sentia murcha

– mas eram os anos desperdiçados, o tempo que jamais seria recuperado que a deprimiram, não a idéia de passar o resto da vida sem Matthew.

Quando Helen se levantou da cama, Matthew estava fazendo uma mala na sala de estar.

– Para onde você vai?

– Passar uns dias em um hotel, até eu ver como vai ficar minha vida.

– Boa idéia.

Depois sentiu-se mal por ele estar parecendo meio ridículo, um homem adulto tentando enfiar tudo o que tinha em duas malas e duas bolsas grandes.

– Não precisa se mudar agora. Pode ficar aqui até resolver para onde quer ir.

Ele sorriu para ela, de gratidão e genuíno afeto.

– Não, obrigado. Mas quero me separar mesmo, fisicamente e tudo. Acho que é melhor.

Em parte por ser esquisito vê-lo fazer as malas, e em parte porque precisava desesperadamente ligar para Sophie e ouvir sua versão da história, Helen resolveu dar uma volta para passar o tempo. Chegou ao alto dos degraus do porão exatamente quando os Coelhos estavam saindo pela porta da frente com outra mulher, muito bonita. Helen percebeu que estava olhando para eles com uma cara que devia parecer de nojo, já que se perguntava como eles tinham conseguido atrair aquela mocinha para a sua cama. Então conseguiu se obrigar a mudar de expressão de repente e dizer oi.

– Ah, essa aqui é minha irmã – apresentou o Sr. Coelho, referindo-se a outra mulher. – Ela vai passar alguns dias com a gente.

Meu pai do céu!

Helen abriu e fechou a boca, mas nada saiu. O Sr. Coelho apressou-se em explicar:

— Aliás, estávamos até pensando em convidá-la para tomar um drinque conosco uma noite dessas. Sabe como é Londres. Passamos anos sendo vizinhos de alguém sem conhecer bem as pessoas. — Então soltou uma risada abafada que pretendia que soasse amistosa, mas saiu mais para uma gargalhada insana. — Pelo menos, não como se deve.

Oh, Deus!

Helen resolveu fingir que não tinha ouvido o convite.

— Hã... a cama de vocês... estava pensando se não daria para mudá-la de lugar um pouquinho. Tem uma rachadura enorme no teto do meu apartamento, e estou com medo que uma noite dessas todos vocês caiam em cima de mim. Bem, não todos, é claro, só... — e indicou os dois Coelhos — ...vocês dois, obviamente. Mas.... de qualquer forma... obrigada.

Ela continuou seguindo o seu caminho, sem esperar resposta, acenando para trás. Mas que beleza — agora ia ter de se mudar. Uma das melhores coisas em Londres era o fato de ninguém jamais falar um com o outro, porque no minuto em que se conversava com alguém, se percebia que era totalmente louco, e não havia escolha senão fugir para o mais longe possível. Ela dobrou a esquina até o gramado malcuidado ao lado de uma eclusa. Achou melhor ignorar o grupo de rapazes encapuzados traficando maconha abertamente e ligou para Sophie.

— E aí?

— Ai, meu Deus, Eleanor, ele quer voltar, e eu já disse que sim. Pelo menos, praticamente disse que sim. Disse que ele vai precisar terminar com a Helen primeiro e se mudar da casa deles, e depois podemos tentar recomeçar. Será que agi corretamente? Ai, meu Deus.

Helen riu.

— Calma. Conte-me tudo.

— Acho que ele realmente mudou. Mas em seguida penso que estou bancando a idiota, que foi Helen que deu um fora nele, e que ele precisa ir para algum lugar ou coisa assim. Mas acho que não é isso, não. Talvez seja mesmo verdade.

— Fale mais devagar.

— Desculpe. Desculpe. É que eu estou totalmente desorientada. Como você está?

— Estou bem. Só me diga como foi tudo.

— Ele parece diferente. Disse que vai sair da Global e se estabelecer por conta própria, para poder passar mais tempo em casa.

— Nossa! – disse Helen, que sabia que para Matthew o trabalho era tudo. Talvez ele tivesse mesmo mudado. Para o bem de sua amiga, esperava que sim.

— E foi sincero comigo. Provavelmente pela primeira vez na vida. Disse que já fazia seis meses que estava se encontrando com ela quando se mudou lá de casa.

Helen sentiu todo a sua alegria se dissipar.

— Mesmo? Seis meses?

— É, horrível, não? Estou tentando não pensar em tudo o que fizemos naquela época. Todas as desculpas que ele deu quando chegava em casa tarde e tudo mais. Ele sempre chegava tarde, portanto, não notei nada diferente. Mas... acho que esse foi um grande passo, admitir assim tudo às claras para mim, porque sabia que ia me deixar chateada, mas a honestidade foi mais forte. Eu gostei disso.

— Seis meses? – Helen ainda estava tentando engolir essa.

— Exatamente o mesmo tempo que levou para ele se separar de Hannah depois que me conheceu – disse Sophie, tristemente.

— Que coincidência, não?

— Eu me sinto mal pela Hannah. Não posso acreditar que não liguei a mínima para o sofrimento dela na época.

— Tenho certeza de que ela está bem. Já passou muito tempo. Elas combinaram se encontrar para tomar um drinque na noite de segunda-feira, que, Helen sabia, ia ser o último encontro delas. Depois disso, Eleanor morreria, sem nem mesmo um sobrenome para pôr na lápide. Helen sentou-se em um banco perguntando-se o que faria em seguida, sentindo-se totalmente desanimada. Isso devia ser motivo para uma comemoração e tanto, o dia que ela vinha esperando durante os últimos dois meses. Ela havia recuperado sua antiga vida. Ou melhor, não havia, porque não queria sua antiga vida de volta — o que tinha era a chance de uma nova vida. Na verdade recuperara a si mesma. E por que sentia vontade de chorar?

33

MATTHEW MUDOU-SE antes do fim do sábado, indo sabe-se lá para onde com suas malas e bolsas. Helen havia concordado em deixá-lo voltar para pegar o resto de suas coisas mais tarde – algumas das quais ainda estavam em caixas trazidas na mudança para o apartamento. Ela jamais tinha feito com que ele se sentisse totalmente à vontade em seu apartamento, pensou, com uma pontada de culpa. No fim, não tinham brigado para ver quem ficaria com Norman, que estava sentado no sofá sem ligar a mínima enquanto Matthew fazia as malas perto dele, porque, é claro, Matthew sabia que ia voltar para Sophie, e Sophie era alérgica. O apartamento pareceu ter ficado duas vezes maior, mesmo com algumas coisas dele ainda lá, e Helen sentiu um prazer enorme ao ter seu próprio espaço de volta. Nada mais de carrinhos de brinquedo ou pantufas de feltro. Nada de tardes de domingo de tensão esperando a volta de Suzanne e Claudia. Havia esperança de que Matthew tivesse aprendido algumas lições e de que se tornasse um pai melhor agora, já que reconhecia que Suzanne não era gênio, mas apenas uma menina comum, meio ansiosa por agradar, e Claudia estava livre para ser a primeira da turma sem medo de roubar a cena da irmã. O fim de semana estendia-se diante de Helen, assim como a semana seguinte, e ela não tinha nada, literalmente nada, para fazer. Ora, ia adorar isso, estava determinada a aproveitar cada segundo. Ia tratar de cuidar de si mesma e fazer tudo o que jamais tinha tido tempo para fazer antes de começar em seu novo emprego em duas semanas — se ao menos pudesse se lembrar de quais eram essas coisas.

No domingo ela dormiu até o meio-dia com Norman — anteriormente expulso do quarto à noite — estendido ao seu lado. Estava se sentindo bastante só. Era assustador, mas bom. Ela podia reconstruir sua vida devagar, peça por peça, e dessa vez não cometeria erros; iria se certificar de que tudo estivesse correto: o trabalho, os amigos, a casa e, talvez no final das contas, um namorado — só que, dessa vez, alguém que não pertencesse a outra mulher. Ela jamais faria isso a outra mulher novamente. Começaria por sua carreira: tinha recebido uma chance e pretendia dedicar sua alma e seu coração ao progresso dela. O resto podia esperar.

Ela pensou por um breve instante em Matthew e Sophie. Seis meses, dissera ele, e Sophie tinha acreditado nele. Helen desejou não saber que ele tinha mentido para ela assim tão rápido.

A única coisa que fez na segunda-feira foi ligar para Sandra para lhe dar a notícia que tinha se esquecido de lhe dar na sexta, de que ela não tinha sido indicada para o Ace Awards. Ela sabia que não seria surpresa, assim como sabia que Sandra provavelmente já havia descoberto isso por si mesma, a essa altura, mas sentiu que precisava arrematar essa ponta solta, e quis bancar a profissional e dar a notícia pessoalmente. Sandra pareceu surpreendentemente feliz ao atender ao telefone.

— Ah, fantástica — disse ela, quando Helen lhe perguntou como estava se sentindo, aparentemente tendo esquecido sua tentativa de suicídio três dias antes. — Ah, o que se vai fazer, não é — disse ela, quando Helen lhe contou que não tinha sido indicada para o prêmio.

— Sandra, o que está havendo? — perguntou Helen, confusa.

— Vou desistir de ser artista. Vou parar de tentar ser famosa, o que, vamos encarar, já devia ter feito faz tempo. E vou morar na Itália com o Giovanni, ter filhos e tirar leite de cabra ou seja lá o que for que eles façam lá.

— Giovanni?

— Você conhece o Giovanni. Daquele restaurante. Acontece que ele só está aqui há algumas semanas. Ele mora em Siena agora, muito embora a mãe e o pai estejam em Clacton. E estava trabalhando temporariamente como garçom para pagar a viagem. Ele não faz a menor idéia de quem eu sou. Estou falando sério, não faz idéia. Ele nunca ouviu falar de mim, nunca viu minha foto no jornal. Bem, pelo menos até o dia seguinte à inauguração do restaurante, como você sabe. Mas mesmo assim cuidou de mim, me levou para casa e não tentou trepar comigo. E agora ele sabe quem eu sou e não se importa. E estou muito feliz.

— Escute, também estou muito feliz por você. Acho isso incrível. Um conto de fadas.

— Obrigada. Mas, desculpe a pergunta, quem é você mesmo?

Helen sorriu. Sandra podia estar desistindo de ser famosa, mas não parecia que ia deixar de ser egocêntrica.

— Sou a Helen.

— Ah, Helen, me desculpe. Você sempre me tratou muito bem, obrigada.

— Boa sorte — desejou Helen quando encerrou a ligação. Só Deus sabia se Giovanni não se revelaria um marido que espanca mulheres, beberrão ou transexual, Sandra mal o conhecia, mas parecia muito feliz, e segundo Helen pensava, ela merecia um pouco de felicidade.

Sentada a uma mesa de canto no Lamb, na Lamb's Conduit Street, Helen tentava não pensar no fato de que jamais tornaria a ver Sophie. Ela tinha pensado em dizer-lhe naquela noite que ia se mudar para outra cidade, mas como não dava para suportar a idéia de se despedir da amiga, tinha decidido bancar a covarde: sumir durante as próximas duas semanas, levar cada vez mais tempo para retornar as ligações dela e então, depois que Sophie se cansasse da negligência da ex-amiga, anunciar que ia se mudar. Ela queria se divertir naquela noite – e queria ouvir todos os detalhes da reconciliação entre Sophie e Matthew. Será que ele tinha ido visitá-la depois que abandonara seu apartamento? Será que havia lhe dito que Helen tinha desejado se separar tanto quanto ele? Será que ela já tinha dormido com ele?

O bar estava lotado de funcionários de escritório tomando um drinque rápido antes de ir para casa, todos procurando evitar a hora do rush no metrô. Helen estava no salão dos fundos, mais tranqüilo, perto de uma lareira, zelosamente guardando a cadeira vazia à sua frente. Só Deus sabia quanto tempo se passaria até ela voltar a sair para tomar umas e outras em um bar de novo. Não era algo que pudesse nem quisesse fazer sozinha. Os bares exigiam amigos, e atualmente ela não tinha ninguém. Nem namorados. Talvez ela e Laura pudessem se tornar amigas depois que começassem a trabalhar juntas, parar para tomar um drinque de vez em quando e falar sobre o serviço – e descobrir que tinham coisas em comum sobre as quais bater papo. Era uma possibilidade concreta – há três meses, ela odiava aquela mulher, agora gostava sinceramente dela. A essa velocidade, já estaria apaixonada por ela na Páscoa. Ou por Helen-da-Tesouraria, quem sabe? Não, ela não suportava pensar na mulher. Tomou mais um gole de sua vodca com suco de frutas. Organizaria o futuro: sua carreira primeiro, depois se preocuparia com sua vida pessoal. Ela só precisava lembrar a si mesma que o plano era esse.

Sophie estava 10 minutos atrasada, como sempre. Helen tinha ajustado seu relógio mental de modo que, se o encontro com Sophie fosse às 18h30, a hora definitiva seria 18h40. Ela consul-

374

tou o relógio: 18h42. Sophie estava 2 minutos atrasada. Exatamente nesse momento, Helen viu a amiga empurrando os outros freqüentadores do bar, ofegante por ter corrido, mas também inconfundivelmente corada por outra coisa que não era o estresse de procurar passar pela multidão da hora do rush. Helen nunca tinha visto ninguém tão radiante antes, mas Sophie estava demonstrando exatamente isso. Helen levantou-se e abraçou-a. Sophie sacudiu seu guarda-chuva molhado, colocou-o no chão sob a mesa e sentou-se.

– Você está... magnífica. – Helen olhou-a de um jeito exagerado, da cabeça aos pés.

– Estou me sentindo ótima. Tomei a decisão correta, sei que tomei.

– E aí, ele se separou mesmo da dona? Saiu do apartamento dela?

– Ele se separou, sim. Está em um hotel na esquina, perto lá de casa. Sabe o que é uma loucura? Sinto pena da Helen. Ele me disse que ela implorou para que ele ficasse, que usou todos os tipos de chantagem emocional, mas que ele sabia que estava tomando a decisão certa.

Helen mordeu a língua. Já estava de saco cheio de ver Matthew descrevê-la como fraca e desesperada, mas o fato de ele ainda estar usando a mesma tática e ao mesmo tempo prometendo a Sophie que tinha mudado era *absolutamente* revoltante.

– É mesmo? Pensei que você estava com a impressão de que ela não estava mais interessada nele. Não foi isso que ele disse?

– Bem, parece que não. De qualquer forma, não vou perder o sono me sentindo mal por ela. Ela obviamente não se sentiu mal por mim durante todos esses seis meses...

– Obviamente.

– De qualquer maneira, terminou. Ele prometeu que nunca mais vai tornar a falar com ela.

Helen sentiu a raiva crescer dentro de si por causa da amiga. Mas que merda, o cara era mesmo incapaz de dizer a verdade, ora.

— Eles não têm de resolver nenhum assunto pendente? Quero dizer, ele se mudou bem depressa, não? Levou tudo o que era dele?

— Guardou tudo em um depósito.

— Ah, bom. Então, boa sorte para ele. — Ela não podia se envolver, não podia se preocupar com isso, não era mais problema dela. Sophie tinha conseguido reconquistar o homem, que era o que ela queria.

Cabia a ela engolir ou não as mentiras de novo. Mas Helen era capaz de entender por que ela tinha resolvido engoli-las de novo. Ele era tão convincente, tão vulnerável, tão abominavelmente manipulador... Como conseguia fazer isso impunemente? A resposta era simples. Porque as mulheres — como ela mesma — permitiam que ele o fizesse. Elas lhe permitiam fazer isso. Ela pensou em colocar tudo em pratos limpos com Sophie, dizendo: "Eu sou ela, eu sou a Helen", e então expor todas as mentiras de Matthew, mas a idéia era aterradora demais; ela não saberia por onde começar. Sophie provavelmente pensaria que ela estava fazendo aquilo por despeito — ou simplesmente a atacaria. Ela uma vez não tinha dito que adoraria matar sua rival? Não adiantaria nada se envolver. Ela ia simplesmente tomar uns dois drinques, dizer boa-noite e sair, deixando que os dois levassem a vida que quisessem. Tinha feito a sua parte, tinha feito o que tinha se proposto a fazer, tinha endireitado o mundo: agora eles é que assumissem o futuro. Se Sophie era burra o bastante para deixá-lo se aproveitar dela de novo, o problema era dela.

— Vou pegar um drinque para nós — disse Helen, levantando-se. — O que você quer?

E então Sophie disse uma coisa que fez os joelhos de Helen amolecerem e a sala começar a girar diante dela.

— Ah, espere o Matthew. Ele vai chegar a qualquer momento.

Ela achou que tinha ouvido mal.

— Hã?

— Matthew, ele foi só estacionar o carro; vai aparecer aqui a qualquer momento para lhe cumprimentar. Ele me deu uma carona, e eu queria que conhecesse minha amiga. Só vai ficar para um drinque porque precisa ir pegar as meninas na casa das amigas delas...

Helen não ouviu o resto do que Sophie estava dizendo porque todo o sangue fugiu de sua cabeça para os pés, e ela precisou concentrar-se em não cair. Afundou de novo na cadeira.

— Ah. Mas que ótimo — disse, baixinho.

Tentou raciocinar. Precisava sair antes que ele chegasse. Podia fingir que estava passando mal, mas isso ia levar tempo demais, e Sophie ia querer socorrê-la e ia retê-la antes que ela pudesse escapar. Merda. Ela jamais ia ver Sophie de novo mesmo, portanto podia fingir que ia ao banheiro e depois simplesmente sair. Seria um mistério, mas pelo menos eles jamais saberiam a verdade, ou, se descobrissem, ela nunca precisaria encará-los outra vez.

Ela voltou a se levantar, as pernas bambas, e pegou a bolsa. O casaco, ela teria de deixar na mesa.

— Vou ao banheiro — disse ela, virando-se. E então deu de cara com Matthew. Na expressão dele ela viu uma mistura de raiva, confusão e medo.

— Helen?

Ela não tinha como fugir agora. Tinha sigo pega. Pensou em sair correndo, mas precisaria empurrar Matthew para poder passar. Sophie estava olhando para os dois, meio confusa.

— Matthew, esta é a Eleanor, minha amiga da qual eu estava lhe falando. — Olhou de um para o outro. — Vocês dois se conhecem?

Helen ficou ali parada, muda, olhando para o chão. Não havia mais nada que pudesse fazer para salvar sua própria pele.

— Eleanor? — disse Matthew. — Essa é a Helen.

Helen não conseguia olhar para a Sophie.

— Não entendi — disse Sophie, baixinho. — Eleanor, o que está havendo?

— O que você andou aprontando, hein? — urrou Matthew.

Sophie agora estava começando a perceber a verdade.

— Você não é...

— Eu posso explicar... — murmurou Helen.

Matthew praticamente a empurrou para que se sentasse em uma cadeira no canto do bar. Ela estava presa, um de cada lado, e a mesa diante de si. Alguns outros clientes estavam olhando para eles, fascinados pelo drama. Seus olhos encheram-se de lágrimas.

— Vamos, pode ir falando — disse ele, ríspido.

Helen olhou para Sophie pela primeira vez, e a expressão da amiga deixou-a impressionada. Sophie já não parecia radiante, mas sim confusa e vulnerável, sem querer aceitar o que estava acontecendo.

— Sinto muito.

— Estou esperando. — Matthew fingiu que não tinha ouvido o seu pedido de desculpas. Helen suspirou fundo e olhou para Sophie.

— Não era para você ficar sabendo de nada.

— O que é isso? Algum tipo de perversão sua, para se divertir? — interrompeu Matthew.

— Eu me arrependi do que fiz. Entendi que não queria mais o Matthew ao meu lado e me sentia muito mal por ele ter abandonado a família por minha causa. — Então Helen olhou para cima e viu Sophie olhando-a fixamente. — Achei que podia tentar ajudar vocês dois a voltarem um para o outro. Consertar o mal que tinha feito.

— Foi você que armou tudo isso? Você... forjou uma amizade entre nós para tentar piorar ainda mais a minha vida? Eu confiei em você. Eu lhe contei... coisas importantes para mim. Mas que porra, sua bruxa, sem-vergonha...

Sophie estava falando alto agora, e as pessoas das outras mesas estavam curiosas.

— Não. Não... não tive a intenção de me tornar sua amiga. Estava me sentindo muito culpada pelo que tinha acontecido, acabei sofrendo aquela queda, e então... então, depois, passei a gostar de você de verdade. Você virou minha amiga. E eu quis tentar consertar as coisas.

— Seja lá o que for que você esteja tentando fazer, não vai funcionar. Quero a Sophie de volta, e não tem nada que você possa fazer para impedir isso. — Matthew chegava a cuspir.

— Mas é isso que estou tentando dizer. Quero que você e Sophie fiquem juntos. — Helen virou-se para olhar para ele. — Não quero você, Matthew. Quando você apareceu na minha porta, achei que dava para tentarmos ser felizes. Mas não dava. E então percebi que não queria mais, mas você veio com tanta autopiedade que não deu para expulsá-lo. Eu pensei... bem, agora eu sei que foi burrice minha...

— Autopiedade, eu? Você me implorou para largar Sophie, e agora, só porque não a quero mais, está tentando acabar com a nossa vida. Eu nunca deveria ter me envolvido com você. Sophie tem razão, você é uma bruxa.

Ele pôs a mão sobre a de Sophie, como para defendê-la.

Helen enfrentou o olhar hostil de Sophie.

— É verdade. Implorei para que ele deixasse você. Muitas vezes. Durante quanto tempo, Matthew?

Matthew ficou vermelho como um tomate.

— Seis meses — disse Sophie, friamente.

— Isso tirando os outros três anos e meio, não é? — acrescentou Helen, baixinho, virando-se para olhar Matthew nos olhos até ele desviar o rosto.

— É mentira dela.

— Quatro anos, Sophie. Foi o tempo em que estivemos juntos.

E não me orgulho disso. Acredite em mim, tenho vergonha disso. E não estou contando para você porque quero magoá-la; estou contando porque precisa saber que ele ainda mente para você. Ele nunca vai mudar.

— É ela que está mentindo — insistiu Matthew, mas Sophie estava olhando atentamente para Helen. Nenhuma das duas olhou para ele.

— Lembra de quando você pensou que a Claudia estivesse com meningite e não conseguiu encontrá-lo porque o telefone dele estava desligado? Ela devia ter uns 8 anos na época, lembra? O telefone estava desligado porque ele estava comigo. E aquela vez em que vocês iam passar férias na França e Matthew cancelou tudo na última hora? Minha culpa, infelizmente. Eu tinha acabado de fazer um aborto e ameacei contar tudo a você se ele não ficasse e cuidasse de mim. Acredite, não sinto *nem um pouco* de orgulho disso.

— Vai à merda. — Sophie quase cuspiu na cara dela.

— Você é boa demais para ele, Sophie. Não cai mais na conversa dele.

— Vá embora. Vá embora, por favor.

— Vou, sim. — Ela ficou de pé, e Matthew virou as pernas para o lado para ela passar.

— Ah, e sobre as coisas dele. — Helen virou-se para falar com Sophie. — Não estão em depósito nenhum, estão no meu apartamento.

— Não é verdade — disse Matthew, fuzilando-a com o olhar.

Helen ainda estava olhando para Sophie.

— Sophie, sinto muito, muito mesmo por tudo. Agi mal durante os últimos quatro anos, mas estou tentando compensar tudo agora. Sei que não vai acreditar em mim, mas é verdade. Realmente valorizei nossa amizade e vou mesmo sentir saudade de você. – Sentiu uma lágrima rolar-lhe pela face. – Sei que nunca vai acreditar em mim, mas é verdade.

– Por favor, vá embora. Não quero mais escutar você.

– Eu sei... É que... sei que não é da minha conta... mas me preocupo com você, me preocupo mesmo. Pense muito bem antes de aceitá-lo de volta. Ele ainda mente para você, Sophie. Ele é incapaz de se comportar de outra maneira.

– Matthew e eu vamos voltar a ficar juntos, e você não pode fazer nada para impedir isso – disse Sophie, quase gritando, enquanto Helen saía.

– Você deu em cima do meu filho? Você deu em cima do meu filho, sua megera?

Helen bateu o telefone. Não sabia por que tinha atendido. Sabia que era ele, pois ninguém mais ligava para o telefone fixo do seu apartamento. Ela enxugou os olhos, serviu-se de mais uma taça de vinho e deitou-se de novo no sofá, sentindo – temporariamente – que já tinha chorado tudo o que tinha que chorar. Não sabia por que estava sofrendo tanto, nunca mais precisaria ver Sophie nem Matthew de novo, então que diferença fazia que eles soubessem o que ela havia feito? Que diferença fazia se a odiassem?

Era o fato de ela ter chegado tão perto – ela já estava segura, tinha conseguido o que queria, ia ser vista solidariamente como a coitada da Helen, burra o bastante para pensar que Matthew abriria mão de sua família por sua causa, poderia seguir em frente sabendo que tinha praticado uma boa ação. Agora se sentia suja, como uma criminosa, uma pervertida que tinha insidiosamente procurado se meter na vida dos outros para atingir seus próprios fins. Naturalmente, eles não entendiam que ela havia feito aquilo para o bem deles – por que entenderiam? Era loucura, nem mesmo ela entendia isso.

Desesperada, ela ligou para Rachel, sabendo que não adiantava, pois elas jamais voltariam a ser as velhas amigas de antes.

— Bali ou Maurício? — A voz de Rachel era melodiosa, claramente nem tinha notado que a amizade entre as duas estava abalada.

— Sei lá. Rachel, foi tudo por água abaixo — soluçou ela, alto.

— Meu Deus, Helen, o que aconteceu?

Helen não conseguiu falar. Quando tentou, uma espécie de murmúrio afogou o que ela estava tentando dizer.

— Fique aí mesmo onde você está. Já estou indo para aí.

— Você vem mesmo? — Helen sentiu uma gratidão ridícula.

— Claro. Ai, merda. Esqueci, não posso, é que vem alguém aqui às 8 horas para tratar das flores. E depois vamos passar uns dois dias fora, para olhar uns lugares, ver qual é o melhor para o casamento — acrescentou, meio encabulada.

— Deixe para lá — conseguiu dizer Helen.

— Conte o que aconteceu; tenho 5 minutos. E então posso ligar depois que o homem da floricultura for embora.

— Não se preocupe. Eu falo com você em breve, Rach.

— Não... espere... — começou a dizer Rachel, mas Helen já tinha desligado.

34

AS SEMANAS SEGUINTES passaram voando. Helen sentia-se amortecida, como se observasse as coisas através de uma neblina espessa em vez de participar. Não conseguia decidir por que se sentia mais deprimida – se pelo fato de Sophie agora ter apostado em um cara que inevitavelmente a deixaria na mão no futuro ou pelo fato de ela, Helen, ter planejado tudo. Ela tinha passado o resto da semana, antes de começar no novo emprego, embrulhando com todo o cuidado o que sobrara dos pertences de Matthew, que agora estavam empilhados no corredor. Estava começando a pensar que ele nunca iria pegá-los, mas não conseguia jogá-los fora nem queria ligar para ele e perguntar o que queria que fizesse com eles. Tinha suportado dois dias de telefonemas furiosos dele antes de resolver tirar o telefone da tomada e deixá-lo desligado. Só atendia o celular se fosse Laura ou sua mãe. E Rachel, se ela chegasse a ligar, mas nunca ligava. Bem, tomaria uma decisão sobre os pertences do Matthew quando se mudasse – tinha avisado que ia sair do apartamento e estava procurando outro lugar, meio desanimada. De certa forma, era profundamente deprimente ler os avisos dos anúncios dizendo que não era permitido ter bichos de estimação ou que não se podiam pregar pregos na parede para pendurar um quadro, tendo ela quase 40 anos.

383

Não havia como fugir, ela sentia saudade de Sophie. Sabia que sentiria isso, é claro, e achava que tinha se preparado para isso, consolando-se por estar agindo corretamente com a amiga. Era esquisito que alguém que ela tivesse conhecido durante um período relativamente curto tivesse deixado um vazio tão grande em sua vida. Maior do que a perda de Rachel, sua confidente durante dez anos, ou pelo menos era o que lhe parecia no momento. Talvez fosse porque ela soubesse que Rachel se reaproximaria depois de passar toda a badalação do casamento, embora sua amizade nunca fosse ser a mesma outra vez – porque Helen agora sabia que não podia contar com ela a qualquer momento. Ou talvez porque ela percebesse que só existia uma pessoa para quem ela queria ligar agora para compartilhar seus problemas – e nunca mais seria capaz de voltar a falar com essa pessoa.

As primeiras duas semanas depois de ela começar no novo emprego foram solitárias – montando o escritório da Marshall Street sozinha, sentada ao lado de um telefone que raramente tocava. Ela sabia que devia estar procurando novos clientes, mas no momento precisava de toda a sua energia para arrastar-se para o metrô e voltar para casa para assistir a *Emmerdale*, comer macarrão, tomar vinho e ir para a cama. Quando Laura começou a trabalhar na quarta semana, e a assistente delas, Rhona, apareceu pouco depois, ela começou a sentir que estava despertando, e o trabalho tornou-se uma alternativa melhor que ficar em casa sozinha. Ainda se passariam algumas semanas antes que Helen-da-Tesouraria fosse trabalhar lá também, com seu cartões-postais hilariantes de gatinhos antropomorfizados e xícaras de café adornadas com dizeres espirituosos. Helen sabia que ela não tardaria a querer pregar cartazes na cozinha avisando que todos deviam lavar seus próprios pratos, e já tinha resolvido pedir-lhe discretamente para não fazer isso.

Ocasionalmente, Laura e Helen iam ao bar depois do trabalho, o que dava uma quebrada na semana, apesar de elas ainda estarem na fase em que falavam mais de trabalho e, embora se dessem bem, ainda não tinham encontrado muito em comum em termos pessoais. Às vezes Laura acidentalmente mencionava Matthew, que ainda trabalhava na Global, pelo jeito, sem dar sinal de que pretendia sair para passar mais tempo com a família. Claro que não, pensou Helen, amargurada, ele agora está com a Sophie comendo na mão dele, por que sairia?

Como um favor para a Sandra, Helen redigiu um artigo com o título "Sandra renuncia a cerimônia de despedida" porque, embora ela tivesse resolvido sair da vida pública sem fazer alarde, não desistira de ser lembrada e Helen acabara aceitando escrever várias matérias sobre como Sandra no fundo era uma boa pessoa, que sempre tinha procurado o verdadeiro amor. Antes que se desse conta, ela já estava assinando um contrato para um reality show na TV, acompanhando seus primeiros passos em sua nova vida na Itália, e Helen tinha concordado em fazer todo o trabalho de relações públicas. Andando com Sandra pelo Soho — Sandra em trajes modestos, depois de sair de uma entrevista coletiva para anunciar o programa —, mais ou menos dois meses depois da noite na qual tinha passado muito tempo tentando não pensar, Helen parou subitamente ao ver uma figura familiar. À frente delas ia Matthew, passeando com aquele seu jeito excessivamente confiante, e ao seu lado, segurando-lhe a mão enquanto procurava acompanhá-lo, uma mulher. Uma mulher que não era Sophie.

— Meu Deus! — Helen pegou-se dizendo em voz alta.

— O quê? O que foi? — Sandra fez força para ver o que Helen estava olhando.

Matthew e a mulher — que, embora atraente e com os indefectíveis longos cabelos castanhos atados em um rabo-de-cavalo, definitivamente tinha mais de 50 anos, o que não costumava ser o estilo de Matthew — pararam diante da Global, onde se beijaram nos lábios na frente de todo mundo.

— Não é o Matthew? — disse Sandra, começando a acenar.

Helen agarrou-lhe o braço.

— Não... Não quero que ele me veja com você. Ele pode ficar aborrecido... sabe, por você ter saído da Global e me escolhido para fazer o trabalho de relações públicas — disse Helen, sabendo muito bem que a Global tinha rejeitado a conta de Sandra semanas antes.

Matthew subiu as escadas e entrou no prédio, e a mulher voltou por onde tinha vindo e passou direto por Sandra e Helen, que ainda estavam paradas exatamente no mesmo lugar. Ela sorriu vagamente ao passar por elas, do jeito que as pessoas fazem com os estranhos, e Helen achou-a até... *legal*. Ela não parecia uma destruidora de lares; parecia uma tia ligeiramente glamourosa, mas família. Como alguém que toma conta de você quando você está com gripe, mas ainda se lembra de passar batom.

Era inacreditável. Não, pensando bem, era acreditável demais, dado o passado de Matthew. Talvez um pouco mais cedo do que ela havia esperado, mas absolutamente previsível. Matthew era incapaz de ter uma mulher só de cada vez; passava a vida morto de medo de a grama ser mais verde em algum outro lugar, de alguma festa rolar e ele não ter sido convidado. Ele tinha enrolado Sophie para que ela o aceitasse de volta e agora estava fazendo isso com ela... e era tudo culpa da Helen.

Helen deu um abraço de despedida em Sandra e desejou-lhe boa sorte na filmagem, que começava dentro de dois dias, com uma cena gravada na qual — já havia ficado decidido — Sandra tomava a decisão espontânea de jogar fora todas as suas roupas indecentes, que não iam mais combinar com sua nova vida e personalidade. Ela voltou para o escritório de Laura — a placa "Carson PR" em bronze ainda lustroso do lado de fora — e trancou-se na sua salinha. Não fazia idéia do que fazer. Não era da sua conta. Não era da sua conta *mesmo*, mas não podia suportar saber que Sophie ia sofrer de novo. Merda, por que ela o havia visto? Por que se importava? Estava sentada com a cabeça apoiada nas mãos, olhando para sua mesa desarrumada, quando Laura entrou e Helen viu-se contando toda a história a ela.

— Não se envolva.

— Não posso deixá-lo fazer isso e sair impune.

— Estou falando sério, não se envolva. O que pode sair de bom daí?

— Posso fazê-la enxergar como ele é de verdade antes que o relacionamento deles fique muito sério outra vez. Ah, sei lá!

— Acho que já está sério. É melhor não se meter.

— Ai, meu Deus! — Helen apoiou a cabeça em uma pilha de papéis. — Ai, meu Deus! Ai, meu Deus! Ai, meu Deus!

Às 6 horas da tarde ela convenceu Rhona a ir ao bar para tomar um drinque, onde bebeu três enormes taças de vinho enquanto escutava os comentários da assistente de 23 anos sobre os méritos de Usher comparados com os de Lee Ryan. Quando chegou em casa, sabia que estava morta de raiva, e sabia que a idéia era péssima, mas sentou-se com outra taça de vinho, pegou o telefone e discou o número do celular de Sophie. Se ela atendesse, Helen desligaria, pois não dava para encarar outra briga, e, além disso, Matthew talvez estivesse lá, tentando escutar. Se o correio de voz atendesse, ela deixaria uma mensagem — dizendo o que exatamente, ela ainda não tinha decidido, percebeu, ao ouvir a campainha mudar para indicar que a chamada ia ser gravada e a voz de Sophie dizendo para deixar uma mensagem.

— Hã... oh, Deus... Sophie... hã... É a Eleanor, quero dizer, a Helen, sabe... sou eu. Merda, sei que não é uma idéia boa... Hã... não estou ligando para pedir desculpas nem nada, porque sei que você não quer saber de mim e também sei que me detesta no momento. — Nesse ponto ela fungou bem alto e uma lágrima de bêbada roloulhe pelo rosto, aterrissando na manga da blusa. Ela enxugou-a com a mão livre. – Bom. Eu só preciso lhe dizer uma coisa... e, por favor, me escute, não desligue... não estou fazendo isso por vingança nem nada, mas sim porque estou me sentindo mal por ter empurrado você de volta para o Matthew e agora ele estar trepando com outra pelas suas costas. Outra vez. Merda, é isso que tenho para contar... eu o vi com outra mulher... e não estou imaginando coisas... ele definitivamente estava com ela, se é que você entende o que quero dizer. Não sei se estão trepando mesmo, mas imagino que estejam... conhecendo o Matthew. Quero que saiba como ele é... que ele não mudou, e não deveria deixá-lo enganar você de novo. Você é boa demais para ele. Boa demais, excessivamente boa para ele. E... agora vou desligar. Obrigada por ouvir esta mensagem. Se é que ouviu. Por favor, me desculpe, viu. Tchau.

Ela apertou o botão vermelho para encerrar a chamada e imediatamente voltou a discar o número.

– Sou eu outra vez... Se receber essa mensagem primeiro, não escute a outra. Não consigo me lembrar em que ordem elas são reproduzidas. Mas se ouvir esta, não ouça a outra. Esqueça. Ah, e se já ouviu, me desculpe. Tchau.

Ai, porra, pensou ela, depois de desligar. Eu não disse quem era dessa vez, o que significa que ela definitivamente vai ouvir a outra chamada, só para descobrir. Pensou em ligar pela terceira vez, mas até meio bêbada ela podia perceber que seria burrice e transformaria tudo aquilo em uma farsa ainda mais estilo Ray Cooney do que já era. Ela tinha cinqüenta por cento de chance; Sophie podia ouvir a má notícia ou não. Não era Helen que ia decidir.

Ela acordou na manhã seguinte bem cedo, ainda vestida, a TV a todo volume, deitada no sofá ainda de sapatos. Seu celular estava no chão ao seu lado. Droga, pensou. Por que eu fiz aquilo, afinal? Ela desligou o telefone, foi cambaleando até o quarto, tirou as roupas e meteu-se na cama com a roupa de baixo, na esperança de dormir um pouco mais. Viu-se pensando em Leo, porém, coisa que não se permitia fazer com muita freqüência. Como ele teria se sentido quando ouviu a notícia de que a mulher que tinha beijado era a companheira do pai? Sua potencial nova madrasta. Aquele devia ter sido um bom dia, como entrar no set de *Jerry Springer*, sendo o único cara que não sabe por que está ali prestes a ser humilhado. E aquela de ela ter falado com ele sobre seu relacionamento desastroso do qual estava tentando se livrar? Com o pai dele, ele agora devia ter percebido. Ah, e tinha ainda o detalhe de que Helen tinha mentido para ele sobre seu nome, seu emprego, quase tudo. A não ser o fato de que se sentia atraída por ele, pensou Helen. Essa parte era verdade.

35

A PRIMAVERA TRANSFORMOU-SE EM INÍCIO de verão, e Helen esperou uma resposta de Sophie, pulando toda vez que ouvia o celular tocar, mas nada. Ou ela não chegara a ouvir a mensagem ou tinha decidido ignorá-la. Helen não sabia que tipo de resposta estava esperando – provavelmente de raiva –, mas depois que superou o alívio de aparentemente ter conseguido escapar sem ser castigada, começou a se sentir enganada. Como a Sophie podia simplesmente fingir que não sabia de uma notícia daquelas? Qual era o problema dela?

Helen sabia que a máquina de fofocas devia estar a todo vapor, que todos que ela conhecia já deviam saber que Matthew tinha voltado para a mulher, mas ninguém jamais mencionou isso diretamente a ela, embora os olhares solidários que ela recebia de conhecidos mútuos a fizessem pensar – com gratidão – que Matthew tinha mantido segredo sobre toda a saga de Helen/Eleanor e estava permitindo que ela saísse como vítima, o que para ela era perfeito. Helen-da-Tesouraria tinha mencionado um dia que Geoff tinha um amigo que podia combinar bem com Helen, e Helen tinha se perguntado (em voz alta, aliás, embora sem querer) se suicídio não seria uma opção melhor.

Uma manhã, Helen chegou ao trabalho e encontrou Laura, Helen-da-Tesouraria e Rhona de pé em torno de um bolo de chocolate imenso com cara de ter sido feito em casa, sobre o qual havia escrito "Feliz Aniversário de 40 anos, Helen" em letras meio tortas. Ela estava atrasada, e elas claramente tinham desistido de esperar por ela e estavam conversando sobre o último episódio de *EastEnders*, de modo que precisou tossir para mostrar que tinha chegado, a fim de que elas pudessem começar a cantar uma versão horrorosa de "Parabéns pra você". Helen andara tentando esquecer seu grande dia e por um instante não soube se ria ou chorava, mas então pensou que aquelas três mulheres eram as únicas pessoas no mundo que se haviam lembrado do seu aniversário — nem sua mãe, nem seu pai, nem Rachel, nem nenhuma de suas outras amigas que via uma vez por ano — e resolveu chorar, o que fez a cantoria parar imediatamente.

— Eu mesma fiz o bolo — disse Helen-da-Tesouraria, o que fez Helen chorar mais ainda.

Para piorar mais as coisas, elas tinham lhe comprado um presente, uma pulseira de muito bom gosto, que Helen adivinhou (corretamente) que tinha sido escolhida por Laura — e saíram para almoçar num restaurante chinês próximo, beberam cerveja Tiger e voltaram para o escritório tarde, ligeiramente tocadas. Helen sentia-se ao mesmo tempo sem jeito e lisonjeada pela festa que as outras estavam fazendo em sua homenagem, e tentou não pensar em como era deprimente seus 40 anos lhe terem rendido apenas esse grupinho com o qual tinha acabado trabalhando. No fim do dia, elas tentaram persuadir Helen a deixá-las levá-la ao bar, mas sabia que só estavam fazendo isso porque achavam que deviam, e que todas precisavam voltar para casa, para perto das famílias, e que a cerveja da hora do almoço tinha lhes dado dor de cabeça; portanto, ela alegou ter outros planos e voltou para seu apartamento.

Helen estava pondo macarrão em uma panela quando alguém tocou a campainha. Ela já havia desistido de esperar Matthew voltar para pegar as coisas dele, mas mesmo assim o ruído estridente da campainha fez seu coração disparar. Sentia-se mal de tão nervosa enquanto caminhara até a porta da frente pé ante pé para espiar pelo olho mágico. Uma luzinha tremeluzente – uma vela talvez – parecia estar ardendo do outro lado da porta contra um fundo branco, como uma versão benigna de um ritual da Ku Klux Klan. Não parecia haver um rosto por perto, pelo menos nenhum que ela pudesse ver. Ela podia voltar pé ante pé pelo corredor até a sala e se esconder embaixo da colcha até a pessoa ir embora, mas a curiosidade e o fato de ela se sentir ridiculamente grata por alguém – mesmo que fosse alguém que a odiasse e provavelmente fosse jogar gasolina em cima dela e usar a vela para atear fogo em suas roupas – ter se lembrado de seu aniversário combinaram-se para superar seu nervosismo, e ela girou a chave na fechadura, colocando a correntinha primeiro.

A caixa de papelão branco – pois agora ela via o que era – continha uma grande torta cremosa de frutas especial de aniversário, com uma só velinha no meio. Quando a porta se abriu, arrastando-se sobre o capacho, a pessoa abaixou a caixa, e Helen viu Sophie olhando para ela – de um jeito bastante inexpressivo – por cima da caixa.

– Feliz aniversário – disse ela, numa voz na qual era impossível detectar qualquer emoção. – É o seu aniversário, não é?

Helen ficou passada. Costumava imaginar um encontro tempestuoso com Sophie um dia, e nas horas de maior fossa, tinha se consolado com uma fantasia bem tramada e profundamente improvável na qual sua ex-amiga vinha até sua casa dizer que a perdoava por tudo, e elas então retomavam a amizade exatamente no ponto em que havia sido interrompida, antes de tudo dar errado (só que Helen agora era Helen e não Eleanor, é claro). Mas esta Sophie não parecia ter lido nenhum desses roteiros e agora estava ali de pé à porta do apartamento dela, a torta na mão, parecendo não saber o que fazer em seguida. O fato de ela ter trazido a torta, porém — e acendido a vela, para mostrar que estava querendo comemorar —, só podia ser bom sinal. A menos que a torta estivesse envenenada, é claro.

— Meu Deus! Muito obrigada — gaguejou Helen. — Não consigo acreditar que se lembrou. — E então ela, percebendo que precisava fazer alguma coisa para quebrar o gelo, convidou: — Quer entrar?

— Quero, sim. Só 1 minuto.

Helen a conduziu pelo corredor desejando ter arrumado o apartamento no último mês.

— Então — disse Sophie —, era aqui que Matthew estava morando.

— Hã... era, sim.

Fez-se o que para ambas pareceu um silêncio interminável.

— Veio pegar as coisas dele? — disse Helen, por fim.

Sophie não respondeu.

— Recebi sua mensagem.

— Ai... eu estava de cara cheia. Por favor, me perdoe. Eu realmente não tive a intenção de causar problema... — E perdeu a fala.

— Tudo bem, sei tudo sobre ela, a Alexandra. Já sei faz tempo.

— Ótimo. — Helen percebeu que Sophie ainda estava com a torta na mão e tirou-a dela. — Torta linda.

— Não é?

— Vou pegar uma bebida para nós. Vai ficar para tomar um drinque, não vai?

Ela abriu uma garrafa de Pinot Grigio e serviu o vinho em duas taças grandes, depois voltou para a sala de estar e sentou-se na cadeira em frente ao sofá, onde Sophie agora estava sentada. Mas que diabo estava acontecendo? Ela respirou fundo.

— Sophie. Não me entenda mal, é ótimo vê-la, mas não estou entendendo nada. Da última vez que nos vimos, bem... vamos dizer apenas que não esperava que você fosse se lembrar do meu aniversário.

Sophie tomou um gole demorado de vinho.

— Para ser franca, não sei bem por que vim aqui. Eu me senti mal sabendo que era seu aniversário e que você podia estar aqui sozinha...

— Porque não tenho amigos...

— ...porque não tem amigos. E dá para entender. — Ela deu um meio sorriso. — E aí quis que você soubesse de uma coisa, só porque... bem, só porque queria que você soubesse. — Ela deu um profundo suspiro e olhou para Helen sobre a taça. — Matthew e eu não estamos juntos.

— Oh. Sei... A Alexandra.

— Não, a Alexandra veio depois. Na verdade, é bem recente. Eles se conheceram em alguma reunião para divorciados. Ela é legal, gosto dela, mas ainda é muito recente, e pode ser que seja esperar demais que ele fique com alguém que seja da sua própria idade.

— Ela me *pareceu* mesmo uma pessoa legal. — Helen não fazia idéia de onde aquela conversa ia acabar.

— Eu odiei você naquela noite — prosseguiu Sophie. — Não faz idéia de como me senti... precisando entender toda a verdade sobre você e Matthew.

Helen estava olhando fixamente para uma manchinha de sujeira na mesinha de centro.

— Sinto muito.

— Mas eu sabia que quando você disse que Matthew continuava mentindo para mim, estava sendo sincera. Só que achei que você estava me dizendo aquilo porque o queria de volta.

Helen abafou uma risada, sem poder se conter.

—... e aí percebei que nem me importava se era esse o motivo, o fato era que ele não tinha mudado, e provavelmente jamais mudaria. Então disse a ele que não ia aceitá-lo de volta.

– Como ele recebeu isso?

– Chorou, gritou, pôs a culpa toda em você. A uma certa altura, certamente pensou em lhe perguntar se podia voltar para cá, porque detesta ficar sozinho.

– Mas que merda, estraguei tudo mesmo. Se não fosse por mim, você nem teria chegado perto dele outra vez. Era só eu ter dito, na noite em que Matthew surgiu à minha porta, que ele tinha tomado a decisão errada, que eu não queria ficar com ele. Isso nos pouparia de um bocado de problemas.

– Nunca devia ter trepado com o meu marido, aliás.

– É, tem razão. Desculpe.

– Não vim aqui para recriminá-la. Só achei que você merecia saber, só isso. Como tudo terminou. – Sua voz suavizou-se. – Sei que ficou preocupada comigo, pelo menos foi o que apreendi daquelas mensagens que deixou quando estava de porre.

Ela colocou a taça na mesa e ficou de pé. Helen subitamente sentiu que, mais do que qualquer outra coisa no mundo, queria que Sophie ficasse ali durante tempo suficiente para que elas retomassem sua amizade como devia ser retomada.

– Não vá embora agora. Por favor. Tome mais uma taça de vinho. – Mas Sophie já estava vestindo o casaco.

– Acho que não devo ficar mais. Estou me sentindo... estranha. Nem mesmo sei como devo chamá-la.

– E a torta? Pelo menos me ajude a comê-la. Não pode me trazer uma torta inteira e depois querer que eu a coma sozinha.

– Ah, sim – disse Sophie. – Ia lhe contar, mas esqueci. A torta foi idéia de Leo.

– De Leo?

– Foi ele que fez.

– Para mim?

– Não, para outra pessoa. Claro que foi para você.

Helen sentiu um nó se formar na garganta.

— Como ele está?

Sophie olhou-a, pensativa, e então abaixou a voz para amenizar o golpe.

— Ele se casou.

Então era isso, o fim daquela fantasia específica que Helen de alguma forma tinha se permitido ter, na qual Leo vinha bater à sua porta para lhe dizer que não podia viver sem ela e que não se importava que ela tivesse tido um caso com seu pai fazia só dois meses, porque a amava.

— Casou? Com quem?

Sophie riu.

— Ah, me desculpe, eu disse que ele se casou? Eu quis dizer que ele comprou um carro novo. Claro que não se casou.

Helen conseguiu soltar uma risada.

— Como pôde fazer isso comigo? Quero dizer... obviamente, fiz coisa muito pior com você... — acrescentou, sentindo-se como se tivesse de viver pedindo desculpas por seu comportamento.

Sophie interrompeu-a, ainda sorrindo.

— Para ser franca, gostaria que não ficássemos falando nisso toda hora.

— Então, pode me dizer como ele está?

— Ele vai bem. Mandou lembranças.

— Foi? E fez uma torta para mim?

— Levou um certo tempo para ele se acostumar com a idéia de que o Carlo era o pai dele... que tinha sido Matthew o motivo pelo qual vocês não ficaram juntos. Não existia um Carlo mesmo, existia? Fico tão confusa...

— Não! — Helen estava indignada, e aí se lembrou de que não tinha direito de estar. — Não existia não, juro.

— Porque, se você algum dia namorar o Leo, eu mato você se o magoar.

Se ela namorasse o Leo? Será que Sophie tinha mesmo dito isso?

– Hã... Acha que isso é possível... que a gente poderia...? – A pergunta ficou no ar entre as duas.

– Elean... Helen, precisamos ir com muita calma mesmo. Quem sabe o que pode acontecer no futuro? Por enquanto, temos de concordar que não podemos dizer nada senão a verdade daqui por diante.

No futuro? Isso queria dizer que iam voltar a se encontrar. Que talvez houvesse um futuro para sua amizade e sabe-se lá o que mais.

– Claro.

– Sinceramente, não quero mais ouvir falar do seu caso com Matthew. Mas preciso saber quem é Helen e quem é Eleanor, se é que me entende. Só sei que sinto falta de quem eu pensava que era minha amiga e gostaria de tentar reatar a amizade.

– Eu também. – Helen estava quase chorando.

– Então, pensei que talvez pudéssemos sair para beber juntas, recomeçar, e ver como fica.

– Mesmo? Sim. Por favor. – Não implore, pensou. – Seria ótimo.

– Mas precisa me prometer que não vai entrar em contato com Leo até eu deixar. Nada, nem mesmo agradecer a torta, porque sei como ele é... Não quero que chegue perto dele até eu saber que posso mesmo confiar em você. Certo?

Para Helen, esse pedido pareceu a coisa mais razoável que já tinha ouvido.

– Certo – respondeu ela, tentando sorrir. – Eu prometo.

Elas ficaram ali na sala de estar um momento, meio sem jeito, nenhuma das duas sabendo exatamente qual seria o próximo passo. Marcavam um encontro para tomar uma bebida? Deixavam Helen ficar ali, sonhando como uma adolescente, esperando Sophie ligar para ela? Uma lufada de ar frio da noite invadiu a sala quando a portinhola do gato se abriu e Norman entrou, vindo do quintalzinho dos fundos, sacudindo o corpo todo para se secar. Tinha começado a chover lá fora.

– Ah, esse é o Almofada? – perguntou Sophie, e então fez cara de quem estava para espirrar. Helen agarrou o gato e levou-o para a cozinha, fechando a porta ao voltar.

Helen suspirou.

– Na verdade, o nome dele é Norman.

– Ah, sim, claro que é. – O tom de Sophie traiu uma ligeira irritação. – O gato da Claudia.

Helen apanhou um monte de fotos em uma mesinha de canto.

– Andei guardando essas fotos aqui para ela ver como ele está. Olha – disse Helen, brandindo uma das fotos diante de Sophie –, ele pegou seu primeiro camundongo. Eu ia mandar as fotos para ela... um dia... mas não sabia... bem, você sabe como é...

– E aí ficou sem graça. Helen sabia que a entrada de Norman tinha feito com que Sophie se lembrasse que tudo em sua vida era mentira, que ela não podia nem mesmo presumir que os detalhes mais ínfimos e insignificantes que ela pensava que conhecia fossem verdade. – Bem, como estava dizendo...

Sophie tirou as fotos das mãos de Helen e colocou-as na bolsa.

– Ela vai adorar, obrigada.

Helen suspirou, aliviada.

– E, obviamente, também não sou uma publicitária de sucesso; pelo menos, ainda não.

– Isso eu percebi – disse Sophie. Mas sorriu ao falar. – Já sei o que faremos agora – continuou em seguida, começando a tirar o casaco. Helen prendeu a respiração. – Vamos tomar mais uma taça de vinho. E depois você pode começar a me falar da pessoa que você realmente é.

Agradecimentos

Agradeço a Louise Mooure, a Claire Bond e aos amigos da Penguim, que me ajudaram a colocar este livro nas estantes. E a Jonny Guler, da Curtis Brown, e Peter Macfarlane, da Macfarlane Chard, sua orientação e apoio.

Este livro foi composto na tipologia
Eidetic Neo Regular, em corpo 11/15, e impresso
em papel off-white 80g/m² no Sistema Cameron
da Divisão Gráfica da Distribuidora Record.